AF221534

Fakezone

Leslie Delhaes

Fakezone

Leslie Delhaes

Bibliografische Information der Deutschen Nationalbibliothek:
Die Deutsche Nationalbibliothek verzeichnet diese Publikation in
der Deutschen Nationalbibliografie; detaillierte bibliografische
Daten sind im Internet über http://dnb.dnb.de abrufbar.

© 2020 Leslie Delhaes

Alle Rechte vorbehalten.

Korrektorat: Nicole Leppen
Verwendete Fotos:
© iStock.com/ draganab
© iStock.com/anuwat_meereewee

Impressum: c/o H. Eßer, Auestr. 87, 52382 Niederzier

Herstellung und Verlag: BoD – Books on Demand, Norderstedt

ISBN: 978-3-7519-5294-1

kapitel 1

MELISSA

Am Nachbartisch streitet ein Pärchen. Es ist nicht wirklich nett, ihnen dabei zuzuhören, und es ist noch viel weniger nett, das sogar zu genießen. Aber es hilft mir über die Langeweile hinweg und lenkt mich von meinen eigenen trüben Gedanken ab.

»Nein, immer«, sagt sie in diesem Moment. »Immer machst du das.«

»Das stimmt doch gar nicht, Eva. Das war definitiv das erste Mal, dass ich keine Zeit für dich hatte. Und ...«

»Das war nicht das erste Mal. Du hast mich letzte Woche versetzt, weil dein Kumpel Christian ...«

»Hör schon auf, letzte Woche wolltest du mit deinen Mädels feiern gehen und ich kann nichts dafür, wenn die alle kurzfristig absagen und du allein dastehst. Du hättest dich Chris und mir gerne anschließen können.«

»Und mir dabei den ganzen Abend eure geschmacklosen Witze anhören? Nee, danke. Christian ist echt nicht mein Fall.«

»Dann ist mein Humor wohl auch nicht dein Fall.«

Schade, dass ich ihn nur von hinten sehe. Aus dieser Perspektive ist er eher nichtssagend. Dafür gefällt mir seine Stimme umso besser und ich würde mir liebend gern das Gesicht dazu ansehen.

»Nicht nur dein Humor, viel schlimmer ist, dass du ewig über den Job redest und über Sport und deine Freunde und noch nicht mal bemerkst, wenn ich beim Frisör war«, lamentiert das Mädchen weiter. »Ich habe mir heute Abend echt Mühe gegeben, das Top ist neu, meine Haarfarbe ist neu, die Nägel sind es auch und dir ist es keinen einzigen Kommentar wert.«

Irritiert schaue ich auf meine Nägel. Die sind nicht neu, genau genommen sind sie noch nicht mal alt. Sie sind einfach nur. Nämlich kurz geschnitten und naturbelassen, wie Gott sie schuf. Hätte ich mir die Nägel machen lassen sollen? Oder zumindest lackieren? Ich habe Phil letzte Woche dabei erwischt, wie er unverhohlen einer perfekt gestylten Frau hinterher sah. Mit Schminke habe ich es nicht so. Und wenn ich mir das Mädchen am Nachbartisch anschaue, ist das möglicherweise ein Fehler. Denn die ist geschminkt und abso-lut attraktiv. Nun wirft sie theatralisch ihre blonde, leicht gelockte Haarmähne nach hinten. Ich bin jedoch eh nicht der theatralische Typ. Genauso wenig bin ich der gestylte Typ, aber falls Phil darauf stehen würde, hätte er ja wohl kaum ausgerechnet mich angegraben. Und selbst wenn, die Option, mich für einen Mann zu verändern – auch wenn er so sexy ist wie Phil – die existiert einfach nicht.

Der Typ greift nach der Hand seiner Freundin.

»Jetzt lass uns nicht mehr streiten, Eva, ich sehe schon, dass du toll aussiehst. Wie immer, du siehst doch immer toll aus.« Er leert mit einem letzten Schluck sein Getränk. »Willst du eigentlich noch etwas trinken? Ich nehme ein Bier.«

Mit einem Ruck präsentiert er das leere Glas Richtung Theke. Mir ist unbegreiflich, dass das mit einer einzigen Geste klappt, ich brauche Stunden, um einen Kellner auf mich aufmerksam zu machen.

»Das ist mal wieder typisch.« Entschlossen zieht sie ihre Hand zurück und funkelt wütend quer über den Tisch. »Ich versuche hier, ein ernsthaftes Beziehungsgespräch zu führen, und du lenkst wie immer ab. Hast du vor, dich schnellstens zu betrinken, damit du mir nicht weiter zuhören musst?«

Ihr Freund stellt das leere Glas unsanft zurück auf den Tisch.

»Ich habe nicht vor, mich zu betrinken, zumindest war das bis gerade eben noch nicht der Fall. Wenn das hier so weitergeht, überlege ich es mir nochmal.«

Langsam wird seine Stimme ungehalten. Sie gefällt mir nach wie vor, oder so sogar noch mehr. Das rauchig Kratzige kommt deutlich stärker rüber, wenn er angepisst klingt, und das finde ich echt sexy. Ich fürchte nur, er ist der Typ Mann, bei dem man besser die Augen schließt, damit er sexy bleibt.

»Ach, jetzt bin ich mal wieder schuld? Ich bin schuld, dass du Alkohol trinken musst? Bin ich nicht anders zu ertragen?«

»Himmel, Eva, lass das blöde Theater doch mal. Ich muss mich nicht wegen dir betrinken, das habe ich gar nicht gesagt.«

Ich werfe einen Blick auf die Uhr. Phil ist jetzt schon mehr als zwanzig Minuten zu spät. Meine Cola ist getrunken und ich bin mir nicht sicher, ob es Sinn macht, eine neue zu ordern. Ich sitze hier nämlich wie bestellt und nicht abgeholt und komme mir dämlich vor. Außerdem werde ich nach und nach sauer und befürchte, mich gleich genauso aufzuführen, wie das Mädchen am Nachbartisch. Missmutig kontrolliere ich mein Handy, aber er hat sich nach wie vor nicht gemeldet.

»Kann ich Ihnen noch etwas bringen?«

Der Kellner reißt mich aus den Gedanken. Wenn man ihn nicht braucht, ist er da, so ist das mit mir und Kellnern.

»Eine Cola, bitte.« Und meinen Freund, gerne auf einem Silbertablett serviert.

Phil ist der erste Mann, den ich in einem Club kennengelernt habe, obwohl ich diesen Begegnungen skeptisch gegenüberstehe. Er hat mich angetanzt und ich war der festen

Überzeugung, er wolle mich nur fürs Bett. Nur für die eine Nacht. Logischerweise habe ich ihn abblitzen lassen, denn One-Night-Stands sind nicht so meins.

»Natürlich hast du das gerade gesagt.« Das Schauspiel nebenan geht in die nächste Runde.

»Du drehst mir die Worte im Mund herum. Ich wollte nur diesen Streit beenden, mehr nicht.«

»Ich fasse es nicht.« Ihre Stimme wird immer lauter und ich bin inzwischen nicht die Einzige, die den beiden zuhört. An einigen anderen Tischen sind die Gespräche verstummt. Eine Frau stößt ihren Mann unsanft in die Rippen und flüstert in sein Ohr. Ich kann mir vorstellen, was sie sagt, denn dasselbe würde ich Phil zuraunen. Wenn er da wäre. Und ich die Chance hätte, ihm zu demonstrieren, wie verständnisvoll ich im Vergleich dazu doch bin. »Ich gebe mir Mühe, unsere Beziehung zu retten, und du sagst, ich mache Theater. Noch ein Bier in sich reinzukippen, ist echt keine Lösung.«

»Ich wusste bis gerade nicht einmal, dass unsere Beziehung gerettet werden muss«, grollt der Typ, von dem ich nach wie vor nur seine dunklen, kurzen Haare erkennen kann. Verstohlen rutsche ich etwas mit meinem Stuhl zur Seite, aber das ändert nichts. Wenn ich ihn sehen will, muss ich aufstehen und um den Tisch herumgehen. Unauffällig ist anders. Seine Freundin dagegen kann ich hervorragend beobachten. Die ist echt bildhübsch. Ihre Haare liegen optimal, und auch ohne sie zu kennen, ist offensichtlich, wie lange sie dafür vor dem Spiegel gestanden hat. Ihre Augen sind ebenfalls perfekt in Szene gesetzt, so kommt der Karamellton zur Geltung, der super zu ihren blonden Haaren passt. Dann noch eine Topfigur und eine nicht zu verachtende Oberweite.

»Nee, wie auch, du hörst ja nur, was du hören willst. Alles andere wird ignoriert.« Sie zeigt anklagend mit dem Finger auf ihren Freund. »Wenn ich dir von Tamara erzähle, was die wieder für einen Scheiß über mich rumtratscht, dann hörst du nicht zu und …«

»Ich habe mir die Sache mit Tamara eine halbe Stunde lang angehört, Eva, eine halbe Stunde lang. Und im Anschluss habe ich dir den Rat gegeben, nicht mehr mit ihr befreundet zu sein, wenn dich das Gerede so aufregt. Oder es eben zu ignorieren, denn so schlimm war es nicht.« Je erboster und erregter das Mädchen am Nachbartisch gestikuliert, desto regloser wird ihr Freund. Er trinkt erneut an seinem Bier und handelt sich weitere wütende Blicke von ihr ein.

»Sag ich doch, du nimmst mich nicht ernst. Du nimmst meine Probleme nicht ernst. Klar, ich bin eben nicht mehr mit Tamara befreundet, so einfach ist das für dich. Ist ja nur Tamara. Würdest du Christian grundlos in die Wüste schicken, nur weil es dir so in den Kram passt?«

Ich schlage dann doch die Speisekarte auf. Jedes einzelne Gericht klingt unbeschreiblich lecker, was daran liegen könnte, dass ich riesigen Hunger habe. Und italienisches Essen liebe. Pizza vor allem. Aber auch Pasta in sämtlichen Formen. Dieses Restaurant hat einen ausgezeichneten Ruf, jede Mahlzeit wird von Hand frisch zubereitet, sogar die Nudeln. Das wird heute eine schwere Wahl, es sei denn Phil ist bereit, sich mit mir zwei Gerichte zu teilen. Ich lasse meinen Blick durch die Räumlichkeit gleiten. Es gefällt mir echt gut, obwohl das Restaurant groß ist und fast voll besetzt, wirkt es nicht überfüllt. Durch die unterschiedlich angeordneten Tische, den hohen Raum und die Theke, die es in mehrere Bereiche abtrennt, ist es geschäftig und doch gemütlich. Ich bin wie erwartet die einzige Person, die nach wie vor allein am Tisch sitzt.

»Eva, das wird immer unsachlicher. Ich habe dir nur einen Rat gegeben und …«

Den Rat könnte ich ihr genauso geben, denn eine Freundin, die über dich herzieht, ist keine Freundin. Ich dagegen habe die beste Freundin der Welt. Wenn ich Sarah berichte, wie lange Phil mich warten lässt, macht sie ihn fertig. Sie meint ständig, mich vor den falschen Typen und Liebeskummer be-

9

schützen zu müssen. Zugegeben, bisher hatte ich nicht das allergrößte Glück mit dem anderen Geschlecht, aber Sarah selbst ist genauso wenig der Beziehungsprofi.

Inzwischen starre ich schon auf die Nachtischkarte. Oh Mann, ich liebe Tiramisu. Und Panna cotta. Ich könnte durchaus mit dem Dessert beginnen. Was Herzhaftes geht danach immer. Die schrille Stimme vom Tisch nebenan reißt mich aus meinen Schwärmereien.

»Und wer sagt, dass ich einen Rat wollte. Ich brauchte jemanden, der für mich da ist, der mir zuhört, der meine Sorgen ernst nimmt. Aber das kannst du ja nicht. Nicht bei mir. Bei Christian hörst du dir jeden Scheiß an, den er dir stundenlang vorjammert, denn da geht es ja um Männerprobleme. Ich dagegen bin nur ein Witz für dich. Du bist eh nur mit mir zusammen, damit du jemanden hast, mit dem du regelmäßig ins Bett steigen kannst, denn Sex mit Christian willst du dann wohl doch nicht.«

Wow, jetzt geht es drüben wirklich zur Sache. Der Typ wird regelrecht zur Sau gemacht und ich wünsche aufrichtig, Phil wäre inzwischen vor Ort und würde das mitbekommen. Der hat mir schon vorgeworfen, zickig zu sein, aber gegen diese Furie bin ich lammfromm.

»Und apropos Sex: Das war immer eine Nullnummer mit dir, so oft habe ich den Orgasmus noch nie vortäuschen müssen. Aber das habe ich jetzt zum letzten Mal getan, denn ich habe echt die Schnauze voll. Such dir eine andere Blöde, die die Beine für dich breitmacht und sich beim Sex dieses jämmerliche Geschwafel anhört: Ja, Baby, ja, so gefällt es dir.«

Inzwischen hat sie sich von ihrem Platz erhoben und ist für niemanden im Restaurant zu übersehen oder zu überhören.

»Nee, Samuel, so hat es mir nämlich nie gefallen, nicht mit deinem mickrigen, winzigen Schwanz.«

Mit einem Ruck reißt sie ihre Jacke von der Lehne und rauscht ab. Scheiße, was würde ich darum geben, jetzt das Gesicht von dem Typen zu sehen. Hätte ich vorher geahnt, was sich hier entwickelt, hätte ich mir einen anderen Tisch ausgesucht. Im hinteren Teil des Restaurants wird gelacht, aber die meisten Leute um uns herum haben mitleidige Blicke für den Bloßgestellten übrig, bevor sie ihre Nasen tuschelnd zusammenstecken.

Der Kellner kommt mit zwei Tellern und stellt sie vor den Mann.

»Guten Appetit«, wünscht er höflich. Super Timing. Dann visiert er erneut mich an. »Haben Sie inzwischen gewählt?«

»Nein, ich warte noch auf meinen Freund«, antworte ich und gebe vor, es vollkommen normal zu finden, dass ich seit ewiger Zeit warte. Ich kann mich nicht zwischen Tiramisu und Panna cotta entscheiden und vertraue darauf, mir nach dem Essen beides mit Phil zu teilen.

Eine Weile betrachte ich den Rücken vor mir, der sich nicht mehr bewegt. Seine Mahlzeit rührt er nicht an. Dann kramt er ein Portemonnaie raus, knallt ein paar Scheine auf den Tisch und geht. Schnell verstecke ich mein Gesicht hinter dem Smartphone, damit er nicht mitbekommt, wie ich ihn angaffe.

›Phil, wo bleibst du?‹, schreibe ich eine Nachricht. Es ist mittlerweile die dritte mit demselben Wortlaut. Gelesen hat er keine einzige davon. ›Ich sitze seit einer halben Stunde allein im Restaurant. Das ist echt scheiße!‹

Außerdem bekomme ich immer mehr Hunger, denn vor lauter Vorfreude habe ich das Mittagessen ausfallen lassen und nur zwei Plätzchen geknabbert. Sehnsüchtig schiele ich zum Nachbartisch, auf dem unberührt zwei Teller stehen. Eine riesige Pizza mit schwarzen Oliven, Feta und Peperoni und ein Salat mit Hühnerbrust. Unverkennbar, was davon für wen gedacht war, denn die blonde Schönheit war gertenschlank. Womöglich rührt ihre schlechte Laune von ihrer Ernährung her. Ich zumindest bin verdammt gereizt, sobald ich Hunger bekomme. So wie jetzt auch. Und die Pizza sieht zum Anbeißen aus.

Ich habe Phil heute Abend eingeladen, weil wir seit zwei Wochen zusammen sind, und dafür meine letzten Ersparnisse eingeplant. Das ist keine endlose Beziehung, aber mir war trotzdem nach feiern zumute. Und mir war nach essen gehen, denn ich liebe Restaurants. So langsam jedoch nicht mehr.

Endlich gibt mein Handy ein Zeichen, dass Phils Antwort gekommen ist. Erleichtert greife ich danach.

›Sry, bin mit den Jungs unterwegs.‹

Sonst nichts.

Fassungslos starre ich auf die jämmerlichen Worte und merke, wie Wut in mir hochsteigt. Dieser Arsch. Er hat mich vergessen, obwohl ich ihm seit Tagen in den Ohren liege, wie sehr ich mich auf unseren Abend und dieses neue Restaurant freue. Eine Familie mit vier Kindern lässt sich laut diskutierend am Nebentisch nieder und es dauert eine Weile, bis alle so platziert sind, dass Mama neben dem Kleinkind sitzt, die Brüder weder nebeneinander noch gegenüber und das Teenagermädchen in Richtung Theke schauen kann. Es müssen ein paar heiße Typen dort sein, denn sie drapiert ihre Haare neu, richtet den Ausschnitt und lässt dabei den Tresen nicht aus den Augen.

Der Appetit ist mir vergangen, egal, wie viel Hunger ich habe. Rasch kippe ich den Rest meines Getränks in mich hinein, winke dem Kellner nach der Rechnung und verlasse das Restaurant. Auf keinen Fall gehe ich jetzt nach Hause, wütend und angepisst wie ich bin. Ich will den Tag nicht allein auf dem Sofa beenden.

›Wo bist du?‹, schreibe ich Sarah, während ich unentschlossen auf der Straße stehe und den Eingang blockiere. ›Ich habe Redebedarf.‹

Es regnet. Unter dem Vordach bin ich einigermaßen vor dem Herbstwetter geschützt, aber der Wind ist ungemütlich und jagt mir eine Gänsehaut über den Rücken. Ich kuschle mich tiefer in die Jacke, während ich auf Sarahs Antwort warte und in die Pfütze vor meinen Füßen starre. Das Licht der nächsten Straßenlaterne reflektiert darin und zeigt deutlich, wie viele dicke Tropfen auf dem Boden landen.

›Bin im Roxy, rat mal, wer auch da ist‹, schreibt sie nach nur einer Minute zurück. Wenigstens auf Sarah ist Verlass.

›kA, Phil hat mich versetzt.‹

»Sie stehen im Weg!«, werde ich angemotzt. Ein älterer Herr schiebt sich grob an mir vorbei und ich lande fast in der Pfütze. Erbost schaue ich ihm hinterher, aber mir fehlt aktuell die Energie, mich zu wehren.

Jetzt schreibt Sarah nicht mehr. Stattdessen kommt ein Foto. Es zeigt Phil. Er ist nicht allein, links und rechts hält er je eine Tussi im Arm. Beide geschminkt. Beide mit gemachten Nägel.

›Wusste nicht, wie ich es dir sagen soll‹, ist die nächste Nachricht.

Kann ich verstehen. Wie sagt man seiner besten Freundin, dass der neue Lover ein mieses Arschloch ist? Zu der Wut gesellt sich Entsetzen und leider merke ich, wie mir Tränen in die Augen steigen. Ich stopfe das Handy zurück in die Tasche und beschließe, es heute nicht mehr rauszuholen. Ich möchte weder weitere Hiobsbotschaften von Sarah noch gelogene Entschuldigungen von Phil erhalten. Schnell verlasse ich den Eingangsbereich, wende mich nach links und setze mich wohl oder übel dem Wetter aus. Ich möchte jetzt nur noch nach Hause gehen und mich im Bett in den Schlaf heulen.

kapitel 2

MELISSA

Schon nach wenigen Metern komme ich an einer Bar vorbei. An der Theke sitzt der Typ, der gerade vor meinen Augen von seiner Freundin verlassen wurde und den ich problemlos durch das Fenster an seinem Hinterkopf erkenne. Er kippt einen Kurzen in sich hinein. Das ist eine schöne Idee, denn Alkohol ist noch besser, als allein zu heulen. Kurz entschlossen betrete ich das leicht schummrige Lokal und lasse mich neben ihm nieder. Er schaut nicht auf. Das ist die erste Möglichkeit, ihn mal von vorne zu betrachten. Es ist, wie ich es mir schon gedacht hatte. Er ist ein Durchschnittstyp. Eine Schande bei der Stimme.

»Was trinkst du da?«, frage ich ihn trotzdem.

»Wieso willst du das wissen?« Langsam schaut er auf und mustert mich. Er verzieht keine Miene.

»Weil ich dasselbe trinke.«

»Machst du mich an?«

Ich verdrehe die Augen.

»Nee, echt nicht. Ich brauche nur dringend Alkohol und das Zeug da sieht stark aus.«

Ein paar Sekunden lang versucht er, meine Absicht einzu-

schätzen, dann zuckt er die Schultern. Er winkt dem Barkeeper und bestellt mit einer lässigen Geste zwei neue. Okay,
lässig mag ich, die Stimme mag ich, über den Rest werde ich
hinwegsehen. Die Getränke kommen umgehend, tiefdunkel
und je mit einer Scheibe Zitrone im Glas.

»Prost, Fremde, die nicht mit mir flirtet«, sagt er und stößt
mit mir an.

»Prost, Fremder, der echt nicht mein Typ ist«, erwidere ich.
Hui, das Zeug ist stark. Wir kippen es trotzdem in einem
hinunter.

»Wie viele von denen hast du schon intus?«

»So einige.«

Betrunken ist er nicht, schätze ich. Dazu ist seine Stimme
zu kontrolliert. Nicht nur die Stimme, der ganze Typ ist kontrolliert. War er eben im Restaurant, bei dieser unschönen
Szene, und ist er noch immer. Angepisst, definitiv, aber nicht
so völlig fertig, wie ich es nach dieser Demütigung erwartet
hätte.

Jetzt winke ich dem Barkeeper und denke, ich bekomme
es ausnahmsweise ähnlich lässig hin.

»Soll ich euch direkt eine Flasche hinstellen?«, fragt der.

»Wenn das möglich ist, gerne«, antworte ich. Dann schaue
ich provozierend den Fremden an. »Oder hast du schon
genug?«

»Auf keinen Fall. Solange ich noch stehen kann, habe ich
nicht genug. Heute nicht.«

Er greift nach der Flasche, die der Kellner uns kopfschüttelnd hinstellt, und füllt unsere Gläser auf. Verdammt großzügig. Eine Weile sitzen wir still nebeneinander und starren
auf die gegenüberliegende Wand. Die durchaus dekorativ ist,
wenn man auf Alkohol steht. Und das tue ich aktuell. Träge
lasse ich meinen Blick über die Etiketten wandern. Die Auswahl erschlägt mich und ich bin froh, mich der Wahl des
Typen angeschlossen zu haben, obwohl das Zeug dunkel und
herb ist und ich es nie zuvor getrunken habe.

»Und welchen Grund hast du, dich zu betrinken?«, fragt er dann.

»Einen Kerl. Sind es nicht immer die Männer, die einen zum Saufen bringen?« Phil ist nicht der Erste, der mir Kummer macht. Er ist auch nicht der Erste, wegen dem ich mich betrinke. Er ist jedoch der Einzige, den ich quasi in flagranti mit anderen Frauen erwischt habe.

»So in etwa«, antwortet er. »Bei mir ist es zwar kein Mann, aber ich verstehe, was du meinst.«

Ob er eine Ahnung hat, dass ich die Restaurantszene in allen Details mitbekommen habe? Und wenn nicht, sollte ich es ihm verraten? Ich vertage diese schwierige Entscheidung auf später und zücke mein Handy. Es ist keine neue Nachricht von Phil angekommen, aber ich weiß ja inzwischen, dass er dafür keine Hand frei hat.

»Sieh mal, das ist mein Freund, mit dem ich heute verabredet war. Er hat mich sitzenlassen, um mit den Jungs zu feiern.« Ich halte ihm das dämliche Foto direkt unter die Nase. So nah, dass er nach meiner Hand greifen muss, um sie auf Abstand zu bringen.

»Freund oder Exfreund?«, fragt er, während er das Bild mustert.

»Wenn ich das bloß wüsste.« Ich hasse es, wie jämmerlich meine Stimme klingt. Wäre ich doch so cool, ihn knallhart abzuservieren. Oder so krass wie Sarah, die nie in eine Situation wie diese hier käme.

»Nach Jungs sieht das nicht aus. Ich würde für Exfreund plädieren.« Er grinst ein wenig.

»Das stimmt ja irgendwie«, jammere ich und greife nach meinem Glas. »Wenn Phil nur nicht so gut aussähe, echt, das ist der heißeste Typ, den ich je im Bett hatte. Sieh ihn dir doch mal an. Ist der nicht absolut heiß?«

Er sieht ihn sich nicht erneut an, sondern schnaubt nur abfällig. »Und auf das Aussehen kommt es an?« Der Blick, den er für mich hat, ist nicht allzu freundlich und ärgert mich.

»Bist du neidisch, weil du nicht mithalten kannst?«, reagiere ich mit einer Gegenfrage. »Ja, auf das Aussehen kommt es an und darauf, dass er im Bett echt der Hammer ist.«

Mein Gegenüber verzieht gequält das Gesicht. Gut, ich weiß schon, dass ich ihn damit unter der Gürtellinie getroffen habe, aber das hat er sich selbst zuzuschreiben.

Wir stoßen an und trinken.

»Wenn du so oberflächlich bist, hast du es nicht anders verdient«, stellt er spöttisch fest und ich boxe ihm empört gegen den Arm.

»Was heißt denn hier oberflächlich? Das sagt ja der Richtige!«

»Na, ich bin alles andere als oberflächlich.«

»Klar, die Frau, die dich zum Saufen bringt, war bestimmt hässlich wie die Nacht«, ätze ich. Ich habe sie ja gesehen. Der ist genauso oberflächlich wie ich, egal, was er sagt.

»Behaupte ich ja gar nicht. Aber ich sage auch nicht, dass ich wegen ihres Aussehens mit ihr zusammen war und sie deswegen zurücknehmen würde.«

Jetzt fülle ich unsere Gläser auf. Das Zeug klebt und hinterlässt Ringe auf der Theke. Dunkle Ringe, die den Barkeeper gleich nicht allzu glücklich machen werden.

»Würdest du nicht?«, wende ich mich wieder an meinen Gesprächspartner. »Stell dir vor, sie kommt an und sieht umwerfend aus. Und sie ist todtraurig und bereut es aufrichtig, was sie mit dir gemacht hat. Und dann bettelt sie auf Knien um deine Vergebung.«

Er schweigt.

»Versteh einer die Frauen«, sagt er schließlich. »Echt, völlig unerklärlich.«

»Ich verstehe die Frauen«, erkläre ich großspurig. »Nur Männer verstehe ich nicht. Warum macht Phil das mit mir?«

Ich wäre doch mit in den Club gegangen, wenn er gesagt hätte, dass er da lieber hin will. Meinetwegen nach dem Essen, denn tanzen kann man die ganze Nacht lang. Und im Gegensatz zu der blonden Giftspritze habe ich nichts gegen Phils Freunde.

»Das ist offensichtlich.« Der Typ schaut mich abschätzend an. »Wenn du mir die Frauen erklärst, dann sage ich dir, warum dein Kerl aktuell im Club abhängt, anstatt mit dir den Abend zu verbringen.«

»Deal.«

Ich halte ihm meine Hand hin.

Er schlägt ein, hält sie fest und sieht mir nachdrücklich in die Augen.

»Aber versprich mir, danach nicht sauer auf mich zu sein. Ich kann ja nichts dafür, dass er sich wie ein Arschloch benimmt.«

»Okay, kriege ich hin«, erwidere ich lässig. Kriege ich locker hin. Ich bin oft aufbrausend und impulsiv, aber unfair bin ich nie.

»Ich bin übrigens Samuel.« Weiß ich. Er hat definitiv keinen Plan, dass er mir hier an der Theke nicht zum ersten Mal begegnet, und ich genieße es ein wenig, die Oberhand zu haben. Ein Wissensvorsprung kann nur von Vorteil sein.

»Melissa.«

Langsam lässt er meine Hand los und stützt sich auf der Theke ab.

»Also, Melissa, dein Phil, der kann ja jederzeit zu dir kommen und dich flachlegen, wann immer ihm danach ist, richtig?«

»Hm? Möglich«, muss ich zugeben. Momentan nicht, denn ich bin echt sauer.

»Aber die Weiber im Club, die muss er erst noch erobern. Da muss er dringend testen, ob er das denn nach wie vor drauf hat. Das hat einen ganz anderen Reiz, als mit dir in die Kiste zu steigen. Eine Frau, die man nicht sicher hat, ist unglaublich verlockend.«

»Jetzt im Ernst?«, frage ich fassungslos.

Samuel lehnt sich lässig zurück, nimmt sein Glas in die

Hand und nippt. Dabei lässt er mich nicht aus den Augen. Dann kippt er es in einem Zug runter.

»Klar. Männer sind Jäger. Und wenn es nicht klappt, kommt er im Anschluss zu dir und kriegt eh, was er braucht.« Empört schlage ich mit voller Wucht auf die Theke. Die Gläser klirren und der Barkeeper sieht alarmiert zu uns her.

»Nehmt ihr noch eine Flasche? Dann kassiere ich die erste aber ab, ehe ihr nachher zu betrunken seid, um die Zeche bezahlen zu können.«

Samuel zuckt ungerührt die Schultern und nimmt sein Portemonnaie in die Hand.

»Ich bezahle direkt beide Flaschen und die Drinks, die ich davor getrunken habe, sicher ist sicher. Denn wenn ich mein Ziel erreiche, dann torkle ich gleich hier raus.«

Da bin ich dabei, definitiv. Nach dieser Erklärung erst recht. Ich wühle in der Handtasche und ignoriere das wilde Blinken meines Handys, das neue Nachrichten anzeigt.

»Hier, ich übernehme eine Flasche.«

Das ist ein großer Teil des Geldes, das für ein großzügiges Essen mit Phil gedacht war. Aber dafür wird es jetzt nicht mehr gebraucht.

»Nicht nötig«, sagt Samuel und schiebt meine Scheine zur Seite.

»Auf jeden Fall nötig«, beharre ich. »Nachher denkst du noch, ich bin dir was schuldig und müsste dich ranlassen. Werde ich aber nicht machen, deswegen bezahle ich meine Getränke selbst.«

Nachdrücklich schiebe ich ihm das Geld wieder hin.

»Wenn du meinst«, erwidert er ungerührt. »War nur nett gemeint. Ich will dir nicht an die Wäsche.«

Er bezahlt den Kellner, der uns aufmerksam mustert und sich dabei nur halbherzig ein Grinsen verkneift, und öffnet umgehend die neue Flasche.

»Und wieso nicht?«

»Weil ich gerade eine Trennung verarbeite.«

»Das wäre doch noch viel mehr Grund, mir an die Wäsche zu wollen«, erkläre ich und frage mich ein wenig, warum man ihm den Alkohol nicht anmerkt, während sich bei mir schon langsam der Raum dreht. Schnaps auf nüchternen Magen ist äußerst effektiv. Ich halte mich am Tresen fest.

»Samuel, du bist ein Arschloch«, lasse ich ihn dann wissen.

»Wieso das denn bitteschön? Weil ich dir nicht an die Wäsche will?«

»Weil du ein Mann bist. Du hast es mir doch gerade selbst erklärt.«

»Ich habe dir erklärt, warum dein Phil ein Arschloch ist. Und du hast mir versprochen, danach nicht sauer auf mich zu sein.«

Eine Weile denke ich darüber nach, aber mein Gehirn ist inzwischen zu benebelt, um nutzbringend zu sein.

»Gib mir noch einen Schnaps«, fordere ich Samuel auf, denn der hat die geöffnete Flasche bloß wieder abgestellt. Und ich befürchte, dass ich mittlerweile nicht mehr in der Lage bin, das Glas zu treffen.

»Es ist Likör.«

»Mir doch egal.«

»Mit einem Haufen Kräuter drin.«

»Klar, das Zeug ist total gesund.« Ich kichere ein wenig. Dann beobachte ich, wie Samuel unsere Gläser füllt, ohne nur einen Tropfen daneben zu gießen. Er wendet sich erneut mir zu und fasst mich genau ins Auge.

»Und was passiert, wenn er morgen wieder vor der Tür steht? Dein Arschloch-Phil. Tust du so, als wüsstest du von nichts oder machst du ihm eine Szene?«

Gute Frage. Ich fürchte, wenn er auf der Matte steht, wickelt er mich problemlos um den Finger. Sarah hat mir schon mehr als einmal vorgeworfen, echt leicht zu manipulieren zu sein. Und ich stehe leider auf den Typen und die Art, wie er mich küsst.

Aber nicht, wenn er auch andere küsst.

Widerstrebend hole ich das Handy raus.

›Willst du mehr wissen?‹, fragt Sarah.

›Gibt es mehr zu wissen?‹, schreibe ich zurück.

Es folgt ein Foto. Inzwischen hat er die Hand unter das Oberteil der mageren Brünetten geschoben und knutscht mit ihr. Ich habe es zwar kommen sehen, trotzdem tut es weh. Wenigstens hilft mir das Foto beim Entscheiden. Entschlossen leite ich es an Phil weiter und schreibe dazu: ›Wichser, lass dich nie wieder bei mir blicken.‹

»Jetzt bin ich Single«, sage ich dann zu Samuel, der mich aufmerksam beobachtet. »Und sitze betrunken mit einem Mann in einer Bar, der mir nicht an die Wäsche will. Mein Leben ist toll.«

»Dann passen wir ausgezeichnet zusammen. Meine Freundin hat soeben öffentlich mit mir Schluss gemacht, nachdem sie in einem voll besetzten Lokal lauthals verkündet hat, was alles Scheiße an mir ist. Betrunken bin ich ebenfalls und meine aktuelle Begleitung hat mir direkt zu Beginn unseres Besäufnisses erklärt, wie unattraktiv sie mich findet. Mein Leben ist genauso toll.«

Das mag sein. Phil abzuschießen war immerhin meine eigene Entscheidung, obwohl ich haargenau weiß, dass ich es spätestens morgen bereuen werde. Verdammt, wir waren erst zwei Wochen zusammen. Nach zwei Wochen sollte man doch noch frisch verliebt und auf rosa Wattewolken sein.

»So, jetzt bist du dran. Was habe ich falsch gemacht? Eva hat aus heiterem Grund einen Streit angezettelt und ich habe noch immer nicht kapiert, was dabei ihr Problem war.«

»Du machst ihr zu wenig Komplimente, du haust ihr Lösungen um die Ohren, anstatt ihr einfach mal zuzuhören und sie zu bemitleiden, und du bist mies im Bett. Reicht das als Erklärung?«, erwidere ich, ohne zu zögern.

Ein paar Sekunden lang starrt er mich reglos an und ich bewundere mal wieder sein Talent, die Fassung zu bewahren.

»Ich wollte dir gerade erst mal aufzählen, was sie zu mir

gesagt hat. Das scheint ja nicht nötig zu sein«, stellt er dann langsam fest.

»Nein, ich saß am Nachbartisch«, gebe ich zu.

»Du hast alles gehört?«

»Ja, ich und die versammelten Restaurantgäste. Die Kellner eventuell auch.«

Samuel nimmt die Flasche und trinkt direkt daraus, obwohl in seinem Glas nach wie vor Likör ist. Die Flasche wird erschreckend schnell leer.

Dann dreht er sich von mir ab und starrt an die gegenüberliegende Wand.

»Du wolltest es wissen«, verteidige ich mich.

»Ich bin nicht mies im Bett«, sagt er langsam.

»Das sind ja nicht meine Worte.« Der Sexvorwurf trifft ihn am meisten und ich kann mir ein Grinsen nur mit Mühe verkneifen. »Vielleicht hat sie es ja nur gesagt, um dich fertigzumachen«, versuche ich, die Situation zu retten. »Ich meine, jemandem zu sagen, sein Schwanz wäre wirklich winzig, ist die ultimative Demütigung. Vor allem, wenn zig Leute es hören.«

»Ja, danke, dass du es erwähnst. Ich kann das bestätigen.«

Er betrachtet nach wie vor angestrengt die Alkoholsammlung und meidet den Blickkontakt.

»Im Ernst, Samuel, wenn ich einen Mann so richtig zur Sau machen wollte, würde ich das auch sagen. Es gibt doch echt nichts Peinlicheres.« Mit Schwung stoße ich mein Glas gegen seines, um seine Aufmerksamkeit zu mir zurückzuholen.

»Melissa, lass gut sein. Ich empfinde es noch immer als Demütigung und würde wirklich gerne das Thema wechseln.«

Sein Blick bleibt unbewegt an die Wand getackert.

»Hat dir denn schon mal jemand vorgeworfen, mies im Bett zu sein?«, bleibe ich beim Thema. Wütend wendet er sich mir wieder zu. »Ich meine, wenn nicht, dann ist das doch ein Hinweis, dass sie lügt.«

»Kann man dich irgendwie stoppen?«

Der Barkeeper stellt uns ungefragt eine weitere Flasche hin und Samuel bezahlt. Langsam wird dieses Besäufnis verdammt teuer. Ich und meine finanziellen Möglichkeiten sind eindeutig raus, wenn ich keine Extraschichten im Kino einlegen will. Dann trinkt er erneut, ohne den Umweg über die Gläser zu nehmen.

Er reicht die Flasche an mich weiter.

»Das ist wohl die letzte, die ihr von mir bekommt«, ruft der Kellner quer über den Tresen. Das ist gewiss besser so, ich bin mittlerweile echt wattig im Kopf.

»Ich bin schwer zu stoppen«, gebe ich zu. »Vor allem, wenn ich betrunken bin, dann ist es unmöglich.«

»Na, super, ich höre mir also den restlichen Abend an, wie du darüber philosophierst, wie mickrig mein Schwanz sein mag. Denn du bist eindeutig sehr betrunken.«

»Wieso bist du es nicht? Du kommst mir stocknüchtern vor.«

»Ich bin kein Stück nüchtern, im Gegenteil. Ich kann es nur gut verbergen«, gibt er zu. »Aktuell bin ich sogar so betrunken, dass ich kurz davor bin, dir an die Wäsche zu wollen, um dich von meinen Bettqualitäten zu überzeugen.«

»Man muss nicht betrunken sein, um mit mir ins Bett zu wollen«, protestiere ich laut.

»Das wollte ich damit nicht sagen. Und jetzt dreh nicht auch noch du mir jedes Wort im Mund rum«, knurrt er. Scheiße, seine Stimme ist noch geiler, wenn er knurrt.

Ich schließe die Augen.

»Rede mit mir«, fordere ich ihn auf. Von dieser Stimme kann ich echt nicht genug bekommen. Leider redet er nicht, daher schaue ich ihn wieder an.

Verständnislos schüttelt er den Kopf.

»Ich rede schon die ganze Zeit mir dir.«

»Dann halt einen Monolog, ich möchte dir einfach eine Weile zuhören.«

Hinter uns kommt eine Gruppe Leute in die Bar. Einer der

Männer lacht laut und schlägt einem anderen auf den Rücken. »Dein Chef ist ein Arschloch«, erklärt er seinem Kumpel und schiebt ihn weiter in den Raum hinein.

»Mein Chef ist ebenfalls ein Arschloch«, mosert der nächste, »Ich habe noch von keinem Chef gehört, bei dem das anders wäre.«

Samuels Blick ist kurz abgeschweift. »Und was soll ich sagen?«, fragt er dann. »Mein Chef ist übrigens völlig in Ordnung.«

»Ist mir eigentlich egal. Ich möchte nur deine Stimme hören, ohne mich ablenken zu lassen. Also, erzähl meinetwegen von deinem Kumpel Christian, was ihr macht, wie ihr euch kennengelernt habt und so.«

Einen Moment schweigt er und kneift die Augen zusammen. »Wie lange hast du eigentlich in diesem Restaurant gesessen?«

»Hm, bestellt habt ihr ohne mich, glaube ich. Aber alles Interessante habe ich mitbekommen.«

Samuel hält nach wie vor die Flasche in der Hand und zieht versonnen Kreise über die Theke, die inzwischen aussieht wie ein Schlachtfeld, obwohl der Barmann regelmäßig drüberwischt.

»Verrätst du mir danach, warum ich das tun soll?«

»Mache ich.«

Endlich redet er und ich schließe erneut die Augen. Leider muss ich mich dabei an der Theke festhalten, denn mit geschlossenen Augen beginnt der Raum sich zu drehen. Ich achte nicht allzu bewusst auf die Worte, obwohl ich nichts dagegen habe, was er erzählt. Christian scheint nämlich ein verdammt guter Typ zu sein, derjenige, dem er voll und ganz vertraut, den er schon seit dem Sandkasten kennt. So wie es bei Sarah und mir ist. Außerdem ist mittlerweile durchaus zu erkennen, dass er alles andere als nüchtern ist, denn ich wette, im Normalfall würde das hier nicht in einer Art Liebeserklärung an seinen besten Kumpel ausarten.

Irgendwann hört er auf. Leider.

»Und jetzt sag, warum sollte ich dich zutexten?«

»Deine Stimme ist das Geilste, was ich je gehört habe«, gebe ich zu und wünsche mir, er würde weitermachen. Die ganze Nacht lang.

Unwillig schlage ich die Augen auf. Samuel beobachtet mich verwundert.

»Echt jetzt?«

»Echt jetzt.« Ich grinse ein wenig bei seinem verwirrten Blick.

»Du verarschst mich.«

Langsam wird es voll in der Bar, denn der nächste Schwung Gäste erscheint. Der Geräuschpegel, den sie mitbringen, zwingt mich, näher an Samuel zu rutschen.

»Ich verarsche dich nicht. Ich verarsche Männer nie.« Ich schaue ihm tief in die Augen. »Genau genommen, macht mich deine Stimme so an, dass du mir durchaus beweisen darfst, was du im Bett so drauf hast. Vor allem, wenn du dabei redest.«

Das ist der Alkohol, der aus mir spricht. Nicht, dass ich im Normalfall ein Kind von Traurigkeit bin, aber so schnell lande ich nie mit einem Mann im Bett, noch dazu mit einem fremden. Meine aktuellen Motive bekomme ich schon mal gar nicht sortiert, denn es kann ja nicht die Stimme allein sein. Oder das Mitleid, das ich empfinde, sobald ich vor Augen habe, wie er da abgekanzelt am Tisch saß. Von allen Seiten beobachtet und belächelt.

Samuel setzt erneut die Flasche an und trinkt. Trinkt sie leer.

»Dann komm.«

Jetzt ist seine Stimme richtig dunkel. Rau und verlangend. Angefixt greife ich nach der Hand, die er mir hinhält.

Beim Rausgehen trifft mich die kühle Nachtluft mit Macht und ich realisiere, dass ich noch viel betrunkener bin, als ich dachte.

kapitel 3

MELISSA

Mein Kopf dröhnt wie irre.

So einen Totalabsturz hatte ich schon ewig nicht mehr. Nein, genau genommen, hatte ich so etwas Übles nie zuvor. Eventuell fällt das hier unter Alkoholvergiftung und ich schwöre, nie wieder Alkohol zu trinken. Eine Weile grüble ich darüber nach, ob ich mich übergeben muss, wenn ich mich bewege. Oder ob ich mich eher übergeben werde, wenn ich mich nicht bewege. Oder ob das Übergeben eh nicht zu vermeiden ist.

Ganz vorsichtig setze ich mich auf. Ich bin nicht allein im Bett.

»Phil?«, flüstere ich leise. »Mir ist so schlecht, tu was.«

Phil brummt nur und schläft ungerührt weiter.

Sacht stoße ich ihn gegen die Schulter. Dabei rutscht die Bettdecke hinunter. Ich bin komplett nackt. Ich schlafe nie nackt. Nie, ich bin nämlich eine Frostbeule und friere sogar im Hochsommer, wenn ich nicht wenigstens ein Nachthemd trage. Außerdem rechne ich gedanklich immer damit, dass ein Feuer ausbricht. Oder Einbrecher mitten in der Nacht in meinem Zimmer stehen. Oder ein anderer Notfall eintritt und ich auf der Stelle das Haus verlassen muss. Dann doch bitte nicht nackt.

»Phil, ich brauche eine Kopfschmerztablette. Ich kann mich nicht bewegen«, sage ich nachdrücklicher und zerre an seiner Decke.

Endlich rührt er sich. »Was? Was brauchst du?«

»Wer bist du?«, krächze ich entsetzt und starre verständnislos.

Da liegt ein wildfremder Mann in meinem Bett und sieht mich verschlafen und orientierungslos an. Jetzt ist mir endgültig schlecht und mit einem Würgen springe ich auf und renne zur Toilette.

Als ich mich nach einer ewigen Zeit zurück in mein Schlafzimmer wage, ist der Typ noch immer da. So langsam ist mir auch wieder klar, wer das ist.

Samuel, der Mann mit dem riesigen Vorrat an Likör.

»Du hast mich gestern abgefüllt«, klage ich ihn an.

Die Übelkeit ist noch nicht weg, aber die Gefahr, auf ihn drauf zu kotzen, ist vorerst gebannt.

»Ich habe mich gestern selbst abgefüllt und du hast dich ungefragt angeschlossen«, widerspricht er. Ach ja, daran erinnere ich mich ebenfalls. Die Stimme war so toll. Ist sie nach wie vor, aber in meinem Schlafzimmer hat sie nichts zu suchen.

Mit einem Ruck ziehe ich ihm die Bettdecke weg.

»He, was soll das?«, motzt er mich an.

»Dein Schwanz sieht ganz normal aus«, stelle ich fest. »Auf jeden Fall in diesem Zustand. Und jetzt verschwinde, ich kann mich an nichts erinnern.«

Langsam setzt er sich auf und funkelt mich wütend an.

»Gestern klang das noch ganz anders«, knurrt er dann. »Gestern hast du mich angebettelt, bloß zu bleiben und es dir nochmal zu besorgen. Weil dein Phil dich nie so befriedigt hat wie ich.« Ich ziehe ungläubig die Augen zusammen. »Deine eigenen Worte.«

Meine eigenen Worte? Ich rede nicht im Bett. Außerhalb da rede ich ja jede Menge, aber beim Sex eben nicht. Ich kann mir nicht vorstellen, bei Samuel anders gewesen zu sein, ich habe jedoch in der Tat einen totalen Filmriss. Scheiße, ich habe mit einem Mann geschlafen und weiß nichts mehr davon. Panikartig krame ich in meiner Erinnerung. Da finde ich leider einen missglückten Restaurantbesuch, eine Bar mit jeder Menge Ramazotti und diesen Mann mit der tollen Stimme und dem nichtssagenden Rest. Wieso liegt dieser nichtssagende Rest jetzt in meinem Bett? Ach ja, weil er mich mit seiner Stimme echt geflasht hat. Als ich die Augen geschlossen hatte.

Ich wende denselben Trick wieder an. Die Erinnerung daran, was geschehen ist, nachdem wir die Bar verlassen haben, kehrt nicht zurück. Ich weiß nur, dass die kalte Nachtluft mich mit einem Vorschlaghammer getroffen hat.

»Was genau …«, stammle ich.

»Was genau was?« Samuel zerrt mir die Bettdecke aus der Hand. »Was wir gemacht haben? Wie oft und wo? Was du dabei gesagt hast? Oder wie verdammt laut du warst?«

Ach du Scheiße. Es wird immer schlimmer. Ich reiße entsetzt die Augen wieder auf. Der Alkohol muss mich total enthemmt haben. Ich bin doch gewöhnlich nicht laut.

»Echt, Melissa, du bist eine Wildkatze im Bett. So richtig verdorben, das hätte ich gar nicht von dir erwartet. Und bei der ersten Nummer haben wir es noch nicht einmal ins Bett geschafft. Du warst so geil, dass ich es dir im Flur besorgen musste.« Der Flur ist kalt und null schallgedämpft. Da hört man jeden Schritt der Leute, die über uns wohnen, was bedeutet, dass sie ebenfalls mitbekommen, was bei uns geschieht. Eine neue Übelkeitswelle steigt in mir auf, der Typ redet jedoch ungerührt weiter. »Scheiße, weißt du echt nicht mehr, wie ich dich an diese raue Wand gepresst habe, um dich im Stehen zu nehmen? War schon eine akrobatische Nummer, aber du liebst es hart und heftig.«

Samuel lässt seinen Blick an meinem Körper auf und ab wandern und mir fällt auf, dass ich hier splitterfasernackt vor ihm stehe. Egal, was wir gestern gemacht haben, und wie hemmungslos ich da gewesen sein mag, das war gestern. Und heute ist heute und da bin ich wieder nüchtern.

»Pack dein Zeug zusammen und verschwinde«, fauche ich ihn an und raffe die Bettdecke um mich. Die Klamotten liegen wild im Raum verteilt, die fremden Teile werfe ich zu Samuels aufs Bett. Der rührt sich nicht.

»Bist du morgens immer so drauf?«, fragt er stattdessen.

»Ich fühle mich angestarrt. Hast du echt keine Manieren?« Ich lasse mich nicht gerne mustern, wenn ich nackt bin. Angezogen habe ich mehr Selbstbewusstsein, aber sich ohne Kleidung vor einem Mann zu präsentieren, ist nicht meins. Das hier ist noch dazu ein wildfremder Mensch, den ich nur dem Alkohol zu verdanken habe.

»Sorry, ich konnte ja nicht ahnen, dass du mit einem Mal so prüde bist. Das war gestern echt anders.«

Endlich wendet er den Blick ab und betrachtet mein Zimmer.

»Allzu ordentlich bist du nicht«, stellt er fest.

»Das geht dich nichts an.« So dramatisch unordentlich, wie es aktuell wirkt, bin ich gar nicht. Gestern Abend konnte ich mich allerdings lange nicht entscheiden, was ich anziehe, und hatte im Anschluss keine Zeit aufzuräumen. Hektisch greife ich nach ein paar meiner Klamotten.

»Ich gehe duschen. Und wenn ich zurückkomme, bist du verschwunden.« Ich nehme einen seiner Schuhe und werfe ihn ihm nachdrücklich an den Kopf.

Ich dusche lange. So lange, bis das Duschwasser kalt wird und das Bad einer Dampfsauna gleicht. Aber ich fürchte, der Typ braucht ewig, um sich anzuziehen und mein Bett, mein Zimmer und mein Leben zu verlassen, denn er machte überhaupt keine Anstalten, sich zu bewegen.

Als ich schließlich einen Blick in mein Schlafzimmer riskiere, stelle ich erleichtert fest, dass er weg ist. Er und seine Klamotten und seine tolle Stimme. Sogar das Bett hat er gemacht. Irritiert schüttle ich den Kopf und räume ein paar der Kleidungsstücke in den Schrank.

Den letzten Rest Übelkeit und Kopfschmerzen werde ich mit Koffein und Tabletten bekämpfen. So wie es riecht, hat Sarah inzwischen Kaffee aufgesetzt. Himmel, ich hoffe nur, sie hat nichts von meiner nächtlichen Eskapade mitbekommen, denn das möchte ich unter den Tisch kehren und nie wieder daran erinnert werden. Sarah hat die Angewohnheit überaus indiskret zu sein, sobald sie eine Männergeschichte wittert. Gedanklich überlege ich mir ein paar Märchen, die ich ihr über den gestrigen Abend erzählen kann und die besser klingen, als ich-habe-mich-heulend-in-mein-Bett-verzogen. Und besser als ich-habe-mich-von-einem-Fremden-abfüllen-und-vernaschen-lassen.

»Morgen«, gähne ich ungehemmt in die Küche und lasse mich auf meinen üblichen Stuhl fallen. Dann verziehe ich unwillig das Gesicht, denn mir gegenüber sitzt Samuel, inzwischen komplett bekleidet, aber leider nicht komplett verschwunden.

»Du bist ja noch immer hier«, maule ich ihn an. Wäre ich clever, hätte ich ihn nackt ins Treppenhaus geschubst und seine Klamotten aus dem Fenster befördert. Ich merke es mir für das nächste Mal. Das nächste Mal, das es nicht geben wird.

»Deine Freundin hat mir ein Frühstück angeboten.«

Ich werfe Sarah einen finsteren Blick zu. Aber die kennt sich aus mit One-Night-Stands und serviert ihren einmaligen Übernachtungsgästen ausnahmslos ein Frühstück. Egal, ob er gut war oder nicht. Ich bezweifle jedoch, dass sie sich jemals am nächsten Morgen nicht daran erinnern konnte, ob er den Kaffee verdient hat. Jetzt sitzt sie breit grinsend am Tisch und schmiert Nutella auf ein Brötchen.

»Endlich hast du mal das einzig Richtige gemacht und dich

sinnvoll über eine verkorkste Beziehung getröstet, Melimaus«, lobt sie mich. Ja, das ist Sarahs Welt. Kummer mit einem Mann kann man nur mit einem neuen Mann bekämpfen. Obwohl ich mich kaum erinnern kann, wann sie jemals Kummer wegen eines Mannes hatte, denn sie ist diejenige, die reihenweise gebrochene Herzen zurücklässt. Ich bevorzuge üblicherweise Wein und allein im Bett heulen. Da fühlt man sich am nächsten Morgen zwar ebenfalls mies, hat aber keinen mitgenommenen, unattraktiven Typen am Frühstückstisch und keine Ahnung, wie man ihn wieder loswird. »Ich bin erleichtert, dass du diesmal so schnell gemerkt hast, dass er ein Arsch ist. Zwei Wochen sind auch für dich Rekord.«

»Passiert ihr das oft?«, fragt Samuel über meinen Kopf hinweg.

»Dauernd.« Sarah verdreht die Augen. »Melissa sucht eigentlich nur ihren Traummann, den einen, mit dem sie dann für immer glücklich ist. Nur leider gerät sie ständig an die Falschen, die gut aussehenden Blödmänner, die einfach ihre Finger nicht von anderen lassen können.«

»Ich will halt eine ernsthafte Beziehung. Da ist doch nichts falsch dran«, verteidige ich mich. Sarah ist zwar schnell Feuer und Flamme, sobald ihr ein Mann begegnet, rechnet aber für sich selbst nie ernsthaft mit der ewigen Liebe, denn das kennt sie nicht von ihren Eltern. Deshalb ist sie nie erstaunt, wenn sich der tolle Kerl, in den sie sich verguckt hat, am nächsten Morgen auch nur als Mann mit Ecken und Kanten heraus-stellt. Meine Eltern dagegen sind nach wie vor glücklich verheiratet, auch nach fast dreißig Jahren. »Phil hat mir selbst gesagt, dass er eine feste Freundin haben möchte. Dass er die austauschbaren Affären satthat.«

»Er hat dir gesagt, was du hören wolltest.« Der unerträglich selbstgefällige Blick von diesem Mann macht mich rasend. Dabei ist er der Letzte, der Beziehungstipps geben kann.

Sarah versorgt mich mit meinem Lebenselixier, während ich darüber nachdenke, ob ich dem Arsch ein paar der Nettigkeiten um die Ohren haue, die seine Ex mir geliefert hat. Würde ich glatt machen, wäre da nicht das Problem, dass ich mich nicht an die letzte Nacht erinnere. Ich bin hier echt im Nachteil.

»Woher willst du das wissen? Weil du es auch immer so machst?«, kontere ich also nur lahm.

»Erspar mir den Vergleich, ich habe meine Freundin noch nie betrogen.«

Sarah verdreht die Augen.

»Jetzt seid mal nett zueinander.« Sie ist immer nett beim Frühstück. Und je netter sie ist, umso übler ist der Rausschmiss, den der Mann im Anschluss kassiert. Ich sollte so nett zu Samuel sein, wie es mir möglich ist, und dann Sarah auf ihn hetzen.

»Warum bist du heute allein beim Frühstück?«, drehe ich den Spieß um und nehme meine Freundin in die Mangel. Ein Club voller Männer und keiner dabei, der für einen Abend ihr Interesse weckt? Das kann nicht sein.

»Ist das nicht offensichtlich?«

Ist es nicht. Ich schüttle den Kopf.

»Ich hatte damit gerechnet, dich in Tränen aufgelöst zu finden. Da schleppe ich doch keinen Typen an«, empört sie sich.

Okay, da hat sie recht. Bei meiner letzten Trennung war ich am Boden zerstört und am nächsten Morgen echt elend dran. Da war ich heilfroh, niemanden vom anderen Geschlecht vorzufinden.

»Den nächsten Mann suche ich für dich aus«, erklärt Sarah fröhlich und visiert Samuel an.

»Ganz bestimmt nicht, Sarah«, protestiere ich laut. »Du hast kein gutes Händchen bei Männern.«

»Du doch auch nicht. Wir probieren es einfach mal mit meiner Methode.«

»An meiner Methode ist nichts auszusetzen«, lehne ich den Vorschlag ab. Es passt mir gar nicht, dass meine Männerprobleme mit Samuel am Tisch diskutiert werden. Aber Sarah ist schwer von ihrem Lieblingsthema abzubringen. »Ich hatte bisher einfach Pech. Und jetzt reden wir über andere Dinge.« Wenn der unwillkommene Gast endlich verschwunden ist, bringe ich hoffentlich in Erfahrung, was Phil gestern Abend noch getrieben hat. Ob er auf meine Nachricht reagiert hat. Sarah hat ihn sicher nicht aus den Augen gelassen.

»Deine Oberflächlichkeit ist das Problem«, analysiert Samuel mich schonungslos. »Du achtest zu sehr auf das Aussehen. Kein Wunder, dass du immer auf die Nase fällst.«

»Das stimmt doch gar nicht«, fauche ich. Wenn ich eines nicht ausstehen kann, dann Typen, die denken, sie hätten mich auf der Stelle durchschaut. »Bist du nicht der beste Beweis dafür, dass ich nicht auf das Aussehen achte? Sonst wärst du ja wohl kaum in meinem Bett gelandet.« Samuel presst die Lippen hart aufeinander und Sarah pfeift leise.

»Ja, mein Gott, ist ja nicht zu übersehen, wie unattraktiv er ist. Nüchtern wäre mir das nicht passiert«, erkläre ich Sarah und habe kein schlechtes Gewissen, es vor Samuels Ohren zu tun. Das Wissen, dass ich mich in der Nacht benommen habe wie eine notgeile Schlampe und mich noch nicht mal daran erinnere, bringt mich dazu, Rache zu wollen.

»Ich finde eigentlich nicht, dass ...«

Ich falle Sarah auf der Stelle ins Wort. »Über deinen Geschmack möchte ich nicht reden. Was du schon im Club aufgerissen hast, geht auf keine Kuhhaut. Ich habe hier am nächsten Morgen die jämmerlichsten Gestalten sitzen sehen. Das toppt Samuel allerdings problemlos.«

Samuel wirft das Brötchen, das er essen wollte, mit Schwung zurück auf den Teller. Dann steht er wortlos auf und verlässt die Küche. Ich höre die Haustür laut ins Schloss fallen und balle innerlich die Hand zur Faust.

Ziel erreicht.

»Musste das sein?«, mault Sarah. »Ich fand ihn irgendwie nett.«

kapitel 4

SAMUEL

Auf das Scheißwochenende folgt eine Scheißwoche. Freitagabend lauert Christian mir auf, als ich nach Hause komme. »Kumpel, heute Abend gehen wir aus.«

»Kein Bock«, erwidere ich nur und schließe meine Wohnungstür auf.

»Ernsthaft? Willst du dir noch länger die Augen nach der blöden Schlampe ausheulen? Heute Abend reißt du eine Neue auf und gut ist.« Chris und Eva haben sich auf den ersten Blick nicht ausstehen können. Das machte es nicht einfacher zwischen uns.

»Ich will aber keine Neue aufreißen, ich will nur meine Ruhe.« Mit Schaudern erinnere ich mich an diese Melissa, die mir ins Gesicht sagte, ich wäre optisch ja mal gar nicht ihr Fall. Noch so ein Erlebnis werde ich mir ersparen. Liebeskummer, Kater und Beleidigungen ergeben eine Killer-Kombination.

»Simon schmeißt eine Party.«

»Schön für Simon«, ziere ich mich erneut.

»Okay, wenn du nicht willst, dann bleiben wir halt hier und schauen uns einen schönen Porno an. Das lenkt dich auch ab.« Chris schiebt sich an mir vorbei ins Wohnzimmer, obwohl ich ihn im Flur abwimmeln wollte.

»Ich schaue mir ganz bestimmt nicht mit dir einen schönen Porno an«, winke ich ab. »Das ist echt eklig, Chris.«

»Beim letzten Mal fandest du es geil.«

»Beim letzten Mal war ich fünfzehn und Jungfrau.«

Er hat es sich längst auf dem Sofa gemütlich gemacht, die Beine hochgelegt und die Arme auf der Lehne. So leicht werde ich ihn nicht mehr los.

»Jetzt bist du halt ein paar Jahre älter und meiner Definition nach noch immer Jungfrau«, erwidert er augenrollend. Christians Definition ist allerdings echt eigen, denn er legt jedes Wochenende mindestens eine neue Frau flach. »Mit wie vielen Tussis warst du in der Kiste?«

»Lass gut sein, Junge, ich habe weder den Ehrgeiz zu zählen noch daran, die Zahl möglichst groß werden zu lassen. Mir reicht eine Frau voll und ganz.«

Ich stehe noch immer unentschlossen im Raum. Was würde ich nicht dafür geben, jetzt allein zu sein. Aber wenn mein Kumpel sich was in den Kopf gesetzt hat, dann ist er nicht zu halten. Und aktuell hat er beschlossen, mich aufmuntern zu wollen. Obwohl ich das echt nicht nötig habe. Vor allem nicht die Art Aufmunterung, die Chris vorschwebt.

»Da war doch diese Kleine im Urlaub, und ich glaube, bei Natascha konntest du auch landen und vor Eva war da …«, überlegt er laut und ich gebe auf. Wenn ich nicht mit auf diese Party gehe, macht er nämlich den ganzen Abend weiter. Und Lust auf einen Porno habe ich noch viel weniger.

»Wann geht die Party los?«, frage ich gottergeben.

»Zieh dich um, die läuft schon längst. Echt, ich kenne keinen anderen Menschen, der an einem Freitag so lange arbeitet wie du.«

Hätte ich mich doch mit Chris' Gesellschaft und einem Porno abgefunden. Meinetwegen mit Dirndl und Sex zwischen

Heuballen und Fremdschämen hoch zehn. Das hier ist schlimmer.

»Simon, wir haben heute ein Projekt. Eva, das Miststück, hat unseren Sam hier ganz mies abserviert. Wir brauchen ein paar Weiber, die ihn trösten«, legt Christian nämlich auf der Stelle los, sobald wir auch nur den Flur betreten haben.

»Ich brauche keine Weiber, die mich trösten. Ich brauche erst einmal frauenfreie Zone und ganz viel Alkohol«, stelle ich richtig. Das alles hätte ich wunderbar zu Hause haben können. Die Küche ist heute tabu, denn da versammeln sich meiner Erfahrung nach die meisten Frauen. Der Balkon könnte eine passende Alternative bieten, denn aktuell ist es verregnet und stürmisch und Simon lagert da das Bier.

»Füllen wir ihn zuerst ab, das ist immer mein Mittel der Wahl«, schlägt Simon vor und haut mir auf die Schulter. »Eva ist eine blöde Schlampe.« Leider weiß ich nur allzu gut, dass Simon selbst auf Eva steht. Eine Menge Jungs stehen auf Eva und ich schätze, sie hat jetzt schon Ersatz für mich gefunden.

Endlich halte ich ein Bier in der Hand und schiebe mich ins Getümmel. Keine Ahnung, wo Simon all die Leute aufgetrieben hat, ich kenne kaum jemanden. Mein Kumpel ist glücklicherweise schon in einen Flirt mit einer großen Blondine vertieft. Sobald er richtig abgelenkt oder mit ihr verschwunden ist, kann ich mich vom Acker machen. Auf dem Sofa hockt Simons Bruder und klammert sich an einer Flasche fest. Ich lasse mich neben ihn fallen und stoße mit ihm an.

»Prost, Mitch, alles klar?« Mitch heißt eigentlich Michael und hasst Partys so aufrichtig, wie Simon sie liebt.

»Sag mir, was ich hier tue«, murmelt er.

»Du wartest auf den richtigen Augenblick, dich unauffällig zu verpissen, so wie immer«, antworte ich und grinse. Wir stoßen erneut an und trinken.

»Wo ist Eva?«, fragt er dann leider.

»Hat mich abserviert.«

»Oh Scheiße, tut mir leid, Mann.«

Mitch ist ein klasse Typ. Viel zu nett, um bei Frauen gut anzukommen, und viel zu freundlich, um seinem Bruder zu sagen, dass er nicht mehr zu seinen Partys kommt. Dafür kann man hervorragend mit ihm in der Soccerhalle abhängen oder online zocken. Eva konnte ihn genauso wenig ausstehen wie Chris und den Rest meiner Freunde.

»Und bei dir so?«, wechsle ich das Thema.

»Das Übliche.« Er zuckt die Schultern. »Der FC hat ja letztes Wochenende mal passabel gespielt.«

»Warst du da?«

»Klar, ich habe doch ne Dauerkarte.«

Ich bemerke zwei Frauen, die untergehakt und laut kichernd den Raum betreten.

Scheißwoche. Sag ich doch.

Der Blick der kleinen Dunkelhaarigen fällt auf mich und sofort verdreht sie die Augen. Dann schaut sie demonstrativ in eine andere Richtung und winkt enthusiastisch einem Mädchen zu.

Das miese Wochenende habe ich ihr zu verdanken. Okay, Eva hat mir schon einen Schlag in den Magen verpasst, aber dieses Mädchen hat mir im Anschluss den Rest gegeben. So effektiv hat mich noch keine in den Boden gerammt.

Ich nehme einen tiefen Schluck, die Flasche ist leer.

»Brauchst du ein neues Bier, Mitch?«

»Nee, lass mal, Simon hat gesehen, dass ich da war und gerade ist er beschäftigt. Du weißt, was das bedeutet.« Simons Beschäftigung besteht darin, einer üppigen Rothaarigen in den Ausschnitt zu starren. Mitch hat recht, die perfekte Gelegenheit, sich unbemerkt wegzuschleichen. Wir erheben uns gleichzeitig.

Mein Ziel ist jedoch nicht der Ausgang. Mein Ziel ist erst einmal Rache.

»Wie nötig hast du es heute, Baby?« Ich schiebe mich von hinten an Melissa und flüstere ihr ins Ohr. Mit der dunkelsten Stimme, die ich hinbekomme. »Im Flur ist so einiges los, aber

eventuell finden wir eine abgelegene Stelle im Treppenhaus.«
»Ich bin viel zu intelligent, denselben Fehler zweimal zu machen«, zischt sie zurück.

»Diesen Fehler hast du genau genommen schon dreimal gemacht.« Ein bisschen Übertreibung darf ja wohl erlaubt sein, ich danke Gott, dass sie sich an rein gar nichts erinnert. »Du hast den Hals nicht vollbekommen.«

Angeekelt macht sie einen Schritt von mir weg und dreht sich um. Sie versucht, mich mit Blicken zu töten, aber auch das geschieht nicht zum ersten Mal.

»Kannst du dich nicht endgültig verpissen?«

Kann ich nicht. Ich bin nämlich so dermaßen frustriert, dass ich nur noch daran denken kann, es ihr heimzuzahlen. Eine Woche arbeiten bis zum Umfallen hat nicht gereicht.

»Melimaus, ich war zuerst auf dieser Party. Simon ist mein Kumpel.« Simon ist Christians Kumpel. Ich definiere das mal äußerst großzügig, ausnahmsweise. Im Normalfall bin ich mit dem Begriff Freundschaft sehr wählerisch.

Melimaus schnaubt empört.

»Oh, wie süß«, mischt sich Sarah ein. Sarah, die zwei Cocktails in der Hand hält und beide nun Melissa in die Hand drückt, um bei ihr eine Haarklammer neu zu positionieren. »Er benutzt schon deinen Kosenamen. Da sorge ich doch mal dafür, dass du nicht so zerzaust aussiehst.«

»Er kann sich meinen Kosenamen in den Arsch schieben«, faucht Melissa.

»Interessante Alternative.« Spöttisch ziehe ich eine Augenbraue hoch. Eva hat diese Geste gehasst. Das sollte doch auch jetzt klappen.

Sie starrt. Leider kann ich nicht erkennen, ob die Augenbrauen-Nummer sie aufregt, und beschließe, noch dreister zu werden. Demonstrativ mache ich einen Schritt zur Seite und nehme ihren Hintern in näheren Augenschein. Der ist verdammt ansehnlich, ich liebe es, wenn an einer Frau was dran ist. Ich gebe ihr einen Klaps auf die knallenge Jeans und sie schnapp empört nach Luft. Eigentlich müsste sie mir jetzt eine scheuern. Verdient hätte meine Aktion das, aber sie hält in beiden Händen ein Getränk.

»Hey, Sam, ich bin stolz auf dich.« Breit grinsend schiebt sich Christian neben mich und rettet mich davor, einen klebrigen Cocktail ins Gesicht zu bekommen. »Du hast in Rekordtempo die beiden hübschesten Mädchen im Raum einkassiert.«

Prüfend lasse ich meinen Blick im Zimmer umherwandern, dann fasse ich Sarah und Melissa erneut ins Auge. Ach Mist, Christian hat eindeutig recht. Trotzdem zwinkere ich nur Sarah anerkennend zu, die mit ihren langen hellblonden Haaren, der Stupsnase und dem breiten Mund echt ein Hingucker ist.

»Das ist Sarah«, stelle ich sie dann vor. »Sie ist nicht nur hübsch, sondern auch nett.«

Melissa mustert inzwischen Christian und der fällt allem Anschein nach haargenau in ihr Beuteschema. Ihre Miene spricht Bände, denn die ist nahtlos von angepisst zu interessiert gewechselt. War ja klar. Mein Freund reißt nicht grundlos ohne Probleme Frauen auf, und ich konnte die Motive ihres Ex so problemlos erklären, da Chris in dieselbe Kategorie Mann fällt.

Sarah nimmt Melissa ihren Cocktail ab und stößt dann grinsend mit ihr an.

»Prost, entzückender Freund von Samuel.« Auffordernd klirrt ihr Glas gegen Christians Flasche.

»Christian.« Mein Kumpel setzt sein charmantestes Lächeln ein. »Für euch bitte Chris.« Er schlägt seine Flasche gegen Melissas.

»Ich bin Melissa«, lächelt die ihn an und wirft dann mir einen abfälligen Blick zu. »Ihr Jungs tut mir heute ein wenig leid. Ich war noch nie auf einer Party, die so tolle Cocktails im Angebot hatte. Und ihr trinkt trotzdem Bier.«

»Wir mögen Bier.« Chris grinst.

»Aber Bier ist stillos, man macht einfach die Flasche auf und das war es. Ein Cocktail dagegen muss liebevoll gemixt werden. Am besten immer wieder anders. Und mit Deko.« Melissa nimmt eine der Deko-Ananasstücke vom Rand und schiebt sie sich zwischen die Lippen.

»Weiß ich doch, ich kenne mich mit Cocktails durchaus aus. Ich trinke nur lieber Bier. Flasche auf, fertig, finde ich super.« Er zwinkert erst Melissa zu, dann Sarah. »Simon weiß halt, wie man Frauen und Männer glücklich macht.«

»Wäre ja glatt ein Grund, Simon kennenzulernen.«

»Du bist auf Simons Party und kennst ihn nicht?«

Melissa zuckt die Schultern und deutet auf Sarah.

»Sie hat mich angeschleppt. Und ich bin ihr gerade echt dankbar.«

Dieses Mädchen weiß, wie man Smalltalk hält. Habe ich schon in der Bar gemerkt, das Gespräch zwischen uns lief so leicht und locker, wie ich es selten erlebt habe. Und sie weiß, wie man flirtet. Das habe ich allerdings noch nicht am eigenen Leib erlebt.

»Dann bist du eine Freundin von Simon?«, wende ich mich an Sarah. »Warum habe ich dich nie zuvor gesehen? Simon schmeißt eine Party nach der anderen.«

»Weil ich Simon erst letztes Wochenende kennengelernt habe. Im Roxy, da hat er mich eingeladen. Netter Typ.« Bei der Erwähnung des Roxys zuckt ihr Blick kurz zu Melissa, aber die ist zu abgelenkt von Chris und Chris' Lächeln. Sichtbar erleichtert pflückt sie ebenfalls Obst vom Rand und steckt es in den Mund. Dann schaut sie nachdenklich zwischen Chris, Melissa und mir hin und her.

»Ja, netter Typ«, stimme ich ihr zu. »Und talentiert, wenn es darum geht, eine Party mit interessanten Gästen zu füllen.«

»Welche?«, flüstert Christian in mein Ohr. Die Mädchen tuscheln ebenfalls miteinander. Ich kann mir vorstellen, worüber.

»Welche was?«, stelle ich mich trotzdem dumm.

»Welche hast du anvisiert? Dann übernehme ich die andere.«

»Ich habe keine anvisiert, du hast die freie Wahl.«

»Definitiv nicht, Kumpel. Du brauchst Ablenkung und die beiden sind Ablenkung pur. Entscheide dich also.«

Ich weiß eh, was passiert. Denn Melissa ist überaus erpicht darauf, denselben Fehler zu begehen, den sie laut Sarah immer macht. Sie macht einen heißen Mann klar, um sich Hals über Kopf zu verlieben. Und der heißeste Mann auf dieser Party ist Chris. Chris, auf den alle Frauen abfahren, Chris, der nach Reaktion seiner Verflossenen eine verdammt gute Figur im Bett abgibt, Chris, der spätestens nach zwei Nächten von seiner aktuellen Eroberung gelangweilt ist.

Sarah hat er es genauso angetan, ich bin ja nicht blind. Aber sie würde sich schätzungsweise durchaus mit meiner Aufmerksamkeit zufriedengeben, denn sie war schon letztes Wochenende ausgesprochen nett und sogar ein wenig flirty. Mir gefällt ihre Ausstrahlung, die eine Mischung aus frech und freundlich ist.

»Ich steh auf Melissa«, sage ich trotzdem. Die wird mich umbringen, wenn sie jemals erfährt, dass ich ihr die Affäre vermassle.

»Ist gebongt. Ich steh auf beide.« Der Weiberheld, der mein bester Kumpel ist, grinst zufrieden, fasst Sarah lässig um die Schulter und zieht sie Richtung Küche. »Obwohl ich Bier mag, bin ich der weltbeste Barmann, und ich werde dir jetzt einen Drink machen, der das hier um Längen übertrifft.«

Melissa und ich bleiben zurück.

»Und du? Bist du zufrieden mit deinem Cocktail?«, frage ich sie und warte darauf, dass sie mir ins Gesicht springt. Ist ja so was von offensichtlich, wer schuld an Christians Wahl ist. Sie hat sich jedoch unter Kontrolle und nippt nachdenklich an ihrem Drink.

»Sarah wird deinem Chris das Herz brechen«, sagt sie grinsend.

»Chris wird deiner Sarah das Herz brechen«, antworte ich locker. Um Christian mache ich mir keine Sorgen.

»Sarah hat kein Herz.«

»Chris auch nicht, nur einen riesigen, einsatzbereiten Schwanz.« Autsch, das hätte ich besser nicht gesagt, denn das ist die Steilvorlage für sie, mich fertigzumachen. Sie grinst und ich erwarte ergeben den Schlag unter die Gürtellinie.

»Dann lass uns wetten«, schlägt sie vor und verzichtet auf den Tiefschlag. »Ich setze auf Sarah.«

»Da halte ich gegen. Was ist der Einsatz?«

Abschätzend mustert sie mich. »Nach meiner letzten Wette habe ich eine Massage bekommen. Muss ich erwähnen, dass ich ohne den Hauch eines Zweifels gewonnen habe?«

Ich grinse nur müde. »Nett, dass du mich warnst, aber Chris ist eine Low-risk-Nummer. Und eine Massage als Einsatz ist lahm.«

»Ich habe nicht gesagt, was das für eine Massage war, aber die möchte ich von dir eh nicht erhalten.«

Ich fände es prickelnd, wenn Melissa eine ähnlich blamable Situation erlebt, wie ich in ihrer Gegenwart, denn dann würde ich mich nicht mehr so im Nachteil fühlen. Aber was das wäre, darüber muss ich in Ruhe nachdenken.

»Der Verlierer schuldet dem Gewinner einen Tag. Vierundzwanzig Stunden, in dem jeder Wunsch erfüllt wird«, schlage ich vor. Da habe ich ausreichend Zeit, Christian zu fragen, denn der ist derbe fies in seinen Wettideen.

Melissa verzieht das Gesicht. »Ich blase dir keinen.«

»Ohne sexuelle Gefälligkeiten.«

Jetzt denkt sie nach. Es ist niedlich, wie sie dabei die Stirn krauszieht, aber Melissa ist echt kein Mädchen, das man niedlich finden sollte.

»Und Geld darf es auch nicht kosten, ich bin nicht allzu zahlungskräftig«, fordert sie dann.

»Du bist dir mit Sarah nicht sehr sicher«, stelle ich zufrieden fest. »Aber selbstverständlich geht es nicht um Geld.«

»Ich bin mir mit Sarah hundertpro sicher, allerdings bin ich nicht so dämlich, mich auf absolut alles einzulassen. Bei einer Wette mit dir gibt es tausend Dinge, die indiskutabel sind, und Wettschulden nehme ich sehr ernst.«

Danke auch.

»Wettschulden sind Ehrenschulden, ganz meine Worte.« Jetzt halte ich ihr die Hand hin. »Nichts Sexuelles, nichts Finanzielles, aber peinlich darf es werden.«

So wie sie mich angrinst, hat sie schon einige kreative Einfälle. Sie schlägt ein.

»Deal. Ich wette also, dass Sarah deinem Freund erst das Gehirn wegvögelt und ihn dann, wenn er wie ein zahmes Hündchen verliebt hinter ihr herdackelt, gnadenlos abserviert. Dauert keine zwei Tage.«

»Das hast du hübsch gesagt. Vertausch bitte die Namen, damit hast du exakt meine Wette.«

Ich halte nach wie vor ihre Hand.

»Brauchen wir das schriftlich oder stehst du zu deinem Wort?«, fragt sie misstrauisch.

»Ich bin ein Ehrenmann.«

Sie lässt nicht los, während sie darüber nachdenkt.

»Okay, ich weiß mehr über dich und deine Unzulänglichkeiten, als uns beiden recht ist, aber Unehrlichkeit war nicht dabei«, beschließt sie dann. »Damit du schon mal üben kannst, Diener, besorg mir doch bitte einen neuen Cocktail und serviere ihn dort drüben.«

Sie deutet auf das Sofa, das seit Mitchs Flucht verwaist dasteht.

»Wenn das alles ist, was du drauf hast, könnte ich sogar verlieren, ohne mir Sorgen zu machen. Nur, dass ich unmöglich verlieren kann.« Breit grinsend schlage ich den Weg in die Küche ein, um sowohl einen Cocktail als auch ein Bier zu besorgen.

Irgendwie hat dieser Tag doch noch eine positive Wendung erfahren.

kapitel 5

MELISSA

Am nächsten Morgen finde ich wie erwartet Chris in der Küche. Noch sieht er nicht so aus, als hätte Sarah ihm das Herz herausgerissen, aber er ist ja erst beim Frühstück. »Wo ist Samuel?«, werde ich begrüßt. »Hat der noch nicht die Kraft, aus deinem Bett zu kriechen.«

»Christian, ich habe keine Ahnung, wieso du denkst, dass ich so einen miesen Männergeschmack habe«, antworte ich etwas angepisst. »Warum gibt es keinen Kaffee?«

Er runzelt verwirrt die Stirn.

»Aber ich dachte ..., Sarah sagte ...«

»Sarah hat keine Ahnung.«

Sarah steht vor dem Kühlschrank und kichert. »Wir trinken Tee. Tee ist eh viel gesünder.«

»Sarah, seit wann haben wir Tee im Haus?« Kopfschüttelnd mache ich mich an der Kaffeemaschine zu schaffen.

»Pfefferminztee war da.«

»Den hat meine Mutter angeschleppt, als ich Magen-Darm hatte. Das ist kein Getränk, das ist Medizin. Scheußliche Medizin, mir ist es danach noch schlechter gegangen.«

»Pfefferminztee hat was. Wir haben Honig reingetan«,

lächelt Christian und rührt laut klappernd in seiner Tasse. Auf der Stelle sieht er nur noch halb so sexy aus und ich bin froh, dass er nie in meinem Bett landen wird. Ich war am Vorabend einem Flirt mit ihm zwar nicht abgeneigt, aber wirklich bereit für einen neuen Mann bin ich dann doch nicht. Wie ich Sarah nachdrücklich erklärt habe.

»Wir gehen heute Abend ins Roxy«, verkündet Sarah. »Kommst du mit?«

Roxy, ne danke. Da besteht die Gefahr, Phil zu begegnen. Phil, der noch nicht mal versucht hat, sich zu rechtfertigen, nachdem ich ihm das Foto geschickt hatte. Mein Blick fällt auf Sarah, die sich auf Christians Schoß niederlässt. Da sie ihn nicht heimschickt, wird sie ihn wohl erst heute Nacht abschießen. Wahrscheinlich im Roxy, weil ihr der nächste attraktive Mann ins Auge springt. Und wenn ich nicht dabei bin, verdreht Samuel unter Garantie die Tatsachen.

»Okay«, stimme ich notgedrungen zu.

»Finde ich super, dann bringe ich Sam mit. Der braucht momentan jede Aufmunterung, die er bekommen kann, sei also nett zu ihm.« Christian räkelt sich zufrieden auf dem Stuhl und schiebt eine Hand unter Sarahs Oberteil. Er macht ein Gesicht, als würde er es am liebsten hier auf dem Küchentisch mit ihr treiben, während ich danebenstehe. Meine Freundin wird ihn heute Abend ungespitzt in den Boden rammen und ich freue mich auf Samuels Miene, wenn er realisiert, dass er mir einen Tag lang ausgeliefert sein wird. Ich sollte den heutigen Tag dazu nutzen, eine Liste zu erstellen, damit ich bloß keine meiner fiesen Ideen vergesse.

Ich stehe durchaus darauf, wenn er versucht, mich mit seinen Gesichtsausdrücken zu provozieren. Wenn er wütend auf mich hinabsieht, ist er wesentlich attraktiver. Und wenn er den Bad Boy raushängen lässt, ist er fast sexy. Trotzdem hätte ich ihm gestern eine geknallt, wenn nicht dieser gut gebaute Traummann aufgetaucht wäre, der aktuell meine Freundin befummelt.

»Warum braucht er denn Aufmunterung?«, frage ich scheinheilig.

»Weibertrauma«, murmelt Christian. »Seine Exfreundin ist eine Hexe. Ich meine, ich bin heilfroh, dass die Geschichte ist, das war eine verklemmte Zimtzicke, aber mies geht es ihm jetzt trotzdem.«

»Mochtest du sie von Anfang an nicht oder erst, seit sie ihn abserviert hat?«

»Ich habe sie vom ersten Blick an gehasst, Melissa.« Gedankenverloren schiebt er seine Teetasse über den Tisch. »Echt, bei der drehte sich alles nur um sie selbst und ihre Befindlichkeiten und dauernd gab es Drama mit ihren Freunden. Mir ist unerklärlich, wie Sammi das so lange ausgehalten hat.«

»Eventuell ist er einfach zu nett, der Sammi.« Bei der geheuchelten Erklärung muss ich ein wenig kichern, denn Samuel ist alles andere als nett.

»Definitiv ist er zu nett. Habe ich ihm schon tausend Mal gesagt«, stimmt Chris mir enthusiastisch zu. »Wäre gut, wenn du ihm das mal begreiflich machst. Vielleicht traut er einer Frau ja mehr Menschenkenntnis zu.«

Sarah traut meinem Theater nicht, aber sie hat erlebt, wie ich ihn eine Woche zuvor attackiert habe. Jetzt schaut sie mich vorwurfsvoll an.

»Zu nett kann man dir nicht vorwerfen, Meli«, schimpft sie.

»Ach was, ich finde Melissa super«, widerspricht Chris arglos. »Und ich weiß zufällig, dass Sam voll auf dich steht.«

Ja, im Vollrausch unter Umständen. Ich habe am Abend zuvor die Party verlassen, bevor einer von uns betrunken war, denn der Cocktail, den Samuel anschleppte, hatte so einige Umdrehungen.

»Ihr habt euch doch gestern Abend gut unterhalten, oder?«, fragt Chris hoffnungsvoll.

Wir haben nebeneinander auf dem Sofa gesessen und uns gegenseitig versichert, wie sehr wir uns darauf freuen, die

Wette endlich einzulösen. Ungefähr fünf Minuten lang, danach kamen ein paar Kumpel von Samuel dazu und ich habe mich in die Küche zu Ina gesellt, die ich schon beim Reinkommen erkannt hatte.

»Was hat Samuel dir denn von der Trennung erzählt?«, komme ich zurück zu dem Thema, das mir etwas Sorgen bereitet. Die Trennung an sich weniger, eher der Verlauf des weiteren Abends. Wer weiß, wie tratschsüchtig Samuel ist.

»Nichts, wie immer, nur dass sie Geschichte ist. Allerdings hat er seitdem am Stück durchgeschuftet. Samuels Art, Kummer zu verarbeiten.«

Und ich dachte, das wäre Saufen bis zum Abwinken und unschuldige, nette Mädchen wie mich auszunutzen. Erleichtert atme ich auf, er hat nicht damit geprahlt, mich rumgekriegt zu haben. Ich gebe es auf, Christian weiter auszufragen, denn leider sind aus ihm keine schlüpfrigen Details herauszukitzeln.

Samuel wartet vor dem Club auf uns. Sein Blick wandert von Christian zu Sarah und dann achselzuckend zu mir.

»Du hast nichts verpasst«, erkläre ich ihm. »Der Showdown kommt erst heute Abend.«

»So ein Glück, ich vertraue dir nämlich nicht. Besser, wenn ich dabei bin.«

Ganz meine Worte.

Unsere Freunde bekommen von der Unterhaltung und den abschätzenden Blicken nichts mit, sie knutschen schon wieder. Ich habe den Tag über mehr Sexgeräusche aus Sarahs Zimmer gehört, als jemals zuvor. Chris muss eine absolut heiße Nummer im Bett sein. Ich dagegen habe Samuel an der Backe und die aufschlussreichen Äußerungen seiner Exfreundin im Ohr.

»Du kannst nicht tanzen«, schreie ich ihn kurz darauf an, denn er hampelt unrhythmisch neben mir. Unerotisch wie eh und je.

»Ich weiß.«

»Warum machst du es dann?«

»Weil ich in einem Club bin.« Er rempelt gegen mich, da er zu nah an mir dran hängt. »Und ich bin nicht freiwillig hier, sondern um den Stand meiner Wette zu kontrollieren.«

Stand unserer Wette ist bisher ereignislos verliebt. Alle beide. Wenn Sarah Chris erst morgen abschießt, leidet er umso mehr. Mir ist es recht. Sarah bemerkt meinen fragenden Blick und winkt mir vergnügt zu. Ich verdrehe die Augen, denn Chris klebt quasi an ihr. Tanzen kann er verdammt gut, muss ich neidlos anerkennen, und Sarah und er harmonieren auch auf der Tanzfläche perfekt.

»Andere Menschen sind im Club und tanzen nicht«, weise ich den Typen, der an mir klebt und null harmoniert, auf ein paar Männer hin, die es vorziehen, nur zu schauen und halbherzig im Takt oder neben dem Takt zu wippen.

»Soll ich also daneben stehen und mich langweilen?«

»Soll ich etwa Babysitter spielen und dir Gesellschaft leisten?« Es ist so laut, dass er bei jedem Satz unerträglich nah an mich heran rutscht. Und trotzdem kann ich den Mund nicht halten und muss auf jeden Kommentar reagieren.

»Bloß nicht, Melimaus, du kannst ja tanzen.«

»Hör auf damit, Melimaus darf nur Sarah sagen«, motze ich.

»Ich weiß, darum macht es ja so viel Spaß.«

Okay, noch maximal zwölf Stunden, dann habe ich meine Wette gewonnen und werde ihn bis aufs Blut quälen. Je übler er mir jetzt auf den Sack geht, desto mehr werde ich es im Anschluss genießen.

»Lass uns was trinken«, lenke ich ein und bugsiere ihn an die Bar. »Meine Liste ist übrigens fertig.«

»Deine Liste mit was?«

»Mit Dingen, die du für mich tun wirst. Ich fürchte, du kommst mit vierundzwanzig Stunden nicht hin.«

»Nenn mir ein Beispiel.«

Samuel bestellt mir ungefragt dasselbe Getränk, das wir schon eine Woche zuvor vernichtet haben. Ich mag es, wenn ein Mann die Initiative ergreift und handelt. Obwohl ich heute Abend nicht unbedingt trinken wollte.

»Hältst du mich für blöd? Damit du mir meine Ideen klaust?« Entnervt verdrehe ich die Augen.

»Es gewinnt doch eh nur einer.«

»Und das bin ich.« Ich krame Geld raus und schiebe es ihm hin. Er seufzt zwar, versucht aber nicht mehr, mir den Drink auszugeben.

»Dann kannst du mir doch sagen, was mich erwartet. Damit die Vorfreude umso größer ist.«

Da ist was dran. Wir stoßen an.

»Du darfst deinen nackten Arsch aus dem Autofenster halten, während ich am Dom vorbeifahre.« Das ist die Rache für den Treffer auf meinem Hintern. Die asiatischen Touristen werden ihre helle Freude daran haben.

»Die Abmachung war, dass es nichts Sexuelles ist.«

»Das ist nichts Sexuelles. Sexuell ist es erst, wenn Berührungen dazu kommen, und meine Idee ist einfach nur blamabel. Außerdem ist es das Harmloseste, was ich mir ausgedacht habe.«

Samuel runzelt unwillig die Stirn, dann wirft er einen Blick auf Sarah und Chris, die eng umschlungen tanzen.

»Wie auch immer, deine Freundin sieht schwer verliebt aus.«

»Sieht sie immer. Ist sie auch. Aber nie länger als vierundzwanzig Stunden, dann lässt sie jeden Typen fallen wie eine heiße Kartoffel.«

»Mit Chris wird sie das nicht machen.«

»Mit Chris wird sie das auch machen. Eventuell tröste ich ihn ja im Anschluss.«

Samuel beißt sich auf die Lippe. »Hast du das schonmal gemacht? Den Ex deiner Freundin übernommen?«

»Hab ich nicht«, stelle ich richtig. »Aber dein Kumpel sieht erstens zum Anbeißen aus und muss zweitens eine Granate im Bett sein. Wenn du wüsstest, was ich heute alles mitbekommen habe, würdest du rot.«

»Ich werde nicht so schnell rot.«

Das stimmt wahrscheinlich. Ich habe sein Gesicht ja nicht sehen können, als er im Restaurant von Eva in die Mangel genommen wurde, danach in der Bar war ihm die Demütigung jedoch nicht anzusehen. Ich glaube, Samuel kann so einiges einstecken, aber ich bin mir sicher, ihn an seine Grenze bringen zu können. Die Vorfreude zaubert ein Lächeln in mein Gesicht.

»Ich gehe wieder tanzen. Und ich wäre wirklich dankbar, wenn du hier bei den anderen unrhythmischen Losern stehen bleibst.«

Er schaut mir kopfschüttelnd nach, während ich mich auf die Tanzfläche schiebe, weg aus seiner unmittelbaren Umgebung und weit weg aus seinem Blickfeld. Ich hatte nicht um diese Begleitung gebeten.

Zig Songs später bin ich erhitzt und durstig und muss dringend diesem Flackerlicht entkommen. Glücklicherweise gibt es eine Bar, in der die Musik nur gedämpft zu vernehmen ist. Sogar die Luft ist besser klimatisiert. Ich bestelle ein Wasser.

»Wasser? Soll ich mich nicht um den Drink kümmern und dir was richtig Nettes aussuchen?« Der Typ, der das fragt, steht schon länger an der Bar und hat mich anvisiert, sobald ich den Raum betreten habe.

»Nee, danke.« Er sieht gar nicht so schlecht aus und normalerweise wäre ich durchaus bereit, ein Getränk anzunehmen und mich zu unterhalten. Aber heute ist mir echt nicht nach einem Flirt zumute. Dazu gab es den Tag über schon zu viel Testosteron in der Wohnung. Noch dazu habe ich momentan dank Phil und Samuel von Männern die Schnauze voll. Ich drehe mich von der Bar weg und gehe ein paar Schritte Richtung Ausgang.

»Spionierst du mir nach?«

Am liebsten würde ich im Erdboden versinken, denn die Stimme in meinem Rücken gehört zu Phil.

»Wieso sollte ich?«, frage ich zurück, ohne mich umzuwenden.

»Weil du noch immer auf mich stehst und es bereust, mich nicht mehr im Bett zu haben.« Ich höre sein dreckiges Grinsen, auch ohne ihn anzuschauen.

»Ich bereue, auf dich reingefallen zu sein.« Und ich bereue, ausgerechnet an dieser Theke ein Getränk bestellt zu haben, allein und ohne eine Sarah, die mir den Rücken stärkt.

»Und deshalb spionierst du mir jetzt nach?«

»Tue ich ja gar nicht.«

Nun schiebt er sich in mein Blickfeld. Leider ist er nicht ohne Begleitung. Er hat tatsächlich diese Schlampe im Arm, mit der er mich betrogen hat. Ich finde, sie wirkt ordinär und wie das pure Gegenteil von mir. Das macht es noch demütigender. Ich hatte so sehr gehofft, Phil nicht zu begegnen, dabei ist er liebend gern in diesem Laden. Mich hat er auch hier getroffen. Leider sieht er genauso aus wie immer. Lässig frisiert, Drei-Tage-Bart und dieses siegesgewisse Grinsen auf den Lippen. Nach wie vor genau mein Typ, obwohl ich ihn gleichzeitig schlagen und anschreien möchte. Ich muss mit Würde aus der miesen Nummer hier rauskommen, egal wie. Mit Würde und ohne Szene und ohne Heulkrampf. Denn leider bin ich verdammt nah am Wasser gebaut und ein cooler Spruch fällt mir aktuell nicht ein.

»Du warst echt mit der Dicken zusammen?«, fragt die Schlange und lässt ihren Blick abfällig an mir entlang wandern.

»Im Bett bemüht sie sich, ihre Kilos durch Einsatz wieder wettzumachen.« Phil grinst noch breiter und mir fehlen die Worte. Keinen Ton hat er jemals über meine Extrakilos verloren. So viele sind das gar nicht, aber im Vergleich mit der dürren Kuh sehe ich fett aus. Leider bin ich nicht schlagfertig genug, mich angemessen zu wehren. Wortgewandt bin ich gewöhnlich schon, nur wenn es um mein Gewicht geht, bin ich angreifbar.

Ehe ich mich sprachlos, gedemütigt und mit Tränen in den Augen vom Acker machen kann, legt sich ein Arm auf meine Schulter. Der Arm hält eine Jumbo-Sektflasche und lässt sie verlockend vor meinen Augen baumeln.

»Süße, wir kennen uns nun seit genau einer Woche. Darauf müssen wir anstoßen, es war die beste Woche meines Lebens.«

Samuel.

Samuel, der mir zwei Sektgläser in die Hände drückt und geschickt die Flasche öffnet. Das Geräusch, mit dem der Korken hochfliegt, hört sich ausgemacht edel an, und das ist auch kein Wunder. Andächtig nehme ich ihm die Flasche aus der Hand und drehe sie hin und her.

»Moët & Chandon«, sage ich ehrfürchtig. »Scheiße, Samuel, das ist Champagner, echter Champagner. Ich glaube, so teures Zeug habe ich noch nie getrunken.«

»Du bist keine Frau für billigen Sekt, Melissa«, sagt er mit dieser extrem rauchigen Stimme, die mir einen Schauer über den Rücken jagt. »Champagner ist das Mindeste, was du mir wert bist.«

Aus den Augenwinkeln bemerke ich, wie die magere Kuh mit offenem Mund die Flasche anstarrt und im Anschluss die Preistafel absucht. Dann rammt sie ihren Ellbogen in Phils Seite.

»Hast du gesehen, was die Pulle kostet?«

Oh, Scheiße, echter Champagner, anderthalb Liter in einem Club. Ich will gar nicht wissen, was das kostet. Aber mein Blick in Phils Gesicht zeigt mir, dass er sich auskennt.

Samuel füllt unsere Gläser so gekonnt, als mache er das jeden Tag, und ignoriert sowohl Phil und seine Neue als auch deren ungläubige Reaktion.

»Auf dich, Süße, auf uns, ehrlich, ich habe noch nie eine Frau so vergöttert, du bist wunderschön, du bist perfekt, ich liebe alles an dir. Deine Art, deinen Humor, dein Wesen und deinen Körper. Auch wenn ich das als Gentleman so nicht sagen sollte.«

Langsam wird die Wortwahl extrem schnulzig, aber bei den Blicken meines Ex und seiner Neuen, kann ich mir den Lachanfall verkneifen. Wir stoßen an und trinken.

»Oh, wow«, stelle ich dann fest. »Ist der lecker.«

Ich strahle Samuel an, als wäre er der tollste Mann der Welt. Dabei bin ich vor allem verwirrt. Aber solange Phil und die Tussi uns beobachten, muss ich mitspielen, egal, was das hier wird. Er rückt gefährlich nah an mich heran und blickt mir tief in die Augen.

»Mach mit«, raunt er dann. »Sag mir, wie toll du mich findest.«

»Oh Sam, ich bin so im siebten Himmel mit dir«, schnurre ich brav. »Du weißt, wie man Frauen glücklich macht.«

»Ach Scheiße, Pat, Champagner im Club haben wir doch gar nicht nötig«, höre ich Phil sagen, dem ich keinen Blick mehr widme. Überzeugend klingt er nicht. »Der muss doch irgendein Defizit kompensieren.«

»Oder sie ist es ihm wert und er kann es sich leisten«, erwidert Pat spitz, lässt sich dann aber erfreulicherweise wegziehen, ohne mir noch mehr fiese Sprüche reinzuwürgen.

Ich lasse die Maske auf der Stelle fallen.

»Warum kommst du mit Champagner an?«

»Das nennt man Taktik, Melimaus.«

Es war ja nicht nur der Champagner. Es waren vor allem die Worte, die er mir sagte. Worte, die genau das Gegenteil unserer aktuellen Beziehung deutlich machen.

»Ich kapiere es nicht.«

»Das war doch gerade dein Exfreund, oder nicht?«

»War es«, stimme ich notgedrungen zu. »Mit der dummen Schlampe, die ihn mir ausgespannt hat.«

»Ja, hab ich vom Foto erkannt. Und an deinem Gesichtsausdruck noch dazu.«

»Und dann wolltest du mich so richtig blamieren?«

»Habe ich das?«

Er hat mich behandelt wie eine Prinzessin. Wie eine Frau, die man auf Händen trägt. Nicht, dass ich das jemals gewollt hätte, weder von Samuel noch von einem anderen Mann. Ich schweige und denke nach.

»Habe ich dich blamiert, Melissa?« Jetzt ist seine Stimme wieder so herrlich angepisst dunkel. »Gibt es nichts Peinlicheres, als wenn jemand denkt, du wärst meine Traumfrau?«

Peinlich ist, dem Ex samt Trennungsgrund persönlich zu begegnen und dabei als Stalkerin betitelt zu werden, als fette Stalkerin. Und peinlich ist, dass mein aktueller Feind all das mitbekommen hat und nun Munition ohne Ende gegen mich in der Hand hat.

»Du hast mich gerettet«, gebe ich widerwillig zu. Der Klumpen in meinem Magen wird dicker und dicker und ich frage mich panisch, wo der Haken an der Sache ist. »Warum hast du mich gerettet?«

So ist unser Verhältnis nämlich nicht. Unser Verhältnis ist erstens absolut unfreiwillig und zweitens darauf ausgerichtet, den anderen möglichst kreativ fertigzumachen. Samuel hätte einfach die Show genießen können. Und ein Video drehen, wenn er richtig hinterhältig wäre.

Jetzt schweigt er. Und trinkt aufreizend langsam Champagner. »Keine Ahnung«, gibt er dann zu. »Ich hatte nicht den Eindruck, dass du dich selbst retten würdest.«

»Ich muss ganz bestimmt nicht gerettet werden. Schon gar nicht von einem Mann, ich bin nämlich eine emanzipierte, moderne Frau, die wunderbar allein klarkommt, egal, in welcher Situation«, fauche ich ihn empört an. Nicht nur, dass er mich erwischt hat, wie ich kurz vorm Heulen war, er musste auch noch mit der Nase darauf gestoßen werden, dass ich es einfach nicht schaffe abzunehmen.

Beleidigt rausche ich ab und lasse ihn mit seinem dämlichen Champagner stehen.

kapitel 6

SAMUEL

Leider stehe ich erneut vor dem Haus, das ich nie wieder betreten wollte. Aber entweder erlebe ich live und in Farbe, wie Chris Sarah verlässt, oder die kleine Schlange schummelt und lässt mich im Anschluss meinen Hintern halb Köln präsentieren. Ich traue ihr zu, das so durchzuziehen.

»Was machst du hier?«, werde ich von einer unwilligen Melissa begrüßt, die die Wohnungstür versperrt und mich misstrauisch betrachtet.

»Heult Sarah schon? Klammert sie sich an ihn und bettelt um noch eine Nacht?«

»Die pennen noch. Du kannst wieder verschwinden.«

Gegenüber wird die Tür geöffnet und eine ältere Dame erscheint samt Einkaufstrolley.

»Guten Morgen, Frau Bemler«, grüßt Melissa freundlich und wechselt problemlos zu einer lächelnden Miene.

»Guten Morgen, Melissa, du bist aber früh auf«, wundert sich die Dame, während sie auf den Aufzug wartet.

»Ich war gestern früh im Bett.«

Das mag stimmen, ich habe sie nach unserem letzten Wortgefecht nicht mehr gesehen.

»Ach, in deinem Alter sollte man die Nächte durchtanzen, mein Kindchen, ich habe das zumindest gemacht.« Die Aufzugtüren schließen sich hinter ihr.

»Dann habe ich ja noch nichts verpasst.« Rücksichtslos schiebe ich mich an Melissa vorbei und gehe zielsicher in die Küche.

»Willst du dir schon wieder ein Frühstück erschnorren?«

»Ich habe Brötchen mitgebracht.« Genug Brötchen, um eine Fußballmannschaft satt zu bekommen. Melissa schielt sehnsüchtig auf meine Brötchentüte und abwägend auf den Kaffeeautomaten.

»Deal, tausche Brötchen gegen Kaffee«, entscheidet sie dann.

Wir decken den Tisch.

»Magst du Marmelade wirklich oder war das eine Verlegenheitslösung, weil Sarah dir meinen Käse nicht geben wollte?«

»Ich mag Marmelade wirklich.« Ich wundere mich, dass sie bemerkt hat, was ich frühstücke. Sie war verkatert und schlecht gelaunt und bekam die Augen kaum auf.

»Zucker am Morgen. Wenn man so in den Tag startet, kann doch nichts Gesundes dabei rauskommen.«

Ich nehme ihr das Marmeladenglas aus der Hand.

»Wenn man danach joggen geht, schon.«

»Du gehst jeden Morgen joggen?« Jetzt versucht sie, unauffällig meinen Hintern zu betrachten.

»Nur jeden Morgen, an dem ich frühstücke. In der Woche muss eine Tasse schwarzer Kaffee reichen.«

»Das ist auch nicht gesund. Das Frühstück ist die wichtigste Mahlzeit am Tag.«

Ich werfe einen Blick auf den Tisch, auf dem sich neben der Marmelade inzwischen fünf Käsesorten tummeln.

»Wir haben eine unterschiedliche Definition von gesund.«

»Wir haben unterschiedliche Definitionen von fast allem«, erwidert sie und setzt sich genau vor die Käsesammlung. Ich schneide ein paar Brötchen auf und wir essen schweigend.

»Ich zahle es dir zurück«, sagt sie aus heiterem Himmel.

»Was?«

»Diesen Scheiß-Champagner. Ich habe nachgeschaut, wie teuer er war, und du kriegst dein Geld zurück.« Sie verzieht gequält das Gesicht. »Nicht sofort, so viel habe ich nicht, aber ich kann es abstottern.«

»Bist du verrückt? Ich will dein Geld nicht.«

»Und ich nehme so etwas Teures nicht an.«

»Das hat doch nichts mit annehmen zu tun. Du hast drei Schlucke davon getrunken und mich dann stehenlassen.« Sarah und Chris waren umso glücklicher, mit mir den Alkohol zu vernichten. Sie haben zwar den restlichen Abend über versucht herauszufinden, aus welchem Grund ich die absurd teure Flasche gekauft hatte und wo eigentlich Melissa abgeblieben war, haben diese zwei Dinge aber glücklicherweise nicht kombiniert.

»Du hast ihn wegen mir gekauft und das zählt.«

»Ich habe ihn gekauft, weil es meine Strategie war und ich keine andere Chance sah, eine passable Figur abzugeben. Dass ich mit meinem Aussehen nicht punkten kann, hast du mir schon mehr als einmal klargemacht.«

Eine Weile schweigt sie.

»Was genau meinst du damit?«

»Scheiße, Melissa, wenn ich ohne das Zeug angekommen wäre und einen auf Du-bist-das-Licht-meines-Lebens gemacht hätte, wie viel Eindruck hätte das wohl erzielt?« Sie zuckt die Schultern. »Siehst du. Wenn du als Mann nicht gut aussiehst, musst du schon Geld haben, um gut anzukommen.«

»Hast du Geld?«

»Nein, aber ich kann so tun als ob.«

»Dann zahle ich es dir zurück.«

»Das machst du nicht. Ich kann mir so eine Flasche durchaus leisten. Muss halt nicht jede Woche sein, es wäre also von Vorteil, wenn wir beim nächsten Mal eine andere Taktik fahren.«

»Es wird kein nächstes Mal geben.«

»Umso besser.«

Sie greift nach einem zweiten Brötchen und belegt es mit Käse. »Ich kapiere noch immer nicht, warum du das überhaupt gemacht hast. Warum hast du mich nicht einfach auflaufen lassen?«

Eine Weile ziere ich mich. Dann entscheide ich mich für Ehrlichkeit. »Weil ich erlebt habe, wie man sich fühlt, wenn man wegen seines Äußeren angemacht wird.«

Melissa zieht scharf die Luft ein.

»Treffer«, sagt sie dann. »Umso mehr Grund, mich demütigen zu lassen.«

»Vielleicht, wenn ich ein Arschloch wäre.«

Außerdem habe ich mich ihr gegenüber schon als Arschloch benommen. Das weiß sie zwar nicht, aber ich weiß es umso besser, und das zählt.

Sie beißt in ihr Brötchen, kaut und denkt nach. Ziemlich lange. »Das ist jetzt die Stelle, an der ich mich bedanken sollte. Es fühlt sich nur so falsch an, einfach danke zu sagen und dann zur Tagesordnung überzugehen.«

»Vor allem, weil die Tagesordnung darin besteht, mich fertigzumachen.«

»Deine blöden Kommentare sind gerade nicht hilfreich, Samuel. Ich muss aktuell sehr verwirrende Gedanken ordnen.«

Ich nehme mir eine weitere Tasse Kaffee und sehe zu, wie Melissa in sich versunken die Stirn runzelt.

»Und wenn ich eine Weile die Klappe halte, dann weihst du mich in deine verwirrenden Gedanken ein?«, frage ich schließlich.

»Willst du sie wissen?«

»Auf jeden Fall.« Ich weiß nämlich überhaupt nicht, was es da zu ordnen gibt, denn für mich ist der Sachverhalt klar. Sie akzeptiert, dass es keine miesen Hintergedanken gab, sagt Danke und die Sache ist vom Tisch.

»Okay.« Entschlossen legt sie ihre Mahlzeit weg, rutscht einen Stuhl weiter, so dass sie genau vor mir sitzt und betrachtet mich eingehend. »Ich bin übrigens nicht der Meinung, dass du hässlich bist.«

»Na, vielen Dank auch.« Ich verdrehe die Augen. »Jetzt fühle ich mich direkt besser.«

Ich sehe Tag für Tag an Chris, wie das ist, ein Mann zu sein, dem die Frauen reihenweise zu Füßen liegen. Das Ergebnis ist nämlich, dass er vor lauter Auswahl völlig wirr im Hirn ist und sich nie entscheiden kann. Glücklich ist er dabei nicht, er gibt nur vor, es zu sein. Ich bin also durchaus zufrieden damit, ein Durchschnittstyp zu sein, denn vor Melissa hat mich noch keine Frau als indiskutabel unattraktiv bezeichnet.

»Nein, hör mir doch mal zu.« Sie ruckelt auf ihrem Stuhl hin und her und klemmt sich eine Haarsträhne hinter das Ohr. Melissa ist unbestreitbar attraktiv, mit langen Locken, Schmollmund und strahlend blauen Augen, die einen herrlichen Kontrast zu ihrem kastanienbraunen Haar bilden. »Du hast durchaus schöne Augen, ehrlich, einen tollen Blick und deine Stimme ist absolut der Knaller. Du bist nur nicht mein Typ. Ich stehe halt auf Männer, die das gewisse Etwas haben, du weißt schon. Etwas Macho, markantes Gesicht, Sexappeal.«

»Und das ist ein Grund, mich wegen meiner Optik anzumachen? Ich meine, rennst du hinter jedem Mann her, den du nicht unwiderstehlich attraktiv findest, und beleidigst ihn?«

Sie schnaubt.

»Natürlich nicht. Es ist …« Sie presst die Lippen aufeinander und schaut aus dem Fenster. Dann klopft sie auf dem Tisch herum, bevor sie mir erneut in die Augen sieht. »Es liegt nur an dem Sex, den wir hatten. An den ich mich noch immer nicht erinnere. Ich habe mich wie eine hemmungslose Nymphomanin benommen. Diese Sache im Flur - du weißt schon. Keine Ahnung, was ich alles gemacht habe. Ich kann mich nicht erinnern, verdammt, und das macht mich wahnsinnig. Ich schäme mich wie irre für die ganze Nummer, denn ich hatte nie zuvor einen One-Night-Stand. Das kannst du mir glauben.«

Das gehört definitiv nicht zu den Dingen, die ein Mann hören will. Aber ich habe von Melissa schon sehr viel Schlimmeres ins Gesicht gesagt bekommen, und schätze ihre Ehrlichkeit. Leider setzt es mich ganz schön unter Zugzwang.

»Ich bin dir wirklich dankbar für gestern«, fährt sie fort. »Das war unglaublich nett und wenn du nicht gekommen wärst, wäre ich laut heulend weggerannt. Du hast was gut bei mir. Eventuell überdenke ich ein paar Punkte auf der Quällliste.«

»Die Sache mit meinem nackten Arsch vor dem Dom?«

»Oh, Samuel, das ist in der Tat noch eines der harmloseren Dinge.« Erfreut grinst sie und mich schaudert es. Ich darf auf keinen Fall verlieren.

»So ein Glück, dass deine Liste nie zum Einsatz kommen wird.«

Wir blicken beide zu der Wand, hinter der Sarahs Schlafzimmer liegt. Kein Ton ist von dort zu hören.

»Warum bist du dir so sicher, dass du gewinnst?«, fragt sie.

Ich muss mein siegesgewisses Grinsen nicht verstecken, denn die Wette läuft längst und auch wenn ich jetzt auf den Tisch lege, wie Chris so drauf ist, kann sie keinen Rückzieher mehr machen.

»Chris war noch nie länger als zwei Tage mit einem Mädchen zusammen, noch nie. Und wenn ich nie sage, dann meine ich absolut nie. Das war schon zu Schulzeiten so.« Melissa sieht nicht besorgt aus, noch nicht. »Seine erste Freundin hat er nach ein paar Stunden abserviert. Sie waren im Kino, haben geknutscht und beim Rausgehen hat er Schluss gemacht.« Jetzt kichert sie, aber gnadenlos fahre ich fort. »So ging das weiter. Er war mit jedem einzelnen Mädchen aus unserer Klasse zusammen, für maximal ein bis zwei

Tage, im Anschluss ist er die Parallelklassen durchgegangen. Und kein einziges Mal hat seine aktuelle Freundin sich getrennt, kein einziges Mal hat Chris einen Korb kassiert. Jedes Mädchen hat sich eingebildet, bei ihr wäre es anders, bei ihr würde er sein Herz verlieren und bleiben.«

Inzwischen lacht Melissa aus voller Kehle.

»Wieso findest du das lustig?«

»Das erzähle ich dir gleich«, prustet sie. »Geht es noch weiter?«

»Mittlerweile hat er den Überblick verloren, er weiß nicht mehr annähernd mit wie vielen Frauen er im Bett war. Er baggert eine Frau an und kann sich nicht erinnern, dass er schon mal was mit ihr hatte. Und das Schlimmste ist, dass er fast immer ein zweites Mal landen kann. Möchtest du wirklich noch mehr wissen? Machst du dir nicht langsam doch Sorgen? Um deine Wette? Und um das Herz deiner Freundin?«

Melissa wischt sich die Lachtränen aus den Augen.

»Wenn du denkst, dein Chris wäre schlimm, dann musst du Sarah erleben. Ich habe pro Woche mindestens drei heulende Kerle hier in der Küche sitzen, denen ich erklären muss, warum Sarah nicht mehr interessiert ist. Und sie verliebt sich jedes Mal, jedes einzelne Mal ist sie hin und weg und wickelt den Mann um den Finger und macht ihn zum glücklichsten Menschen der Welt. Für maximal eine Nacht. Dann bekommt er hier noch ein Frühstück und die Liebe ist gegessen. Dein Chris muss definitiv eine heiße Nummer sein, denn eine zweite Nacht hat es bei Sarah bisher nie gegeben. Ich erwarte ihn in spätestens einer Stunde. Dann kriegt er von mir ein Brötchen und eine nett gemeinte Erklärung, dass es nicht an ihm liegt.«

Jetzt ist es an mir laut zu lachen.

»Chris ist schlimmer. Er hat sich nämlich noch nie verliebt, nicht mal für Sekunden.«

»Aber das ist doch genau das, was Sarah so gefährlich macht. Auf eine reine Bettgeschichte folgt kein echter, langanhaltender Liebeskummer. Sarah dagegen verspeist ihre Liebhaber mit Haut und Haaren und spuckt sie dann wieder aus.«

»So eine Art Gottesanbeterin?«

»Könnte man sagen.«

Das ist in einem Wettbewerb ausgeartet. Und ich will unbedingt gewinnen. »Es hat sich schon eine Lehrerin in Chris verliebt. Kann Sarah da mithalten?«

»Lehrer nicht, aber ein paar der Dozenten liegen ihr zu Füßen. Und wegen eines liebestollen Profs hat sie den Kurs wechseln müssen.«

Ich pfeife beeindruckt. Unsere Kunstlehrerin war eh recht speziell, es ging das Gerücht um, sie würde den Rektor stalken. Ich persönlich glaube, sie hat nur zu oft an giftigen Lacken geschnüffelt.

»Auf die Gefahr hin, wie der mieseste Freund aller Zeiten zu klingen, ich würde es Chris echt mal wünschen, auf die Nase zu fliegen. Wenn ihn nur ein einziges Mal eine Frau abserviert und er auf dem Boden der Tatsachen landet, würde ihm das durchaus guttun. Vielleicht findet er dabei sein Herz und kann es danach mal wirklich verschenken.«

Melissa schaut mich nicht strafend an, sondern überaus aufmerksam.

»Und du?«

»Ich?«

»Ja, wie ist das mit dir und den Frauen?«

Ich nehme einen Schluck Kaffee und mustere sie abschätzend.

»Das hast du doch erlebt.« Will sie mich schon wieder fertigmachen, jetzt, wo wir uns gerade so friedlich unterhalten und ich mich fast wohl in ihrer Gegenwart fühle?

»Das meine ich nicht, das war ein einziges mieses Erlebnis. Du wirst ja noch andere Erfahrungen mit Frauen haben.«

»Keine Chris-mäßigen Erfahrungen.«

»Jetzt machst du mich erst recht neugierig.« Ja, das sieht

man. Melissas Augen glänzen, ihr Teint hat eine rosige Farbe angenommen. »Hast du dein Herz schon oft verschenkt?« Eine Weile zögere ich und überlege, ob ich ihr mit Ehrlichkeit neue Munition liefere.

»Ich hatte noch nie eine Beziehung oder auch nur eine Affäre, die mir nichts bedeutet hat. Keine reine Bettgeschichte, meine ich damit.«

»Du lügst.«

»Ich lüge nicht. Keine Ahnung, was du bisher für Erfahrungen mit Männern gesammelt hast, aber nicht jeder Mann ist so drauf wie Chris oder Phil.«

»Du vergisst die Sache, die zwischen uns gelaufen ist. Das war eine reine Bettgeschichte«, triumphiert sie. Allerdings nur kurz. Dann legt sich ein Schatten über ihr Gesicht. »Und nur um das klarzustellen, das wird mir nie wieder passieren. Ich empfinde einen One-Night-Stand als traumatisch.«

»Wie kannst du, du erinnerst dich doch nicht.«

»Das ist ja noch schlimmer. Ich will auch nicht mehr erinnert werden. Versprich mir, dass wir dieses Thema nie wieder anschneiden, Samuel.«

»Du hast es selbst angeschnitten.«

»Das war ein Fehler und wird mir nicht noch einmal passieren.« Laut seufzt sie, dann schiebt sie ihre Käsesammlung zusammen. »Manchmal denke ich echt, wir zwei hätten Freunde werden können. Ohne dieses Thema, das ich nie wieder erwähnen werde.«

Schweigend räumen wir den Tisch ab. Aus Sarahs Zimmer ertönt leises Kichern, dann Chris' brummige Stimme.

»Jetzt geht das wieder los.« Melissa verdreht die Augen. »Komm mit ins Wohnzimmer, wir schauen uns einen Film an. Oder bist du scharf drauf, deinem Kumpel beim Bumsen zuzuhören?«

»Wäre nicht das erste Mal.« Sie sieht mich mit hochgezogenen Augenbrauen an. »Zeltlager in der Toskana. Frag nicht, es war jede einzelne Nacht.«

Lachend wechseln wir ins Wohnzimmer und machen es uns vor dem Fernseher gemütlich.

»Wieso haben zwei arme Studentinnen eigentlich eine so große Bude?« Küche, Bad, großzügiger gemeinsamer Wohnraum und die Schlafzimmer. Anderen Studenten geht es schlechter.

»Wer sagt denn, dass wir beide arm sind?« Melissa kuschelt sich unter eine Decke und präsentiert mir ihre Netflix-Auswahl.

»Okay, dann seid ihr wohlhabend und unerträglich romantisch«, erwidere ich, während ich mich durch die zum Profil passenden Vorschläge klicke.

Melissa kichert.

»Das ist alles Sarahs schuld. Ich habe doch gesagt, dass sie sich für ein paar Stunden in jeden Kerl verliebt und ja, sie ist unerträglich romantisch, solange es sich auf der Leinwand abspielt. Und das Geld kommt von ihrer Mutter. Der gehört die Wohnung nämlich.«

Langsam habe ich genug rosafarbene Trailer gesehen. Ich wusste echt nicht, dass Netflix so eine gigantische Auswahl an Serien und Filmen für Verliebte bereithält.

»Was schaust du so?«, frage ich Melissa und wechsle das Genre.

»Wenig. Ich lese lieber und lesen kann man ausgezeichnet, während romantischer Kram im Hintergrund läuft. Du wirst also keine mich betreffenden Vorschläge finden.«

»Und was liest du, während dich im Hintergrund romantischer Kram berieselt?«

Ich lasse meinen Blick durch das Wohnzimmer wandern. Kein Buch weit und breit. Nur ein Haufen Dekoartikel auf Regalen und an der Fensterbank und mehrere Lichterketten. Ich schätze, auch das ist eher Sarahs Handschrift, denn Melissas Schlafzimmer war deutlich kühler eingerichtet.

»Psychothriller.«

»Ah, verstehe.«

Ich starte einen meiner Lieblingsfilme.

»Was soll das heißen?« Jetzt schaut sie mich aus zusammengekniffenen Augen an.

»Das soll heißen, dass du sicherlich ein wenig Endzeit-Apokalypse verkraftest.« Ich deute auf den Trailer. »Und psychologisch hochgradig interessant.«

»Der ist uralt.«

»Und trotzdem genial. Hast du ihn schonmal gesehen?«

»Nein.«

Eine Weile schauen wir schweigend. Ich kann mich nicht auf den Film konzentrieren, obwohl ich ihn echt liebe. Aber heute drehen sich Melissas Worte in einer Endlosschleife in meinem Kopf. Ich bin ein Arschloch. Und ich hasse es, es mir einzugestehen.

»Keanu Reeves ist schon scharf.«

»Du wärst doch mit einem romantischen Mädchenfilm besser bedient.«

Sie kichert.

Ich hätte nicht ausgerechnet ›Matrix‹ aussuchen sollen. Denn dieser Film bringt mich immer wieder zum Grübeln. Und weckt das Bedürfnis nach Moral in mir, das ich in der letzten Woche erfolgreich verdrängt habe.

»Melissa, ich muss mit dir reden«, springe ich schließlich über meinen Schatten.

»Ist schon okay, ich habe kapiert, was du mit dem Film meinst.« Aktuell laufen ein paar Actionszenen, nichts, was sonderlich viel Aufmerksamkeit benötigt. »Ich habe nur keine Ahnung, was ich selbst machen würde. Leichter ist es, in der Scheinwelt weiterzuleben. Solange man es nicht weiß, ist doch alles in Butter. Und wer sagt, dass Illusion schlechter ist, als die Realität.«

»Darum geht es aber gerade nicht.«

Chris ist verdammt ausdauernd im Bett, ich habe es leider schon so einige Male erlebt. So ausdauernd, dass die beiden stundenlang nicht mehr aus Sarahs Zimmer kommen, ist jedoch auch er nicht. Und ich muss hier was klären. Unbeobachtet.

»Klar geht es darum. Nachdem man einmal gesehen hat, wie die Menschen gehalten werden, ist es widerlich. Ich könnte nicht weitermachen, mit dem Wissen, dass mein Körper in Wahrheit angestöpselt in so einem Becken liegt. Aber die Leute wissen es ja nun mal nicht. Vielleicht führen sie auf diese Art ein glücklicheres Leben, die Welt ist ja völlig zerstört. Unser Drang nach Realität und Echtheit ist nicht immer allzu clever.«

»Ich rede aber nicht vom Film«, gebe ich zu. Dann stoppe ich die Aufnahme. »Es geht um uns. Mein schlechtes Gewissen lässt mir nämlich keine Ruhe mehr.«

Sie runzelt verständnislos die Stirn.

»Diese Nacht, unsere Nacht«, erkläre ich widerstrebend.

Ihre Hände gehen auf der Stelle abwehrend in die Luft.

»Halt, ich habe eben gesagt, dass ich nie wieder darüber sprechen möchte. Und das ist mein bitterer Ernst. Das ist wie im Film, ich wäre viel glücklicher, wenn ich mich ebenso wenig daran erinnern könnte, dass wir überhaupt im Bett waren. Nichts wissen ist vielleicht okay, Halbwissen ist schrecklich. Nie, nie, wieder, rede ich darüber. Wenn wir nicht mehr drüber sprechen, ist es nicht passiert.«

»Es ist ja auch nicht passiert.«

Ich hasse es, es zugeben zu müssen. Aber ich kann nicht länger in dem Wissen leben, dass es Melissa zusetzt und sie sich immer wieder fragt, was da im Detail zwischen uns gelaufen ist. Jetzt nicht mehr. Nicht, nachdem ich sie kennengelernt habe und beginne, sie zu mögen.

»Was meinst du damit?«, flüstert sie.

»Ich meine, dass wir keinen Sex hatten.«

»Ich war nackt.«

»Du hast dich ja auch ausgezogen und die Klamotten ausgelassen im ganzen Raum verteilt.« Ich grinse ein wenig. Es war ein echt netter Anblick.

»Samuel, du warst ebenfalls nackt.«

»Ich habe es genauso gemacht.«

Ich habe meine Sachen zwar nicht so überdreht in alle Richtungen geworfen, aber ausgezogen habe ich mich eigenständig. Melissa ein Stück, ich ein Stück, immer weiter. Bis wir beide nackt waren und der Boden übersäht mit Klamotten.

»Klar, sehr überzeugend. Wir haben uns abwechselnd komplett ausgezogen und danach ist nichts gelaufen. Das kannst du mir nicht weismachen, Filmriss hin, Filmriss her.«

Ich könnte erklären, sie wäre sofort eingeschlafen. Absolut einleuchtend, denn sie war wirklich verdammt betrunken. Ich würde nichts lieber machen, als genau das zu behaupten.

Aber es wäre gelogen.

kapitel 7

MELISSA

Samuel windet sich regelrecht.

Im Hintergrund ist eine Actionszene erstarrt. Keanu Reeves dreht sich in der Luft, ein Bein ausgestreckt, der Körper eine einzige Waffe. Und Samuel weiß kaum, wo er den Blick lassen soll.

»Warum hatten wir keinen Sex?«, frage ich langsam.

Ich kann mir keine überzeugende Begründung vorstellen. Wir waren allein in meinem Zimmer, nackt und beide in einer Verfassung, Anerkennung vom anderen Geschlecht zu benötigen.

»Ich habe keinen hochbekommen«, murmelt er schließlich.

Eine Weile starre ich ihn sprachlos an und sehe zu, wie die Röte in sein Gesicht steigt.

»Oh«, sage ich dann und lasse mich zurücksinken.

»Es war … ich war …«, stottert er. »Scheiße, Melissa, ich war stockbesoffen und gedemütigt bis aufs Blut. Ich habe nur daran gedacht, dass ich dir beweisen muss, dass ich es im Bett echt draufhabe und dass mein Schwanz nicht zu klein ist. Dazu die Sorge, dass du eventuell nicht kommst und danach klar ist, wie recht Eva hatte. Da ging gar nichts.«

»Und dann?«, frage ich tonlos und kann nicht glauben, was er da gestanden hat.

»Du hast eine Weile gekichert und bist eingeschlafen.« Er reibt sich über das Gesicht und starrt an die Wand. »Ich hätte mich auf der Stelle vom Acker machen sollen. Aber du hattest das Licht ausgemacht und ich wollte dich auf keinen Fall wecken und meine Klamotten habe ich so nicht finden können. Deshalb bin ich geblieben.«

Ja, und am nächsten Morgen habe ich ihn so richtig fertiggemacht. Kein Wunder, dass er um sich geschlagen und genau das Gegenteil von dem behauptet hat, was geschehen ist.

»Ich hätte nicht kichern sollen«, gebe ich kleinlaut zu.

Er brummt nur.

»Ich war unendlich erleichtert, als ich kapiert habe, dass du dich an rein gar nichts erinnerst. Das ist keine Entschuldigung für den Scheiß, den ich dir erzählt habe.« Jetzt schaut er mich wieder an. Der Verlegenheitsanfall ist vorbei. »Es tut mir wirklich leid, Melissa, auch wenn das viel zu schwache Worte sind.«

»Ich bin so froh, dass du es mir gesagt hast.« Vorsichtig, um meine Decke nicht zu verlieren, rutsche ich näher an ihn heran. »Danke, ich weiß schon, wie schwer das einem Mann fällt.« Umständlich und kurz umarme ich ihn.

Ich bin mir ganz sicher, dass kein anderer Mann auf der ganzen Welt so etwas zugegeben hätte. Nicht mit der Möglichkeit, es für immer unter den Teppich zu kehren.

»Dann bist du nicht sauer?«, fragt er und sieht mich ungläubig an. »Ich habe damit gerechnet, dass du mir die Augen auskratzt, wenn du es erfährst.«

»Sollte ich sauer sein? Ich war nicht gerade nett am nächsten Morgen. Entweder sind wir jetzt beide sauer aufeinander oder es ist keiner. Ich wäre für keiner.«

In der Küche klappert Besteck. Und Sarah kichert.

»Sauer aufeinander haben wir schon ausprobiert, das war extrem anstrengend.« Samuel schaut ebenfalls Richtung

Küche, dann nickt er langsam. »Hier zeichnet sich nach wie vor kein Liebeskummer ab, scheint, als ob wir noch mehr Zeit miteinander verbringen.«

»Dann können wir ja so eine Art Freunde sein und im Waffenstillstand abwarten, wie das mit den beiden weitergeht. Kann so oder so nicht lange dauern.«

»Zumindest da sind wir uns einig.« Samuel grinst und zufrieden lehne ich mich an ihn. Mit dem Wissen, dass da rein gar nichts zwischen uns war, habe ich nichts gegen Körperkontakt. Und gegen Kuscheln schon gar nicht.

Er lässt den Film weiterlaufen und legt den Arm um mich.

Während Neo in Matrix das Kämpfen lernt, stelle ich fest, dass mein neuer platonischer Freund verdammt gut riecht.

»Einen wunderschönen guten Morgen«, zwitschert Sarah, als sie ins Wohnzimmer kommt.

»Na, da hatte aber jemand einen sehr befriedigenden Morgen«, gebe ich zurück.

Sie wird rot. Meine abgebrühte Freundin Sarah wird rot. So weit ist es schon gekommen, meine sichere Wette steht auf wackeligen Füßen und ich kann Samuels triumphierendes Grinsen im Rücken förmlich spüren.

»Chris ist unglaublich, was der im Bett … und vor allem nicht im Bett …« Sie kichert schon wieder haltlos. »Oh, hi Sam.«

»Hi Sarah«, erwidert er ungerührt, nur seine Hand, die bis gerade eben locker auf meinem Arm lag, ist nicht mehr entspannt. Evas Vorwürfe hat er nach wie vor nicht verdaut – dämliche Kuh.

»Morgen ihr beiden.« Chris erscheint und guckt genauso belämmert wie Sarah. Meine Wette gewinnt wieder an Substanz. Verliebt zu sein bewirkt keine sonderlich intelligenten Gesichtszüge, weder bei Männern noch bei Frauen. Dann betrachtet Chris stirnrunzelnd den Bildschirm.

»Nicht schon wieder der alte Schinken, Kumpel. Damit

vergraulst du jede Frau. Oder Melissa? Wie lange kannst du darüber diskutieren, was der Sinn des Lebens ist, ohne jeden Gedanken an Erotik verloren zu haben?«

»Ich denke, Erotik ist der Sinn des Lebens«, kontere ich breit grinsend.

»Oho.« Chris schlägt Samuel fest auf die Schulter und lässt sich neben ihm nieder. »Da hat jemand letzte Nacht aber einen guten Job abgemacht. Hab ich dir doch direkt gesagt, eine neue Frau und alles ist wieder gut.«

Sam verdreht die Augen und will widersprechen, aber ich greife schnell nach seiner Hand. »Wenn ich mir Sarah so anschaue, machst du seit zwei Nächten gute Jobs, Chris.«

Chris schaut selbstgefällig zu Sarah, die es sich auf seinem Schoß bequem macht. »Das musst du beurteilen, Süße.«

Die Süße beantwortet meine Frage, indem sie beginnt, an Chris' Ohrläppchen zu nagen.

»Warum stört es dich nicht, dass die beiden denken, wir haben gevögelt, obwohl es nicht stimmt?«, flüstert Sam in mein Ohr.

»Warum sollte es mich stören? Ich habe nur ein Problem, wenn ich denke, ich habe gevögelt, und es nicht stimmt«, antworte ich genauso leise. Was nicht nötig ist, denn die beiden knutschen inzwischen hemmungslos.

»Treffer«, murmelt Sam. »Wird nicht wieder vorkommen.«

»Kann natürlich sein, dass es dich stört, wenn Chris denkt, da läuft was zwischen uns«, denke ich laut. Er war es schließlich, der widersprechen wollte.

»Im Gegenteil.«

»Wieso im Gegenteil?«

»Solange Chris das denkt, lässt er mich in Ruhe.«

»Und was macht er, wenn er dich nicht in Ruhe lässt?« Ich wollte schon immer wissen, was Jungs so unternehmen, um sich gegenseitig zu trösten. Außer dem offensichtlichen Auf-die-Schulter-Schlagen und ›das wird schon wieder‹-Sagen.

»Er hat mich auf diese Party gezwungen. Und wenn wir

euch nicht getroffen hätten, hätte er ununterbrochen Weiber angeschleppt.«

»Was ist falsch an Weibern?«

»Dass sie nur auf Chris abfahren und ihm zuliebe Interesse an mir heucheln.« Zugegeben, das ist mir auch schon passiert. Männer, die es auf Sarah abgesehen hatten, und sich erst einmal an mich ranmachten. Ich rieche sie inzwischen zehn Meilen gegen den Wind.

»Warum bist du dann mit auf die Party gekommen?« Ich habe mittlerweile den Eindruck, dass Samuel nicht so der Partytyp ist. Dazu ist er zu ernsthaft in seinen Gesprächen, zu wenig an Smalltalk interessiert und zu ehrlich.

»Weil er mir einen Porno aufschwatzen wollte, da war Party das kleinere Übel.« Ich kichere. Und merke mir den Hinweis für meine Wie-ich-bei-einem-Gewinn-Samuel-quälen-kann-Liste. »Oder guckst du dir mit Sarah gemeinsam Pornos an?«

»Ach, bei diesen Romantik-Serien sind einige Stellen durchaus pornowürdig«, sage ich großspurig.

Samuel schnaubt auf. »Das kann man nur behaupten, wenn man noch keinen Porno gesehen hat.«

»Mag sein. Ich kann wohl kaum mit dir mithalten.« Provozierend grinse ich und sein Blick verfinstert sich. »Also, während wir darauf warten, dass die beiden endlich ihre dramatische Trennung einleiten und zwischen uns geklärt wird, wer seinen überaus verlockenden Gewinn einfährt, können wir durchaus so tun, als wären wir zusammen. Dann hast du Ruhe vor Chris.«

»Und was hast du davon?«

Ich zucke die Schultern.

»Sarah ist in den Stunden, in denen sie verliebt ist, unerträglich. Du bist eine gute Ablenkung.«

»Dann ist das also Fake Love, was wir haben?« Sam schaut auf mich hinab, im Film tobt ein wilder Kampf und ich stelle erleichtert fest, dass unsere Turteltäubchen nach wie vor ihre

Kleidung tragen.»Obwohl, genau genommen hast du mich gerade gefriendzoned.«

»Wir haben uns gegenseitig gefriendzoned. Nennen wir es Fakezone.«

»Okay, Melissa, Willkommen in der Fakezone.«

»Was bedeutet Fakezone?«, murmelt Sarah zwischen zwei Küssen und beweist, dass sie hervorragend mehrere Dinge gleichzeitig tun kann.

»Du musst flüstern«, zische ich Samuel an.

»Fakezone ist aus dem Film«, beantwortet er Sarahs Frage und beweist, dass er echt fix im Kopf ist.»Die Maschinen geben den Menschen ja nur vor, ihr Leben zu leben. Und die Zone ...«

»Ja ja, schon gut ... so genau wollte ich es nicht wissen.«

Chris lacht laut auf.»Sag ich doch, Kumpel, der Film ist abtörnend.«

»Abtörnend genug, dass ihr aufhört zu knutschen, während wir daneben sitzen?«, schimpft Sam.

»Ihr könnt doch auch knutschen.« Sarah schnaubt.

»Wir haben die ganze Nacht geknutscht«, werfe ich schnell ein. »Ich habe wunde Lippen.«

»Und sie beißt im Eifer des Gefechts«, fügt Sam an und ich verdrehe die Augen.»In alle möglichen Körperstellen, ich blute regelrecht.«

Sarah setzt sich jetzt quer auf Chris' Schoß.

»Beißen macht mich auch scharf, Baby«, sagt der und schließt erwartungsvoll seine Augen.

Laut stöhnend lege ich den Kopf gegen die Lehne. Jetzt geht das wieder los.

»Ich beiße dich erst, wenn die beiden auch knutschen«, beschließt Sarah streng.»Ich muss dabei keine Zuschauer haben.«

»Dann geh doch in dein Zimmer, ich will das nicht sehen«, schlage ich schnell vor, aber Sam beugt sich schon über mich.

»Keine Sorge, ich kann so tun als ob«, flüstert er.

Er hat den Rücken so zu Chris und Sarah gedreht, dass für die beiden nicht zu erkennen ist, was unsere Lippen machen. Noch nie hat ein Mann so getan, als ob er mich küsst. Aber ich hatte auch noch nie so intimen Körperkontakt mit einem Mann, der nicht auf mich stand. Samuels Angebot macht mich neugierig und ich schließe erwartungsvoll die Augen.

»Dann her mit dem Nicht-Kuss«, flüstere ich.

Ich spüre seinen Atem an meiner Wange. Seine Arme, die mich umfangen. Scheiße, seine Stimme und sein Geruch könnten Sam zu einem echten Traummann machen. Auch die Art, wie er mich hält, und die Gespräche, die wir führen, wenn wir uns nicht gerade gegenseitig fertigmachen. Aber alles in allem ist er, abgesehen von seinen schönen dunkelbraunen Augen, nicht hübsch. Und zu nett, denn sexy finde ich eben Alpha-Männchen, die sich nehmen, was sie wollen.

Trotzdem kuschle ich mich an ihn, während er leicht den Kopf hin- und herbewegt und dabei nur Zentimeter von meinem Mund entfernt ist. Ich darf auf keinen Fall vergessen, dass er mich vollkommen unerotisch findet. Niemals darf ich das vergessen, denn ich habe echt keine Lust, mich komplett zu blamieren.

kapitel 8

MELISSA

Ein paar Tage später sind Sarah und Chris noch immer zusammen. Und Sam und ich auch, auf diese Art, auf die wir zusammen sind.

Da die Jungs heute ein Fußballspiel haben und Sarah jede Form von Sport aufrichtig hasst, haben wir endlich nochmal männerfreie Bude und einen Mädelsabend. Das bedeutet, dass Sarah Zeit findet, ihre Lieblingsserie weiterzuschauen, und ich mich in einen Thriller von Adler Olsen vertiefe.

»Okay, er hat was. Auf eine echt schräge Art, aber er hat was. Ich bin so froh, dass Mickey das erkennt.«

Ich werfe einen nur mäßig interessierten Blick auf den Bildschirm.

»Er ist hässlich wie eh und je.«

»Ist er nicht. Du musst nur mal auf die Kleinigkeiten achten, darauf, wie er sich die Haare aus dem Gesicht streicht oder wie er sie ansieht.« Ne danke, ich habe mich längst wieder in mein Buch vertieft, denn da wird gerade so nett beschrieben, wie der Psychopath sein nächstes Opfer ausspioniert.

»Hörst du mir zu, Meli?«

»Klar«, murmle ich. Ich kann prima brummen und nicken, während ich lese und es mich dabei schaudert.

»Was habe ich gesagt?«

»Er sieht sie an.«

»Es kommt ja darauf an, wie er sie ansieht. So wie Sam dich.«

Jetzt horche ich doch auf. Hat Samuel sich zu einem so ausgezeichneten Schauspieler entwickelt, dass er Sarah täuschen kann, oder will sie momentan nur rosa Wölkchen sehen? Aber sie himmelt schon wieder den Fernseher an, in dem sich zwei höchst gegensätzliche Charaktere abwechselnd anschmachten oder in den Wahnsinn treiben. Dabei ist logisch, dass das nie funktionieren kann.

»Du magst Chris wirklich«, stelle ich erstaunt fest. »Noch immer!«

Sarah seufzt tief auf.

»Er ist mein Seelenverwandter, die zweite Hälfte meines Wesens. Ich habe nicht gewusst, dass man so viel für einen Menschen empfinden kann.«

Oh, wow! Ich habe gar nicht gewusst, dass Sarah so viel empfinden kann. Mehr als ein paar Stunden lang. Obwohl ihr Herz-Schmerz-Kitsch-Konsum immer darauf hingedeutet hat.

»Was ist anders an ihm?«

Ich meine, klar, er sieht verdammt gut aus. Das habe ich ja auch überaus interessiert zur Kenntnis genommen. Aber es muss mehr sein, denn meine Freundin hatte schon die heißesten Typen im Bett. Denen erging es nicht besser als den Durchschnittsmännern.

»Wenn ich das sagen könnte, Meli.« Obwohl auf dem Bildschirm aktuell die Post abgeht, wirft Sarah keinen Blick dorthin. »Es passt einfach zwischen uns. Und je mehr Zeit vergeht, umso stärker wird mir das bewusst. Ich vermisse ihn sogar jetzt.«

»Ein bisschen vermissen kann ja auch schön sein«, brumme ich und will mich irritiert wieder dem Psychopathen widmen. Der ist mir aktuell näher als meine verknallte Freundin.

»Und du?« Leider habe ich Sarah jetzt auf das Thema Beziehungen gebracht. Ein Thema, von dem sie sich nicht so leicht ablenken lässt. »Sam ist doch toll. Ich finde es großartig, dass wir mit Freunden zusammen sind.«

»Ja, und so praktisch.«

»Du bist ja wohl nicht mit ihm zusammen, weil es praktisch ist«, empört sich Sarah. »Du bist doch hin und weg von ihm.«

»Wie kommst du darauf?« Mein Gott, ich muss ebenfalls eine grandiose Schauspielerin sein. Eventuell sollten Sam und ich uns in Hollywood melden. Wenn wir es schaffen, unsere Freunde so zu täuschen, haben wir Chancen am Broadway.

»Ich sehe es an den Blicken, die zwischen euch hin- und herfliegen«, sagt sie triumphierend. »Ihr versucht, euch möglichst cool zu geben, aber die Erotik, die zwischen euch knistert, die ist irre.« Sarah ist irre. Und verdammt gruselig. Erotik mit Sam, also echt!

»Schau mal, sie küssen sich«, lenke ich sie ab.

»Hab ich doch direkt gewusst, dass das mit den beiden was wird.« Schön, dass es so leicht ist, sie auf andere Gedanken zu bringen. Kopfschüttelnd vertiefe ich mich erneut in mein Buch. Es macht mich wahnsinnig, dass die Kommissare so langsam vorankommen, während schon wieder Kinder in Gefahr sind.

Sarah nimmt ihr Handy in die Hand und ich bemerke es nur, weil sie es so auffällig unauffällig macht.

»Heute ist Mädelsabend«, knurre ich sie an. »Du wirst ja mal drei Stunden ohne Liebesgeflüster auskommen.«

»Du liest doch eh einen Krimi«, antwortet sie und macht weiter.

»Es ist kein Krimi, es ist ein Thriller. In einem Krimi liegt einfach nur eine Leiche rum und irgendwelche Kommissare stolpern von einem Zeugen zum nächsten. Das hier ist finsterste Psychologie.«

»Das da ist einfach nur krank, Melissa.«

Ein bisschen krank schon, zugegeben. Aber wenigstens nicht langweilig. Und ich langweile mich schnell.

»Außerdem geht es hier um dich.« Sarah wedelt mit ihrem Handy vor meiner Nase herum.

»Es ist nicht von Chris?«

Sie verdreht die Augen.

»Es ist schon von Chris, aber es geht um dich. Eher gesagt um Sam. Wir müssen uns anziehen und los.«

Auf keinen Fall ziehe ich mich an. Ich trage meinen Kuschelschlafanzug, diesen megaflauschigen mit dem Reh auf dem Oberteil. Wenn ich den einmal anhabe, dann verlasse ich nicht mehr das Haus. Da kann der dritte Weltkrieg ausbrechen, nein danke, ohne mich.

»Nö«, sage ich und stecke die Nase zurück in mein Buch. Okay, Kommissare gibt es hier ebenfalls, aber ich habe nicht prinzipiell was gegen Kommissare. Nicht, wenn sie so schräg sind, wie diese drei.

»Es ist ein Notfall, Sam braucht uns.«

»Ist er hingefallen und hat sich wehgetan?« Fußballer fallen andauernd hin. Und jammern dann höchst dramatisch, damit der Schiedsrichter dem Gegner die rote Karte verpasst. Kenne ich. Das muss ich mir nicht anschauen.

»Mann, Melissa, sei nicht so sarkastisch«, schimpft Sarah, dabei weiß sie, dass ich in puncto Sarkasmus noch viel mehr zu bieten habe. »Eva ist da. Und sie hat in der Halbzeitpause mit einem der Gegner rumgeknutscht und laut rumgetönt, wie heiß er ist, wie kreativ im Bett und so weiter.«

Autsch. Das ist fies. Ich bezweifle zwar, dass Sarah und Chris wissen wie fies, da Samuel kaum zugegeben hat, was Eva mit ihm gemacht hat. Aber ich weiß es unglücklicherweise. Und ich weiß, dass er mich gerettet hat, als ich vor Phil und seiner Neuen stand, obwohl wir da noch Lieblingsfeinde waren. Das hier ist eine Ehrenschuld und laut seufzend erhebe ich mich.

»Wie viel Zeit haben wir, Sarah? Damit wir noch vor dem Abpfiff da sind?«

»Es zählt jede Sekunde, Melimaus.«

Sie springt ebenfalls auf.

»Okay, und wir brauchen eine Taktik.« Nach Möglichkeit eine Taktik, die keine überdimensionale, kaum zu finanzierende Champagnerflasche enthält.

Wir schaffen es locker. Als wir auf dem Sportplatz ankommen, rennen zweiundzwanzig verschlammte Gestalten im Flutlicht über den Platz und brüllen sich gegenseitig an.

Eva erkenne ich auf der Stelle, obwohl sie in einen langen Mantel gehüllt ist und eine Mütze trägt. Wir stellen uns daneben an die Abgrenzung und ich lehne mich lässig an.

»Wer ist es also?«, quietscht Sarah wie geplant. Sie ist eine ausgezeichnete Schauspielerin.

Die Frage ist allerdings nicht so leicht zu beantworten. Mir ist noch nicht einmal klar, welche Trikots unsere Jungs tragen und wer die Gegner sind. Eine Weile suche ich die Spieler ab, bis ich die Stimme erkenne, die ich aus zehntausenden sofort heraushören kann.

»Geh in Manndeckung, Kevin, Manndeckung.«

Ich stoße Sarah in die Rippen und weise Richtung Tor.

»Nummer fünf, der Typ in der Abwehr mit dem geilen Arsch.«

Eva hat uns bisher nicht zur Kenntnis genommen, jetzt horcht sie auf. Unauffällig versucht sie, uns abzuchecken, und ich hoffe nur, sie erkennt mich nicht. Sie hat im Restaurant durchaus in meiner Blickrichtung gesessen und genauso gut, wie ich sie sehen konnte, war es umgekehrt. Trotzdem bleibt ihr Blick eher an Sarah hängen. Eva war an dem Abend mehr mit ihrem Auftritt als mit anderen Restaurantgästen beschäftigt.

»Okay, der Arsch ist nicht schlecht«, bestätigt Sarah. »Aber der Rest lässt nicht vermuten, was er so drauf hat.«

»Als ob man das einem Mann ansehen könnte.«

Man sieht Samuel noch nicht mal an, ob ihn die Tatsache, dass Eva da ist, stört. Äußerlich ungerührt rennt er über den Platz und brüllt seinen Mitspielern immer wieder Kommandos oder Anfeuerungen zu. Und der Arsch und die Art, wie er sich bewegt, sind in der Tat nicht schlecht.

»Aber ich habe mir einen Callboy anders vorgestellt«, lässt Sarah die Bombe platzen.

Eva erstarrt und wendet sich jetzt vollends zu uns. Sie gibt nicht mehr vor, zu cool zu sein, um uns Aufmerksamkeit zu widmen.

»Ist er aber, seit Jahren schon. Und er hat einen ausgezeichneten Ruf, sonst hätte ich ihn ja nicht gebucht.« Ich kichere ein wenig hysterisch. Die Vorstellung, einen Callboy zu buchen, ist echt schräg. »Und ich kann dir sagen, was der mit seiner Zunge macht, das hat noch keiner geschafft. Ich glaube, ich hatte mehrere Orgasmen gleichzeitig. Und er hat Stehvermögen …«, schwärme ich weiter und Sarah kichert ebenfalls.

»Er muss irre teuer sein.«

»Ist er«, nicke ich. »Aber zu Recht. Und da Geld bei uns ja noch nie eine Rolle gespielt hat …« Nun zucke ich lässig die Schultern.

Spätestens jetzt müsste der Bluff auffliegen, denn meine Klamotten schreien nicht gerade nach Geld. Aber Eva ist zu geschockt, um mich intensiv in Augenschein zu nehmen. Sie fixiert sprachlos Samuel. Sarah und ich sind jedoch noch nicht am Ende unserer Vorstellung angelangt.

»Und er soll nun mein Geburtstagsgeschenk werden?«

»Nur, wenn er dir gefällt, Süße. Deshalb sind wir doch hier. Die Fotos von der Agentur zeigen ja nur einen Ausschnitt, wenn auch einen äußerst pikanten, aber ich finde, das hier repräsentiert ihn besser.«

Sarah kichert schon wieder, aber das Gute an unserem Plan ist, dass wir hemmungslos kichern dürfen. Ich muss gestehen, dass ich aktuell einen irren Spaß habe. Es hat sich gelohnt, aus dem Schlafanzug herauszukommen.

»Er gefällt mir definitiv.«

»Okay, dann müssen wir nur noch klären, ob es auch umgekehrt der Fall ist. Er nimmt nämlich nicht jede Kundin an, im Gegenteil. Die Agentur hat mir gesagt, dass er äußerst wählerisch ist, sie sind zum Teil echt verzweifelt, weil er nur die heißesten Frauen annimmt.« Sarah macht große Augen.

»Aber du gefällst ihm bestimmt, da mache ich mir gar keine Sorgen, Sarah.«

»Ich war noch nie mit einem Callboy im Bett.« Das ist der erste nicht gelogene Satz, den wir hier anbringen.

»Das ist ein Fehler. Du hast immer nur eine feste Beziehung oder einen One-Night-Stand, und das kann ja auch ganz nett sein. Aber wenn du es richtig genießen willst, ist ein Mann, der dir eine Nacht lang jeden Wunsch von den Augen abliest, unschlagbar. Außerdem ist er aufmerksam und macht dir Komplimente und hört dir zu. Ein Traummann in jeder Hinsicht.«

Sarah schiebt sich nah an mich. »Das klingt, als hättest du es schon mal ausprobiert«, flüstert sie.

»Ich habe eine große Fantasie, weißt du doch«, zische ich zurück.

»Ob der eine Freundin hat?«, fragt Sarah wieder laut und grinst breit. »Ich meine, ich kann mir nicht vorstellen, dass es eine Frau gibt, die den teilen würde. Aber wenn er so hammermäßig im Bett ist, muss er doch jede haben können.«

»Ach«, ich mache eine abfällige Geste, »wahrscheinlich nicht mehr. Er hat mir mal, was von einer Freundin erzählt. Die wüsste nichts von seinem Nebeneinkommen.«

»Hatte er da kein schlechtes Gewissen?«

»Sie sei eine frigide Kuh und wahrscheinlich froh, wenn er Sex mit anderen Frauen hätte und sie nicht so oft ranmüsse.«

Ich hebe entschuldigend die Hände. »Nicht meine Worte. Seine.«

Inzwischen kann ich das Lachen kaum noch unterdrücken. Bedauerlicherweise hat Eva sich so von uns abgewandt, dass ich ihr Gesicht nicht mehr sehen kann. Ich glaube nicht, dass sie so ein perfektes Pokerface wie Samuel hat.

Wir haben heute echt ein Händchen für Timing, denn der Schiri pfeift das Spiel ab und wir haben unsere Komödie erfolgreich beendet. Bevor der Gegenspieler, der schon einige Male zu Eva geschaut hat, bei uns ankommt, dreht sie ab und marschiert mit langen Schritten vom Sportplatz.

»Eva, was ist los?«, brüllt er hinter ihr her. »Wir haben gleich noch ein Date.« Sie dreht sich nicht um.

Er erreicht die Absperrung und damit uns.

»Was ist mit der los? Hat sie was gesagt?«, fragt er.

Sarah und ich versuchen uns beide an unserem unschuldigsten Gesicht, aber ich kann an meiner Freundin erkennen, wie mies wir darin sind.

»Ihr hat das Spiel nicht gefallen«, behaupte ich trotzdem und hoffe, dass der Typ so dämlich ist, wie er aussieht. »Ihr wart zu schlecht, meinte sie.«

»Häh, wieso das denn? Wir haben gewonnen. Die spinnt doch.«

»Dann war irgendetwas an dir verkehrt.« Ich grinse breit. Der wusste unter Garantie, dass Eva vorher mit einem der Gegner zusammen war. Kommentarlos dreht er ab und macht eine paar unfreundliche Gesten in Evas Richtung, die schon fast den Ausgang erreicht hat.

»Habt ihr Eva vergrault?« Chris stürmt auf uns zu und küsst Sarah. Obwohl er dreckig ist und bis zu mir stinkt, quietscht die nicht angeekelt auf, sondern küsst zurück. »Das habt ihr super gemacht.«

»Wieso solltet ihr Eva vergraulen?« Samuel versucht nicht, mich zu küssen. Wie lange wir die Komödie auf diese Art noch aufrecht erhalten können, ist fraglich.

Ich zucke die Schultern.

»Keine Ahnung.«

»Was macht ihr überhaupt hier?« Sam hat keinen Plan von Chris' Hilferuf und er würde auch niemals zugeben, dass unser Eingreifen notwendig war. Langsam lerne ich ihn immer besser kennen.

»Sarah hatte Sehnsucht nach Chris«, sage ich nur.

»Und wie.« Sarah schmachtet Chris an und kurz frage ich mich, aus welchem Grund wir wirklich hier sind. Sarahs Motive sind zweifelhaft. »Und Meli hatte Sehnsucht nach dir.« Haarscharf kann ich mir ein Schnauben verkneifen.

»Und es hat nichts mit Eva zu tun?« Ein misstrauischer Blick wandert zu Chris, der genauso mies in Unschuldsmienen ist wie der Rest von uns, und dann zu den Gegnern, die sich auf der anderen Seite versammeln. Sam verdreht die Augen. »Na toll, das war echt nicht nötig. Die geht mir am Arsch vorbei.«

»Auch wenn die hier mit ihrem neuen Lover aufkreuzt? Und die uns auch noch in Grund und Boden treten?« Chris lacht seinen Freund unverhohlen aus. »Nee, Sam, ich kenne dich schon zu lange. Die Kombination aus Exfreundin, doofen Sprüchen und Verlieren ist scheiße für dich. Mag sein, dass andere auf die coole Nummer reinfallen, aber ich nicht.« Dann deutet er auf mich. »Außerdem sollte Eva sehen, dass du im Nullkommanichts einen Ersatz gefunden hast. Und was für einen Ersatz, denn Melissa ist tausend Mal schärfer als deine dämliche Ex.«

Samuel widerspricht nicht.

Und ich schweige ebenfalls, obwohl ich laut gegen den Begriff ›Ersatz‹ protestieren würde, wären wir ein echtes Paar.

»Ihr habt ihr doch nicht explizit unter die Nase gerieben, dass wir zusammen sind, oder? So ein auffälliges ›Sam hat schon längst eine Neue‹-Gequatsche, was Chris gut fände«, fragt er mich stattdessen. »Ich meine, da fällt doch keiner drauf rein.«

»Nein, haben wir nicht.« Das kann ich mit absolut aufrichtiger Miene beteuern.

»Dann verstehe ich nicht, wieso sie so angepisst abgerauscht ist.«

Der Rest der Mannschaft hat nach dem Abpfiff ein paar Worte mit den Gegnern und den Schiedsrichtern gewechselt und marschiert aktuell Richtung Umkleiden. Es ist zu kalt, um verschwitzt und im Trikot rumzustehen.

»Ist doch egal, komm Mann, wir gehen duschen. Und dann begleiten wir die beiden wundervollen Frauen nach Hause.«

Innerlich laut aufseufzend zwinge ich ein Lächeln in mein Gesicht und schaue hinter den beiden her.

Doch, ein Sport treibender, laut und engagiert herumbrüllender und verschwitzter Samuel hat was.

kapitel 9

SAMUEL

»Callboy?« Mit langen Schritten marschiere ich rasend vor Wut auf Melissa zu. »Du hast allen Ernstes behauptet, ich wäre ein Callboy?«

Chris folgt mir langsam und kommt nach wie vor aus dem Lachen nicht raus. Nur bei Melissa zeigt mein Gefühlsausbruch keine Wirkung. Sie schaut mich mit so großen, betont unschuldigen Kulleraugen an, dass klar ist, wie schuldig sie ist.

»Kannst du mir erklären, was der Scheiß soll. Ich dachte, wir machen uns nicht mehr gegenseitig fertig? Und ich habe auch noch nicht mitbekommen, dass ich die Wette schon verloren habe.«

»Welche Wette?«, fragt Sarah erstaunt.

»Keine Wette«, antworten Melissa und ich sofort. Und leider im absoluten Gleichklang. Denn nach Gleichklang ist mir aktuell echt nicht.

»Das war doch nur nett gemeint«, lächelt Sarah mich völlig entspannt an. »Du solltest geschmeichelt sein.«

»Weil mein komplettes Team nun denkt, ich bin ein Strichjunge?« Echt, ich habe mir gerade Sprüche angehört, die ich nie für möglich gehalten hätte.

»Strichjunge ist doch was Anderes. Du bist ein Edel-Luxus-Callboy«, versucht Sarah, mich zu trösten.

»Bin ich nicht.«

»Aber Eva sollte es denken.« Melissa verdreht ein wenig die Augen. »Stell dich nicht so begriffsstutzig an, die ganze Inszenierung war doch nur für deine blöde Ex. Es war nie geplant, dass es auch andere hören.«

»Wer hat es überhaupt mitbekommen?«, wundert Sarah sich.

»Tatjana und Lisa. Die sind mit zweien aus dem Team zusammen und haben es ihnen brühwarm erzählt.« Chris amüsiert sich unverhohlen, aber er ist ja auch nicht Witz des Tages.

»Eva hat Samuel vorgeworfen, eine Niete im Bett zu sein«, erklärt Melissa laut.

Ja, danke, Melissa weiß echt, wie man eine katastrophale Situation noch prekärer macht. Es gibt Dinge, die ein Mann nicht jedem auf die Nase bindet. Auch nicht seinem besten Freund.

»Hat sie echt? Die blöde, frigide Schlampe.« Chris ist fassungslos. »Warum hast du das nicht gesagt, Kumpel, der hätte ich die Meinung gegeigt. Der hätte ich so dermaßen klargemacht, wie vollkommen sie daneben liegt, ich …«

»Ich denke nicht, dass es sonderlich hilfreich ist, wenn du Eva erklärst, dass ich im Bett keine Niete bin«, werfe ich resigniert ein und unterbreche ihn. Warum wird das Thema jetzt öffentlich diskutiert? »Das hätte sie nur auf falsche Gedanken gebracht.«

»Deshalb haben wir es gemacht«, sagt Melissa zufrieden. »Endlich hast du es kapiert.«

»Ich kapiere nur, dass es blamabel für mich ist.« Hilflos werfe ich die Hände in die Luft. Die beiden sind sich echt keiner Schuld bewusst. »Möchtest du als Prostituierte bekannt werden?«, frage ich Melissa.

Sie verdreht nur die Augen.

»Das ist was völlig anderes, bleib mal realistisch.«

Niklas nähert sich und ich beschließe, schleunigst das Thema zu wechseln. Beziehungsweise die Flucht zu ergreifen. Noch mehr Häme und Spott kann ich heute nicht ertragen.

»Warte mal, Sam«, hält er mich im letzten Augenblick auf. »Ist mir ja echt peinlich zu fragen, aber Lisa gibt sonst keine Ruhe. Was ist also dein Trick? Was machst du im Bett mit den Weibern, dass die Unsummen dafür bezahlen. Wie geht diese Sache mit der Zunge und wieso kannst du die ganze Nacht durchbumsen?« Fassungslos drehe ich mich zu ihm. »Echt, Kumpel, ich frage dich das nicht gerne, kannst du mir glauben. Ich dachte bisher immer, die wäre zufrieden. Aber plötzlich soll ich mir von einem Profi Hilfe holen.«

Chris legt breit grinsend den Arm um Niklas. »Betriebsgeheimnis, Niklas, das ist dir doch wohl klar.«

»Genau, Niklas, wenn Lisa es so konkret wissen will, dann muss sie Sam einfach mal buchen«, erklärt Sarah, ohne das Gesicht zu verziehen. »Falls sie so viel Geld aufbringt, der nimmt schon knapp tausend die Nacht.«

Ich will mich lachend abwenden, aber Sarah und Melissa machen ein vollkommen ernsthaftes Gesicht. Und Niklas bleibt der Mund offen stehen.

»Und er ist es wert.« Melissa zwinkert mir zu, aber so unauffällig, dass mein geschockter Teamkamerad es nicht sieht.

»Tausend Euro, Mann«, sagt er dann fassungslos. »Und da gehst du überhaupt noch arbeiten?«

»Er hat ja maximal eine Handvoll Kundinnen im Monat«, winkt Melissa ab. »Er akzeptiert nämlich nur die richtig scharfen Frauen, die, die ihn auch anmachen. Alle anderen lehnt er ab.«

Niklas wirft mir einen weiteren ungläubigen Blick zu. Inzwischen ohne die Häme und den Spott, die in der Kabine dabei waren. »Und du kannst echt nichts verraten?«

Ich zucke ergeben die Schultern. Es gibt ja leider nichts zu verraten und jetzt zu leugnen, ein Callboy zu sein, macht es nur schlimmer. Ein Gerücht, das vehement abgestritten wird, ist tausend Mal interessanter.

»Findet Lisa das jetzt wirklich gut? Das würde die doch nicht wollen«, murmelt Niklas geschockt. Dann zieht er ab.

»Das kann der doch nicht ernsthaft geglaubt haben?« Ich lasse meinen fragenden Blick von Melissa über Sarah zu Chris wandern.

»Wieso denn nicht, Kumpel.« Chris schlägt mir zufrieden auf die Schulter. »Du bist jetzt das Neidobjekt der Mannschaft. Freu dich drüber.«

Freuen? Der hat einen Knall.

Und Melissa und Sarah haben ebenfalls einen, denn alle drei sind überaus vergnügt, als wir uns auf den Weg machen. Ich will einfach nur noch weg. Weg von diesen Irren, die sich auf meine Kosten amüsieren und dabei denken, sie tun mir einen Gefallen.

»Du kannst mich an der Bahn absetzen, Chris«, sage ich im Auto. »Dann fährst du keinen Umweg.«

Warum die Sache zwischen den beiden schon vier Tage läuft, ist mir unbegreiflich. Vier ganze Tage ein und dieselbe Frau. Das ist nicht der Christian, den ich kenne.

»Nö, du fährst mit zu Melissa«, antwortet Chris lapidar.

»Tu ich nicht. Ich muss morgen arbeiten und früh raus.«

»Hallo, ich muss morgen zur Uni und ebenfalls früh raus«, empört sich Melissa.

»Du willst also, dass ich mitkomme?« Ich werfe ihr einen spöttischen Blick zu.

»Natürlich will Meli, dass du mitkommst.« Sarah hat wie selbstverständlich den Beifahrersitz übernommen, mit dem Hinweis, das Melissa und ich hinten so schön kuscheln können. »Hast du schon vergessen, dass du diese Callboy-Qualitäten hast, die du bei ihr anwenden sollst. Die ganze Nacht lang.«

Diese Art Humor kommt aktuell nicht gut bei mir an.

»Es ist zu spät. Echt, ich bin hundemüde und muss ins

Bett«, widerspreche ich. Ich brauche zwar nach jedem Spiel eine Weile, um wieder runterzukommen, aber nicht so lange, dass sich da ein Besuch lohnen würde. Und ich bin unverändert überaus angepisst.

»Macht doch nichts. Wir pennen einfach bei den Mädels.« Tja, Chris hat sich jetzt vier Nächte nicht zu Hause blicken lassen und ich weiß es so genau, weil ich direkt nebenan wohne. Ich will mich schon weigern und an der nächsten roten Ampel rausspringen, aber endlich bietet sich mal eine Gelegenheit, Melissa diese Callboy-Sache heimzuzahlen.

»Klar, Süße, dann penne ich eben bei dir«, sage ich also großspurig und erwarte ihren lauten Protest. »In deinem Bett ist ja locker genug Platz für unsere ganze Fußballmannschaft.«

»Überhaupt kein Problem, Süßer«, flötet sie zurück. Was soll das denn jetzt? Ich spare mir den Hinweis, auf Zahnbürste und frische Unterwäsche. Ich fürchte, aus der Nummer komme ich nicht einfach so wieder raus.

Sarah und Chris sind auf der Stelle in Sarahs Zimmer verschwunden, daher meiden wir die Küche. Sich gemeinsam Sexgeräusche anzuhören, ist keinem von uns geheuer.

»Du hast wegen der Nummer gerade kein schlechtes Gewissen? Überhaupt kein bisschen?«, frage ich Melissa noch einmal.

»Wieso denn das?«

»Callboy? Das ist doch kein Traumberuf.«

»Erinnere dich mal an Niklas' Gesicht. Der hielt das für einen Traumberuf. Und tausend andere Männer unter Garantie auch.«

Frustriert lasse ich mich auf ihr Bett sinken.

»Ich weiß nicht, Melissa.«

»Du hättest Evas Gesicht sehen sollen, die war geschockt hoch zehn. Wir haben ihr so deutlich gemacht, dass du all das, was sie dir vorgeworfen hast, bei anderen Frauen machst. Seit Jahren. Sie ist heulend abgezogen.«

89

»Dann war das tatsächlich einfach nur nett gemeint?«
Langsam lässt sie sich neben mir nieder.
»Welchen Grund hätte ich, nicht nett zu sein. Wir haben Waffenstillstand vereinbart, sogar mehr als das. Wir haben uns auf die Fakezone geeinigt.«
Ich lasse mich nach hinten sinken und denke nach. Mag sein, dass es in der Mannschaft gar nicht so blamabel ist. Solange das Gerücht nicht weitere Kreise zieht und bei meiner Familie landet. Ich möchte meiner Oma nicht erklären müssen, was ein Callboy ist.

»Okay, es ist eine irritierend schräge Art, mich vor meiner Ex zu verteidigen, aber es scheint ja gelungen zu sein. Dann sind wir quitt, Melissa.«

»Wir sind nicht quitt.« Sie schaut auf mich hinunter und presst die Lippen entschlossen aufeinander.

»Wir sind definitiv quitt«, beharre ich.

»Nein, du bekommst das Geld trotzdem von mir zurück, denn die Aktion heute hat keinen Cent gekostet.«

»Ich will aber kein Geld von einer mittellosen Studentin«, schnauze ich sie an. Wie kann man nur so stur sein?

»Ist mir egal. Ich mache keine Schulden«, faucht sie zurück.

Mit einem Ruck richte ich mich wieder auf.

»Wenn du darauf bestehst, mir das Geld zurückzuzahlen, dann bestehe ich darauf, mich bei dir zu revanchieren.«

Unsere Gesichter sind sich irritierend nah gekommen, aber sie weicht nicht zurück.

»Wie willst du dich revanchieren?«

»Das weiß ich noch nicht. Deshalb wäre es mir recht, wenn wir einfach quitt sind. Aber falls du dickköpfig bleibst, hast du eine Aktion bei mir gut.« Ich kann nur hoffen, dass sich möglichst bald eine Gelegenheit ergibt, Melissa zur Seite zu springen. Ich hasse es, Schulden zu haben, auch wenn es sich hierbei nicht um Geld handelt.

»Du kannst dich ja in Naturalien bedanken«, kichert sie mit einem Mal. »Callboy-Naturalien.«

»Sehr witzig.«

Ich höre selbst, wie stinkwütend ich klinge.

Aber Melissa interpretiert es falsch.

»Reg dich ab, ich weiß, dass du nicht auf mich stehst«, sagt sie völlig entspannt. »Das war einfach nur ein Witz.«

»Woher willst du das wissen?«

»Du hast keinen hochbekommen.«

Das schon wieder. Ich wollte nie mehr an die peinlichste Situation meines Lebens denken. Aber mit Melissa wird alles Schlimme immer wieder präsent.

»Ich habe dir erklärt, warum.«

Und ich werde es nicht erneut erklären. Tausend Mal lieber werde ich öffentlich von Eva zusammengestaucht, als noch einmal ohne Erektion vor einem nackten Mädchen zu stehen.

»Ja, ja, aber Fakt ist, hätte ich dich angemacht, wäre es anders gewesen. Denn dann triumphiert der Körper über den Kopf.« Leicht legt sie ihren Kopf gegen meinen Oberkörper.

»Das ist völlig okay so, sonst könnten wir ja nicht einfach nur Freunde sein.«

»Fakefreunde«, korrigiere ich sie, während sich in mir lauter Protest regt.

»Nein. Fake Lover, aber echte Freunde. Oder etwa nicht?«

Ich bin mir inzwischen nicht mehr sicher, was hier Fake ist und was echt, mir ist jedoch nur allzu bewusst, dass ich nicht Melissas Typ bin. Und nie sein werde.

»Definitiv echte Freunde«, stimme ich ihr wohl oder übel zu.

kapitel 10

SAMUEL

Melissas Bett ist nicht das Problem, denn es ist breit und gemütlich und bietet genug Platz, um sich nicht in die Quere zu kommen. Aber ein Problem muss es geben, ich schlafe unruhig und werde mehrmals wach. Ohne den lauten Streit am nächsten Morgen hätte ich deswegen verschlafen.

»Das ist ekelhaft, einfach ekelhaft.«

Nur langsam komme ich zu mir und realisiere, wo ich bin. Melissa sitzt aufrecht im Bett und schaut sich aufgeschreckt und hektisch um. »Scheiße, das ist Sarah«, stellt sie ungläubig fest. »Haben wir wieder Maden?«

»Maden? Igitt, hattet ihr schon mal Maden? Das ist wirklich ekelhaft«, antworte ich. Wenn es um Maden geht, macht Sarahs Geschrei Sinn.

»Da waren Reste vom Italiener unter das Sofa gerutscht. Und wir waren an dem Abend so betrunken, dass wir uns nicht mehr so recht erinnern konnten, wegen dieses Weines, den der hübsche Pizzabote mitgebracht hatte. Er war so angetan von Sarahs Augenaufschlag, dass er uns direkt eine Flasche mehr dagelassen hat. Und ...« Sie schüttelt entnervt den Kopf. »Ist ja auch egal, das war ein einziges Mal und seitdem räumen wir Essensreste immer auf der Stelle weg. Nicht nur in den Küchenmüll, sondern sofort nach draußen. Du glaubst gar nicht, wie wir uns geekelt haben. Und du kannst dir sicherlich denken, wer sich um die Sauerei kümmern musste, während die andere Person nur laut kreischend daneben stand.«

»Dann halte ich es für unwahrscheinlich, dass es Maden sind«, stelle ich grinsend fest.

Die laut kreischende Person ist definitiv wieder in ihrem Element, es geht nämlich weiter.

»Es gibt keine fiesere Person als Angelina, das kannst du mir glauben. Angelina, sag doch Angie zu mir und ich bin so dumm, dass ich es nicht schaffe meine Oberweite komplett in der Kleidung zu verstauen.«

Melissa lässt sich erleichtert zurücksinken und kichert.

»Jetzt verstehe ich die Aufregung. Angelina ist irgendwie in unseren Freundeskreis geraten und sie und Sarah sind erklärte Feindinnen. Todfeindinnen!«

»Weil sie so eine beachtliche Oberweite hat?«

»Nö, nicht deshalb. Eher weil sie aus Prinzip die Typen anbaggert, an denen Sarah Interesse zeigt.«

Ich lege mich ebenfalls wieder hin. Inzwischen bin ich hellwach und sollte mich bald auf den Weg ins Büro machen. Mein Bedürfnis, mir in der Küche einen Kaffee zu organisieren und mir dabei anzuhören, was so ekelhaft an einer unbekannten Angelina ist, ist jedoch nicht vorhanden. Also bleiben nur, ohne Kaffee ins Büro gehen oder weiterschlafen.

»Gibst du eigentlich jetzt zu, dass du gefroren hast?«

Melissa trägt einen Schlafanzug, der geeignet ist, ohne Haus, Zelt oder Schlafsack in Sibirien zu übernachten. Mir ist schleierhaft, wieso sie nicht schweißüberströmt aufwacht, denn auch die Bettdecke ist nicht ohne.

»Ich habe nicht gefroren.«

»Machst du noch immer einen auf harten Mann«, kichert sie. »Ich habe gehört, dass du dich ununterbrochen hin- und hergedreht hast. Du hast nicht gut geschlafen und es ist offensichtlich, warum.«

»Ich habe nicht gut geschlafen, weil das hier nicht mein Bett ist. Und zu Hause schlafe ich nackt bei offenem Fenster, es gab definitiv keinen Grund zu frieren.«

Ich schlafe gewöhnlich nicht nackt, nur im Hochsommer, aber die Aussage macht so herrlich deutlich, dass ich nur in Unterwäsche definitiv nicht gefroren habe.

»Das habe ich allerdings auch schon gemerkt. Umso dankbarer bin ich dir, dass du wenigstens heute etwas anhast.«

»Ich wusste noch nicht mal, dass sie Angelina heißt.« Chris Stimme ist ebenso wenig leise und dezent.

Chris weiß am nächsten Morgen nie, wie seine aktuelle Bekanntschaft heißt. Er nennt alle nur Baby und bisher hat sich keine Frau daran gestört.

»Du bist ekelhaft wahllos.«

»Das sagt ja die Richtige.«

»Ist Chris wahllos?«, fragt Melissa leise, die mit genauso unglücklicher Miene dem Streit lauscht wie ich.

»Ja, irgendwie schon«, muss ich zugeben. »Ich will jetzt nicht behaupten, dass er mit absolut jeder abziehen würde, aber wenn man pro Wochenende mindestens zwei Eroberungen anvisiert, nimmt man, was man kriegt.« Ich würde meinen Freund gerne verteidigen, denn Melissa verzieht abfällig das Gesicht. Leider ist er in der Hinsicht, schwer zu verteidigen.

»Sarah ist doch so ähnlich drauf. Hast du erzählt.«

»Das mag wahllos erscheinen, aber sie ist ja in der Tat jedes Mal verliebt. Halt nur nicht so lange wie normale Leute.« Sie dreht sich auf die Seite und sieht mich an. »Alles in allem ist sie nicht die Person, die sich darüber aufregen sollte, dass Chris was mit Angelina hatte, das ist schon wahr. Sie hat wahrscheinlich bereits ein paar eurer Bekannten ins Unglück gestürzt.«

»Sollte man besser vorher wissen. Die Ex eines Freundes ist tabu.« Ich habe mich ebenfalls zu ihr gedreht. Ich mag

Melissas Morgenlook. Die Haare sind verwuschelt, die Augen noch verschlafen halbgeschlossen.

Sie ist nicht der Typ Frau, der am Morgen danach anders aussieht als am Abend und in der Nacht, da sie kein Make-up benutzt und sehr natürlich ist.

Mit ihr im Bett zu liegen ist ganz schön intim.

»Ja, stimmt, was schlecht für mich ist.« Jetzt kichert sie wieder. »Ich muss also schneller als Sarah sein, sonst bleiben keine Männer mehr übrig.«

»Bisher bist du doch nicht zu kurz gekommen.« Ich würde es schon gerne genauer wissen. Leider scheppert es in dem Moment, in dem Melissa zu einer Antwort ansetzt, in der Küche. »Scheiße, neigt deine Freundin zu Gewalttaten?«

»Bis heute nicht, aber mit Chris ist ja eh alles anders, als ich es von ihr kenne.«

Alarmiert setzen wir uns wieder auf.

»Ich interpretiere jetzt doch richtig, dass Sarah herausgefunden hat, dass Chris irgendwann mal mit dieser Angelina im Bett war, und sich deshalb aufregt? Oder siehst du das anders?«

»Nee, Sam, da bleiben nicht mehr viele Interpretationsmöglichkeiten. Nicht wenn man Chris kennt.«

»Das kann sie ihm doch nicht ernsthaft vorwerfen.« Mann, das war, bevor die beiden sich begegnet sind. Bevor sie von der Existenz des jeweils anderen wussten. Man kann Chris viel vorwerfen, aber das nun wirklich nicht.

»Rational gesehen nicht«, stimmt Melissa mir zu. »Aber verstehen kann ich Sarah schon, das würde mir auch nicht gefallen.«

»Zwischen Nicht-Gefallen und eine Szenemachen ist ja ein großer Unterschied.«

Es scheppert schon wieder. Das ist eindeutig eine Szene.

Ich beschließe, mich vorsichtshalber anzuziehen, ich muss nicht im Slip in einem Scherbenhaufen landen.

Heute sind meine Sachen ordentlich zur Seite gelegt und

nicht im Raum verteilt. Mittlerweile kann ich selbst nicht mehr fassen, dass ich bei diesem Strip und dem albernen Klamotten-durch-das-Zimmer-Werfen mitgemacht habe.

»Du bist ja völlig durchgeknallt«, brüllt Chris in dem Moment. »Reg dich mal ab, Sarah.«

Schnell schlüpfe ich in die Hose und angle nach meinen Socken.

»Wer so wahllos ist, es mit Angelina zu treiben, ist bei mir unten durch. So einen Mann würde ich nicht mal mit der Kneifzange anfassen, ich ekle mich echt vor dir.«

Wow, Sarah geht ganz schön ab. Melissa wirft mir meinen Pulli zu und verzieht erneut das Gesicht.

»So habe ich Sarah noch nie erlebt, echt. Die ist absolut sachlich, wenn sie ihren Affären erklärt, dass sie nun gehen und nicht wiederkommen. Einmal hat ein Mann eine Tasse nach ihr geworfen, aber da hat sie nicht mitgemacht.«

Ich versuche so hektisch, in den Pulli zu kommen, dass ich den Kopf schon durchstecke, bevor meine Arme durch die Ärmel sind. Verständlicherweise bleibe ich stecken. Melissa muss mir helfen, aber sie schaut so geschockt, dass sie mich dabei nicht einmal auslacht.

Das Gebrüll aus der Küche wird keinen Ton leiser.

»Du spinnst doch, ich kann mich an die kaum erinnern.«

»Warum hat sie dann ein Foto von dir?«

»Weil sie es gemacht hat, schätze ich. Kann ich mich auch nicht dran erinnern. Wen interessiert der Scheiß denn?«

»Mich interessiert der Scheiß. Wenn die blöde Schlampe Nacktbilder von meinem Freund durch die Gegend schickt, dann interessiert mich das.«

Ich pfeife leise. Nacktbilder sind mir von Chris noch nicht in die Hände gefallen. Auch Melissa zieht interessiert die Augenbrauen hoch.

»Untersteh dich«, sage ich ihr nachdrücklich. »Du machst es nicht besser, wenn du jetzt da hingehst, um dir die Fotos anzusehen.«

»Ich würde es aber gerne sehen.« Sie zieht eine Schmolllippe. »Glaubst du, Chris hat sich splitterfasernackt fotografieren lassen? Von einem One-Night-Stand? So komplett?«

Ich traue es ihm zu.

»Er ist nicht allzu prüde«, muss ich zugeben.

»Und nicht allzu clever?«

»In der Hinsicht nicht.« Wenn es um Frauen und seine Affären geht, ist er absolut blauäugig.

»Mann, Sarah …«

»Nee, nix mehr mit ›Mann, Sarah‹. Du kannst mich mal, ich will dich nie wieder sehen. Wie kann man so einen miesen Geschmack haben, wie kann man nur. Verschwinde, du ekelst mich echt an.«

Augenblicklich fahren wir beide endgültig alarmiert auf. Seit Tagen warten wir auf den Knall, aber jetzt als er passiert, hat keiner damit gerechnet. Wir erreichen den Flur in dem Moment, in dem Chris aus der Küche stürmt.

»Weiber«, brüllt er uns an. »Nur Schwachsinn im Kopf, echt. Kein Hauch von Logik.«

Nun erscheint Sarah in der Küchentür.

»Raus hier, verschwinde, ich will dich nie wiedersehen.«

Sie hält eine Tasse in der Hand und ich habe einen bösen Verdacht, was in der Küche gescheppert hat.

»Das sind deine Lieblingstassen«, ruft Melissa. »Mach die nicht kaputt.«

»Die Furie hat den Rest schon zertrümmert.« Chris rauscht an uns vorbei und reißt die Wohnungstür auf.

»Warte, Chris, warte mal. Das meint sie doch nicht so. Lass uns in Ruhe drüber reden. Meli und ich vermitteln.«

»Da gibt es nichts zu vermitteln«, zischt Sarah. »Es sei denn du kannst zaubern und aus Christian einen Mann machen, der nachdenkt, bevor er alles vögelt, was nicht bei drei auf dem Baum ist. Und das bitte auch in der Vergangenheit.«

»Komm du mir nicht mit Moral, wir haben letztens im Club mindestens drei Typen getroffen, mit denen du schon was hattest und die dir noch immer hinterherrennen. Habe ich mich da aufgeregt?«

»Das ist was Anderes. Das waren nette, normale Männer und keine Schlampen wie Angelina.«

Durch das Gebrüll und die geöffnete Tür ist inzwischen das ganze Haus informiert, was hier los ist. Die arme, nette Frau Bemler von nebenan ebenfalls.

»Die Schlampe bist du, Sarah, aber ich weiß jetzt Bescheid. Auf dich falle ich nicht wieder rein.«

Chris dreht sich um, ehe ich ihn am Arm packen kann.

»Warte, Mann, rede mit mir«, versuche ich, ihn zu stoppen. »Außerdem hast du weder Schuhe noch Jacke an.«

Aber er hört mich nicht, sondern rennt die Treppen hinab.

»Ich habe übrigens die Wette gewonnen«, sagt Melissa und schaut vollkommen perplex ins Treppenhaus.

Laut fluchend greife ich nach Schuhen und Jacken und laufe hinterher.

kapitel 11

MELISSA

Sarah verschwindet laut schluchzend in ihrem Zimmer.

Leise klopfe ich an die Tür.

»Lass mich in Ruhe«, jammert sie.

»Ich bin es.« Sarah hat mich noch nie ausgesperrt. Auch nicht als ihr Rauhaardackel gestorben ist, im Gegenteil. Da hat sie ein paar Stunden in meinen Armen geheult. Das hier ist doch kaum schlimmer als der Dackel.

»Ich will aber in Ruhe gelassen werden.«

Na gut, ich kapiere zwar nicht, was das soll, denn das ist sarah-untypisch, aber ich akzeptiere es. Stattdessen setze ich mich mit einer Tasse dieses ekelhaften, gesüßten Pfefferminztees an den Küchentisch.

Das kam jetzt plötzlich.

So plötzlich, dass ich vollkommen von der Rolle bin. Eigentlich sollte ich mich wie irre freuen, denn ich habe meine Wette gewonnen. War ich mir zu Beginn noch zu Einhundertprozent sicher, damit kein Risiko eingegangen zu sein, haben mich die letzten Tage ins Zweifeln gebracht. Meine Freundin so lange Zeit im Ich-bin-ja-so-verliebt-Modus zu sehen, war schon drastisch.

Dann erst realisiere ich, wie die Küche aussieht. Geschockt hole ich Besen und Kehrblech und kehre die Scherben zusammen. Das war nicht nur Sarahs Lieblingstasse, sondern ebenso der dazu passende Teller und ein paar weitere und nicht mehr zu identifizierende Geschirrsachen. Sogar eine der Tassen, die ich gerne benutze. Diesen Wetteinsatz habe ich mir absolut verdient und umso mehr freue ich mich darauf, ihn einzulösen.

Doch dann bleibe ich mitten in der Küche stehen und kapiere, dass ich die Wette zwar gewonnen habe, aber den Einsatz nie bekommen werde. Denn Samuel ist fluchtartig mit Chris gemeinsam verschwunden und ich habe weder seine Adresse noch eine Handynummer. Ich habe wirklich und wahrhaftig keine Kontaktdaten von meinem Fakefreund und da er wohl kaum freiwillig hier aufschlagen wird, um sich von mir fertigmachen zu lassen, war das alles völlig umsonst.

Wütend werfe ich den Scherbenhaufen in den Müll und kippe den Rest Pfefferminztee in den Ausguss. Am besten verschwindet alles aus unserer Wohnung, was an die beiden erinnert. Das ist besser für Sarah, denn irgendwann wird sie aus ihrem Zimmer herauskommen müssen, und besser für mich ist es auch.

Die restlichen Teebeutel landen alle im Mülleimer, meine Mutter wird es mir verzeihen, denn ab heute wird hier nur noch Kaffee getrunken. Dann setze ich welchen auf. Möglicherweise erinnert der Geruch Sarah daran, dass es Besseres als Pfefferminztee und Pfefferminzteetrinker gibt.

Ich kontrolliere die restliche Wohnung. Dafür, dass Chris gerade mal ein paar Tage in unserem Leben war, hat er sich verdammt deutlich eingenistet. Wütend schnappe ich mir einen großen Beutel und beginne im Bad, in dem ich Zahnbürste, Shampoo, Duschgel und Rasierzeug entdecke. Alles landet mit Nachdruck im Beutel. Sogar die Hälfte von Sarahs Badezimmerschrank ist von dem Typen eingenommen und ich sammle gnadenlos jede einzelne Tube zusammen. Reinigungsgel für Männer, Pflegecreme, diverse After Shaves, mehrere Deos, der Mann ist unendlich eitel. Die nun leeren Stellen sind ebenso kontraproduktiv, ich räume solange den Schrank um, bis man nicht mehr erkennt, dass da die Drogeriesammlung eines Metrosexuellen enthalten war.

Im Wohnzimmer finde ich Kondome und schüttle mich. Müssen die es auch im Wohnzimmer gemacht haben? Nach den Erfahrungen mit den Maden rät mein Verstand mir, den Boden unter dem Sofa ebenfalls abzusuchen, aber bei der Vorstellung dort benutzte Kondome zu finden, graust es mich doch zu sehr.

Dann schleiche ich in Sarahs Zimmer. Sie ist nach ihrem Heulanfall eingeschlafen und ich stelle ihr die Thermoskanne und einen Becher, der nicht ihrem Wutausbruch zum Opfer gefallen ist, hin. Auch hier ist Christian in jeder Ecke. Ich sammle alles an Männerklamotten ein, was ich finden kann. Und das Foto, das Sarah schon auf ihrem Nachttisch stehen hat. Himmel, die hat sich ja Hals über Kopf und ohne Schwimmweste in diese Sache gestürzt.

Der Typ ist aber auch fotogen.

Trotzdem landet alles gemeinsam im Beutel und nur Minuten später im Restmüllbehälter unseres Hauses. Hoffentlich habe ich nichts übersehen, denn wenn Sarah aufwacht, möchte ich ihr vorgaukeln, niemals einen Christian und einen Samuel getroffen zu haben. Ich behaupte, es war alles nur ein Traum, ein Alptraum. Chris? Nie gehört. Samuel? Wer soll das sein?

Ich stelle mir unsere Unterhaltung bildlich vor.

»Sarah, du hast schlecht geträumt.«

»Aber es war so real, ich habe ihn echt geliebt.«

»Irgendwann wirst du im echten Leben jemanden finden, den du wirklich liebst – länger als vierundzwanzig Stunden.«

»Ja, das werde ich. Und solange tröste ich mich mit Professor Krellmann.«

Fast verschlucke ich mich bei dem Versuch, den hysterischen Lachanfall zu unterdrücken. So verzweifelt, sich mit Professor Krellmann abzulenken, ist nicht einmal Sarah. Er ist Mitte fünfzig, riecht ständig nach Schweiß und starrt jede Frau an, als wäre sie die erste Person vom anderen Geschlecht, die ihm begegnet.

Dann überwältigt mich doch die Neugierde.

Ich hasse Angelina zwar nur Sarah zuliebe, persönlich ist sie mir gleichgültig, aber ihre Social-Media-Kanäle kenne ich durchaus. Und das Bild von Chris finde ich auf Anhieb. Nackt ist mal untertrieben. Der ist ja sowas von nackt. Und ich kann mir kaum vorstellen, dass er sich nicht daran erinnert, denn er liegt lang ausgestreckt auf einem Bett und grinst träge in die Kamera. Ganz übel ist der Kommentar, den Angelina darunter geschrieben hat: ›Hier bist du aber mal zu spät gekommen, Sarah, den habe ich schon vor dir vernascht.‹

Autsch!

›Angie, es wäre überzeugender, hätte er dich nicht am nächsten Morgen sitzen lassen!‹, schreibe ich in die Kommentare.

Was Besseres fällt mir auf die Schnelle nicht ein. Leider ist es nicht allzu beeindruckend, nicht so wundervoll wie mein genialer Callboy-Plan.

Die nächsten zwei Tage verbringe ich damit, Sarahs Schluchzen zuzuhören, ihr Essen anzuschleppen, das sie verweigert, und immer wieder neuen Kaffee zu kochen. Die Vorlesungen mache ich blau, denn netterweise erklärt sich Dana bereit, mir Mitschriften zu liefern.

Als ich Donnerstag noch immer im Schlafanzug und am Ende meiner Weisheit nach unten schleiche, um den Briefkasten zu leeren, finde ich einen weißen Umschlag, auf dem mein Name steht.

Auf dem Weg zurück zur Wohnung drehe ich ihn unentschlossen in den Fingern. Es sieht aus wie ein Erpresserbrief.

»Hallo, Melissa. Oder sollte ich ›guten Morgen‹ sagen?«
Frau Bemler begegnet mir im Treppenhaus. Es ist nicht
das erste Mal, dass sie mich im Schlafanzug erwischt, und es
ist auch nicht das erste Mal, dass sie sich darüber freut.

»Mir ist schon klar, dass Mittag vorbei ist«, murmle ich
verlegen und husche weiter.

»Diesmal hast du es richtig gemacht und bist ausgegangen.
Hast die ganze Nacht durchgetanzt und dich amüsiert«, lobt
sie mich. »Danach darf man durchaus bis nachmittags
schlafen.« Ich werde mich hüten, ihr die Wahrheit zu erzählen.
Frau Bemler hat in ihrer Jugend wahrscheinlich alles ausge-
kostet und nie Liebeskummer gehabt.

Eine Rechnung und diverse Werbebroschüren lege ich zur
Seite.

Der Umschlag fühlt sich leer an. Ein abgeschnittener
Finger fällt demnach flach. Mein Blick wandert zu dem Buch,
dem ich diese morbiden Überlegungen verdanke. Da ich
weder das Haus verlassen habe, noch mehr als drei sinnvolle
Worte mit Sarah wechseln konnte, bin ich schon fast am
Ende. Am dramatischen Ende, das es momentan echt schwer
macht, das Buch aus der Hand zu legen. Und es echt schwer
macht, danach einzuschlafen, weshalb es seine Berechtigung
hat bis mittags im Bett zu liegen.

Die Neugierde auf diesen geheimnisvollen Brief ist doch
stärker als meine morbide Fantasie und ich reiße ihn auf. Ein
einzelnes Blatt fällt heraus und segelt allmählich zu Boden.
Nur zögernd hebe ich den mysteriösen Zettel auf und werfe
einen misstrauischen Blick darauf. Er enthält eine Telefonnummer und ein einziges Wort: *Wann?*

Langsam schiebt sich ein Grinsen in mein Gesicht, denn
mir ist auf der Stelle klar, wessen Telefonnummer das ist. Und
um welchen Termin es sich handelt. Samuel hat mehr Eier, als
ich ihm zugestanden habe. Er hat mehr Eier, als ich jedem
Mann zugestehe.

Ich verkrümle mich mit Handy, Laptop und Zettel zurück

ins Bett und betrachte dort erneut meine Quälliste. Die Liste steht, aber es gibt einige Punkte, die vorbereitet werden müssen.

Nach einer Stunde bin ich bereit. Voller Vorfreude tippe ich die Nummer ein und schicke eine genauso kurze Nachricht: *Samstag, 10 Uhr.*

Das wird ein mörderisch lustiger Tag. Für mich. Und für alle Leute, die das Glück haben, uns an diesem Tag zu begegnen.

kapitel 12

MELISSA

Ich bin vorbereitet.

Ich bin so tadellos vorbereitet, wie ich es wäre, hätte ich vor zwei Tagen erfahren, dass ich für eine Alieninvasion planen muss. Logischerweise rechnet man bei einer Alieninvasion damit, dass sich das Ganze als schlechter Scherz herausstellt, aber so geht es mir momentan auch. Ich bin noch nicht davon überzeugt, dass Samuel wahrhaftig auftaucht. Er weiß zwar nicht im Detail, was ihm heute bevorsteht, er kennt jedoch mein kleines Intermezzo vor dem Dom. Und eine Reaktion auf den Termin gab es von seiner Seite nicht.

Ich schleppe Frühstück in Sarahs Zimmer.

»Du musst was essen«, sage ich nachdrücklich. »Drei Tage lang stilles Wasser und Zwieback sind genug.«

»Ich mag Zwieback, er hat etwas Tröstliches.« Sarah ist nach wie vor tief unter ihrer Bettdecke vergraben, nur ein Teil ihres Gesichtes schaut raus. Und das ist rot und verquollen vom Heulen und gar nicht mehr schön.

»Käsebrötchen haben etwas viel Tröstlicheres.«

»Wenn ich krank war, hat meine Mama mir immer Zwieback gebracht.«

»Du bist aber nicht krank, Sarah.« Ich fahre ihr sanft über das Haar und verziehe das Gesicht. »Und du fühlst dich wohler, wenn du mal duschen gehst.«

Oh ja, und ich fühle mich dann ebenfalls wohler. Nachdrücklich reiße ich das Fenster auf. Für Ende Oktober ist das Wetter heute erstaunlich gut. Das Weihnachtsgeschäft hat zwar noch nicht begonnen und auch die Weihnachtsmärkte sind nicht aufgebaut, trotzdem wird in der Innenstadt die Hölle los sein.

»Ich fühle mich krank«, beharrt Sarah auf ihrer Leidensnummer.

»Auch die schlimmste Krankheit ist nach drei Tagen vorbei«, behaupte ich dreist. Inzwischen bin ich so verzweifelt, ich wäre sogar bereit, den gruseligen Professor Krellmann anzuschleppen, wenn das Sarah aus ihrem Kummer reißen würde. Dazu müsste sie jedoch erst einmal duschen, denn so ist sie für niemanden zumutbar.

»Eine Krankheit ist erst vorbei, wenn man spürt, dass sie vorbei ist. Das ist nicht der Fall.«

»Lass uns heute Abend ausgehen«, schlage ich vor. Samuel kann ich den Abend freigeben und ihm den Höhepunkt ersparen. Voraussichtlich heult er bis dahin eh und ist bereit, in eine Anstalt eingewiesen zu werden.

»Ich kann nicht ausgehen, ich bin krank.« Dieselbe Antwort habe ich gestern bekommen.

»Die Medizin ist aber Ausgehen.« Ich hocke neben Sarah auf dem Bett und ziehe ihr langsam die Bettdecke weg. »Und die Medizin ist Duschen und etwas Essen.«

Mit einem Ruck zerrt sie die Decke zurück und vergräbt sich noch tiefer. Jetzt habe ich nicht mal mehr ihr Gesicht als Ansprechpunkt.

»Ich will nicht.«

»Was willst du denn?« Ich bin aufrichtig verzweifelt, ich würde mittlerweile alles in Betracht ziehen. »Irgendetwas wirst du doch haben wollen.«

»Ich will meine Mami.«

Sarahs Mutter wohnt in Berlin. Und sie ist Unternehmerin und ständig beschäftigt.

»Ich rufe sie an«, verspreche ich trotzdem. Sie wird mir den Kopf abreißen und mir sagen, ich solle Sarah mal kräftig in den Arsch treten. Sie hat ihren Mann kurz nach Sarahs Geburt verlassen und seitdem auch nie wieder eine längere Beziehung gehabt. Bisher war sie mit Sarahs Männerkonsum durchaus einverstanden.

»Ich wollte heute eigentlich den Tag über weg sein. Wird das gehen?« Am Donnerstag habe ich nicht damit gerechnet, dass meine Freundin auch heute noch so ein Wrack sein könnte. Ich war mir so sicher, der Freitagabend müsse sie aus ihrer Lethargie reißen. Der Freitagabend, ein netter Club und ein williger Mann. Ach, Scheiße.

»Klar, geh und amüsier dich.« Wenn es nach Plan läuft, amüsiere ich mich enorm. Sofort habe ich ein schlechtes Gewissen. »Nee, echt, Melissa, ich habe schon mitbekommen, dass du seit drei Tagen nicht von meiner Seite gewichen bist. Ich bestehe darauf, dass du gehst.«

»Ich weiß nicht, Sarah, ich mache mir Sorgen um dich.«

»Es hilft mir aber nicht, wenn du ständig auf mir drauf hockst. Es hilft mir viel mehr, wenn du ausgehst und mir im Anschluss erzählst, was du erlebt hast«, schnieft sie.

Theoretisch hätte dieser Tag Potential, nicht nur mich, sondern auch Sarah, extrem zu belustigen. Wenn nicht ausgerechnet Sam darin verwickelt wäre, denn der ist momentan genauso ein rotes Tuch wie Chris. Ich habe auf jeden Fall in den letzten Tagen keinen von beiden erwähnt.

»Dann iss etwas. Sonst gehe ich nicht.«

Wenn Sarah verhungert, während ich den Spaß meines Lebens habe, werde ich mir das nie verzeihen. Statt einer Antwort kommt eine Hand aus dem Deckenhaufen. Ich schiebe ein Brötchen hinein.

»Woher weiß ich, dass du es isst, und nicht nur in der

Bettritze versteckst?« Ich kenne Sarahs Tricks, auch wenn sie noch nie zuvor das Essen verweigert hat.

Laut seufzend erscheint ihr Gesicht und sie beißt demonstrativ ab.

»Ich mag Käsebrötchen gar nicht«, beschwert sie sich dann.

»Hast du ernsthaft geglaubt, ich bringe dir Nutella ans Bett? So eine Schweinerei.«

»Prima, Meli, jetzt klingst du wie meine Mutter. Es geht mir direkt viel besser. Und du kannst gehen.«

Ich grinse ein wenig, denn das kann durchaus als Humor durchgehen.

»Es geht dir besser, weil du was im Magen hast«, sage ich und gebe ihr einen Kuss auf die Stirn. Das macht Sarahs Mutter auch immer beim Abschied. »Melde dich, wenn du was brauchst.«

Es ist Punkt zehn, als es klingelt.

Der Samuel, der vor der Tür steht, ist jetzt schon angepisst ohne Ende. Und ich kann jetzt schon mein erfreutes Kichern nicht verbergen.

»Komm rein.«

Einladend öffne ich die Tür, so weit, wie ich es noch nie für ihn getan habe. Wortlos betritt er den Flur, schaut sich um, als erwarte er hier schon die erste Challenge, und geht dann durch in die Küche. Er setzt sich auf einen Stuhl, noch immer tief in seine Jacke vergraben und sieht mich finster an.

»Kaffee?«, flöte ich.

»Nein, danke.«

»Hast du gefrühstückt?«

»Ne.«

»Dann warst du noch nicht joggen?«

»Mann, Melissa, lass den Scheiß. Mach mich einfach fertig und erspar mir deine aufgesetzte Fürsorglichkeit.« Ich liebe es, wenn er so knurrt. Es jagt mir einen Schauer über den Rücken und ich kann es kaum fassen, dass ich das Glück vierundzwanzig Stunden lang haben werde. Trotz seines Protests versorge ich uns beide mit einer großen Tasse, mache es mir am Tisch gemütlich und lege ihm dann meine Liste vor.

»Damit du schon mal weißt, was dich erwartet.«

Ich habe lange darüber nachgedacht, welche Taktik besser ist. Ihm nichts zu verraten und ihn so richtig schön schmoren zu lassen. Oder ihm alles zu Beginn zu präsentieren, damit er sieht, was auf ihn zukommt. Meine Wahl war perfekt, denn er wird blass, als seine Augen die Punkte abfahren.

»Das ist doch nicht dein Ernst?«, sagt er dann fassungslos.

»Doch.«

Er fährt sich mit der Hand durch die Haare. Dann deutet er auf die Liste.

»Das mit dem Porno zählt nicht. Das ist was Sexuelles.«

Ich lege die Füße auf einen zweiten Stuhl und lehne mich entspannt zurück. Das hier macht unendlich viel Spaß.

»Anschauen ist nichts Sexuelles. Oder willst du behaupten, es ist sexuell, wenn du dir mit Chris zusammen einen Porno ansiehst?«

»Da war ich fünfzehn, Melissa.« Samuels Verzweiflung ist fast greifbar. »Fünfzehn! Das ist ja wohl nicht vergleichbar.«

»Willst du mir erzählen, du hättest seitdem keinen Porno mehr gesehen?«, kichere ich. »Sam, das glaubt dir kein Mensch, also lass das Theater.«

Ich wundere mich ein wenig darüber, dass wir uns hier über den Porno unterhalten. Das war nur ein kleiner Gag am Rande, quasi zur Auflockerung, denn ich habe viel fiesere Dinge auf Lager.

Er antwortet nicht. Er starrt nur wieder auf die Liste.

»Wenn du noch nicht gefrühstückt hast, bestehe ich darauf, dass du was isst. Du hältst sonst nicht durch.«

Ich habe gefrühstückt. Ausgiebig. Das wird ein langer Tag.

»Ich kann nichts essen«, antwortet er.

Laut lachend springe ich auf und hole die Marmelade aus dem Kühlschrank. Butter, etwas Brot, ein Brett, ein Messer. Dann schreibe ich auf die Liste als ersten Punkt: frühstücken.

»Jetzt musst du es machen«, sage ich zufrieden.

Sam ächzt resigniert, dann schneidet er wie gefordert eine Scheibe Brot ab. Streicht Butter drauf und kaut stundenlang an einem Bissen. Und ich stelle erfreut fest, dass er definitiv jetzt schon leidet. Nur, weil ich ihn zum Essen zwinge.

»Ich kann übrigens nicht singen«, sagt er nach einer Weile.

»Das hatte ich gehofft.« Dass er in der Fußgängerzone ein Hammerkonzert liefert, ist nicht der Plan. »Dafür kannst du tanzen, wenn ich heute mit dir fertig bin.«

Ein Tanzkurs steht im Anschluss auf dem Programm. Und die Möglichkeit, die neu erworbenen Fertigkeiten in der Öffentlichkeit vorzuführen. Sam stöhnt.

»Mehr geht nicht«, sagt er und lässt die Hälfte seines Brotes liegen. »Wir sollten anfangen. Ich weiß eh nicht, wie du das alles in vierundzwanzig Stunden durchziehen willst. Dafür braucht man mehrere Tage.«

Ich lache laut.

»Das ist einfach. Es gibt keine Pausen. Und keinen Schlaf. Ich habe uns ein Picknick eingepackt, das essen wir dann zwischendurch.« Enthusiastisch klopfe ich ihm auf den Rücken. »Lass uns loslegen.«

»Ich hatte ehrlich gesagt damit gerechnet, dich den Tag über auf Händen zu tragen.« Er deutet auf die Liste, bevor er sie faltet und einsteckt. »Aber den Punkt finde ich nicht.«

»Ich erkenne deine Taktik.« Schulterzuckend ziehe ich meine Jacke an. »Du hoffst, dir schon auf dem Weg zum Auto einen Bruch zu heben, um dann von mir ins Krankenhaus gefahren zu werden. Aber so billig kommst du nicht aus der Nummer raus.«

Er kneift die Augen zusammen und mustert mich ungeniert. »Dich trage ich locker, Melissa. Du bist winzig klein.«

Ich schnaube auf.

»Ich bin erstens nicht winzig klein und zweitens verteilen sich auf meiner Größe so einige Kilos.«

Mühsam verkneife ich mir den Zusatz ›zu viel‹. Leider habe ich noch jedes Wort von Phils neuer Schnalle im Ohr, die mich als dick bezeichnete, und Phils Antwort darauf. Und ich weiß, dass Samuel es gehört hat. Ganz sicher, werde ich mir nicht anmerken lassen, wie sehr mich das verletzt hat.

»Lächerlich. Du bist genau so gebaut, wie eine sexy Frau es sein sollte.« Ohne mein Einverständnis abzuwarten, greift er mich um Kniekehle und Oberkörper und hebt mich hoch. Ich kreische auf, bis ich die Arme um seinen Hals schlingen kann und mich festkralle.

Mein Blick fällt genau auf Sarahs Zimmertür. Die Sarah, die ich kenne, würde in Sekundenschnelle erscheinen und mich retten. Oder sich das Spektakel anschauen und sich zu Tode amüsieren. Die aktuelle Sarah lässt sich nicht blicken.

»Du spinnst doch, lass mich sofort runter.« Ich fühle mich schutzlos und ausgeliefert und zapple hilflos mit den Beinen. Das hier ist verdammt gefährlich. Sam hört nicht auf meinen Protest, sondern bugsiert mich ungerührt durch die Tür.

»Das ist mein Ernst, Sam. Es steht nicht auf der Liste«, versuche ich es nochmal nachdrücklicher. Samuel läuft die Treppe hinunter und ich schätze, dass er die Stufen überhaupt nicht sehen kann. Trotzdem bewegt er sich sicher und ohne zu zögern.

»Ich muss alles machen, was auf deiner Liste steht, so war die Wette. Aber es war nie abgemacht, dass ich nicht eigene Punkte hinzufügen darf«, erwidert er ungerührt und ich verstehe nicht, warum er mit meinem Gewicht in den Armen noch nicht einmal schnauft. »Und jetzt halt still, sonst lege ich dich über die Schulter und ich schätze, das wirst du noch weniger wollen.«

Ich kralle mich stärker fest und vergrabe das Gesicht an seiner Schulter. So kann ich wenigstens nicht sehen, welches Unheil uns erwartet. Solange bis er das Auto erreicht und mich endlich hinablässt. Leider zittern inzwischen meine Knie.

»Mach das nie wieder.«

»Warum nicht?« Samuel ist noch immer nicht außer Atem. Ich dagegen schon. »Ein Mann soll die Frau auf Händen tragen.«

»Das ist symbolisch gemeint, du Blödmann«, fauche ich.

»Ich habe Höhenangst.«

Sam lacht. »Gut zu wissen, Angsthase.«

Leider hat die Aktion Samuel entspannt. Im Auto zieht er lässig seine Jacke aus und legt sie auf die Rücksitzbank. Während ich aus der Parklücke manövriere, betrachtet er skeptisch das Fenster.

»Mir ist schleierhaft, wie ich das schaffen soll. Ich bin nicht akrobatisch genug, meinen Hintern da raus zu bekommen.«

»Du musst dich halt abschnallen und umdrehen.«

»Hast du das schonmal gemacht?«

Ich biege aus unserer kleinen Seitenstraße auf eine der breiten Straßen, die Richtung Innenstadt führen.

»Was denkst du von mir?«, protestiere ich.

»Irgendwie musst du ja auf die Idee gekommen sein.«

»Ich habe das mal in einem Film gesehen.«

»Na toll.« Er deutet aus dem Fenster. »Du fährst übrigens falsch. Zum Dom geht es rechts lang.«

»Ich habe die Reihenfolge geändert. Am Nachmittag sind mehr Leute auf der Domplatte, wir beginnen mit deiner Gesangseinlage in der Fußgängerzone. Spielst du eigentlich Gitarre?«

»Nein.« Inzwischen klingt Samuel eher resigniert als wütend, was ich persönlich unglaublich schade finde.

»Heute schon«, sage ich trotzdem fröhlich.

Ich steuere ein Parkhaus an.

»Ich kann keine Noten lesen, hast du das auch auf deinem Plan?«, meckert er. »Und ich kenne eh keine Songtexte, konnte ich mir noch nie merken.«

»Ach, Sam.« Inzwischen habe ich mich von seiner Neandertaleraktion erholt und kann wieder grinsen. »Man könnte glatt denken, du boykottierst mich. Wie gut, dass ich so ausgezeichnet vorbereitet bin.« Mit Schwung wähle ich eine Parklücke und stelle den Motor ab. »Ich habe nicht nur eine Gitarre im Kofferraum, sondern auch Liedtexte.«

»Und was soll ich mit der Gitarre machen?«

»Ein bisschen klimpern halt. Ich finde Gitarrenspieler echt sexy.« Jetzt drücke ich ihm das gute Stück in die Hand. Ich habe es von Sarah geliehen, die es momentan echt nicht braucht. Ob ich einen heißen Typen organisieren kann, der bereit ist, sich gitarrespielend an Sarahs Bett zu postieren?

Langsam setzen wir uns in Bewegung und ich bin heilfroh, gleich nicht diejenige zu sein, die sich lächerlich macht.

»Was wäre auf deiner Liste gewesen?«

»Meine Liste ist sehr mager. Ich wollte eigentlich Chris ins Boot holen, denn der ist bei so was kreativer als ich. Aber der war ja kein einziges Mal ansprechbar, seit unsere Wette läuft.« Samuel verdreht die Augen. »Erst aus Liebestollheit und jetzt aus Liebeskummer.«

»Na, leer wird deine Liste ja trotzdem nicht sein«, beharre ich.

»Du solltest mit mir joggen gehen.«

»Ich hasse joggen.«

»Eben.«

»Ich kann es auch nicht.«

»Umso besser.«

»Nein, du verstehst das nicht. Ich bekomme keine Luft, schon nach hundert Metern sterbe ich und muss reanimiert werden. Das ist gefährlich bei mir.«

Ist ja nicht so, dass ich noch nie joggen musste. Wir hatten ein Jahr lang so eine gemeingefährliche Sportlehrerin, die uns zum Warmmachen für zwei Runden in den Park schickte. Ich habe jedes einzelne Mal gemogelt und mich durch die Büsche geschlagen, um abzukürzen.

»Dann läufst du zu schnell.«

»Der Deal beinhaltete nie, den anderen umzubringen.«

»Sicher?« Er sieht mich wieder mit dieser hochgezogenen Augenbraue an. Und ich steh nach wie vor drauf.

»Was an meiner Liste ist tödlich?«, frage ich beleidigt. An Scham ist ja noch niemand gestorben, oder?

»Der Porno.«

Er presst die Lippen so hart aufeinander, dass sie weiß werden und ich verstehe nach wie vor nicht, was das Problem daran ist.

»Das ist schlimmer, als bei einer Drag-Queen-Show mitzumachen? Das ist schlimmer, als im Anschluss geschminkt im Club auf der Box zu tanzen?«

»Ja.«

»Wenn du eine Sache hättest, die du streichen darfst …?«

»Dann wäre das der Porno«, ergänzt er meinen Satz.

»Dabei habe ich einen so schönen ausgesucht. Und ich möchte ihn in deiner Wohnung sehen, denn da war ich noch nie.«

Wir stehen mitten in der Fußgängerzone. An einem Samstag zur besten Einkaufszeit und ich schaue mich zufrieden um.

»Hier ist doch eine geeignete Stelle.« Es ist windgeschützt, denn der Dom mitsamt seinen Fallwinden ist weit genug entfernt. Es ist trotzdem zentral und Sam wird von allen Seiten wunderbar gesehen werden. Ich ziehe ein Stück Kreide aus meiner Tasche und male ein x auf den Boden.

Samuel beobachtet mich kopfschüttelnd.

»Du spinnst echt.«

»Warum? Weil ich gut vorbereitet bin?«

»Hast du wirklich nichts Besseres zu tun, als so einen Schwachsinn tagelang zu organisieren?«

Er deutet auf die Gitarre und auf die Kreide.

»Nein Sam, hatte ich nicht. Ich habe die letzten Tage das Haus nicht verlassen können und hatte alle Zeit der Welt, das hier zu planen. Ich bin fast wahnsinnig geworden. Und du bist schuld.«

»Aus welchen Grund?«

»Du hast Sarah und Chris aufeinandergestoßen«, werfe ich ihm vor. »Nur weil du mich sexistisch angemacht hast, sind sich unsere Freunde begegnet.«

»Genau genommen hast du den ersten Schritt gemacht. Ich kam in der Bar ganz wunderbar allein zurecht, bevor du dich dazugesetzt hast.«

Entschlossen schiebe ich Samuel auf das Kreuz.

»Du kamst nicht wunderbar zurecht. Du hast dich heillos betrunken.«

»Ich wollte mich ja heillos betrinken. Und deine Gesellschaft hat daran gar nichts geändert.«

»Nein, zu dem Zeitpunkt in der Bar war noch alles ganz harmlos, du schiebst nicht mir den schwarzen Peter zu. Und jetzt sing.«

»Habe ich freie Songwahl?«, fragt er und schaut sorgenvoll einmal die Straße auf und ab.

»Was würdest du singen?«

»Oh Tannenbaum!«

Ich lache hämisch auf.

»So was habe ich mir gedacht. Aber wie du weißt, bin ich ja hervorragend vorbereitet.« Ich verpasse ihm meine Kopfhörer und starte den Song, den er spielen darf. »Einmal hörst du ihn dir an und dann machst du mit.« Den Songtext klemme ich an die Gitarre.

»Ed Sheeran?«, fragt er geschockt. »Scheiße, Melissa, Ed Sheeran ist super an der Gitarre und super, wenn er singt. Ich mache mich doch komplett lächerlich.«

»Darum geht es doch, Sammi«, flöte ich.

Er hört sich den Song an und versteckt sein Gesicht hinter einer Hand. Schließlich ist das Lied zu Ende.

»Du lässt mich hier öffentlich ein Liebeslied singen?«

»Genau, Schatz.« Ich packe meine süßlichste Stimme aus.

115

Dann lege ich einen Hut umgedreht vor ihm auf den Boden. »Mal sehen, wie lange du brauchst, um die fünfzehn Euro wieder reinzuholen, die ich für den Porno ausgegeben habe. Der Tag soll mich ja kein Geld kosten.«

Sam schnappt nach Luft. »Keinen Cent werde ich bekommen. Das ist dir ja wohl klar.«

Ich zucke die Schultern. »Dann werden wir wohl den ganzen Tag hier stehen.« Lächelnd starte ich das Lied erneut. Ein paar Leute werfen uns erwartungsvolle Blicke zu und ein Pärchen ist in einiger Entfernung stehengeblieben.

Mit angespannter Miene greift Samuel nach der Gitarre und lässt seine Finger probehalber über die Saiten gleiten. Er zieht es vor nicht mehr auf die Zuschauer zu achten und sieht stattdessen starr auf den Text, als er beginnt zu singen. Straßenmusiker verdienen in unserer Stadt durchaus Geld. Wenn sie singen können. Und ein Instrument beherrschen. Bei Sam ist weder das eine noch das andere der Fall und das Pärchen geht schnell weiter. Ich habe mein Handy gezückt und starte unauffällig ein Video, während mich eine merkwürdige Mischung aus missratenen Tönen erreicht.

Okay, ich kann ihm nicht vorwerfen, es nicht zu versuchen. Er schmettert den Text heraus, laut genug, um überall auf der Straße gehört zu werden, obwohl seine Gesichtsfarbe zeigt, dass er das nicht aus Freude macht. Und er bemüht sich, Töne aus der Gitarre zu locken, die besser als Katzenjammer klingen. Die Menschen schlagen trotzdem einen weiten Bogen um uns und ich kann es ihnen nicht verdenken.

Beim Refrain hebt er den Blick, der bisher auf den Songtext getackert war, und sieht mich an. Schaut mir direkt in die Augen und mit einem Mal schlägt mein Herz schneller. Noch nie hat ein Mann mir ein Liebeslied gesungen. Nicht freiwillig und genauso wenig unfreiwillig. Ich hatte nicht damit gerechnet, dass es mich berührt.

Der Song ist zu Ende. Und wie erwartet ist kein Geld in Sams Hut.

kapitel 13

SAMUEL

Ich hatte damit gerechnet, den ganzen Tag in der Fußgängerzone zu stehen und immer wieder verzweifelt denselben Song
herauszugrölen, in der Hoffnung irgendwann Geld in diesem
verflixten Hut zu haben. Melissa hat mich nach dem ersten
Durchgang dann doch erlöst. Ich schätze, es war sogar ihr zu
schrecklich.

Trotzdem würde ich mich aktuell lieber weiter öffentlich
lächerlich machen, als hier zu stehen. Ich schließe nämlich
gerade die Tür zu meiner Wohnung auf.

»Wohnst du hier allein?« Melissa schiebt sich energisch an
mir vorbei und betrachtet aufmerksam den Flur. Sie kickt mit
Schwung die Schuhe von den Füßen und macht ihn unordentlich.

»Große Wohnung für nur eine Person«, stellt sie fest, ohne
meine Antwort abzuwarten, und öffnet die erste Tür.

»Hast du schon mal was von Intimsphäre gehört?«,
schimpfe ich zwar, höre mich aber verdammt resigniert an.

»Heute nicht, heute gehörst du mir mit Haut und Haaren.«

Ich weiß, was sie damit meint, und seufze auf. Ziemlich
laut, denn sie wirft mir einen dieser spöttischen Blicke zu, die

sie immer wieder drauf hat, sobald sie Oberwasser wittert. Dann betritt sie mein Badezimmer.

»Ist ja sauber«, ertönt von drinnen ein erstaunter Kommentar.

»Wieso sollte es nicht sauber sein?« Widerwillig folge ich ihr, nur um sie dabei zu erwischen, wie sie sämtliche Schranktüren öffnet. »Was suchst du da eigentlich?«

»Deine kleinen Geheimnisse. Das, was du nie einem Menschen erzählen würdest.«

»Und das erwartest du in meinem Badezimmer? Etwa zwischen den Handtüchern?«

Mit hochgezogenen Augenbrauen legt sie den Stapel Duschhandtücher wieder zurück ins Regal.

»Möglich. Benutzt du eigentlich Weichspüler?«

Irritiert schüttle ich den Kopf, aber ich werde einen Teufel tun und sie an ihrer Schnüffelaktion hindern. Denn solange sie damit beschäftigt ist, kann sie mich nicht anderweitig quälen. »Jetzt tauschen wir also Haushaltstipps aus. Genau so habe ich mir den Tag vorgestellt«, sage ich breit grinsend und lehne mich gegen den Türrahmen. »Ja, ich benutze Weichspüler. Findest du das sehr unmännlich?«

»Du machst deine Wäsche selbst?« Sie fährt mit der Hand über das oberste Handtuch.

»Wer soll es sonst machen?«

»Meine Exfreunde haben ihre Wäsche zu ihren Müttern gebracht. Ein Mann, der es ohne Hilfe hinbekommt, ist mir noch nicht untergekommen.« Sie öffnet den Schrank über dem Waschbecken und schiebt ein paar von meinen Rasiersachen durcheinander.

»Von deinen Exfreunden habe ich eh keinen guten Eindruck. Nicht, wenn die so sind wie Phil, und Sarah hat gesagt, du fährst immer auf denselben Typ Mann ab.«

»Mag sein.« Sie nimmt eines der Rasierwasser aus dem Schrank. »Cool Water, das mag ich. Warum hast du es heute nicht benutzt?«

»Es stand nicht auf der Quälliste, Melissa. Ich konnte also nicht ahnen, dass du das erwartest.«

Wann genau hat sie realisiert, dass ich nicht nach diesem Rasierwasser rieche? Seit wann richtet sie Aufmerksamkeit auf mich?

»Du hast dir gedacht, ich hätte dich lieber unrasiert?«

Ich fahre mir mit der Hand über die Bartstoppeln.

»Ich habe mir gedacht, ich hätte mich lieber unrasiert.«

»Ha«, triumphiert sie. »Du wolltest dich verstecken.« Da ist was dran. Ich hatte jedoch nur zwei Tage Zeit, um die Haare wachsen zu lassen, genug Bartwuchs, um mein Gesicht unkenntlich zu machen, ist dabei nicht herumgekommen. Herausfordernd streckt sie mir die Flasche mit dem Rasierwasser entgegen. »Ich habe nichts gegen unrasiert, aber ich wünsche mir, dass du trotzdem nach Cool Water riechst.«

Wenn ihre anderen Wünsche auch so leicht zu erfüllen wären. Großzügig verteile ich das Zeug in meinem Gesicht. Melissa schiebt sich erneut an mir vorbei, um das Bad zu verlassen. Dabei schließt sie die Augen und nimmt einen tiefen Atemzug.

»Ich steh echt auf dieses Rasierwasser«, stellt sie zufrieden fest. »Du solltest jeden Tag machen müssen, was ich will.«

Langsam folge ich ihr in die Küche.

»Ist es hier so aufgeräumt, weil du nie kochst?«

»Hier ist es so aufgeräumt, weil ich aufräume.«

Ich koche nicht oft. Für nur eine Person zu kochen, macht in meinen Augen wenig Sinn. Melissa durchforstet auch hier hemmungslos jeden Schrank.

»Du bist auf dem richtigen Weg, Melissa«, sage ich spöttisch. »Meine allergeheimsten Geheimnisse verstecke ich zwischen den Kaffeebechern.«

»Man findet aufschlussreiche Informationen in jeder Ecke. Ich entdecke aktuell so einiges über dich.«

»Und das wäre?«

»Du liebst Nudeln in jeglicher Form, du bist pedantisch

ordentlich und langsam denke ich, du hast eine Putzfrau.«

»Und ich dachte, es geht dir um Dinge, die ich geheim halten möchte. Du kannst auch einfach fragen, was ich gerne esse.«

»Was isst du gern?«

»Pasta.«

»Bist du sehr ordentlich?«

»Bin ich.«

»Hast du eine Putzfrau?«

»Ja, aber nur einmal im Monat. Den Rest mache ich.«

»Siehst du, das war todlangweilig.« Melissa verdreht genervt die Augen. »Meine Art, Dinge über dich zu erfahren, ist viel amüsanter.«

Meine Mundwinkel zucken. Melissa ist schon ganz schön amüsant. Solange sie nicht bestrebt ist, mich fertigzumachen.

»Wieso hast du so viel Geld, dir so eine Wohnung samt Putzfrau zu leisten?« Inzwischen steht sie im Wohnzimmer und betrachtet meinen Balkon.

»Finde es selbst heraus. Ich möchte dich nicht mit einer Antwort langweilen«, erwidere ich grinsend.

»Na gut, du hast es nicht anders gewollt.« Entschlossen dreht sie sich um und marschiert zu dem einzigen Zimmer, in dem wir noch nicht waren.

»Wieso suchst du die Antwort in meinem Schlafzimmer?«

»Weil du höchstwahrscheinlich wirklich ein Callboy bist und ich hoffentlich hier Arbeitsutensilien finde.«

Leicht panisch überlege ich, was es in meinem Nachttischschrank zu entdecken gibt. Aber egal, was es ist, ich darf mir nicht die Blöße geben, sie am Suchen zu hindern. Als Erstes überprüft sie den Kleiderschrank.

»Hm«, brummt sie unzufrieden.

»Was hast du erwartet?«

»Eine Uniform. Polizist, Feuerwehrmann oder so was.«

»Kann es sein, dass du Callboy mit Stripper verwechselst?«

»Oho, Sam.« Melissa zieht die Augenbrauen hoch. »Kann

es sein, dass du dich in dem Metier richtig gut auskennst?«

Ich lache laut auf. Dieses Mädchen ist echt schlagfertig. Mein Lachen gefriert allerdings in dem Moment, in dem sie sich neben dem Bett zu schaffen macht. Mir ist da nämlich etwas eingefallen.

»Groß genug ist dein Bett auf jeden Fall. Sogar für einen Dreier.«

Ich pfeife.

»Jetzt kennst du dich aber erstaunlich gut aus.«

Melissa winkt ab.

»Ich hatte schon mal einen Typen, der das gern gehabt hätte. Mit Sarah und mir. Ich habe ihm vorgeschlagen, es erst einmal mit seinem Kumpel und mir zu versuchen, da war er dann nicht mehr interessiert.«

»Du hast aber wirklich ein Händchen für tolle Männer«, stelle ich fest. Ich käme nie auf die Idee, meine Freundin zu einem Dreier aufzufordern, egal, wie heiß ihre Freundin ist. Und auch mit Chris und einer Frau im Bett zu landen, finde ich schräg und bestimmt nicht erotisch. Ich bin eindeutig verklemmter als Melissa. Und werde es niemals zugeben. In diesem Moment findet sie die Handschellen und hält sie mir triumphierend entgegen.

»Sieh an, Sammi, da nähern wir uns ja langsam deinen Geheimnissen.«

Mit der Wahrheit rücke ich jetzt definitiv nicht raus. Die ist nämlich einfach nur lahm, da Chris den Kram bei mir deponiert hat. Vor ein paar Jahren Jahren, als ich mit einem Mädchen zusammen war, das Piercings und ein Tattoo hatte. Laut Chris ein Zeichen dafür, dass sie im Bett auf Fesselspiele steht. Was sich als unwahr herausstellte.

»Wenn du das als Geheimnis ansiehst, dann ist dein Liebesleben nicht sehr abwechslungsreich«, sage ich möglichst lässig.

»Das habe ich nicht gesagt. Ich hätte es nur nicht bei dir vermutet.«

»Weil?« Weil sie mich für absolut lahm hält, vor allem im Bett, Eva sei Dank. Melissa grinst nur und erspart mir die Antwort.

»Sag mir nur eins: Fesselst du die Frauen oder lässt du es mit dir machen?«

»Finde es heraus, Meli.« Wie günstig, dass sie mir die perfekte Ausrede geliefert hat, ihre indiskreten Fragen nicht zu beantworten.

»Ich bin sehr froh, dass du Kondome benutzt.« Sie wühlt sich weiter durch die Schublade. »Wieso finde ich keine Schmuddelhefte?«

»Wieso meinst du, dass ein Callboy Schmuddelhefte hat?«

Seufzend steht sie auf.

»Das war nicht sehr ergiebig. Samuel, ich glaube langsam, du bist weder Stripper noch Callboy.«

»Wie beruhigend.«

Sie deutet auf meinen Kleiderschrank.

»Kein einziger Anzug, keine Krawatten. Du musst dich auf der Arbeit nicht schick machen. Also weder Bank noch Versicherung.« Unzufrieden schlendert Melissa zurück ins Wohnzimmer und sieht sich weiter um. Dann bleibt sie vor meinem Computer stehen. »Heiß? Oder zumindest wärmer?«

Topfschlagen habe ich als Kind geliebt. »Ziemlich heiß.«

»Ah, hätte ich mir denken können. Irgendso ein IT-Kram.«

»Das ist kein IT-Kram«, erkläre ich etwas unwillig. »Ich berate …«

»Stop!« Melissa steht vor mir und hält mir den Mund zu. »Genau in diesem Moment erinnere ich mich erschreckend deutlich an deine Exfreundin und wie sie sich über die Monologe über deinen Job beklagte. Erspar uns das, Sam. Ich stelle mir einfach weiter vor, du wärst Callboy, denn das ist deutlich erotischer als IT-Fachmann.«

»Ich gehe ja auch nicht arbeiten, um erotisch zu sein«, wende ich ein. »Ich gehe arbeiten, um davon leben zu können.«

122

»Trotzdem. Unser Verhältnis erfordert keine geheuchelte Höflichkeit und falsches Interesse am Job. Unser Verhältnis beruht auf schonungsloser Offenheit, und die Wahrheit ist, dass dein Job absolut unsexy ist. Wenn du also das nächste Mal eine Frau erobern willst, dann sag, du wärst bei der Polizei.«

»Wieso denn jetzt Polizeibeamter?«

»Weil du eh schon Handschellen hast.«

»Fändest du das sexy? Mit einem Polizisten im Bett?«

»Oho, Sam, wieso willst du wissen, was ich sexy finde?«

Ich antworte nicht. Leider weiß ich eh, was sie sexy findet. Dämliche Lackaffen, die gut aussehen, es wissen und Frauen der Reihe nach flachlegen und dann verarschen. Ich rette mich schnellstens hinter einer spöttischen Miene und der hochgezogenen Augenbraue.

»Na gut, ich kenne also dein schmutziges Geheimnis. Dann können wir ja weiter im Plan gehen.« Melissa klatscht energisch in die Hände.

Bloß nicht weiter im Plan.

»Was bitteschön ist mein schmutziges Geheimnis?«

»Dein Job.«

»Vielleicht ist das ja auch nur Tarnung und in Wahrheit bin ich Geheimagent.« Geheimagent ist ja wohl unwiderstehlich sexy. Und die Handschellen könnten sie ja überzeugen.

Melissa lacht. Und hört nicht mehr auf. Da hat Chris' dämliches Spielzeug wohl keinen Eindruck gemacht. Schließlich lässt sie sich auf meinem Sofa nieder und klopft auf den Platz neben sich.

»Komm her, jetzt wird es kuschelig.«

Scheiße. Ich weiß einfach nicht, wie ich einen Porno neben Melissa ertragen soll. Denn Fakt ist, sie macht mich unglaublich an. Sie ist hinreißend attraktiv und witzig und verboten sexy. Und ich weiß, wie wenig Chancen ich bei ihr habe. Die Kombination ist ohne Porno schon übel genug. Trotzdem setze ich mich neben sie. Sie kuschelt sich an mich, macht aber keine Anstalten, den Fernseher zu starten oder einen Film einzulegen.

»Du riechst gut.«

»Das ist übrigens Cool Water. Ich habe gehört, die Frauen stehen drauf.«

Sie grinst. »Na, da hast du aber einen erstklassigen Tipp bekommen.«

Zögernd lege ich den Arm um sie und Melissa schmiegt sich noch näher an mich. Was für eine erbärmliche Tatsache, dass sich ausgerechnet das Mädchen, das so überhaupt nicht auf mich steht, so perfekt neben mir anfühlt. Eine Weile schweigen wir und hängen unseren Gedanken nach.

»Ich muss dir etwas Unangenehmes mitteilen«, bricht Melissa schließlich die Stille.

»Es ist Quältag, du teilst mir ununterbrochen Unangenehmes mit.«

»Darum geht es ja gerade. Ich habe einen unglaublichen Spaß am Quältag, aber leider …« Tief und theatralisch seufzt sie auf. »Echt, Sam, eines kannst du mir glauben. Ich liebe das Programm, das ich für heute geplant habe. Ich würde nichts lieber tun, als es bis zum bitteren Ende genau so durchzuziehen.«

Sanft lehne ich meinen Kopf gegen ihre Haare. Weich und samtig sind sie, riechen toll und sind so herrlich natürlich.

»Aber? Hast du Mitleid mit mir? Gebe ich eine so jämmerliche Nummer ab?«

»Ich habe überhaupt kein Mitleid. Und bisher hältst du dich erstaunlich gut. Kompliment, andere Männer wären schon in Tränen ausgebrochen.«

»Hast du das schon mal mit jemandem gemacht?«

Komischer Anlass, eifersüchtig zu reagieren. Ich schüttle über mich selbst den Kopf.

»Nein, natürlich nicht. Was denkst du von mir.«

Dass sie eine Hexe ist, das denke ich. Eine Hexe, die mich verzaubert hat – um mal beim Vergleich zu bleiben.

»Leider hindert mein Gewissen mich daran weiterzumachen.« Sie dreht ihr Gesicht so, dass sie mir in die Augen schauen kann. »Ich habe diese dämliche Wette nicht gewonnen.«

»Doch, hast du. Chris ist am Boden zerstört, ein absolutes Wrack. Deine Freundin hat ihn, wie von dir angekündigt, mit Haut und Haaren verspeist und wieder ausgespuckt. Hätte ich nie für möglich gehalten«, gebe ich äußerst widerwillig zu. Ich habe es mir nun ein paar Tage angesehen, aber schon am ersten Tag war unverkennbar, dass Chris am Ende war und Melissa ihre Wette gewonnen hatte. Ich habe nach dieser unangenehmen Einsicht noch eine geschlagene Stunde damit verbracht, mir Ausreden auszudenken, bevor ich ihr meine Telefonnummer zukommen ließ.

»Mag sein. Vielleicht habe ich die Wette so gesehen schon gewonnen. Aber wenn ich den Tag weiter durchziehe, muss ich im Anschluss zugeben, dass du genauso gewonnen hast. Denn Sarah ist genauso erbärmlich dran. Sie heult seit vier Tagen am Stück. Sie liegt im Bett, leidet und isst nichts und will sich von keinem Mann mehr trösten lassen. Wir haben also beide gewonnen. Oder eben keiner.«

Eine Weile denke ich darüber nach.

»Wenn du also mit dem Quältag weitermachst, habe ich im Gegenzug auch vierundzwanzig Stunden, in denen ich an der Reihe bin?«

»Ich fürchte, das wäre dann fair.«

»So einen Tag hätte ich wohl gerne«, räume ich ihr leicht grinsend ein.

»Damit du mich zwingen kannst zu laufen und ich im Anschluss kollabiere.« Melissa schüttelt den Kopf. »Nee, Sam, das wird nichts.«

»Ich bin der festen Überzeugung, dich so anleiten zu können, dass du nicht kollabierst. Wenn du es richtig machst, wärst du nachher begeistert, wie toll es war.«

»Bei jedem anderen Kerl, der mir so ein unmoralisches

125

Angebot macht, würde ich annehmen, er möchte, dass ich zusammenbreche, damit er mich dann beatmen kann. Aber das ist bei dir ja ausgeschlossen, Kumpel. Daher verstehe ich deine Motivation auch nicht annähernd.« Melissa nimmt gedankenverloren meine Hand und dreht sie hin und her. »Du hast schöne Hände. Leider muss ich mich jetzt von der Vorstellung verabschieden, sie heute Abend mit Nagellack zu sehen.«

»Welche Farbe hättest du mir empfohlen?«, gehe ich auf ihr Spiel ein und denke nicht mehr darüber nach, wie gnadenlos ich gefriendzoned bin.

»Definitiv knallrot. Dezent wäre ja nur halbes Vergnügen.«

»Du benutzt auch keinen Nagellack«, wende ich ein. Ihre Nägel sind weder lang noch kunstvoll manikürt. »Das wäre nicht fair gewesen.«

»Ja, ja, mir ist schon klar, dass du drauf stehst, wenn eine Frau gestylt ist. Aber meins ist das eben nicht. Und da wird auch kein Mann was dran ändern.«

»Wieso stehe ich darauf? Wie kannst du beurteilen, was ich an einer Frau mag und was nicht?«, wehre ich mich. Mir gefallen nämlich Melissas Hände genau so wie sie sind.

»Hab ich doch gesehen, Eva ist sowas von gestylt.«

»Aber doch nicht, um mir zu gefallen, sondern weil sie es selbst so mochte.«

Langsam löst sie sich aus meinem Arm. Dreht sich um und schaut mich vorwurfsvoll an. »Jetzt erklärst du mir noch, dir wäre das ja so unwichtig. Ihr Männer seid doch alle gleich. Die Frau soll toll aussehen, aber bloß nicht viel Zeit im Bad oder beim Frisör benötigen. Sie soll schlank ohne Ende sein, aber nie Diät machen. Sie soll ...«

Ich halte ihr nachdrücklich den Mund zu.

»Chill mal, Meli.« Himmel, bei dem Thema geht sie ja richtig ab. »Ich lasse mich nicht in einen Topf mit deinen schlechten Erfahrungen werfen. Und um mal ein paar Dinge klarzustellen: Ich stehe weder auf superschlank noch auf megagestylt. Eva war halt so und das war okay, aber meinem Beuteschema hat das nie entsprochen.«

Melissa schnaubt noch einmal. Langsam lasse ich die Hand sinken. Jetzt diskutiere ich hier mit einem Mädchen mein Beuteschema, das haargenau hinein passt und es partout nicht wissen sollte.

»Und was ist dann dein Beuteschema?«

Du, schreit es laut in mir drin.

»Ich mag natürliche Frauen«, sage ich langsam. »Ich mag es, wenn Menschen einfach so sind, wie sie sind, und nicht verkrampft versuchen, perfekt zu sein. Ich bin es ja auch nicht.« Melissa mustert mich weiterhin so intensiv. »Außerdem finde ich es unverständlich, dass ich mich hier mit einem Mal rechtfertigen soll. Du bist diejenige, die Männer nur nach ihrem Aussehen beurteilt. Erklär du mir mal lieber dein Beuteschema.«

»Ich gucke halt gerne«, sagt sie patzig.

Verärgert schnaube ich auf. »Und wenn ein Mann das sagt, dann ist er auf der Stelle sexistisch.«

»Mag sein. Ich nenne es Emanzipation, wenn eine Frau sexistisch ist.« Jetzt legt sie den Kopf schief. »Und der Punkt Emanzipation erinnert mich daran, dass ich dir noch immer Geld für den Champagner schulde.«

Ich verdrehe die Augen. »Was machen wir denn jetzt? Heute? Deine Liste mit der lustigen Tagesplanung ist ja nun hinfällig«, wechsle ich das Thema.

»Sie muss nicht hinfällig sein. Wir können das Programm trotzdem durchziehen.«

Laut lache ich auf. »Ganz bestimmt nicht.«

»Dann eben nicht«, schmollt sie.

Ich werfe einen Blick auf die Uhr.

»Genau genommen, Melissa, war ich dir jetzt exakt zwei Stunden und achtzehn Minuten ausgeliefert, ehe du zugegeben hast, dass wir beide gewonnen haben. Dir ist klar, was das bedeutet?«

»Das bedeutet, dass du mir unendlich dankbar bist, dass ich so schnell Mitleid bekommen habe. Echt, ich hätte durchaus noch ein wenig weitermachen können.«

Ich bewundere, wie mühelos sie ihren Unschuldsblick beibehält. Dabei muss ihr klar sein, worauf ich hinaus will.

»Das bedeutet, dass ich zwei Stunden und achtzehn Minuten bei dir gut habe.«

»Ist überhaupt kein Problem, Sammi«, flötet sie. »Das ist exakt die Zeit, die ich benötige, um dir tanzen beizubringen.«

»Das ist exakt die Zeit, die ich benötige, um dich so klein mit Hut zu machen«, kontere ich und zeige ihr mit Daumen und Zeigefinger einen winzigen Spalt an.

»Das schafft keiner«, gibt Melissa an und lacht. »Ich bin verdammt hart im Nehmen.«

Lässig stehe ich auf, schlendre zu meinem Schreibtisch und notiere ein Datum und eine Uhrzeit auf einem Block. »Wir werden sehen. Nächsten Samstag um zehn Uhr. Dann darfst du beweisen, wie hart du im Nehmen bist.«

Ich drücke ihr die Notiz in die Hand.

»Nichts Sexuelles und nichts Finanzielles, das hast du ja wohl nicht vergessen.« Nur widerwillig nimmt sie den Termin entgegen und schiebt ihn in die Hosentasche. »Und ich fände es lahm, wenn du Dinge von meiner Liste übernimmst.«

»Das werde ich nicht. Deine Liste war unendlich lahm.« Provozierend grinse ich. »Ich habe eine ganze Woche, um mich vorzubereiten. Da wird schon was Schönes bei rumkommen.«

Und ich habe eine ganze Woche, um Chris mit ins Boot zu holen. Inzwischen ist er nicht mehr im Liebestaumel, und sollte zu seiner alten Kreativität zurückgefunden haben.

»Vielleicht hast du in der Zwischenzeit eine Idee, was ich mit Sarah machen kann. Die macht mich fertig, ich bin echt am Ende meiner Weisheit«, wechselt Melissa das Thema. »Ich wusste bislang nicht, dass so viel Flüssigkeit aus einer einzigen Person herauskommen kann.«

Ich lasse mich wieder neben sie auf dem Sofa nieder.

»Chris ist auch elend dran.«

»Heult er auch ununterbrochen?«

»Er säuft ununterbrochen. Ich wusste nicht, dass so viel Flüssigkeit in eine Person hineinpassen kann.«

»Okay.« Melissa dreht sich jetzt so, dass sie die Füße im Schneidersitz auf dem Sofa platziert und mich genau im Auge hat. »Das scheint bei euch ja so üblich zu sein.«

»Ich habe nur einen einzigen Abend gebraucht, dann war ich auf die Art über Eva weg.«

Melissa verdreht spöttisch die Augen.

»Das war wegen mir. Ich habe dich über Eva hinweggetröstet«, gibt sie dann an. »Nachdem du mich kanntest, war dir klar, dass sie keine Träne wert ist.«

Anstatt ihr zu antworten, schaue ich sie nur an.

Wortlos starren wir uns in die Augen.

kapitel 14

MELISSA

Samuel verwirrt mich.

Ich habe gerade nur einen Scherz gemacht. Dachte ich. Nun betrachtet er mich und sagt kein Wort. Leider kann ich ihm nicht ansatzweise ansehen, was er denkt. So, wie unsere Nacht verlaufen ist, ist mir bewusst, dass erotisch gesehen nichts zwischen uns läuft. Auch wenn ich mir nach und nach immer deutlicher eingestehen muss, dass dieser Mann mit jedem Treffen mehr an Ausstrahlung und damit an Attraktivität gewinnt. Was gar nicht gut ist, da wir einfach nur Freunde sein wollen.

Außerdem habe ich Schiss vor diesem Termin, den er mir aufs Auge gedrückt hat. Egal, wie cool und unkaputtbar ich mich gegeben habe, innen drin sieht es anders aus. Es gibt in der Tat tausend Dinge, die mich fertigmachen könnten. Ich kann nur darauf vertrauen, dass Samuel mich nicht gut genug einschätzen kann, um meine Schwächen auszunutzen.

Irgendwann halte ich das Schweigen nicht mehr aus.

»Was ist jetzt also mit unseren Freunden? Sollen wir sie weiter leiden lassen oder hast du eine Idee?«

Samuel rutscht auf dem Sofa hin und her.

»Es wäre hilfreich einzugreifen, bevor Chris für immer an der Flasche hängt«, sagt er dann. »Bislang hat er mich aber nur ignoriert.«

»Und mein größter Erfolg war es, Sarah heute Morgen einen Bissen feste Nahrung aufzuzwingen. Einen einzigen, der Rest vom Brötchen verteilt sich inzwischen verkrümelt im Bett.«

»Dann liegt ein hartes Stück Arbeit vor uns.« Sam fährt sich mit der Hand durch die kurzgeschnittenen Haare und sieht mit einem Mal ein wenig unordentlich aus. »Magst du es mal bei Chris versuchen. Eine Frau hat bei ihm mehr Einfluss.«

»Wie genau soll ich es versuchen?« Ich wackle anzüglich mit den Augenbrauen. »Ich habe nicht vergessen, dass Chris eine Sahneschnitte ist.«

Samuel presst die Lippen aufeinander.

»Das überlasse ich dir«, sagt er trotzdem. »Was hältst du bei dem Ex deiner besten Freundin für angemessen?«

Ich lache auf. Verdammt eindeutig, dass er mich nicht körperlich an Chris haben will.

»Ich würde es einfach von der Situation abhängig machen.«

»Er wohnt direkt nebenan.«

»Na dann.« Enthusiastisch springe ich auf. Samuel folgt widerwillig. Bei jedem anderen Typen würde ich davon ausgehen, er ist eifersüchtig, aber bei Sam ist das ausgeschlossen.

»Im Anschluss kümmere ich mich dann um Sarah«, sagt er, während er Schuhe anzieht. »Die tröstet sich doch auch am liebsten mit einem neuen Mann.«

Jetzt kneife ich die Augen zusammen.

»Würdest du mit der Ex deines besten Freundes ins Bett?«

»Das ist ja eine Grundsatzproblematik. Würdest du?«

Wir verlassen Sams Wohnung und er lotst mich die Treppe hinunter und auf die Straße. Selbstverständlich würde ich nichts mit dem Ex meiner Freundin anfangen, schon im Normalfall nicht. In diesem Fall völlig ausgeschlossen, weil sie sich die Augen nach dem Typen ausheult. Aus irgendeinem

Grund kann man Sam aber mit diesen Andeutungen so
herrlich ärgern. Ich kann mir daher ein dreckiges Grinsen und
noch mehr Augenbrauengewackel nicht verkneifen.
»Das ist ja wirklich direkt nebenan«, stelle ich fest, als wir
schon den nächsten Hauseingang betreten. »Und du hast
einen Schlüssel.«
»Glücklicherweise habe ich einen Schlüssel. Ohne den
hätte ich Chris gar nicht mehr zu Gesicht bekommen, der
reagiert nämlich nicht auf Klingeln.«
Wir gehen in den zweiten Stock hinauf.
»Jetzt wäre es mir aber schon lieber, wenn wir uns wenigstens ankündigen«, sage ich, als Samuel die Wohnungstür
aufschließen will. »Du bist ja nicht allein und wir wollen ihn
nicht in einer prekären Situation erwischen.«
»Meinetwegen«, brummt er und drückt auf die Klingel.
»Aber es wird nichts bringen.«
Eine Weile warten wir und Sam zieht eine Hab-ich-dir-
doch-gesagt-Miene. Dann wird die Tür doch geöffnet.
Leise pfeife ich. Ich hätte Chris jetzt auf den ersten Blick
gar nicht erkannt. Er sieht nämlich aus, wie durch den Wolf
gedreht. Blutunterlaufene Augen, bei denen man kaum noch
erkennt, dass sie mal blau und ständig in Zwinkerbereitschaft
waren, fahle Gesichtsfarbe und fettige, plattgedrückte Haare.
Der gepflegte Drei-Tage-Bart ist zu einem Gestrüpp mutiert
und außerdem ist er splitterfasernackt.
»Du stinkst«, sage ich und schiebe die Wohnungstür weiter
auf. Die ganze Wohnung stinkt, schon hier im Treppenhaus
ist der Mief aus der geöffneten Tür nicht zu ignorieren. Chris
zuckt nur die Schultern, dreht sich um und geht durch den
Flur.
»Geiler Arsch«, flüstere ich Sam zu, nur um seine Reaktion
abzuchecken. Er kneift die Augen zusammen.
»Bitte, bedien dich«, knurrt er dann. »Ich ziehe mich
zurück.«
»So nicht«, kichere ich. »Chris stinkt noch schlimmer als

Sarah.« Sarah riecht nach Kummer und ewig nicht geduscht, Chris wie ein Alkoholentzugsheim, bevor die Therapie beginnt.

Wir folgen ihm durch den Flur und landen im Wohnzimmer. Samuel reißt alle Fenster auf und ich schaue mich geschockt um.

»Mann, Chris, war hier ne Party?« Ich hoffe aufrichtig, es war eine Party, denn all die Flaschen kann er unmöglich allein geleert haben, ohne eine Alkoholvergiftung zu haben. Er stiert mich nur völlig benebelt an. Nee, echt, auf diese Art ist er nicht mehr attraktiv.

»Geh mal duschen«, sage ich nachdrücklich. »Und dann ziehst du dir was an. Sam und ich räumen in der Zwischenzeit auf.«

Er zockelt ab, nachdem Sam ihn in Richtung Bad gedreht hat. Unentschlossen nehme ich eine leere Flasche Wodka in die Hand.

»Der hat das unverdünnt getrunken?«

»Sieht so aus.« Samuel sammelt ein paar Flaschen ein. »Gestern hat er mich im Flur abgefertigt, ich bin gar nicht bis hier gekommen.«

»Das ist echt eklig, hier klebt alles.«

»Ich sag doch, er ist schlimmer dran als Sarah.«

Wir tragen die Flaschen in die Küche und sammeln sie in einer Tüte. Die Küche ist genauso versifft.

»Ich würde jetzt nicht sagen, dass er schlimmer dran ist. Er verarbeitet es nur anders. Sieht das hier immer so aus?«

»Also, Putzteufel würde ich Chris nicht nennen, aber ganz so schlimm ist es gewöhnlich nicht.« Sam leert zwei Flaschen in die Spüle. »Immerhin ist nun kein Alkohol mehr im Haus.«

Seufzend nimmt er einen Spüllappen und tränkt ihn mit Wasser und jeder Menge Reiniger. Er macht nicht den Eindruck, zum ersten Mal zu putzen, und steigt damit noch mehr in meiner Achtung.

Im Hintergrund hört man Wasser laufen und ich atme

erleichtert auf. Chris hat es unter die Dusche geschafft. Hoffentlich hat Sam einen ähnlichen Effekt auf Sarah, die man inzwischen einweichen muss, ehe sie sauber wird. Während Samuel sich über das Wohnzimmer hermacht, übernehme ich die Küche.

»Ich putze bei deinem Freund«, rufe ich nach ein paar Minuten zu Samuel. »Damit ist doch der Termin nächsten Samstag abgegolten.«

»Hör auf zu putzen«, schreit er zurück.

»Soll ich dir dann zusehen, wie du den Alki und seine Messiewohnung allein desinfizierst?«

»Meinetwegen.« Sam erscheint im Türrahmen und nimmt mir den Schwamm ab. »Meinen Quältag werde ich mir nicht einfach so wegnehmen lassen.«

»Es ist kein ganzer Tag«, maule ich.

»Umso intensiver muss ich die Zeit nutzen.«

Chris kommt aus dem Bad. Er sieht sauberer aus, jedoch kein Stück angezogener.

»Kannst du dir nicht wenigstens ein Handtuch umlegen«, sage ich vorwurfsvoll. »Es ist eine Frau im Haus.«

Er grinst mich an. So wirkt er mehr wie der Chris, den ich kennengelernt habe. Das Grinsen verblasst auf der Stelle.

»Nur Sam zuliebe dulde ich dich hier drin«, knurrt er dann. »Eigentlich wollte ich keinen von euch blöden Weibern jemals wiedersehen.«

Langsam folge ich ihm ins Wohnzimmer, in dem Sam ein wahres Wunder vollbracht hat, denn es stinkt nicht mehr und nichts klebt.

»Weißt du, Sarah geht es auch nicht gut.«

Er lässt sich auf das Sofa fallen und schaltet den Fernseher an.

»Ehrlich Chris, ich denke, ihr solltet noch einmal miteinander reden.«

Wortlos dreht er den Ton lauter und ich seufze frustriert auf. Trotzdem setze ich mich neben ihn. Einige Zeit schauen wir uns den Scheiß an, der an einem Samstagnachmittag auf dem Privatsender läuft. Keine Ahnung, warum man sich acht Hundewelpen anschafft, wenn man in einer winzigen Sozialbauwohnung von Hartz4 lebt. Keine Ahnung, warum das Chris aktuell so fesselt.

»Sollen wir mal umschalten?«, frage ich.

Samuel ist in der Küche fertig und setzt sich zu uns. Eine Antwort bekomme ich nicht und werfe Sam über Chris' Kopf einen hilflosen Blick zu.

»Er ist noch immer nackt«, beschwere ich mich.

»Sollen wir ihn darüber informieren, dass du noch Jungfrau bist? Vielleicht nimmt er dann Rücksicht.«

Mühsam verkneife ich mir das Lachen, von dem Typen zwischen uns kommt keine Reaktion.

»Wann hast du denn zuletzt was gegessen?«, versuche ich mich wieder an Chris. »Ich habe echt Hunger. Wir könnten was bestellen.«

»Mann, Chris, du bist ein lausiger Gastgeber«, kommt Samuel mir zu Hilfe. »Du hast nichts Essbares im Haus und ich habe alle Schränke durchwühlt. Man kann nicht mal kochen.«

»Lasst mich in Ruhe«, knurrt er.

Frustriert ziehe ich mein Handy aus der Tasche, um zu kontrollieren, ob es von Sarah ein Lebenszeichen gibt. Das ist nicht der Fall.

›Lebst du noch?‹, schreibe ich ihr.

»Wir können in eine Pizzeria gehen, um die Ecke hat doch eine neue aufgemacht, die wir testen wollten«, schlägt Samuel vor.

»Lasst mich in Ruhe.«

»Du würdest dich besser fühlen. Mit etwas im Magen fühlt man sich immer besser.« Das versuche ich seit Tagen, Sarah klarzumachen. Vielleicht haben die beiden längst keinen Liebeskummer mehr, sondern einfach nur Hunger. Ich persönlich hatte bisher höchstens zwei Tage Liebeskummer.

Chris greift nach der Fernbedienung und schaltet den Ton noch lauter. Ich halte mir die Ohren zu, denn aktuell keift der Fernsehnachbar über den Balkon die Hundebesitzer an und droht mit der Polizei und das in einer Lautstärke, gegen die Discolärm leise ist. Lange halte ich das nicht mehr aus. Sam ergreift die Flucht Richtung Küche und ich schließe mich ihm an.

»Ich glaube nicht, dass ihm aktuell zu helfen ist«, gebe ich zu. Möglicherweise bin ich auch eine denkbar unpassende Person, denn alles an mir erinnert ihn an Sarah.

»Nicht mit meinen Mitteln«, stimmt Sam mir zu. »Ich hatte schon überlegt, ihm eine Prostituierte zu besorgen.«

»Das hatte er bisher aber nicht nötig. Wenn er eine Frau im Bett will, kann er die sich mühelos selbst besorgen.«

»Er hat es ja noch nicht einmal bei dir versucht.« Sam greift nach einem Lappen und wischt halbherzig über die inzwischen makellose Arbeitsplatte. »Vielleicht ist er von all dem Wodka blind geworden.«

»Eventuell bin ich einfach nicht sein Typ.«

Sam stellt das Wischen ein und fixiert mich.

»Tu nicht so bescheiden, du weißt haargenau, dass die Männer auf dich stehen.«

Ich weiß, dass ich keine Probleme habe, einen neuen Freund zu finden, der optisch mein Typ ist. Die Schwierigkeiten beginnen, sobald daraus eine ernsthafte, langfristige Beziehung werden soll. Und die aktuelle Komplikation ist, dass der Typ, der nicht meinem Beuteschema entspricht, nicht auf mich steht. Ich ziehe es vor, das Thema zu wechseln.

»Sollen wir unser Glück bei Sarah versuchen? Sie redet immerhin.«

»Okay.« Sam wirft den Lappen in die Spüle. »Was würde Sarah aufheitern?«

»Ich dachte immer, es wäre ein neuer Mann. Aber so, wie sie momentan aussieht, kann man keinen Menschen an sie ranlassen.«

»Ich bin hart im Nehmen«, behauptet Sam, während wir Chris' Wohnung verlassen.

»Klar. Hättest du Chris eben vor dem Duschen geküsst?« Samuel schnaubt angewidert. »Ich hätte Chris auch nicht nach dem Duschen geküsst.«

»Das ist doch eine rhetorische Frage.«

»Du hast ihn ebenfalls nicht geküsst. Wundert mich eigentlich.«

Genervt schüttle ich den Kopf.

»Was auch immer du von mir denkst. Er ist der Ex meiner Freundin. Tabuzone hoch drei.«

»Das klang vorher aber anders.« Sam beobachtet mich. Ich schließe mein Auto auf und schaue ihn über das Autodach strafend an.

»Ich wollte dich nur ärgern. Wie kann man auf so einen Schwachsinn reinfallen.«

Schweigend steigen wir ein und fahren los. Wenn Samuel es schafft, Sarah aus ihrer Verzweiflung zu reißen, bin ich ihm auf ewig dankbar.

Im Flur ist nichts zu hören. Kein lautes Schluchzen, was gut ist, aber auch kein anderes Lebenszeichen, was schlecht ist. Ich klopfe an Sarahs Tür.

»Bist du wach?« Es hat sich rein gar nichts verändert. Sarahs verheultes Gesicht schaut aus dem Deckenhaufen heraus, benutzte Taschentücher liegen überall. Ich hocke mich neben sie und streiche ihr über die klebrigen Haare. Der Vergleich mit Chris drängt sich auf.

»Hattest du einen schönen Tag?«, murmelt sie leise. Dann fällt ihr Blick auf die Zimmertür. »Oh ja, du hattest einen schönen Tag. Ich bin froh, dass wenigstens einer von uns glücklich ist.«

Sam lehnt lässig im Türrahmen und blickt unglücklich auf Sarah. Dabei hatten wir abgemacht, dass ich sie vorwarne. Schaue, ob sie die Anwesenheit von Chris' bestem Kumpel überhaupt verkraftet.

»Ich bin nicht glücklich«, protestiere ich. »Ich bin erst wieder glücklich, wenn du es auch bist.«

»Ich werde nie wieder glücklich sein.« Jetzt verkriecht sich der Rest von Sarah unter der Decke. So theatralisch war sie noch nie. Ich werfe einen verzweifelten Blick zu Sam, der langsam näher kommt.

»Soll ich übernehmen?«

Schlimmer, als es ist, kann es nicht werden. Ich nicke und mache ihm Platz. Auch Sam streicht Sarah über den klebrigen Kopf.

»Kann ich etwas für dich tun, Sarah?«

Himmel, diese Stimme. Mit so viel Mitgefühl und diesem herrlich tiefen Timbre. Wenn Samuel sie nicht mit dieser Stimme erreicht, dann ist sie für immer verloren. Ein winzig kleines Eifersuchtsgefühl regt sich in mir. Bei Sarah wird er im Bett wohl definitiv seinen Mann stehen. Ehe ich noch eifersüchtiger werden kann, verlasse ich das Zimmer.

»Störe ich?«

Samuel hat leise an meine Tür geklopft und schiebt seinen Kopf hindurch. Ich habe mich halbherzig in die Unterlagen vertieft, die Dana mir von den letzten Vorlesungen geschickt hat. Aber ich stelle wie immer missmutig fest, dass ich zwar kapiere, um was es geht, trotzdem der Meinung bin, dass alles nur unnötig kompliziert ist.

»Hast du Sarah trösten können?«

Ich winke ihn herein und Sam lässt sich auf das Bett fallen. Außer dem Schreibtischstuhl, den ich besetze, gibt es in meinem Zimmer keine andere Sitzgelegenheit.

»Ich habe es versucht.«

»Wie?«

»Was meinst du damit, Melissa?«

Unentschlossen trommle ich auf dem Schreibtisch herum. Sam zieht die Augenbrauen zusammen, dann erhebt er sich und kommt zu mir. Er betrachtet meine Uni-Unterlagen.

»Ist das BWL?«

»Ja.«

»Ich habe dich nicht für eine BWL-Tussi gehalten.«

»Ach?« Was meint er? Denkt er, ich bin zu dumm für BWL? »Wieso nicht?«

»Ist so trocken und langweilig. Ich war mir sicher, dass du etwas Kreatives studierst.« Okay, das kann als Kompliment durchgehen.

»Von was Kreativem kann man später nicht leben.« Sam zieht wieder spöttisch eine Augenbraue hoch, sagt aber nichts. »Ist ja nicht so, dass mir das Spaß macht«, verteidige ich mich und meine Berufswahl. »Ich habe keinen Studiengang gefunden, der mir perfekt schien, und dann kann es ja auch etwas sein, dass mir zumindest eine gesicherte Zukunft beschert. Außerdem ...«, jetzt mustere ich ihn spöttisch, »gibt es wohl kaum einen langweiligeren Job als deinen.«

»Wer sagt das?«

»Ich.«

»Du hast keine Ahnung, was ich mache. Du hast mich schon abgewürgt, bevor ich auch nur einen Satz sagen konnte.«

»Okay«, gebe ich zu. Dann haue ich die nächste Gemeinheit raus. »Computer-Kram ist immer langweilig.«

Samuel lässt seinen Blick aus meinem Fenster schweifen und zuckt nur die Schultern.

»Hast du Sarah geküsst?«, platzt es leider doch aus mir heraus. Jetzt schaut Sam wieder mich an. Mit einem schwer zu deutenden Blick.

»Denkst du wirklich, Sarah ist mit einem neuen Mann zu trösten? Wie auch immer unsere Freunde bisher so drauf waren, diesmal ist es anders. Ich glaube wirklich, die beiden waren und sind ernsthaft ineinander verliebt.«

Eine ernsthaft verliebte Sarah ist verwirrend. Widersprechen kann ich Sam jedoch nicht, denn so langsam kapiere ich es auch.

»Und was ist dann der Plan? So einen Fall hatte ich noch nie«, stelle ich überfordert fest.

»Wir müssen sie wieder zusammenbringen. Denn jetzt mal ehrlich, der Trennungsgrund ist hirnrissig.«

Das kann man nur sagen, wenn man weder Angelina noch das Verhältnis zwischen ihr und Sarah kennt.

»Kennst du jemanden, den du aufrichtig verabscheust?«, taste ich mich an eine Begründung ran.

»Nein.« Sam schüttelt vehement den Kopf. »Ich gehe Leuten, die ich nicht mag, aus dem Weg. Und wenn das nicht möglich ist, minimiere ich den Kontakt. Deshalb entwickle ich nie mehr als leichte Ablehnung.«

»Wie stehst du zu Donald Trump?«

»Bin ihm nie begegnet.«

»Mann, Sam!« Ich springe vom Stuhl und baue mich vor ihm auf. »Arbeite mit, wenn ich es dir erklären soll.«

»Okay, Donald Trump fällt schon unter verabscheuungswürdig. Es gibt wohl keine einzige Frau, die ihn freiwillig rangelassen hat.«

»Prima. Und nun stellst du dir deine Traumfrau vor. Die eine, für die du alles stehen und liegen lassen würdest. Die, die dich zum glücklichsten Menschen der Welt macht – mit einem einzigen Lächeln. Die Frau, die genau dasselbe für dich empfindet.«

»Jetzt wird es pathetisch, Meli. Ich wusste gar nicht, dass du so romantisch sein kannst.« Sam lacht mich aus.

»Samuel, ernsthaft bitte.«

»Okay.« Er schließt die Augen und macht ein konzentriertes Gesicht. »Ich stelle sie mir vor.«

»Sehr schön. Und wenn du sie gerade so nett vor Augen hast, dann stell sie dir zusammen mit Donald Trump vor. Im Bett. Und ja, sie lässt sich im Anschluss nackt von ihm fotografieren, damit auch jeder sehen kann, dass sie die aktuelle Trophäe ist.«

Samuel reißt die Augen wieder auf.

»Du hast den zeitlichen Aspekt missachtet. Das ist ja vorher geschehen, die beiden kannten sich da noch nicht.«

»Und wenn du dir vorstellst, dass deine Traumfrau mit Donald Trump im Bett war und dich im Anschluss kennenlernt, dann lässt es dich kalt? Oder ekelt es dich trotzdem?«

Samuel hat meinen Stuhl übernommen und schüttelt den Kopf.

»Du kannst ja wohl kaum ein ganz normales Mädchen mit dem größenwahnsinnigen Typen vergleichen, der ununterbrochen bestrebt ist, die Welt ins Verderben zu stürzen. Nur um sich zu profilieren.«

»Kennst du Angelina?«

Er zuckt die Schultern.

Seufzend öffne ich Angelinas Profil und zeige ihm erst das Bild vom nackten Chris und dann das Profilbild von Sarahs Hassobjekt.

»Sieht aus, wie eine der typischen Eroberungen«, kommentiert er gelangweilt. »Ich meine, über die Tatsache, dass Chris die halbe Stadt gevögelt hat, regt sie sich ja auch nicht auf.«

»Ich sag ja nicht, dass Sarahs Reaktion rational ist. Ich wollte dir nur erklären, wieso sie so ist.«

»Das hilft uns aber nicht weiter. Ungeschehen machen können wir es so oder so nicht.«

Frustriert lasse ich mich auf mein Bett fallen.

kapitel 15

MELISSA

Ich fülle eine Popcorntüte bis zum Anschlag.
Früher habe ich Popcorn geliebt. Wenn man jedoch so oft zwischen dem Duft von Popcorn und Nachos mit Käsesauce hängt wie ich seit zwei Monaten, vergeht die Liebe ganz schnell.
»Welchen Softdrink?«, frage ich das verliebte Pärchen, das aneinanderklebt wie Zuckerwatte.
»Was möchtest du, Schatz?«, fragt er seine Freundin.
»Ich nehme das, was du nimmst.«
Innerlich seufze ich auf. Ich kenne Leute wie diese. Die sind frisch zusammen, haben keinen Plan, was der andere mag, und wollen sich nur von ihrer besten Seite zeigen. Es kann noch ewig dauern, bis die beiden sich geeinigt haben, denn niemand wird in den nächsten Stunden damit raus-rücken, was er gewöhnlich trinkt. Ich fülle den Jumbobecher mit Cola Zero und knalle ihn auf den Tresen. Die Schlange ist jetzt schon unerträglich lang und ich kann es mir nicht leisten, Zeit zu vertrödeln. Sichtbar erleichtert bezahlt der Typ und macht Platz für den Nächsten.
»Vier Mal Nachos mit beiden Saucen.«

»Welche Größe? Als Sparmenü oder einzeln?«

Ich habe eh keine Ahnung, wie der Junge seine Bestellung transportieren will, denn er steht allein vor mir.

»Äh?« Jetzt dreht er sich um und winkt hektisch nach hinten. Ich werfe einen resignierten Blick zu Timo, der neben mir bedient und aktuell drei Becher mit Sprite füllt. Die Warteschlange müsste gar nicht so lang sein, wie sie ist. Wenn jeder wüsste, was er will, in welcher Größe und in welcher Kombination und dann nicht stundenlang nach Kleingeld suchen würde, wäre das hier ein netter Job. Aber so werde ich gleich wieder vom Filialleiter angemacht, warum es nicht schneller geht.

Ein kaugummikauendes Mädchen gesellt sich zu dem Jungen, der nicht so recht weiß, was er kaufen soll.

»Groß, Mann, ist doch klar«, raunzt sie ihn an.

»Ohne Getränk?«, frage ich und versuche, höflich zu bleiben.

»Nee, mit Coke«, antwortet sie und verzieht sich wieder.

Ich mache mich resigniert an die Bestellung. Sonntagabend ist es gewöhnlich ruhig im Kino, so dass wir nur mit vier Mann die Snacks ausgeben. Und trotz der aktuellen Hektik ist das bisher der beste Aushilfsjob, den ich je hatte.

»Hattest du ein schönes Wochenende?«, fragt Timo, während ich die Getränke zapfe.

»Ging so.«

»Bei mir war es todlangweilig. Mein Vater hat seinen runden Geburtstag gefeiert und wir mussten alle antanzen. Echt, zwei Tage lang Familie nonstop, das ist wie Weihnachten.« Ich grinse, während er mir in jeder Verschnaufpause weitere Einzelheiten über den Familien-Overkill berichtet.

»Langweilig war es bei mir nicht, eher im Gegenteil.« Timo zieht fragend die Augenbrauen hoch. »Sarah hat sich von ihrem Freund getrennt und jetzt hat sie Liebeskummer.«

Mein Kollege kennt Sarah nicht, nur aus meinen Erzählungen, deshalb kann ich es ihm anvertrauen. In unserem Freundeskreis würde ich nie andeuten, dass es Sarah nicht ausgezeichnet geht. Denn dann ist die Info in Sekundenschnelle bei Angelina.

»Die Sarah, die kein Herz hat?«, fragt er erstaunt.

»Die Sarah, von der ich dachte, dass sie kein Herz hat.«

Timo pfeift beeindruckt.

»Irgendwann erwischt es jeden.«

Er selbst ist glücklich liiert. Schon seit zwei Jahren und seit wir uns kennen, liege ich ihm in den Ohren, mir das Geheimnis einer glücklichen Beziehung zu verraten. Leider kann ich an dem Schmu à là Ihr-müsst-euch-jeden-Tag-Wertschätzen keinen Mehrwert festmachen.

Gelangweilt fällt mein Blick auf den nächsten Gast.

»Was kannst du mir empfehlen?«

Es ist Sam.

»Bist du allein im Kino?«, frage ich erstaunt und lasse meinen Blick über den Raum wandern. Das größte Chaos hat sich aufgelöst, denn die ersten drei Filme sind angelaufen. Es ist keine Frau auszumachen, die auf Samuel wartet.

»Ja.«

»Wie traurig.«

»Findest du?« Sam mustert meine Kino-Uniform. »Ich finde es trauriger, nicht ins Kino zu gehen, nur weil man keine Begleitung hat.«

Hinter Samuel stehen zwei Mädchen, die zu Timo wechseln, da es bei uns nicht weitergeht.

»Ich kann keine Kino-Snacks mehr sehen. Einen Rat kann ich dir daher nicht geben. Aber du weißt doch sicher selbst, ob du Popcorn oder Nachos magst.« Ich streiche mir eine Strähne hinters Ohr und frage mich, ob er mich in dieser Uniform sehr lächerlich findet. Dieses Gestreifte steht mir nämlich nicht.

»Weder noch. Gib mir einfach ein Bier.«

Beim Bier muss ich nur die Flasche öffnen.

»In welchen Film gehst du?« Samuel sucht in seinem

Portemonnaie nach Kleingeld. »Lass stecken, Sam. Du bist eingeladen.«

»Wieso denn das?«

»Ich bekomme Getränke gratis. Du kannst es mit meinen Champagnerschulden verrechnen, dann bin ich dir schon etwas weniger schuldig.«

Widerwillig steckt er sein Geld wieder ein.

»Wie lange musst du arbeiten?«

»Heute nur bis zehn. Ich bin jedes Mal froh, wenn ich nicht die Spätschicht habe.« Samuels Blick wandert zu Timo, der uns nicht aus den Augen lässt. Indiskret wie immer. »Du hättest Chris mitbringen können.«

»Habe ich versucht, keine Chance.«

»War er wieder betrunken?«

Auffällig unauffällig rutscht Timo näher an uns heran.

»Noch nicht, aber er hatte sich schon neuen Alkohol besorgt. Habe ich natürlich sofort konfisziert.«

Sarah ist etwas besser dran, seit Samuel mit ihr geredet hat. Sie denkt nach wie vor, Sam und ich wären ein Paar, was der ultimative Beweis dafür ist, dass er nicht versucht hat, sie zu küssen. Aber ich habe schon zweimal eine Mahlzeit in sie hineinbekommen, wenn auch nur eine winzig kleine.

Ein neuer Schwung Besucher kommt von der Kasse zu uns rüber und Samuel verabschiedet sich.

»Netter Typ«, sagt Timo, schaut Sam hinterher und mustert dann mich.

»Soweit schon okay.« Ich fülle Becher mit Popcorn und vermeide es, Timo anzusehen.

»Du stehst auf den«, sagt er trotzdem.

»Quatsch.« Timo ist so unerträglich glücklich mit seiner Tanja, dass er überall nur rosa Wölkchen sieht. Manchmal geht er mir auf den Keks. »Jetzt echt, Timo, guck ihn dir an. Mein Zukünftiger sollte etwas hübscher sein.« Das ist eine Tatsache, die ich mir selbst immer wieder nachdrücklich klarmachen muss. Sam ist nicht mein Typ, basta.

»Wieso hübscher? Der war doch völlig in Ordnung.«

»In Ordnung schon. Aber nicht wirklich attraktiv. Ich habe höhere Ansprüche.« Ich habe Timos Freundin nie gesehen. Keine Ahnung, ob sie hübsch ist. Timo selbst ist lang und schlaksig und mit blonden, jetzt schon schütteren Haaren.

»Außerdem – er steht nicht auf mich.«

»Wie kommst du drauf? Er konnte sich kaum von dir trennen.«

»Timo, das ist wortwörtlich gemeint«, gebe ich widerwillig zu. Timo ist ein Mann. Ihm ist verdammt bewusst, was das bedeutet, was da zwischen Samuel und mir war.

»Äh«, sagt er langsam. »So wortwörtlich, wie ich es gerade kombiniere?«

»Ja.«

»Im Ernst?«

»Ja«, antworte ich leicht genervt und bereue schon, es so zugegeben zu haben.

»Der Typ hat Erektionsprobleme?«

Das haben sogar die Gäste gehört, die ich gerade versuche zu bedienen.

»Das hat er nur bei mir«, flüstere ich und gebe ihm Zeichen, leiser zu sprechen.

»Das weißt du doch nicht«, zischt Timo jetzt. »Du bist echt sexy, Melissa. Der hat sicher immer Erektionsprobleme.«

Daran habe ich noch gar nicht gedacht. Kann ja theoretisch stimmen. Aber das hätte Eva ihm im Restaurant ebenfalls gnadenlos öffentlich um die Ohren geschmettert.

Eine halbe Stunde später machen Timo und ich uns daran, den ersten Kinosaal zu säubern.

»Hier hat schon wieder jemand sein Popcorn umgekippt und es dann festgetrampelt«, motzt er.

»Ich hasse Popcorn mittlerweile«, gebe ich zu. »Aber Käsesauce ist noch schlimmer, der Käsegeruch hängt mir jedes Mal in den Haaren, wenn ich nach Hause gehe.«

»Darüber hat sich Tanja auch schon beschwert. Echt, die

besteht darauf, dass ich dusche, egal, wie spät es ist, wenn ich nach Hause komme.«

»Gibt es Ärger im Paradies?« Das Lachen kann ich mir nicht verkneifen, nicht bei Timo mit seiner perfekten Beziehung.

Wir wandern durch die Reihen und heben den Müll auf, der liegengeblieben ist. Hin und wieder müssen wir Popcorn zusammenfegen. Aber diesmal scheinen wir immerhin so viel Glück zu haben, dass weder ein Getränk ausgelaufen ist, noch jemand Käsesauce auf dem Polster verteilt hat.

»Man sieht immer wieder, dass du keine Ahnung von Beziehung hast.«

»Hab ich wohl«, erwidere ich empört. »Meine Eltern sind schon ewig zusammen. Und nicht nur popelige zwei Jahre wie du.«

»Und was machen deine Eltern richtig und du nicht? Sind sie beide so atemberaubend attraktiv, dass sie sich nach all den Jahren noch immer lieben, weil sie nie die Augen vom anderen lösen können?«

Ich kneife die Lippen zusammen, während ich Timo böse mustere.

»Können wir dieses Gespräch bitte ohne Sarkasmus führen?«

»Das wird schwierig, wenn du der Meinung bist, dass es darauf ankommt, wie hübsch ein Mann ist.«

Timo ist auch nicht hübsch und ich scheine ihm auf den Schlips getreten zu sein. Still machen wir weiter.

»Es ist ja nicht so, dass ich das steuern könnte«, rechtfertige ich mich schließlich. »Du bist nicht der Erste, der mir vorwirft, oberflächlich zu sein. Aber ich mache das ja nicht mit Absicht. Ich verliebe mich eben immer nur in Männer, die mich anmachen. Und dazu müssen sie gut aussehen. Da kann ich echt nichts für.«

Und Sam sieht halt nicht gut aus. Und deshalb macht er mich nicht an. Er ist ein Freund. Und das soll er auch bleiben!

Ich mache Feierabend und betrachte die Kinobesucher, die aus einem der Säale kommen. Samuel ist nicht dabei und ich habe nicht gesehen, in welchen Film er gegangen ist. Einer der Actionkracher endet in fünf Minuten und ich beschließe, Sam eine letzte Chance zu geben. Da er Bier getrunken hat, ist er sicherlich mit der Bahn gekommen und wird sich freuen, wenn ich ihn nach Hause fahre. Nachdenklich setze ich mich auf den Tresen, so dass ich den Ausgang im Blick habe. Ich ärgere mich über Timo. Ich wette, er selbst hat genauso wenig gesteuert, in wen er sich verliebt. Er hat nur das Glück gehabt, von der Person zurückgeliebt zu werden. Und ich weiß zufällig genau, dass mein Vater meine Mutter überaus attraktiv findet und meine Mutter davon schwärmt, dass ihr mein Vater auf den ersten Blick aufgefallen ist. Weil er so gut gebaut war und so perfekt im Takt tanzen konnte.

Die Türen gehen auf und die Zuschauer stürmen heraus. Ich registriere aufmerksam, wer Müll dabei hat und ihn in die vor dem Saal aufgestellten Tonnen wirft. Den anderen werfe ich vorwurfsvolle Blicke zu. Ob denen egal ist, dass die Angestellten hinter ihnen aufräumen müssen?

Samuel ist einer derjenigen, die mit dem Kram herauskommen, den sie mit hinein genommen haben. Und er ist aufmerksam genug, die Flasche nicht in den Müll zu werfen. Stattdessen kommt er auf mich zu, um sie auf dem Tresen abzustellen. Er bemerkt mich erst im letzten Moment.

»Wartest du auf den Typen, mit dem du gearbeitet hast?«

»Ich warte auf dich.«

Mit Schwung setzt er sich neben mich. »Warum?«

»Aus Mitleid. Du musst allein ins Kino gehen.«

Er verdreht die Augen. »Erstens ist es durchaus sinnvoll, allein ins Kino zu gehen, weil man völlig kompromisslos genau den Film sehen kann, den man sehen möchte. Und weil ich eh nicht im Kino bin, um zu quatschen, sondern um den Film dann auch zu sehen. Außerdem bringt mir deine Gesellschaft jetzt nichts mehr, weil ich schon im Kino war.«

»Meine Gesellschaft bringt immer was.« Ich war ewig nicht mehr als Gast im Kino. »Wir können ja gemeinsam einen weiteren Film schauen.«

»Läuft jetzt noch was?«

»Klar, die Spätvorstellung. Da ist es immer schön ruhig.« Das Programm habe ich jede Woche auswendig im Kopf. Mit allen Anfangs- und Ende-Zeiten, denn danach richtet sich unser Arbeitsrhythmus.

»Okay, welcher Film ist es? Ich geh schnell die Karten holen.«

Ich lache ihn aus. »Sammi, wir sind doch längst im Kino drin. Du brauchst keine Karte.«

»Melissa, ich habe keine Kino-Flatrate gekauft. Wenn es so etwas überhaupt gibt. Ich habe nur den Eintritt für diesen einen Film bezahlt. Du hast da was falsch verstanden.«

»Du bist mal wieder überkorrekt.« Ich rutsche vom Tresen und ziehe ihn hinter mir her. In Kino drei läuft eine Komödie und da habe ich mit einem Mal Lust drauf. Unterwegs begegnet uns Timo.

»Ist viel los in Kino drei?«

»Nee, die Luft ist rein. Wenn du das vorhast, was ich vermute«, antwortet er breit grinsend.

»Habe ich nicht, was du immer denkst.«

Es hat durchaus Vorteile, in einem Kino zu arbeiten. Man hat freie Getränke und kann so viel Popcorn und Nachos essen, wie man mag. Was für den Kinobetreiber kaum Kosten verursacht, weil keiner der Mitarbeiter diesen Kram noch ausstehen kann. Außerdem kann man sich problemlos in ein leeres Kino mogeln. Ich schiebe den widerstrebenden Sam durch die Tür, die leise hinter uns ins Schloss fällt. Das Licht ist gedimmt, nur die Beleuchtung der Leinwand flackert bis zu uns.

»Was meinte der Typ? Was denkt er, hast du hier vor?«

»Was glaubst denn du?«, erwidere ich grinsend. Ganz so auf den Kopf gefallen kann Sam nicht sein.

»Hattest du schon mal Sex im Kino?«, fragt er ungläubig. Wir steigen die ersten Treppenstufen hoch und überblicken den Saal. Tatsache, kein Mensch ist da. Der Film ist bereits halb gelaufen, aber es ist nicht die Art Film, bei der man bei einer Verspätung etwas verpasst.

»Willst du nach oben? Oder bist du einer von denen, die nah an der Leinwand sitzen mögen?« Ich kann es zwar nicht nachvollziehen, aber die gibt es.

»Ich bin einer von denen, die sich nicht wohl fühlen, wenn sie sich in einen Film stehlen, den sie nicht bezahlt haben.«

»Du hast doch bezahlt.« Ich entscheide mich für oben und ziehe Sam weiter. »Ich verrechne es mit dem Champagner.«

Er schnaubt. Trotzdem lässt er es zu, dass ich mich in seinen Arm kuschle.

»Mit wem hattest du Sex im Kino? Der blonde Typ von eben?«

»Ne«, sage ich empört. »Das ist Timo, der hat eine Freundin.«

»Wer dann?«

»Warum willst du das wissen?«, antworte ich mit einer Gegenfrage.

»Es ist interessant.« Ich schaue zu ihm hoch. Er hat mich genau im Blick, während der Film unbeachtet weiterläuft.

»Ich verrate es nur, wenn du mir im Gegenzug auch eine Frage beantwortest.«

»Melissa, das ist unfair. Du kennst die Frage, aber ich soll mich auf ein nicht einschätzbares Wagnis einlassen.«

»Hast du Angst?«

»Ich habe großen Respekt vor deiner Fantasie. Ich habe nicht vergessen, was du gestern mit mir vorhattest.«

Ich seufze laut.

»Es ist nur eine Frage, Sammi. Nichts was du machen musst.« Ich stupse ihn in die Seite. »Was war der ungewöhnlichste Ort, an dem du Sex hattest? Das wäre sie, meine absolut harmlose Frage.«

Eine Weile schweigt Sam und betrachtet die Leinwand. »Leider kann ich da nichts Spannendes bieten«, gibt er dann zu. »Vielleicht hat Eva ja doch recht. Ich bin lahm beim Sex.«

Erstaunt richte ich mich auf. Ganz schön ehrlich, da sollte ich mich anschließen.

»Also, die Sache im Kino, die war mit Phil. Willst du die Wahrheit wissen?« Er nickt. »Es war schauderhaft. Ich hatte ununterbrochen Panik, dass jemand hereinkommt. Außerdem war es unbequem. Warte, ich zeige es dir.« Ich klettere auf seinen Schoß und setze mich breitbeinig auf ihn. »Jetzt müsstest du nach vorne rutschen, damit es überhaupt geht.« Sam rührt sich nicht, er starrt mich nur an. »Und trotzdem sind meine Knie dauernd gegen die Lehne gestoßen und Phil war extrem laut, weil es ihn so angemacht hat, und ich dachte, nur, dass ich nicht will, dass jemand meinen nackten Hintern sieht. Er hat glücklicherweise nicht lange gebraucht.«

Ich sitze noch immer auf Sams Schoß und schaue auf ihn hinunter. Im Dämmerlicht des Kinos leuchten seine Augen wie Bernsteine. Mit einem Mal frage ich mich, ob er so gut schmeckt, wie er riecht. Scheiße, Melissa. Ich passe nicht auf. Den Mann zu küssen, der bei mir keinen hoch bekommt, ist eine ganz dumme Idee.

Still rutsche ich wieder auf meinen Platz.

»Dann habe ich wohl bisher nichts verpasst«, sagt Sam leise und seine Stimme ist rau.

»Ich weiß nicht, Phil fand es geil.«

»Ich finde es nur geil, wenn es der Frau genauso geht.«

Samuel ist eindeutig einer von den Guten. Ich denke an unser Gespräch vom letzten Tag, als ich versuchte, ihm zu erklären, wie Sarah sich fühlt.

»Erzähl mir was über die Traumfrau, die du dir vorgestellt hast. Du weißt schon, die Traumfrau, die was mit Donald Trump hatte.« Himmel, das interessiert mich wirklich.

Sam sagt nichts.

»Blond oder dunkel?«, frage ich ungeduldig.

»Ist doch unwichtig.«

»Unterscheidest du nicht zwischen der rassigen Latina und der kühlen, nordischen Schönheit?«

Jetzt lacht er auf.

»Ich unterscheide zwischen lässt-mich-kalt und flasht-mich. Und da kommt es nicht auf Äußerlichkeiten an.«

»Und was flasht dich?«, quengle ich weiter.

»Das passiert selten.« Dafür wie zugeknöpft Sam sich gibt, hat er mich verdammt genau im Blick.

»Was war es bei Eva?«

Eine Weile sagt er nichts und scheint wieder in den Film vertieft.

»Geflasht hat sie mich gar nicht«, gibt er dann zu.

»Ach?« Im Film blödeln gerade ein paar Mädels rum und ich bemerke, dass ich nicht mitbekommen habe, worum es überhaupt geht. »Warum warst du dann mit ihr zusammen?«

Erfreulicherweise sind wir mal wieder bei einem Thema, das Sam unangenehm ist. Er zögert nämlich erneut, ehe er antwortet.

»Ich war vor ihr eine Zeitlang Single und es war weit und breit keine Frau in Sicht, die mich geflasht hätte. Und dann kam Eva, und interessierte sich für mich«, sagt er leise.

Ich schlage ihm fest gegen den Oberarm.

»Sag ich doch, du bist genauso oberflächlich wie ich.«

»Wieso denn das? Ich hechle immerhin nicht jeder gut aussehenden Frau hinterher, egal, welchen Charakter sie hat.«

»Und ich war noch nie mit einem Typen zusammen, nur weil er sich für mich interessierte und ich keine Alternative hatte. Man kann ja auch mal eine Weile Single sein.«

»Ich war vorher zwei Jahre lang Single.«

»Meinst du Single im Sinne von Chris oder Single ganz ohne Sex?« Er presst nur die Lippen aufeinander und antwortet gar nicht. Leise pfeife ich.

»Mann, Sam, du hast ja echt kein Glück bei Frauen.«

Wütend starrt er mich an und ich starre zurück.

»Lass uns rausfinden, was du falsch machst«, schlage ich großzügig vor. »Vielleicht ist dir zu helfen.«

»Deinen Ratschlag kann ich mir vorstellen.«

»Was soll das bitte heißen?«

»Das soll heißen, dass du nicht als Beziehungsexpertin durchgehst«, schnaubt er. Das Filmlicht taucht sein Gesicht abwechselnd ins Dunkel und dann wieder ins Helle. Auf diese Art ist seine Miene schwer zu deuten.

»Nicht als Beziehungsexpertin, meinetwegen, aber ich bin gut darin überhaupt zu landen. Denn das scheint bei dir ja katastrophal zu sein.«

»Willst du mir jetzt wieder reinwürgen, wie unattraktiv ich bin?« Das kann ich ihm gar nicht reinwürgen, denn das empfinde ich nicht mehr. Sam ist ein Mensch, der von Mal zu Mal an Reiz gewinnt. Etwas, das ich ihm gegenüber niemals zugeben werde.

»Ach was«, sage ich nur. »Wie baggerst du eine Frau an?«

»Vergiss es, Melissa, ich mache mich für dich nicht lächerlich.«

»Ah, du baggerst also gar nicht.« Er verdreht die Augen. »Soll ich dir beibringen, wie man es macht?«

»Ganz bestimmt nicht. Ich weiß, wie die Typen baggern, die dich aufreißen. Ich sehe es Tag für Tag bei Chris.«

Das stimmt, mit Chris hat er einen Lehrmeister par excellence an seiner Seite. Wenn er das so nicht umsetzt, kann ich ihm auch nicht helfen.

»Wie ist dann dein Plan? Wartest du, bis eine Frau dich aufreißt?« Ich habe mittlerweile vollkommen vergessen, dass wir nicht nur in einem Kinosaal sitzen, sondern, dass auch ein Film läuft. Das hier ist tausend Mal unterhaltsamer, als jeder Film es sein könnte.

»Nein, mache ich nicht. Aber ich würde nie eine Frau beim ersten Treffen anbaggern, ich muss jemanden kennenlernen, bevor ich mehr will.«

»Aber das schränkt die Auswahl ja erheblich ein. Man lernt ja nicht dauernd neue Leute kennen.«

»Ah, Melissa, du hast das Problem erkannt.«

»Ich könnte dich mit Frauen bekannt machen, ich kenne ganz viele«, schlage ich ihm vor. Hebe dann aber schnell die Hand. »Außer Angelina, die ist tabu. Das würde Sarah nämlich endgültig fertigmachen.«

»Angelina ist nun wirklich nicht mein Typ«, protestiert Sam.

Ich lache los.

»Das ist jetzt aber ganz schön oberflächlich. Du disqualifizierst sie anhand eines einzigen Fotos.«

»Und der Tatsache, dass sie Bilder meines nackten Kumpels ins Netz stellt.« Samuel grinst.

»Ich habe einen Haufen Freundinnen, die so etwas nie machen würden«, beruhige ich ihn und gratuliere mir zu meiner grandiosen Idee. Wenn ich Sam unter die Haube bringe, gewinne ich die nötige Distanz zurück und muss mir nicht weiter den Kopf darüber zerbrechen, dass er immer reizvoller wird. »Verrat mir jetzt noch ein wenig, was dein Typ Frau ist, dann kann ich eine Vorauswahl treffen.«

Samuel schüttelt den Kopf.

»Als ob ich dich eine Vorauswahl treffen lassen würde, ich bin doch nicht verrückt.«

»Wie soll ich dich denn sonst passend verkuppeln?«

Im Film küsst das Liebespärchen sich gerade hingebungsvoll. Und Sam verschränkt bockig die Arme vor dem Körper.

»Du sollst mich gar nicht verkuppeln.«

»Und warum nicht?«

Irgendetwas liegt Sam auf den Lippen. Leider rückt er nicht mit der Wahrheit heraus.

»Verkuppeln klappt eh nie«, sagt er nur.

Unzufrieden wende ich mich dem Abspann zu, denn den Film haben wir komplett verpasst. Verkuppeln klappt nicht? Wir werden sehen.

kapitel 16

SAMUEL

Melissa hat mich echt ins Schwitzen gebracht. Ich war haarscharf davor, ihr zu gestehen, dass sie mein Typ Frau ist. Dass sie mich flasht, leider von Tag zu Tag mehr. Fast hätte ich mich schon verraten, als sie sich auf meine Beine setzte, um mir zu demonstrieren, wie sie es mit Phil im Kino getrieben hat. Ich konnte mich nur mit größter Willenskraft davon abhalten, sie an mich zu ziehen und zu küssen. Scheiße, scheiße, scheiße.

Aktuell stehe ich im Bad vor dem Spiegel und frage mich, ob es eine Chance gibt, cooler auszusehen. Irgendwie ihr Typ Mann zu werden. Anderer Haarschnitt? Drei-Tage-Bart? Dann ärgere ich mich maßlos über mich selbst. Kein Mensch sollte sich für jemand anderen verbiegen. Ich auch nicht.

Auf meinem Handy finde ich eine Nachricht von ihr.

›Heute Abend Kneipe?‹

›Mit Sarah und Chris?‹, schreibe ich zurück. Unsere Planung, wie wir die beiden wieder versöhnen können, steckt noch hilflos in den Kinderschuhen.

›Ich habe Sarah ins Wohnzimmer bewegen können, aber sie ist nicht gewillt Netflix gegen Kneipe zu tauschen.‹

Kommt mir bekannt vor. Prinzipiell habe ich nichts gegen Kneipe, ich habe mich jedoch noch nicht von Sonntag und Melissas Wirkung erholt.

›Ist mir heute zu viel, harter Tag im Büro‹, teile ich ihr mit. Es klingelt nur Sekunden, nachdem ich es abgeschickt habe. Ein kleines bisschen habe ich die Hoffnung, dass es Chris ist. Er war eben nicht zu Hause, als ich kontrollieren wollte, ob er nüchtern ist.

Selbstverständlich ist es nicht Chris. Selbstverständlich ist es Melissa.

»War mir schon klar, dass du dich drücken willst«, sagt sie augenrollend.

»Habe ich kein Recht auf eine selbstbestimmte Abendplanung?«, muffle ich zurück. Sie ist genauso schlimm wie Chris, der mich viel zu oft zwingt, ihn auf diverse Events zu begleiten. Angeblich zu meinem eigenen Glück.

»Nö.« Melissa lacht mich aus. »Zieh dich etwas netter an.«

Ich sehe an mir hinab. Da ich heute keinen Kundentermin hatte, bin ich recht lässig gekleidet.

»Muss das sein? Das ist doch für Kneipe völlig ausreichend.«

»Das trägst du schon den ganzen Tag«, wehrt sie ab und macht sich auf den Weg ins Schlafzimmer und an meinen Kleiderschrank. Eine Weile wühlt sie darin herum. Bei jedem anderen würde mich diese Distanzlosigkeit auf die Palme bringen, aber bei Melissa akzeptiere ich es aus einem mir nicht ersichtlichen Grund. Schließlich fördert sie einen Pulli zutage.

»Den finde ich gut.« Sie wirft ihn mir zu.

»Seit wann interessiert dich, was ich anhabe?«, wundere ich mich. Sie hat bisher weder meine Klamotten kommentiert noch den Anschein erweckt, sich allzu sehr darum zu kümmern, was sie trägt.

»Seit jetzt.«

Augenrollend überlege ich, ob ich mich weigern soll, befürchte jedoch, im Endeffekt eh nachzugeben. Melissa ist verdammt hartnäckig, wenn sie sich etwas in den Kopf gesetzt hat. Ich ziehe mit einem Ruck mein Shirt aus, und lege es sorgfältig auf einen Stuhl. Melissa beobachtet mich. Dann folgt sie mir ins Bad.

»So ein Glück, dass du mich nicht noch unter die Dusche schickst und dabei kontrollierst, dass ich auch gründlich bin«, motze ich.

»Ist das bei dir nötig?«, fragt sie breit grinsend.

Während ich mich wasche, beobachte ich im Spiegel, wie Melissa mich nicht aus den Augen lässt. »Darf ich das Deo aussuchen oder übernimmst du auch das?«

»Hast du mehrere Deos?«, fragt sie und durchsucht schon meinen Schrank. »Zwei«, stellt sie fest und riecht an beiden. »Nimm das. Und dann natürlich Cool Water.«

»Warum starrst du mich eigentlich so an?«, beschwere ich mich. »Hast du noch nie einen Männeroberkörper gesehen?«

»Ich habe dich schon nackt gesehen, Sammi«, erwidert sie grinsend. »Ich muss jedoch zugeben, dass ich zu dem Zeitpunkt nur darauf geachtet habe, wie gut oder schlecht du in der Körpermitte ausgestattet bist.«

Ich kneife die Lippen zusammen. An die blamabelste Nacht meines Lebens muss ich nicht erinnert werden.

»Ich habe dich auch nackt gesehen, Melissa«, kontere ich.

Sie ignoriert den Kommentar.

»Du bist übrigens recht ansehnlich«, sagt sie stattdessen. »Ganz nette Oberarmmuskeln, aber auch nicht zu viel. Auf diese Pumpermuskeln stehen Frauen nämlich gar nicht.«

»Gut zu wissen«, knurre ich sie an. Ich fühle mich unter ihrem Blick wie ein Pferd, das zum Verkauf angeboten wird. Schnell ziehe ich mich wieder an.

Melissa plaudert auf dem Weg in die Kneipe, die sie ausgesucht hat, ununterbrochen. Sie erzählt von Timo, mit dem sie im Kino die meisten Schichten hat, davon, inwieweit Sarah Fortschritte macht und dass sie sich noch immer nicht wagt, Chris auch nur zu erwähnen. Aber sobald wir die Kneipe betreten, kapiere ich, aus welchem Grund wir hier sind. Und dass ich mich zu Recht, wie auf dem Viehmarkt gefühlt habe. »Dana«, begrüßt sie das Mädchen, das am Tisch sitzt und uns erwartet. »Toll, dass du Zeit hast. Das ist übrigens Samuel.«

»Hallo Dana«, sage ich brav und verkneife mir mühsam, mit den Augen zu rollen. Hätte ich mir denken können, dass sie trotz meines Protestes versucht, mich zu verkuppeln.

Glücklicherweise sitzt nicht nur Dana am Tisch, sondern ebenso ein Pärchen und zwei andere Jungs. Auf diese Art ist es nicht ganz so offensichtlich, was hier gespielt wird. Wir quetschen uns dazu und bestellen.

»Melissa hat erzählt, dass du echt gut Fußball spielst«, zieht Dana mich direkt in ein Gespräch. »Ich bin ein riesiger Fan vom FC.« Aha, das war also das Auswahlkriterium, da ich ihr keine Anhaltspunkte in Bezug auf meine Traumfrau liefern wollte.

»So gut bin ich nicht«, stelle ich klar. Wenn das Mädchen vorhat Spielerfrau zu werden, ist sie bei mir an der falschen Adresse.

Mit halbem Ohr höre ich, wie Melissa von der letzten Vorlesung berichtet. Wie der Dozent sich mühsam von Folie zu Folie gehangelt hat, weil er nicht vorbereitet war. Und wie sehr sie es hasst, sich jetzt selbst einen Reim darauf machen zu müssen.

»Auf welcher Position spielst du?«

Mühsam konzentriere ich mich wieder auf Dana.

»Außenverteidiger.« Sie ist hübsch. Blonde, halblange Haare, ein paar Strähnen blondiert. Niedliche Stupsnase und volle Lippen. Und es ist angenehm, dass sie auf Fußball steht. »Ich war schon als Bambini in der Verteidigung, zum Tor hat es mich nie gezogen.«

»Finde ich toll, wenn man so konsequent ist.«

»Spielst du auch?«

»Kein Fußball. Ich tanze in einer Garde.« Sie fährt sich

durch die Haare und lächelt mich verlegen an. »Ja, ich weiß, typischer Mädchensport, aber es macht mir Spaß.«

»Ach was, jeder soll den Sport machen, den er mag. Ist ja Quatsch, wenn eine Frau sich für Tanzen entschuldigt und ein Mann, weil er Fußball spielt. Und umgekehrt ist es genauso in Ordnung.«

»Stimmt.« Erfreut lächelt sie. »Außerdem sind wir gut, wir belegen bei den Meisterschaften regelmäßig die vordersten Plätze.«

Melissa widmet mir keinen Blick. Sollte sie nicht wenigstens kontrollieren, ob ich mit ihrer Auswahl zufrieden bin? Ob Dana und ich ein Gesprächsthema haben?

Ich mustere die beiden Typen am Tisch. »Wer sind die anderen?«, erkundige ich mich leise. »Melissa hat mir mit keinem Wort verraten, dass hier Leute auf uns warten.«

»Ja? Typisch. Wir kennen uns vom Studium, aber die anderen vier sind zwei Semester weiter. Hin und wieder greifen sie uns unter die Arme, wenn wir etwas nicht verstanden haben. Der Dozent, von dem Meli da gerade erzählt, ist eine Vollkatastrophe.« Dana rückt näher an mich heran und ich stelle fest, dass sie Parfüm aufgelegt hat. Ich vermute, sie ist nicht so unvorbereitet und überrumpelt wie ich. »Also, Anna und Sebastian sind zusammen. So ein richtiges Extrempärchen, die weichen sich keine Sekunde von der Seite. Die wohnen zusammen, studieren dasselbe, gehen nur gemeinsam weg. Sie machen sogar denselben Sport.«

Ja, Himmel, so ein Pärchen kenne ich auch.

»Ich frage mich bei so etwas, was die sich dann noch zu erzählen haben. Wenn sie ununterbrochen dasselbe erleben.« Ich habe immer gerne zugehört, was Eva so von ihrem Tag berichtet hat. Umgekehrt war es wohl nicht der Fall.

»Keine Ahnung.« Dana kichert leise. »Ich hatte nie so eine Beziehung.«

»Dann bist du aktuell nicht vergeben?« Warum frage ich das bloß? Ist doch deutlich erkennbar, aus welchem Grund

Dana hier ist. Und aus welchem Grund ich angeschleppt wurde.

»Seit einem halben Jahr Single.« Sie verdreht die Augen. »Mein Ex ist vor einem Jahr nach Hamburg gezogen und die Wochenendbeziehung war es auf Dauer nicht.«

Ich nicke zustimmend.

»Kann ich verstehen. Weder ununterbrochen aufeinanderhängen noch sich kaum sehen, kann förderlich für eine Beziehung sein. Ich denke, der Mittelweg ist immer am besten.«

Wir harmonieren durchaus. Dieser unwillkommene Kuppelversuch lässt auf ausgezeichnete Menschenkenntnis von Melissas Seite schließen.

»Und du? Hast du eine Freundin?«

»Nein, aktuell nicht.« Mehr möchte ich nicht erzählen. Melissa ist ja hoffentlich nicht so indiskret gewesen, Dana kundzutun, wie ich abserviert wurde. Das traue ich noch nicht einmal dieser rücksichtslosen Person zu.

Dana lächelt.

»Und wer sind die zwei Typen neben Melissa?«, beschließe ich, das Thema unverfänglicher zu gestalten, denn jetzt schon über Beziehungen zu sprechen, geht mir zu schnell.

»Florian und Fabian. Die sieht man auch meistens gemeinsam.« Ich ziehe die Augenbrauen hoch. »Nee, schwul sind die nicht, falls du das jetzt meinst. Aber es geht das Gerücht, dass sie sich durchaus schon eine Freundin geteilt haben.«

»Welches Mädchen macht denn so was mit?« Ich schaue mir die beiden genauer an. Nichts an ihrem Aussehen lässt darauf schließen, dass sie so merkwürdig drauf sind.

»Keine Ahnung. Vielleicht ist an dem Gerede nichts dran.« Dana stößt mit ihrem Knie gegen mich, weicht aber trotzdem nicht zurück. Sie trinkt Kölsch, genau wie die anderen. »Sie haben schon versucht, bei Meli zu landen. Nicht gleichzeitig, wenn du das jetzt meinst, erst hat Flo ihr schöne Augen gemacht und im Anschluss hat Fabian sie angemacht.«

Keiner von den beiden fällt in Melissas Beuteschema. Das sind bloß zwei nette durchschnittliche Jungs.

»Keine Chance«, sage ich also.

Dana kichert. »Hast du Melissas Auswahlkriterien schon kennengelernt?«

Der Köbes kommt an unseren Tisch und serviert ungefragt eine neue Runde. Ja, leider kenne ich Melissas Männergeschmack.

»Sie ist oberflächlich«, kommentiere ich.

Dana betrachtet mich nachdenklich. »Ich hätte jetzt wählerisch gesagt, aber wie du meinst.«

Ich nehme ein paar Bierdeckel und beginne, sie umeinander zu kreisen. Wählerisch also. »Sollte nicht jeder wählerisch sein?«, frage ich dann. »Bist du es nicht?«

»Klar bin ich wählerisch.« Dana betrachtet still meine unentspannten Hände. »Ich habe mich nicht umsonst von meinem Exfreund getrennt. So ein hin und wieder Freund war nie, was ich wollte. Aus welchem Grund hast du dich getrennt?«

Melissa hat nichts erzählt, gar nichts. Zeit, die Hosen runterzulassen.

»Habe ich nicht, sie hat Schluss gemacht.«

Dana betrachtet mich aufmerksam, aber mehr als Interesse sehe ich nicht in ihrem Gesicht.

»Wann?«

»Vor zwei Wochen.«

»Dann bist du noch in der Trauerphase«, stellt sie fest.

Ich denke über ihre Worte nach. Interessanterweise bin ich das nicht. Ich bin schon eine Weile über Eva weg. Nach wie vor nagt die Art und Weise, wie sie mich abserviert hat, an mir. Aber länger als eine halbe Stunde habe ich mich nicht gefragt, was falsch mit uns gelaufen ist, denn dann stand Melissa vor mir. Ich werfe einen unauffälligen Blick zu ihr. Sie kichert gerade mit Florian. Und Dana hat recht, er flirtet eindeutig.

»Ich war nie so sehr in sie verliebt«, stelle ich dann richtig.
»Sie wahrscheinlich auch nicht in mich.«

Danas Blick folgt meinem.

»Stehst du auf Melissa?«, fragt sie dann stirnrunzelnd. »Sie hat gesagt, ihr wärt nur Freunde.«

»Unsere Freunde sind ein Paar«, sage ich schnell. »Das heißt, sie waren es, aktuell herrscht Liebeskummer hoch zehn.« Ich erzähle, wie Sarah und Chris sich begegnet sind, und lasse nur die Wette aus. Dann beschreibe ich ihr, wie verrückt die beiden nacheinander waren, so schrecklich, dass Melissa und ich es nur gemeinsam ausgehalten haben. »Das schweißt zusammen.«

»Und jetzt?«

»Jetzt haben sie sich wegen absoluten Schwachsinn gestritten und wir versuchen, sie wieder zu versöhnen. Kennst du diese Angelina auch?«

»Jeder kennt Angelina.« Dana verdreht die Augen. »Wenn du Sex haben willst und zwar auf der Stelle, dann bist du bei Angelina richtig.«

»Ich hatte es so verstanden, dass man bei Sarah richtig war. Zumindest bevor sie Chris begegnet ist.«

»Ich weiß nicht.« Dana reibt sich gedankenverloren die Nase. Doch, sie ist schon verdammt hübsch. Und verdammt nett. »Bei ihr wirkt es anders.«

»Warum?« Chris ist ja ebenfalls so drauf. Und nur, weil ich kein Interesse an einem One-Night-Stand habe und es mir beim besten Willen nicht reizvoll vorstelle, bin ich nicht der Meinung, dass andere das so sehen müssen. Egal, ob Mann oder Frau.

»Angelina würde dir vor der Nase deinen Freund ausspannen. Nur um zu testen, ob es klappt. Bei Sarah ist das anders. Die verliebt sich nur immer so schnell.« Dana kichert erneut. »Echt, ich brauche ewig, ehe mir ein Mann so richtig gefällt, und bei Sarah ist das innerhalb von Sekunden passiert.«

Sie wirft mir einen koketten Blick zu. Das Thema Melissa und wie ich zu ihr stehe, ist vom Tisch.

»Ich verliebe mich auch nicht so schnell«, gebe ich dann zu.

»Und?«

Melissa und ich sind auf dem Heimweg.

»Und was?«

Sie verdreht die Augen. »Dana ist nett, oder?«

»Ja.«

»Und hübsch.«

»Ja.«

»Und dein Typ?«

Laut seufze ich auf. »Kann man das nach einem Abend entscheiden?«

Jetzt bleibt sie stehen und wendet sich zu mir. Wohl oder übel halte ich ebenfalls an.

»Trefft ihr euch wieder?«, fragt sie dann nur.

Ich zucke die Schultern. Keiner von uns hat Anstalten gemacht, sich unter vier Augen zu verabreden oder Telefonnummern zu tauschen. Obwohl Dana kurz zögerte, als wir uns verabschiedeten.

»Mann, Samuel, bist du immer so lahmarschig? Dana steht auf dich.«

»Woher willst du das wissen?«

Wir stehen mitten auf dem Bürgersteig und ein eng umschlungenes Pärchen schiebt sich an uns vorbei.

»Das habe ich an ihrer Körpersprache gesehen.«

Ob sie genauso sieht, dass ich nichts lieber tun würde, als sie fest in die Arme zu ziehen und zu küssen? Ich weiß nämlich nicht, was ich mit meiner Körpersprache machen soll, um bloß nicht zu zeigen, wie sehr sie mich anmacht.

»Ich habe an Florians Körpersprache gesehen, dass er auf dich steht«, drehe ich den Spieß um. Melissa seufzt auf und geht endlich weiter.

»Er weiß, dass ich nicht interessiert bin.«

»Weiß Fabian das auch?«

»Ich merke schon, dass du ausweichst. Dann muss ich euer nächstes Treffen wohl ebenfalls arrangieren.«

Eine Weile überlege ich, ob ich protestieren soll. Aber Dana ist schon mein Typ Frau und eine nette Ablenkung von diesen Gefühlen Melissa gegenüber. Wir kommen am Bahnsteig an.

»Du hast Glück, deine Bahn kommt zuerst«, stellt Meli nach einem Blick auf die Anzeigetafel fest.

»Ich bringe dich nach Hause.«

»Wieso denn das?«

»Weil ich nicht will, dass ein Mädchen allein im Dunkel hier rumläuft.«

»Das mache ich sonst auch immer, Sammi.« Nun lacht sie mich regelrecht aus.

Meine Bahn fährt ein, die Türen öffnen sich und zwei grölende Teenager kommen heraus.

»Da weiß ich es aber nicht.«

Die Türen schließen sich und die Bahn fährt ohne mich ab.

»Bei jedem anderen würde ich jetzt davon ausgehen, dass er mich nach Hause bringt, um im Anschluss in meinem Bett zu landen.« Melissa grinst breit. »Die Nummer hättest du mal besser bei Dana abgezogen.«

»Melissa, es ist keine Nummer. Es ist meine gute Kinderstube.«

»Klar«, sagt sie spöttisch. »Aber jetzt zurück zu wichtigen Themen. Möchtest du Dana zufällig wiedertreffen oder soll ich ihr sagen, dass du ihre Nummer haben willst?«

Bloß nicht noch so ein auffällig arrangiertes Treffen. Leider bin ich mir nicht sicher, ob ich Dana anrufen sollte. Denn das signalisiert eindeutiges Interesse und das wäre gelogen und damit unfair.

»Weder noch«, antworte ich.

»Ach?« Melissas Handy gibt ein leises Geräusch von sich.
Sie zuckt entschuldigend die Schultern. »Ich befürchte immer,
es ist Sarah«, sagt sie dann. »Da gucke ich lieber.«

»Kein Problem.«

Sie klingt wie eine Mutter, die ihr Kind allein zu Hause
gelassen hat. Das ist bei Sarah momentan durchaus der Fall.
Bei Chris genau genommen ebenfalls, nur dass er ein Kind ist,
das sich immer wieder heimlich am Spirituosenschrank der
Eltern zu schaffen macht.

»Es ist Dana«, quietscht Melissa. »Rat mal, was sie
schreibt.«

»Dass ich ihr Traummann bin und sie stirbt, wenn sie mich
nicht wiedersieht«, antworte ich.

Melissa mustert mich abschätzend.

»Du versteckst deine Unsicherheit hinter verdammt viel
Sarkasmus. Ist es denn so unverständlich, dass eine Frau dich
interessant findet?«

»Es war null Sarkasmus.« Unsere Bahn fährt ein und
spuckt eine Traube Menschen aus. Schnell schiebe ich mich
hinein und grüble, warum ich mich hinter betonter Coolness
verstecke. Das passt eigentlich nicht zu mir. »Okay, sag es
einfach, ich habe keine Ahnung.«

Für die Uhrzeit ist es erstaunlich voll. Es gibt kaum freie
Sitzplätze und ich ziehe es vor stehenzubleiben.

»Sie fragt, ob du schüchtern bist oder nicht interessiert.«

Weder noch. Diesmal wirklich

»Was denkst du?«, frage ich Melissa, die sich an der Stange
neben mir festhält.

»Schüchtern«, sagt sie prompt.

»Hältst du mich wirklich für schüchtern?«, will ich ungläubig wissen. Wie kommt sie auf so eine Idee?

»Na, ein Draufgänger bist du nicht.«

»Es gibt ja noch einen Mittelweg. Ich spreche eine Frau
durchaus an, wenn ich interessiert bin.« Die Bahn rumpelt um
eine Kurve und Melissa stößt gegen mich. »Aber ich mag es

genauso, mir Zeit zu lassen. Ich suche ja keine reine Bett-geschichte.«

»Vielleicht hast du einfach Schiss«, überlegt Melissa laut, als ob ich gar nicht da wäre. »Ich meine, nach Evas Ansage, hast du sicher Bedenken, es bei der nächsten Frau auch zu vergeigen. Das kann ich verstehen.«

Ich schnaube auf und sehe finster auf sie herab.

»Eva hat nur Scheiß gelabert«, knurre ich sie dann an. »Und ich führe keine Diskussion über meine Bettqualitäten mit dir.«

Eine ältere Dame schaut erwartungsvoll zu uns hinüber.

»Davon rede ich gar nicht.« Melissa ist nicht aufgefallen, dass außer uns niemand redet, sich aber einige Gesichter in unsere Richtung gedreht haben. »An dieser Sache mit den Komplimenten musst du dringend arbeiten.«

»Ich mache Komplimente.« Ich habe Eva oft genug gesagt, dass sie toll aussieht. Wie sehr mir ihr Kleid gefällt. Oder dass sie lecker gekocht hat.

»Zeig es mir.« Wir halten an und ein paar Leute steigen aus. Die neugierige Omi ist dabei.

»Und wie?«

»Mach mir Komplimente, dann kann ich beurteilen, ob du es draufhast.«

Ich bin nicht allzu scharf darauf, ihr Komplimente zu machen. Nicht, weil ich es mir nicht zutraue. Eher, weil ich befürchte, mich dabei zu verraten.

»Sam, du wirst ja wohl ein einziges Kompliment hinbe-kommen«, schimpft Melissa. »Ich bin nicht abgrundtief hässlich, irgendwas wirst du finden.«

Ich kann ihr durchaus etwas Nettes sagen, ohne mich in die Nesseln zu setzen. So ein Du-hast-schöne-Augen-Kompliment ist neutrales Gebiet.

»Du hast schöne Augen, Melissa«, sage ich brav.

»Aha.« Sie nickt wissend. »So etwas habe ich befürchtet. Kein Wunder, dass dir eine Frau nach der anderen laufen geht.«

»Mir geht nicht eine Frau nach der anderen laufen. Das war eine einzige«, motze ich sie an.

»Egal, da ist definitiv Nachhilfebedarf. Fällt dir echt nichts Kreativeres ein?«

Doch jede Menge. Ich rücke näher an sie heran. So nah, dass sich unsere Körper fast berühren und ich ihr in die Augen sehen kann. Und die sind in der Tat umwerfend.

»Ich weiß, wie abgelutscht das Kompliment ist. Aber deine Augen sind nun mal der Knaller. Ich habe noch nie einen Menschen gesehen, der so strahlende Augen hatte, mit so einem Funkeln, mit so viel Energie und Wärme. Und es sind nicht nur deine Augen. Es ist alles an dir, wie du dich bewegst, wie du redest, wie du das Leben angehst. Du hast Charisma, Melissa, du haust jeden Mann um. Kein Wunder, dass du ständig angebaggert wirst. Sexy, klug und witzig, das ist einfach eine Killerkombination.«

Scheiße, ich wusste doch, dass ich mich bei der Nummer verrate. Mein Hirn hat ausgesetzt und mein Herz übernommen. Das hätte ich mal besser nicht ausgesprochen.

Melissa ist sprachlos. Zumindest kurz.

Dann holt sie einmal tief Luft.

»Ich habe mich geirrt, Sam. Du bist doch ein gefährlicher Womanizer und ich kapiere nicht, wieso du mit der Tour nicht jede Woche zehn Frauen flachlegst.«

Ich kapiere es schon.

Weil ich kein Interesse habe.

kapitel 17

MELISSA

Im Wohnzimmer brennt Licht.

Mühsam bewege ich die Gedanken von diesen Komplimenten, mit denen Samuel mich viel zu sehr durcheinandergebracht hat, zurück zu meiner Freundin. Denn Sams Worte waren wohl kaum echt, Sarah und Sarahs Liebeskummer sind es dagegen umso mehr. »Sieh mal, Sam, Sarah ist noch wach. Ist das ein gutes oder ein schlechtes Zeichen?«

»Ein neutrales, denke ich.«

»Ich mache mir aber Sorgen.« Wenn es um Sarah geht, mache ich mir aktuell ununterbrochen Sorgen. Sie weigert sich nach wie vor, das Haus zu verlassen, und hängt im Gammellook im Bett oder vor der Glotze rum.

»Unser Sarah-und-Chris-Revival-Plan macht keine Fortschritte«, stellt Samuel frustriert fest und betritt mit mir zusammen das Haus. »Obwohl ich echt dauernd drüber nachdenke.«

»Wir machen das eh unprofessionell.« Ich hatte mal einen dazu passenden Kurs. Hin und wieder ist der Unikram nützlich. »Wir müssen das gemeinsam planen. Brainstorming, da gibt es ganz tolle Methoden.«

Sam lacht mich aus.

»Schon klar, dass du dich mit sowas nicht auskennst.« Ich lehne mich an unsere Wohnungstür und sehe ihn spöttisch an. »Der spießige IT-Nerd halt. Du kennst nur Bits und Bytes, schwarz und weiß, eins oder null.«

»Ich bin Berater, ich kann auch …« Schnell halte ich ihm den Mund zu.

»Wir kümmern uns jetzt erst mal um Sarah. Und dann treffen wir uns morgen und gehen das Problem professionell an. Wann hast du Feierabend?«

»Dann, wenn ich Feierabend mache. Ich bin flexibel. Das bringt mein spießiger Job mit sich«, zickt er und ich ziehe es vor, ihn zu ignorieren. Stattdessen schließe ich die Tür auf und lausche in den Flur. Aus dem Wohnzimmer sind Stimmen zu hören und im ersten Moment freue ich mich tierisch. Sarah hat Besuch. Soziale Kontakte. Ein riesiger Schritt aus der selbstgewählten depressiven Isolation heraus.

»Wie konntest du mir das antun?«, brüllt eine Männerstimme. »Ich habe dir vertraut, mein Leben hätte ich für dich gegeben.«

Ja, es ist dann doch nur der Fernseher.

Meine Jacke landet schräg an der Garderobe, meine Schuhe schief neben der Tür. Samuel dagegen hängt seine Jacke ordentlich über einen Bügel.

»Weißt du, wie unsexy dein Ordnungsfimmel ist?«

»Weißt du, wie viel Zeit ich spare, weil ich nie aufräumen muss? Zeit, die ich dann für Sex habe«, antwortet er. Sein Mundwinkel zuckt, er scheint, ein Lachen zu unterdrücken.

»Hoffen wir mal, dass Dana das auch so sieht. Sonst läuft da nie was.« Mit hochgereckter Nase marschiere ich ins Wohnzimmer. Sarah sitzt unter drei Decken auf dem Sofa und starrt verquollen auf den Bildschirm.

»Schon wieder so ein dramatischer Scheiß?« Echt, ich habe keine Ahnung, wie sie sich diesen Mist ansehen kann. Es ist einfach nur kontraproduktiv.

»Der ultimative Beweis, dass Liebe auf Dauer nicht funktioniert«, murmelt sie.

»Der ultimative Beweis, dass es wirklich miserable Serien gibt. Und grottenschlechte Schauspieler.«

»Und billige Settings mit mieser Kameraführung.« Samuel setzt sich neben Sarah auf das Sofa und schaut fassungslos auf den Bildschirm.

»Sieh an, wir können einer Meinung sein«, stelle ich erstaunt fest.

»Natürlich seid ihr einer Meinung. Ihr seid ja auch verliebt«, murrt Sarah. »Lasst euch von mir dabei nicht stören.«

Sam und ich wechseln stumme Blicke. Dann nickt er mir zu.

»Wir sind nicht verliebt«, kläre ich sie auf.

»Das ist nicht nötig, Melissa. Auch wenn man es mir nicht anmerkt, freue ich mich für dich, und deine Rücksichtnahme ist unangebracht. Sammi ist toll. Er hat nur einen miesen Freundegeschmack.« Das sehe ich anders. An Chris ist nichts auszusetzen, bis auf seinen aktuellen Alkoholkonsum und seine Aversion gegen Reinigungsmittel und Seife. Ich übernehme Sarahs andere Seite und setze mich quer in den Schneidersitz. So kann ich locker über Sarah hinweggucken und habe alle beide im Auge.

»Sammi ist nicht toll«, widerspreche ich vehement und besagter Sammi schaut mich mit hochgezogenen Augenbrauen an. »Na, meinetwegen«, relativiere ich dann. Wir sind ja nicht mehr auf Kriegsfuß. Manchmal vermisse ich es ein wenig. »Er ist möglicherweise für andere Frauen toll. Aber ...«

Sarah wirft mir eine Decke an den Kopf und eine Weile bin ich damit beschäftigt, mich daraus zu befreien.

»Sammi ist ein Traummann.« Sarah nutzt die Ablenkung, um sich in die Sammi-ist-toll-Rede hineinzusteigern. »Er ist attraktiv, freundlich und witzig. Er hat einen richtigen Job, sogar einen mit Zukunft und er ist in der Lage, dir Widerworte zu geben und dich im Griff zu haben, Meli.«

Der Traummann lehnt sich geschmeichelt zurück und hat einen provozierend selbstgefälligen Gesichtsausdruck aufgesetzt.

»Wenn du ihn so toll findest, kannst du ihn haben«, gebe ich zurück. »Ich wollte ihn zwar eigentlich mit Dana verkuppeln, aber bitte.«

Sarah fixiert mich jetzt. Dann dreht sie den Ton ihrer Billigsoap ab und verschränkt die Arme vor ihrem Körper.

»Sam, du erinnerst dich doch noch daran, was ich dir über Meli erzählt habe?«, fragt sie.

»Klar«, sagt er grinsend. »Ich habe mich viel zu sehr amüsiert, um das jemals vergessen zu können.«

Ich schnappe empört nach Luft, denn das klingt, als wäre mir meine beste Freundin in den Rücken gefallen.

»Das war jetzt nicht Sinn der Sache.« Sarah seufzt unüberhörbar. »Sinn der Sache war, dass du verstehst, wie Meli tickt. Damit du dich nicht so leicht vergraulen lässt. Sie hat schon Unmengen von Männern verschlissen und ich denke wirklich, du bist perfekt für sie und solltest bleiben.«

»Das stimmt nicht«, protestiere ich laut. Auf den unqualifizierten Kommentar, wie perfekt Sam ist, gehe ich gar nicht ein. »Ich kann meine Exfreunde durchaus abzählen, während du längst den Überblick verloren hast.«

»Wie viele sind es?«, fragt Sam und rutscht ein kleines Stück näher.

»So ungefähr ... äh, was geht dich das überhaupt an?«

»Ich wollte nur kontrollieren, ob du es wirklich abzählen kannst«, sagt er und lacht mich aus. »Eindeutig, dass es nicht der Fall ist.«

»Während der Schulzeit war ich mit Dani und Juli zusammen.« Ich halte zwei Finger in die Höhe. »Und seit wir hier wohnen ...«

»Du hast Henning vergessen. Und Patrick. Das war auch während der Schulzeit«, wirft Sarah ein. Ein winzig kleines Lächeln schiebt sich in ihr Gesicht. Wenn es nicht ausgerechnet um meine Exfreunde gehen würde, könnte ich mich glatt drüber freuen.

»Ich habe sie nicht vergessen. Sie zählen nur nicht.«

»Weil?« Sam schlüpft aus seinen Schuhen und macht es sich ebenfalls bequemer, indem er die Füße hochlegt.

»Weil sie eben …« Wild fuchtle ich mit den Händen in der Luft.

Sarah unterbricht mich laut lachend.

»Weil du nicht mit ihnen im Bett warst.«

Das auch. Und weil ich zu jung war. Und es Ausprobier-Freunde waren. Irgendwie muss man ja küssen lernen, bevor man sich an die coolen Jungs wagt. Obwohl ich zugeben muss, dass ich bei Henning nur gelernt habe, dass ich schlabberige Küsse nicht mag. Und Patrick hat zu schnell versucht, seine Hand unter mein Oberteil zu schieben und sich eine Ohrfeige von mir eingehandelt. Was selbstverständlich eine wichtige Erfahrung war.

»Dann wären wir also bei vier.« Samuel hält vier Finger in die Höhe. »Noch sechs dazu und ich bin an meinem Limit angelangt.«

»Weil du nicht mit großen Zahlen parat kommst. Ich war ganz gut in Mathe.« Dann wende ich mich an Sarah. »Und du solltest zu mir halten. Und beachten, dass du viel mehr Männer hattest als ich.«

»Aber ich wollte nie auf immer und ewig mit denen zusammen sein. Das ist der Unterschied.«

»Warum nicht?« Sam scheint verwirrt. »Es gibt doch nichts Schöneres, als sein Leben mit genau einem Menschen zu verbringen. Warum willst du das nicht?«

»Ich dachte, ich wollte es. Mit Chris. Aber ich habe mich in ihm getäuscht. Und jetzt werde ich nie wieder auf einen Mann hereinfallen. Und nun, Themenwechsel. Oder du fliegst raus.«

Sam kneift unwillig die Augen zusammen.

»Dann riskiere ich, nicht zu erfahren, was es jetzt mit Meli und den Männern auf sich hat«, sagt er langsam. »Ich bin daher bereit, mich auf deine Bedingung einzulassen.«

»Ah, du willst doch Beziehungstipps. Also …«

»Moment«, falle ich ihr ins Wort. »Erstens will er keine Beziehungstipps, die mich betreffen, und zweitens frage ich mich langsam wirklich, was du Sam hinter meinem Rücken erzählt hast.«

»Das wollte ich doch gerade noch mal aufzählen und erläutern. Damit es nicht hinter deinem Rücken ist.«

Ziemlich unzufrieden mit der Gesamtsituation verschränke ich die Arme und lehne mich nach vorne. »Also bitte.«

»Melissa behauptet zwar, dass sie einen festen Freund haben will und auch bitte für lange und am besten für immer. So wie es bei ihren Eltern ist. Aber dann stellt sie nach kurzer Zeit fest, dass der aktuelle Mann doch nicht ihren Erwartungen entspricht.«

»Das ist völliger Quatsch. Phil hat mich sitzenlassen. Und Holger hat ebenfalls mit mir Schluss gemacht, obwohl ich ihn wirklich toll fand.« Und bei den Männern davor war es genauso. Ich bin nicht diejenige, die die Beziehung beendet, es sind fast immer die Männer.

»Aber das liegt ja nur daran, dass du sie dazu bringst, weil du nicht selbst Schluss machen willst. Du willst lieber das Opfer sein, als die Böse, die jemanden absägt.«

Samuel ist regelrecht fasziniert. Dabei ist es absoluter Blödsinn, den Sarah da behauptet.

»Und deshalb soll ich mich bloß nicht provozieren lassen?«, fragt er. »Weil sie ununterbrochen austestet, wie weit sie gehen kann. Was ich mit mir machen lasse? Um zu prüfen, ob ich es wirklich ernst mit ihr meine?«

»Du hast es kapiert. Endlich mal ein schlauer Mann.«

»Hast du das etwa Anderen auch so erzählt?« Fassungslos pikse ich Sarah meinen Zeigefinger gegen den Arm.

»Nee, die meisten waren hübsche Vollpfosten. Die hast du nur aufgerissen, weil du sicher warst, dass sie dich bald betrügen. Ich habe das nur mit Holger so besprochen, aber der hat es nicht verstanden.«

Holger war verdammt hübsch. Und er hat nach zwei Monaten das Weite gesucht. Offensichtlich, dass er nicht für was Festes taugte.

»Warum musst du testen, ob die Männer es wirklich ernst meinen? Das Risiko, dass es nicht auf Dauer hält, gibt es doch immer. Für jeden.«

»Das hat was mit ihren Eltern zu tun.« Sarah wendet sich jetzt komplett Samuel zu. Dann erzählt sie, wie bei meiner Mutter Krebs diagnostiziert wurde. Wie sie fast gestorben wäre. Und wie aufopferungsvoll mein Vater sich um sie gekümmert hat. Die ganze Geschichte, die ich nie erzählen kann, ohne dabei heulend zusammenzubrechen. Ich habe die Angst, die ich um meine Mutter hatte, nie ganz überwunden. Obwohl sie schon seit Jahren als geheilt gilt. »Und deshalb muss Meli sich hundertprozentig sicher sein, dass der Mann dasselbe für sie tun würde.«

Das ist selbstverständlich Quatsch.

»Ich plane keine Krebserkrankung«, sage ich nachdrücklich. Leider krächzt meine Stimme und ich muss mich räuspern, ehe ich so sicher und genervt klinge, wie es nötig ist. »Und ich teste ebenso wenig Männer. Die gehen eben laufen, sobald ich nicht ununterbrochen mit den Augen klimpere und ›Ja und Amen‹ und ›du bist so toll‹ zu allem sage.«

»Wie testest du denn?«

Samuel hat mir nicht zugehört. Oder jedes Wort falsch interpretiert. Typisch.

»Mache ich nicht, verdammt noch mal.« Endlich klingt meine Stimme so wie gewohnt. »Sarah erzählt Mumpitz. Ich habe einfach immer nur das Pech, an die Falschen zu geraten.«

»Diesmal bist du an den Richtigen geraten. Das versuche ich dir doch die ganze Zeit klarzumachen«, sagt Sarah augenrollend.

»Du suchst dir nur immer die gut aussehenden Hohlbirnen aus.« Sam denkt nach wie vor, er kann mich beurteilen, obwohl er nur Phil erlebt hat und sonst nichts von mir weiß. »Versuch es doch mal mit einem echten Mann, bei dem auch was dahinter ist.«

»Mit dir etwa, oder was?«, pampe ich ihn an und lache laut los. Dann drehe ich Sarahs Gesicht zu mir und fasse sie mit ernster Miene ins Auge. »Sam und ich, wir sind nicht zusammen. Und wir waren auch nie zusammen. Keine einzige Sekunde, Sarah.«

»Ich habe gesehen, wie ihr euch geküsst habt«, triumphiert sie.

»Haben wir nicht.«

»Ich war genau daneben und ich bin nicht blind.« Ich kann mich durchaus an diese Situation erinnern, Sam und ich hatten gerade erst Frieden geschlossen und mussten schon auf der Stelle einen Kuss vortäuschen.

»Das war Fake.«

Sarah lacht ungläubig auf.

»Ich habe mir das sehr genau angeschaut, das war Leidenschaft pur.«

»Dann sollte Samuel Schauspieler werden. Unsere Lippen haben sich nicht berührt und werden sich nie berühren. Du hast nur Sammis Rücken gesehen.«

»Und die erste Nacht?«, fragt sie ungläubig.

»War Fake.« Unauffällig wandert mein Blick zu Samuel, der mich unentspannt mustert. Er will wohl kaum, dass ich von seinen Erektionsproblemen erzähle, dabei würde ich so gerne. Denn dann muss sogar Sarah begreifen, dass da nie etwas zwischen uns sein wird. »Alles nur vorgetäuscht, wir mussten uns beide trösten.«

Sarah windet ihr Gesicht aus meinem Griff und dreht sich zu Sam.

»Was sagst du dazu?«

»Alles nur Fake«, stimmt er mir zu.

»Du stehst nicht auf Melissa? Kein Stück?«, fragt sie absolut ungläubig. Eventuell muss ich doch von dieser Nacht erzählen, um sie zu überzeugen.

»Melissa und ich streiten ununterbrochen«, beteuert er und verwundert reibe ich mir übers Gesicht. Warum sagt er nicht klipp und klar, er steht nicht auf mich?

»Das zeugt doch von Leidenschaft.« Sarah schaut hoffnungsvoll zwischen Sam und mir hin und her. Warum will sie denn unbedingt, dass wir zusammen sind?

»Das zeugt von Disharmonie«, wende ich energisch ein. »Und davon, dass wir wie Tag und Nacht sind, wie Hund und Katze, wie …«

Weitere Vergleiche fallen mir aktuell nicht ein.

»Und du willst ihn wirklich mit Dana verkuppeln?« Sarah dreht sich wieder in meine Richtung und zieht, für Sam nicht sichtbar, verwirrte Grimassen.

»Warum nicht?«

»Ich finde, sie passen nicht.«

»Ich habe eben live gesehen, dass sie ausgezeichnet passen. Sie haben aneinandergeklebt wie zwei Zuckerwatten, die sich zu nahe gekommen sind.«

»Ach? Peer hat behauptet, Dana küsst langweilig.«

»Na, geküsst haben sie sich nicht.« Ich kichere leise. »Keine Ahnung, ob Sammi zu schüchtern ist oder was das Problem war. Sie haben nicht einmal Telefonnummern getauscht. Den unter die Haube zu bringen ist echt harte Arbeit.«

»Ich kann euch hören«, wendet Samuel in Sarahs Rücken ein. »Und ich muss nicht verkuppelt werden, bisher habe ich das immer prima allein hinbekommen.«

»Diesmal aber nicht.« Ich muss um Sarah herumschauen, um Sam die Zunge herausstrecken zu können.

»Wie kommst du denn ausgerechnet auf Dana?«, fragt Sarah weiter. »Mir wären da eher ein paar andere Frauen in den Sinn gekommen.«

»Wer?«, wundere ich mich. »Ich finde, Dana passt.«

»Sie ist streberhaft, fast schon langweilig.«

»Genau deshalb. Genau wie Sam.«

Sam schnaubt im Hintergrund.

»Was ist mit Antonia?«, überlegt Sarah laut. Das Gespräch tut ihr eindeutig gut. »Die hat etwas mehr Pfeffer im Arsch.«

»Glaubst du, Pfeffer im Arsch ist das Richtige für Sam?«

Samuel steht wortlos auf und geht in die Küche. »Außerdem habe ich bei Antonia nicht die Gewissheit, dass sie eine langfristige Beziehung sucht. Die ist schon sprunghaft.«

»Stimmt auch wieder. In der Hinsicht ist Dana perfekt.«

Sam kommt mit einer Flasche Wasser zurück und drei Gläsern.

»Scheint ja noch länger zu dauern bei euch.« Er stellt alles auf den Tisch und füllt die Gläser.

Sarah schaut mich an und zieht eine anerkennende Miene. Aufmerksam ist Samuel durchaus.

»Und ganz wichtig ist« Ich mache eine dramatische Pause »Dana ist echt hübsch. Viel hübscher als Antonia. Oder etwa nicht?«, frage ich Sam.

»Ich kenne doch Antonia nicht, wie soll ich da vergleichen.«

»Mann, Sam«, schimpfe ich. »Du sollst nicht vergleichen. Du sollst sagen, dass du Dana attraktiv findest.«

»Ich finde Dana attraktiv«, antwortet er wie gefordert, aber zufrieden stellt er mich damit nicht.

»Mit ein bisschen mehr Leidenschaft bitte.«

Sarah kichert leise.

»Da für mich nicht das Aussehen einer Frau das Hauptkriterium bei der Partnerwahl ist, wirst du an der Stelle keine Leidenschaft von mir bekommen.«

Jetzt lacht Sarah laut.

»Tja, Leidenschaft scheint ja ein allgemeines Problem bei dir zu sein«, zicke ich. Und die pompöse Ausdrucksart, die er manchmal an den Tag legt, auch. Sam sieht mich wieder so herrlich angepisst an. Klar, wir stehen nicht mehr auf Kriegsfuß. Klar, ich sollte nett zu ihm sein. Aber ununterbrochen nett, wenn ich diese tollen Gesichtsausdrücke aus ihm herauskitzeln kann, das geht einfach nicht.

»Ich könnte dir ja das Gegenteil demonstrieren«, knurrt er mich an. Ja, diese Stimme so zu hören, ist jede Boshaftigkeit wert. »Aber wir sind ja nur Freunde.«

»Irgendwie muntert mich dieses Gespräch tatsächlich auf. Ihr beide solltet gemeinsame Therapiestunden anbieten, es ist echt lustig mit euch.« Momentan bin ich bereit, alles dafür zu tun, Sarah aufzumuntern. Sogar mich mit Sam als Comedy-Duo anzubieten.

»Genau. Und wo wir jetzt beim Thema sind: Chris hat …«

»Stop« Sarah hält sich die Ohren zu und ich lasse entmutigt die Schultern sinken. Ich dachte wirklich, ich hätte sie soweit.

»Sollte Sarah nicht wissen, dass Chris drogenabhängig geworden ist?« Egal, wie sehr man sich die Ohren zuhält, wenn die anderen laut genug reden, hört man trotzdem jedes Wort. Und ich kann sehr laut reden. »Schließlich ist sie der Auslöser für die Sucht.«

Okay, man könnte es übertrieben nennen, aber alles in allem ist Alkohol eine Droge, egal, wie akzeptiert sie in unserer Gesellschaft ist. Ich bemerke erfreut, dass Sarah verunsichert zusammenzuckt und sich die Finger tiefer in die Ohren steckt.

»Ja, ich sehe ihn auch schon als obdachlosen Penner enden«, springt Sam mir bei. Auf den Kopf gefallen ist er nicht. »Aber sie kann ja nicht nur aus Mitleid mit ihm zusammen sein.«

»Nee, das kann sie nicht. Und wenn sie fertig mit ihm ist, dann ist das nicht zu ändern. Aus Mitleid kann keine Liebe entstehen.«

»Wenn das so wäre, dann wäre ich ja Chris neuer Partner. Ich habe mehr Mitleid, als ich für möglich gehalten hätte.«

Ich kichere ein wenig. Dann brülle ich begeistert weiter.

»Dabei wärt ihr so ein schönes Paar und ich könnte mir die

Arbeit mit Dana sparen.« Jetzt stoße ich Sarah an und schreie genau in ihr Ohr. »Chris küsst doch gut, oder? Da kann Sam noch was lernen.«

»Sam braucht nichts lernen«, knurrt mein Opfer mich an und ich genieße hemmungslos den Klang seiner angepissten Stimme.

kapitel 18

SAMUEL

»Das war unendlich peinlich«, beschwere ich mich bei Melissa. »Ich musste mir eine halbe Stunde lang anhören, wie man mich bloß an den Mann bringen könnte.«

»An die Frau«, korrigiert Melissa. »Es hat Sarah aufgeheitert. Hast du doch selbst gehört.«

»Darum ging es also?« Ich lasse mich mal wieder auf ihr Bett sinken, lege die Arme über Kreuz auf den Oberschenkeln ab und mustere sie finster. »Ich war Unterhaltungsprogramm. Eine Comedyshow?«

»So in etwa.« Melissa holt ihren Schlafanzug aus dem Schrank. Diesen irre warmen, in dem ich niemals schlafen könnte. In dem sie aussieht wie ein kleines Kind, das im Kuschelmodus ist und um das man sich sorgen möchte. Mir ist schleierhaft, wieso das trotzdem sexy auf mich wirkt. »Aber nicht nur du. Ich doch genauso.«

Sie gähnt laut.

»Willst du hier schlafen? Dann können wir im Bett brainstormen.«

»Wow, Melissa, so ein tolles Angebot hat mir noch keine Frau gemacht. Wie kann ich da widerstehen.«

Sie grinst nur und verschwindet im Bad, um sich umzuziehen. Ich lasse mich zurücksinken und schließe die Augen. Es ist spät und ich bezweifle, jetzt noch sinnvoll Pläne für die Sarah-Chris-Problematik schmieden zu können.

»Bist du etwa schon eingeschlafen?«, werde ich kurz darauf aus dem Halbschlaf gerissen. Melissa rüttelt mich an der Schulter. »Dass du hier schläfst, bedeutet nicht, in Klamotten und mit ungeputzten Zähnen quer in meinem Bett zu liegen. Erstens ist so kein Platz für mich und zweitens wollten wir vorher brainstormen.«

Sie hat sich da in eine Idee verrannt. Ich wollte nie brainstormen. Widerwillig rutsche ich so zur Seite, dass Platz frei wird, und schließe wieder die Augen. Das Licht ist verdammt hell.

»Willst du dich nicht erst bettfertig machen?«

Melissa ist erschreckend munter. Wenn ich ehrlich bin, dann möchte ich momentan gar nichts. Außer schlafen.

»Sam, ich werde nicht zulassen, dass du mit ungeputzten Zähnen schläfst. Und in Klamotten. Soll ich dich etwa eigenhändig ausziehen?« Bei ihren Worten werde ich wieder munterer. In der Tat hätte ich überhaupt nichts dagegen, von diesem Mädchen ausgezogen zu werden. Wenn sie nur wenigstens ein kleines bisschen auf mich stehen würde. Mühsam richte ich mich auf.

»Ist ja schon gut.«

Ich schleppe mich ins Bad, wasche das Gesicht und betrachte frustriert mein Spiegelbild. Wenn ich klug wäre, würde ich jetzt nämlich nach Hause fahren und mich nie wieder auf Melissa einlassen. Leider bin ich nicht klug genug. Oder diszipliniert, wie man es nimmt. Stattdessen lasse ich es erneut zu, die Nacht in ihrem Bett zu verbringen. Obwohl nichts zwischen uns laufen wird. Und ich das verdammt gerne hätte.

Ich habe mich den Abend über aufrichtig bemüht, Interesse für Dana zu entwickeln. Sich in eine andere Frau zu verlieben, wäre die ideale Lösung. Ich bin nur niemand, der sich schnell verliebt. Noch dazu, wenn mir nur ein einziges Mädchen im Kopf herumspukt.

Meine Zahnbürste steht wie gehabt vor dem Spiegel. Kein Wunder, dass Sarah dachte, Meli und ich sind zusammen. Ich benutze Melissas Zahnpasta und lasse mir Zeit.

Als ich zurück ins Zimmer komme, liegt Melissa im Bett, die Hände hinter dem Kopf verschränkt und die Stirn nachdenklich gerunzelt.

»Ach, du hast schon mit dem Brainstorming angefangen. Gibt es eine Lösung?« Sie sieht verlockend aus. Die Haare verteilen sich über dem Kopfkissen und ich habe auf der Stelle das Bild im Gedächtnis, wie sie nackt unter der Decke lag. Keine gute Idee, solche Gedanken zuzulassen.

»Weißt du überhaupt, was Brainstorming ist?«, fragt sie misstrauisch.

»Klar, ein hochtrabendes Wort für gemeinsames Nachdenken. Damit es nach mehr klingt. Das ist doch aktuell der Trend. Allem pompöse Namen zu geben, obwohl sich nichts anderes als früher dahinter versteckt.«

»Wie ich es mir dachte, du hast keine Ahnung«, stellt sie zufrieden fest. Dann setzt sie sich auf und präsentiert mir einen Block und einen Stift. Der Block ist in zarten Rosatönen gehalten, so typischer Mädchen-Design-Kram. Ich zeige drauf.

»Das perfekte Werkzeug. Es sieht aus, als stünde die Lösung schon drin.« Melissa ignoriert meinen Einwand und ich stelle mal wieder fest, wie unbeirrbar sie sein kann, wenn sie sich etwas in den Kopf gesetzt hat.

»Wir werden jetzt eine Viertelstunde lang Ideen sammeln. Und dabei gilt, sie dürfen absolut unsinnig sein. In dieser Phase wird einfach alles wertfrei aufgeschrieben, ohne Kritik, ohne Hemmungen. Den Verstand schalten wir erst im Anschluss wieder ein.« So etwas habe ich noch nie gemacht. Passt auch nicht zu meinem Job. Da zählen nur Lösungen, die man umsetzen kann, und ganz sicher nicht, einfach mal den Verstand für eine Weile ausschalten.

»Und welchen Sinn soll das haben?«

Ich ziehe Hose und Socken aus und frage mich, weshalb Melissa mich mal wieder so genau im Auge hat. Man starrt doch keinen Typen beim Ausziehen an, den man absolut unerotisch findet. Ich würde das auf jeden Fall nicht machen.

»So entwickelt sich Kreativität.«

»Sollen wir Chris und Sarah mit Origami zusammenbringen? Einfach fest zusammenknüpfen? Oder bei einem fantasievollen Bastelnachmittag? Oder mit einem Gedicht?«

Ich kontrolliere das Fenster, aber es ist wie erwartet geschlossen. Melissa ist eine Frostbeule, sie wird es mich nicht öffnen lassen. Wohl oder übel ziehe ich den Pulli aus.

»Ha ha, sehr witzig. Ich beginne einfach mal, vielleicht kapierst du es dann.« Sie dreht den Stift in der Hand, schaut angestrengt zur Wand und notiert etwas. »Wir können sie zufällig aufeinandertreffen lassen. Ich denke, spätestens am Wochenende kann ich Sarah aus dem Haus locken. In einen Supermarkt zum Beispiel. Und du machst dasselbe mit Chris. Die beiden sehen sich und ... bäm! Alles wieder auf Anfang.«

»Nicht sehr glaubwürdig, da es keinen Supermarkt gibt, der in unser beider Nähe ist«, wende ich ein und nehme meine Betthälfte ein. »Außerdem ...«

Melissa beugt sich rüber und hält mir den Mund zu.

»Du hast mir nicht zugehört. Keine Kritik, keine Einwände. Wir sammeln aktuell nur. Und es ist sinnvoll, das, was ich biete, weiterzuspinnen. Mach also einfach andere Vorschläge, wo die beiden aufeinandertreffen können. Ich notiere alles, egal, wie abwegig es ist.«

Ja, klar. Ich verdrehe die Augen.

»Im Zoo«, sage ich dann, obwohl ich weiß, dass Chris da seit Jahren nicht mehr war. Aber irgendwie muss Melissa ja kapieren, wie schwachsinnig dieses Brainstorming ist. Wir haben Ende Oktober. »Im Freibad, bei einem Spiel vom FC, im Club oder im Puff.« Melissa notiert alles, ohne eine Miene zu verziehen. Es wird Zeit für noch dämlichere Ideen.»Chris wird Rockstar. Wenn er erst einmal reich und berühmt ist, verzeiht Sarah ihm. Er könnte ja einen Song für sie schreiben, dagegen ist doch jede Frau machtlos.«

»Ist Chris musikalischer als du?«

»Nö.« Jetzt wird sie mir um die Ohren hauen, wie schwachsinnig mein Vorschlag ist, und dann ist der Scheiß hier beendet. Und ich kann endlich schlafen. Sehnsüchtig schiele ich auf das Kopfkissen.

»Okay, vielleicht schreibt er einen Liebesbrief. Das sollte ihr Herz erweichen.«

»Das wird er nicht machen.«

»Keine Einwände, Sam. So sind die Regeln.«

»Du hattest gerade auch Einwände gegen meinen Vorschlag.«

Sie dreht mir den Block zu, so dass ich sehen kann, was sie geschrieben hat. Sie hat alles notiert. Sogar den Puff.

»Hatte ich nicht. Ich habe die Idee nur weiterentwickelt, das ist ausdrücklich erwünscht.«

»Dann nehmen wir noch einen Liebesbrief von Sarah an Chris auf die Liste«, murmelt sie und notiert eifrig weiter. »Ist ja auch egal, wer da wem schreibt. Hauptsache es passiert was.«

»Also, bei mir könnte man mit einem selbstgebackenen Kuchen landen.« Meine Mutter hat Backen immer gehasst, aber meine Oma zaubert die göttlichsten Kuchen. Echt, selbstgemachter Kuchen und ich werde weich.

»Funktioniert das auch bei Chris?«

»Der hat eine Glutenallergie.«

»Sarah wird weich, wenn ein Typ handwerklich geschickt ist. Dübel ihr ein Regal an die Wand, dann darfst du bei Sarah weiterdübeln.«

Ich lache laut auf.

»Und wie kriegt man dich rum?« Es muss doch Qualitäten

an einem Mann geben, die Melissa unwiderstehlich findet. Es kann ja nicht nur das Aussehen sein.

Melissa kichert.

»Also, gegen Dübeln habe ich auch nichts.« Okay, ich bin handwerklich nicht unbegabt. Alles, was in einer Wohnung so anfällt, erledige ich mit links. Das jetzt zu erwähnen, wäre allerdings echt plump. Ich bin mir eh nicht so sicher, welche Art von Dübeln sie meint.

»Und sonst?«

Melissa legt den Block weg und lässt sich lang auf das Bett nieder. Wir liegen nun beide auf der Seite, Gesicht an Gesicht und schauen uns an.

»Verrat es aber nicht weiter.«

»Ehrenwort.« Wem sollte ich es schon verraten? Ich will es ja für mich wissen.

»Ich stehe echt darauf, wenn ein Mann aufmerksam ist. Wenn er mir die Tür aufhält, mich vorangehen lässt und darauf achtet, was mir fehlt. Wenn er auf mich achtgibt und mich nicht im Dunkeln allein nach Hause gehen lässt.« Sie zieht die Nase kraus. Eben hat sie mich für genau die Aktion ausgelacht. Eventuell hat sie aber nur so getan. »Das soll nur niemand wissen. Es ist altmodisch. Ich bin eine emanzipierte Frau und sollte echt keinen Wert auf so was legen.«

»Wieso nicht? Gutes Benehmen einer Frau gegenüber bedeutet ja nicht, dass man ihr keine Selbstständigkeit zutraut. Es ist einfach ein Zeichen von Höflichkeit und Respekt und keines von Unterdrückung.«

»Ach, ich weiß nicht. Mir ist es peinlich, dass mir das so gefällt.« Sie dreht sich auf den Rücken und sieht mich nicht mehr an. »Außerdem sind wir vom Thema abgekommen.«

»Sind wir nicht fertig? Mir fällt eh nichts ein.«

»Wir sind vielleicht fertig mit der Ideenfindung, aber bewerten müssen wir all unsere Einfälle noch.«

»Nicht mehr heute, Melissa.« Nachdrücklich ziehe ich die Bettdecke über mich. »Heute mache ich gar nichts mehr.«

»Okay, da war was Gutes bei«, sagt Melissa zufrieden.

Da war nur Schwachsinn bei. Ich habe mich doch aufrichtig bemüht, echten Unfug beizutragen. Sie wird ja wohl nicht diese Rockstar-Sache meinen?

kapitel 19

MELISSA

Wir haben ein Doppel-Date. Ich bin mir nicht sicher, wie es dazu gekommen ist, denn eigentlich wollte ich nur Dana und Samuel zu einem Abendessen überreden. Jetzt bin ich mit von der Partie. Und Calvin ist es auch.

Erfreulicherweise ist die Verabredung in genau dem Restaurant, in das ich Phil zum Essen eingeladen hatte. In dem Eva Samuel abserviert hat. Und das ist nicht auf meinem Mist gewachsen. Samuel hat den Tisch reserviert, und beim Betreten des Lokals frage ich mich, ob der Kellner ihn erkennt. Hier wird wohl kaum jeden Tag ein Typ von seiner Freundin lauthals zur Schnecke gemacht und dann sitzen gelassen.

»Wem willst du was beweisen?«, frage ich, während ich den Raum nach Dana absuche. Das Restaurant ist voll besetzt, obwohl es neu ist, läuft es hervorragend. Ich freue mich noch mehr, endlich zu meinem Testessen zu kommen.

»Niemandem. Wieso meinst du?«

Samuel öffnet seine Jacke und sieht sich ebenfalls um. Dann fährt er sich durch die Haare. Er hat sich in Schale geworfen. Das Shirt, das er trägt, habe ich noch nie an ihm gesehen und es wirkt schicker, als die üblichen Klamotten. Unauffällig rutsche ich näher an ihn heran. Jawohl, Cool Water hat er ebenfalls benutzt.

»Du willst beweisen, dass dich die Sache mit Eva vollkommen kalt gelassen hat. Entweder mir oder dem Kellner.« Oder sich selbst.

Mittlerweile habe ich nicht nur Dana an einem der Tische entdeckt, sondern genauso unseren Kellner, der überaus eifrig zwischen den Gästen herum rennt. Er wird uns auch heute bedienen.

»Ich habe mein Essen stehengelassen, wenn du dich erinnerst. Und das will ich jetzt nachholen, ich liebe Pizza und ich liebe Pasta. Und du hast mir erzählt, wie sehr du dich darauf gefreut hattest, dieses neue Restaurant auszuprobieren. Du bist an dem Abend nicht einmal zum Bestellen gekommen, Meli. Wir haben beide Nachholbedarf.«

Hm, das klingt aufmerksam. Ist das jetzt Nettigkeit mir gegenüber oder will er selbst hier essen? Dana hat uns inzwischen bemerkt und winkt enthusiastisch.

»Wer ist der Typ, den Dana dabei hat?«

»Mein Date«, antworte ich grinsend, während ich zurückwinke und ihr andeute, dass wir kurz zur Garderobe gehen. Ich kannte Calvin bis dato nicht, aber auf den ersten Blick bin ich angenehm überrascht. »Dachtest du etwa, wir verbringen den Abend zu dritt? Mit mir als Gouvernante oder als das dritte Rad am Wagen?«

»Ich hätte dich schon nicht auflaufen lassen, egal, wie es sich zwischen Dana und mir entwickelt.« Sam ist ein wenig empört.

»Das habe ich nie behauptet. So ist es trotzdem reizvoller. Für mich. Für uns alle.«

Samuel brummt und wirft Calvin einen misstrauischen Blick zu.

»Ich wette, du sahst dich heute Abend schon allein mit zwei attraktiven Frauen. Die im besten Fall noch gleichzeitig um deine Aufmerksamkeit buhlen. Nicht mit mir.« Samuel nimmt meine Jacke und hängt sie neben seine an die Garderobe. Mir wirft er einen strafenden Blick zu.

»Kein Mann käme auf die Idee, dass es neben dir eine Andere geben könnte«, sagt er dann und wendet sich ab. Grübelnd laufe ich hinter ihm her. Was will er mir damit sagen? Hält er mich für eingebildet? Oder für selbstherrlich?

»Hi Melissa«, werde ich von Dana begrüßt, die sich erhebt und mich kurz umarmt. Dann lächelt sie verlegen Sam an und weiß nicht, wie sie es mit ihm halten soll.

»Das ist Calvin.« Sie deutet auf ihren Begleiter, der sich ebenfalls erhoben hat und mich ohne Zögern mit Küsschen links und Küsschen rechts begrüßt.

»Melissa, ich habe schon so einiges von dir gehört.«

Ja, ja, das ist keine allzu originelle Begrüßung, nicht wenn man ein arrangiertes Date hat. Trotzdem lächle ich ihn an.

»Das muss ich unbedingt genauer wissen.« Entschlossen übernehme ich den Platz neben ihm, so dass für Sam der Stuhl bei Dana frei bleibt. Mir gegenüber. So habe ich prima im Blick, was zwischen den beiden abgeht. »Aber Dana ist nett, sie erzählt immer nur Positives über Leute, daher mache ich mir keine Sorgen.«

»Was hat sie von mir erzählt?«, fragt Calvin.

Samuel hat sich zwar hingesetzt, kümmert sich aber nicht um sein eigenes Date. Er beobachtet mich und Calvin und das ist ja nun wirklich nicht Sinn des Abends.

»Überhaupt nichts«, antworte ich provokant. Das stimmt zwar nicht, aber Calvin ist der Typ Mann, dessen Ego nicht gepampert werden muss. »Das musst du schon selbst übernehmen.«

Calvin grinst.

»Das liegt daran, dass Dana zu viel über mich weiß. Deshalb musste sie schweigen.« Er rutscht näher an mich heran. »Nicht, dass du jetzt denkst, ich wäre nicht interessant.«

»Was interessant ist und was nicht, ist ja für jeden etwas

Anderes.« Lässig schnappe ich mir eine der Speisekarten, die auf dem Tisch liegen und schlage sie auf. Am liebsten würde ich alles auf einmal bestellen. »Das musst du mich schon selbst beurteilen lassen.«

»Okay.« Calvin reibt sich über das Kinn. »Lass mich überlegen.«

»Nimm dir Zeit, ich kämpfe erst einmal mit der schweren Entscheidung zwischen Pasta und Pizza. Da kann ich keine Ablenkung brauchen.«

»Wir können uns Pasta und Pizza teilen.«

Langsam sehe ich hoch.

Hier läuft was gehörig schief. Dieser Vorschlag kam nämlich nicht von Calvin, wie es angebracht gewesen wäre, sondern von Samuel. Dana sieht leicht angepisst aus und ich versuche, ihm mit den Augen zu signalisieren, dass das taktisch unklug war.

»Ich mag fast alles, du darfst also zwei Gerichte aussuchen.« Er kapiert es nicht. Grob trete ich ihm gegen das Schienbein.

»Aua.«

»Ich habe mich gerade für Gnocchi entschieden«, behaupte ich dann. Das stimmt zwar nicht, aber hoffentlich bin ich damit Samuels Aufmerksamkeit los. »Und du, Calvin, ich wette, du bist der Typ Pizza Calzone.«

»Wie kommst du darauf?«

»Man sieht halt nicht, was drin ist.« Ich drehe mich bewusst zu ihm und gebe vor, Dana und Sam gar nicht mehr zu bemerken. »Ich weiß ja genauso wenig, was in dir drin ist.«

»Na das Geheimnis kann man lüften.« Eine Weile betrachten wir uns nur. Er hat durchaus Ähnlichkeit mit Dana. Beide sind hellblond und haben faszinierend blaue Augen. Während sich bei Dana jede Haarsträhne akkurat an Ort und Stelle befindet, hat sich Calvin für betont wirres Styling entschieden. Und seine Körpersprache zeugt von mehr Selbstbewusstsein und Energie als die seiner Schwester.

»Dann leg mal los.« Lässig lehne ich mich zurück und riskiere einen halben Blick auf die Tischseite gegenüber. Beide haben sich in die Speisekarte vertieft, sprechen aber nicht miteinander. Keine Ahnung, was das Problem heute ist. In der Kneipe haben sie sich auf Anhieb verstanden und geredet ohne Ende.

»Was willst du wissen? Körperdaten? Beruflicher Werdegang? Oder Charaktereigenschaften?«

»Kommt drauf an, wofür du dich bei mir bewerben willst«, sage ich breit grinsend.

»Welche Positionen sind denn frei?« Jetzt muss ich kichern, der Typ hat definitiv mehr Humor als Dana.

»Ich bin grundsätzlich für alles offen. Wäre ja schade, wenn du dich als ausgezeichneter Masseur herausstellst und ich im Vorfeld beschließe, mich nur für Musiker zu interessieren.«

»Magst du Wein?«, höre ich Samuel Dana fragen. »In der Kneipe haben wir ja Bier getrunken, aber zu dem Essen hier würde Wein passen.«

»Ich mag Wein schon. Ich kenne mich nur nicht aus und weiß dann nie, was ich bestellen soll.« Na endlich, die beiden tauen auf. Erleichtert konzentriere ich mich wieder auf meinen Flirt, denn zu genau das hat sich die Sache zwischen Calvin und mir in Windeseile entwickelt.

»Okay, fangen wir mit den körperlichen Fähigkeiten an.« Erwartungsvoll ziehe ich die Augenbrauen hoch. Wenn ein Mann seine körperlichen Vorzüge anpreist, wird es interessant. Oder verstörend, mal sehen.

Calvin hebt seine Hände und präsentiert sie mir. »Diese Hände«, jetzt dreht er sie hin und her, »sind sehr geschickt. Und du suchst ja einen Masseur. Dana?« Er wendet sich zur Tischmitte und fixiert seine Schwester, die sich endlich vernünftig mit Sam unterhält. Zwar nur über die Weinkarte, aber immerhin. Missmutig unterdrücke ich mein Seufzen. »Dana, bin ich ein guter Masseur?«

191

»Bei mir hast du dir nie wirklich Mühe gegeben.« Dana legt erleichtert die Karte weg und wendet sich uns zu. Tja, entspannt lief das da drüben eher nicht. Wird es auch nicht, wenn wir den beiden immer wieder die Möglichkeit bieten, sich ablenken zu lassen.

»Doch, habe ich«, beschwert Calvin sich.

»Dann bist du ein schlechter Masseur.«

»Hast du dich deshalb von ihm getrennt?«, mischt Samuel sich ein.

»Wieso habe ich mich von ihm getrennt?« Dana ist etwas perplex und mir fällt auf, dass ich Sam nie gesagt habe, wie das Verhältnis zwischen Dana und Calvin ist. Leise kichere ich.

»Ich dachte, weil …« Samuel wirft mir einen fragenden Blick zu. »Ich dachte gerade, er ist dein Ex. Von einem guten Freund lässt man sich doch nicht massieren.«

»Von einem Bruder aber schon.«

»Ach so.« Samuel ist die Erleichterung deutlich anzusehen. »Er ist dein Bruder. Hätte man mir ja mal sagen können.« Ich fange mir den nächsten unzufriedenen Blick ein.

»Genau, und ich bin hier, um ein Auge auf meine kleine Schwester zu haben.« Calvin fixiert Samuel. »Die ist schon auf ein paar miese Typen reingefallen. Und ich werde dafür sorgen, dass das nicht noch mal passiert.«

Dana schaut irritiert zwischen Calvin und Sam hin und her.

»Dann sollte ich mich besser mit dir unterhalten und nicht mit Dana.«, stellt Sam fest und seine Stimme bekommt wieder diesen angepissten Unterton, auf den ich so stehe. »Wenn du die Entscheidung triffst, wer der Richtige für deine Schwester ist.«

»Ich bin sehr wohl in der Lage, auf mich aufzupassen«, mischt sich Dana ein. Leider. Ich fand den laufenden Dialog so unterhaltsam.

»Ich …« Calvin beugt sich leicht über den Tisch.

»Stop.« Dana hebt die Hand. »Halt dich raus, Calvin. Du

bist hier, um Melissa kennenzulernen, aus keinem anderen Grund.«

»Möglicherweise möchte er sich wie eine Anstandsdame zwischen uns setzen?« Seit Samuel den Eindruck hat, von Calvin beurteilt zu werden, ist er viel interessierter an Dana. Er rutscht demonstrativ näher an sie heran. Eine Information, die ich mir merken werde.

»Das reicht einfach, Calvin. Kümmre dich um deinen eigenen Scheiß oder Samuel und ich setzen uns an einen anderen Tisch. Wenn es sein muss, wechseln wir auch das Restaurant.«

Die beiden funkeln sich wütend an. So lebendig und straight habe ich Dana noch nie erlebt. Ihr Bruder kitzelt ungeahnte Energien aus ihr heraus und ich schätze, die zwei haben früher häufiger gestritten. Ich lege mein Kinn auf einer Hand ab und genieße das Schauspiel, das für mich als Einzelkind nicht so recht nachvollziehbar ist.

Calvin gibt leider zu schnell klein bei. Er wendet sich demonstrativ wieder mir zu.

»Wo waren wir stehengeblieben?«

»Bei deinen nicht ausreichenden Fähigkeiten als Masseur. Ich hoffe, du hast andere Qualitäten.«

Samuel gegenüber schnaubt und dreht sich dann zu Dana. Nicht ohne mit einem Blick auf mich zu kontrollieren, dass ich es bemerke.

»Dann haben wir uns nicht nur beide für Risotto Funghi entschieden, sondern auch für einen Weißwein«, stellt er fest.

Na meinetwegen. Ich bleibe heute bei Wasser, denn ich muss mir keinen Mut antrinken.

»Ich bin ein ausgezeichneter Handballer.« Ich betrachte Calvins Hände, die echt groß sind. Für Handball definitiv geeignet.

»Was habe ich davon?«, frage ich trotzdem. »Ich möchte ja nicht durch die Gegend geworfen werden.«

»Was möchtest du denn?«

Calvins Augen wandern langsam von meinem Gesicht abwärts. Er wird ja wohl nicht meine Brüste mit Handbällen vergleichen? Ehe es unangenehm wird, schaut er wieder hoch und zwinkert mir zu.

»Wie gesagt, ich mache es vom Können meines Gegenübers ab.«

»Habt ihr gewählt?« Der Kellner steht am Tisch und zückt erwartungsvoll sein Handheld. Seine Augen bleiben an Samuel hängen.

Der zuckt nicht mit der Wimper, obwohl er es bemerkt haben muss.

»Zweimal Risotto Funghi und zweimal Weißwein«, entscheidet er. Dana lächelt erfreut, sie steht also auf Männer, die Initiative zeigen. Calvin bestellt für sich eine Pizza und ein großes Bier. Dann sieht er entschuldigend mich an.

»Ich habe eben nicht aufgepasst, was du dir ausgesucht hattest.«

»Kein Problem, ich bin schon groß.« Ich denke, der Kellner hat mich ebenfalls erkannt, er schaut ein wenig zwischen Sam und mir hin und her und grinst dann verhalten.

»Sie möchte Gnocchi Gamberetti«, mischt Sam sich ein und wirft einen triumphierenden Blick auf Calvin. Wollte ich, aber jetzt zwingt er mich dazu, mich umzuentscheiden.

»Nein«, sage ich. »Ich nehme eine Pizza. Mit Meeresfrüchten, bitte. Und ein Wasser.«

Calvin feixt in Sams Richtung und der Kellner grinst noch breiter, bevor er abzieht. Kann Samuel sich nicht auf sein eigenes Date konzentrieren? Ich habe keine Lust, mich wochenlang abzustrampeln, um ihn zu verkuppeln.

»Die Pizzen hier sind riesig«, schwärmt Calvin. »Die sind so groß, dass sie nicht auf den Teller passen. Deshalb haben sie die Papierunterlagen an jedem Platz.«

»Ich weiß. Darum habe ich ja Pizza genommen. Hast du hier schon gegessen?«

»Ein paar Mal. Du nicht?«

Jetzt wandert mein Blick zu Sam, ohne dass ich es verhindern kann. Der hat sich endlich in ein Gespräch mit Dana vertieft, in dem Dana erzählt, wie super sie unseren Studiengang findet. Wenigstens einer, der mit seinem Fach zufrieden ist, denn Sarah und ich sind es beide nicht.

»Nein, leider nicht.« So ist es nicht gelogen, gegessen habe ich ja nichts. Ich werde mich hüten, Calvin von dem Abend zu berichten, an dem Sam und ich uns kennengelernt haben, denn ich befürchte, Calvin würde diese Info gegen Sam verwenden. »Umso erfreuter bin ich, endlich hier zu sein.«

»Ich bin auch sehr erfreut. Dana hat zwar gesagt, dass du attraktiv bist, aber sie ist dir nicht ansatzweise gerecht geworden.«

»So so.« Ich ziehe die Augenbrauen hoch. Von einem Kompliment erwarte ich mehr. »Sonst hat sie nichts gesagt? Sie hat sich nur auf mein Äußeres konzentriert?«

Calvin lächelt.

»Die meisten Frauen mögen das. Wenn sie so gut aussehen, dass ein Mann nichts Anderes mehr wahrnimmt.«

»Ich bin aber nicht die meisten Frauen.« Das stimmt sogar. Klar, ich höre gerne Komplimente, möglichst kreative Komplimente, solange sie aufrichtig gemeint sind. In Calvins Fall sind sie allerdings Mittel zum Zweck und deshalb nichts, was mich vom Hocker reißt. Außerdem lege ich Wert darauf, mehr zu bieten als nur Optik. Ich habe nämlich Charakter, auch wenn er nicht immer leicht zu handeln ist.

»Das wollte ich nicht andeuten.« Jetzt habe ich ihn etwas ins Schwitzen gebracht und er schaut schnell nach, was seine Schwester so treibt. Die ist mittlerweile damit beschäftigt, Samuel anzuschmachten, und Calvin kneift die Augen zusammen.

Es muss schön sein, einen großen Bruder zu haben. Weder Sarah noch ich kennen das. Wahrscheinlich waren wir deshalb von Beginn an wie Schwestern, unzertrennlich. Glücklicherweise haben sich unsere Mütter ebenfalls ausgezeichnet verstanden, so dass wir jeweils in der Familie der anderen Willkommen waren. Aber so ein Bruder, der wie ein Luchs darüber wacht, dass kein Mann sich Scheiße erlaubt, das ist schon beneidenswert.

»Hat Dana nicht erzählt, dass ich äußerst witzig bin? Und erschreckend klug? Hat sie noch nicht einmal gesagt, wie strebsam und ehrgeizig ich bin?«

Er richtet seine Aufmerksamkeit erneut auf mich.

»Klar, hat sie alles erzählt, Melissa.«

Der lügt mich an. Ich bin nämlich weder ehrgeizig noch strebsam. Dana weiß haargenau, dass BWL eine Notlösung für mich ist und ich nur auf die zündende Idee warte, was denn eine Alternative wäre.

»Dann erzähl doch mal, was du so machst? Außer Handball spielen.« Ich habe festgestellt, dass Calvin optisch nett anzuschauen ist und ein Selbstbewusstsein hat, das mir gefällt, inklusive Flirtfaktor. Mehr ist es jedoch nicht. Er beginnt jetzt schon mich zu langweilen. Nichtsdestotrotz sollten wir den Abend passabel über die Runden bringen, denn Sam und Dana laufen endlich warm und ich habe Hunger. Und ich habe keine Hemmungen, Interesse vorzugaukeln, wo keines mehr ist.

»Ich studiere auch BWL, genau wie Dana und ihr. Nur ein paar Semester weiter.« Aha, deshalb langweilt er mich. Ich zwinge mir ein Lächeln auf die Lippen.

Unsere Getränke kommen und wir stoßen an. Und dann höre ich mir einen Vortrag darüber an, warum BWL der beste und sinnvollste Studiengang ist, wenn man wirklich Karriere machen will.

Das war kein so gelungener Abend. Nicht für mich. Ich kann nur hoffen, dass Samuel mein Opfer gewinnbringend nutzt. Er hat für Dana bezahlt und dass sie es zugelassen hat, ist ein gutes Zeichen. Ich habe im Gegenzug darauf bestanden, für die Pizza selbst aufzukommen.

»Darf ich dich nach Hause bringen, Dana? Ich mag es nicht, wenn eine Frau im Dunkeln allein unterwegs ist«, sagt Samuel. Ja, ich weiß. Das hat er mir schon bewiesen. Calvin dagegen wird mich definitiv nicht begleiten. Der ist nach wie vor mehr an meinen äußeren als an meinen inneren Werten interessiert und von daher aus dem Rennen.

»Liebend gerne, Samuel«, flötet Dana. »Ich fürchte mich wirklich immer ein wenig im Dunkeln.«

Ja, ja, ich nicht. Und ich würde auch nie vorgeben, dass es so ist.

»Ich kann dich nach Hause bringen, Dana. Das hatten wir so abgesprochen.« Erleichtert registriere ich, dass sich Calvin doch mehr für seine Schwester interessiert, als für mich.

»Ja, hatten wir. Aber es ist heute nicht nötig.« Dana kichert. »Du kannst dich auf dein Privatleben konzentrieren.«

Calvins Privatleben besteht aus Handball und BWL. Und momentan schätzungsweise aus dem Bestreben, mich für die Nacht klarzumachen. Seine Augen wandern unentschlossen zwischen seiner Schwester und mir hin und her. Es ist nicht zu übersehen, dass die Sache mit Dana und Sam ihm nicht gefällt. Dabei ist an Sam nichts auszusetzen. Eventuell geht es großen Brüdern aber bei jedem Mann so, ich kann das leider nicht beurteilen.

»Macht es gut, ihr beiden. Es war ein schöner Abend.« Dana winkt und wendet sich zum Gehen.

»Kommst du klar, Melissa?«, fragt Sam nun doch. In seinen Augen liegt die Frage, ob er mich mit Calvin allein lassen kann und ich nicke entschlossen. Ich werde schon mit einem Calvin fertig. Und wenn Sam sich jetzt um mich kümmert statt um Dana, war die ganze Aktion für die Katz.

»Ich komme immer klar, Sammi«, antworte ich und bemühe mich, möglichst nachdrücklich zu klingen.

»Na gut, dann gehen wir jetzt.« Er wirft einen weiteren unentschlossenen Blick zu mir. Dabei bemerkt er, wie angepisst Calvin Dana mustert, die nach Sams Hand gegriffen hat.

Das gibt den Ausschlag. Er wendet sich ab, legt einen Arm um Danas Schulter und marschiert los.

Wortlos schauen Calvin und ich den beiden hinterher. Sie gehen langsam die Straße entlang und blicken nicht mehr zurück. Der Abend ist genau so gelaufen, wie ich es geplant hatte. Okay, Calvins Vortrag über meinen ermüdenden Studiengang war nicht vorgesehen, aber der Rest eben doch. Trotzdem bin ich nicht zufrieden, während ich betrachte, wie Dana sich enger an Sam schmiegt. Dabei habe ich genau das gewollt. Seufzend will ich mich schon abwenden. Da bleiben die beiden stehen. Sam sagt etwas und Dana lacht laut auf. Dann dreht sie sich zu Samuel hin. Ich kann mir denken, was jetzt folgt. Calvin wohl auch. Er macht Anstalten, seiner Schwester hinterherzustürmen und im letzten Augenblick halte ich ihn zurück.

»Sie ist alt genug, Calvin. Und Samuel ist einer von den Guten.«

»Und das kannst du beurteilen?« Calvin sieht mich mit hochgezogenen Augenbrauen an. »So toll kann er nicht sein, sonst wärst du ja selbst mit ihm zusammen und müsstest ihn nicht bei meiner Schwester entsorgen.«

»Ich bin nicht mit ihm zusammen, weil er nicht auf mich steht. Nicht jeder nette Mann und jede nette Frau passen auch zueinander. Da gehört schon mehr zu.« Habe ich mich gerade selbst als nett bezeichnet? Das ist schräg.

Samuel legt seine Arme um Danas Rücken und zieht sie nah an sich. Ich sollte wegschauen, aus Diskretionsgründen. Und weil der Anblick einen merkwürdigen Effekt auf mich hat. Tu ich aber nicht. Jetzt neigt er sich zu ihr und küsst sie. Und endlich kann ich den Blick abwenden.

»Komm, Calvin, wir gehen in die andere Richtung«, sage ich entschlossen.

»Ich nicht. Ich muss genau da entlang.« Er deutet auf Dana und Samuel, die eng aneinanderkleben. »Es sei denn, ich begleite dich.«

Das ist mies. Denn ich lege keinen Wert auf Calvins Begleitung. Noch weniger Wert lege ich allerdings darauf, dass er zu
Sam läuft und den Kuss crasht, auf den ich so lange hinge-
arbeitet habe. Wohl oder übel ziehe ich ihn hinter mir her. Es
sollte ja kein Problem sein, ihn loszuwerden, sobald wir an
einer anderen Haltestelle angekommen sind und seine
Schwester und mein bester Freund außer Reichweite sind.

kapitel 20

MELISSA

Ich hasse BWL.

Aktuell sitze ich zwischen Dana und Sarah und langweile mich. Samuel hat es gut. Der hat einen Job und scheint absolut zufrieden damit. Warum bin ich nicht in der Lage, etwas zu finden, was zu mir passt? Einen Beruf, den macht man ja nicht nur für ein paar Tage, den sollte man schon lange Zeit gerne ausüben. Ich schlage meinen Collegeblock um und notiere auf der leeren Seite in Schönschrift: Neuen Studiengang finden!

Eventuell kann Sammi mir dabei helfen. Wenn er es doch bei sich hinbekommen hat, dann hat er möglicherweise ein paar hilfreiche Ideen. Apropos Sammi.

»Wie sieht es bei dir und Samuel aus?«, zische ich Dana zu. Sie ist auf die letzte Sekunde und gleichzeitig mit dem Dozenten in den Raum gehuscht und hat dann überaus auffällig Lerneifer demonstriert. Der bei ihr nicht mal vorgetäuscht ist.

»Hast du doch gesehen.«

Sie lässt ihre Haare vor das Gesicht fallen und hält mich noch stärker auf Distanz.

»Ist nicht mehr passiert, als ich gesehen habe?« Himmel,

das war doch nur ein Kuss. Ein einziger Kuss auf offener Straße. Na gut, Samuel ist nicht unbedingt der Typ, der Frauen aufreißt und dann sofort in die Kiste zerrt. Deshalb fand ich ja, er passe so herrlich zu Dana. Aber von nichts weiter als einem Kuss bin ich jetzt doch enttäuscht. »Nur der eine Kuss?«

Dana zuckt mit den Schultern.

»Küsst er so schlecht?« Ist an den Vorwürfen, die Eva ihm so gnadenlos um die Ohren pfefferte, doch was dran? Womöglich war das nicht nur eine miese Masche. Dana antwortet nicht und ich mache mir so meine Gedanken.

»Hör auf zu klopfen, so kann sich ja kein Mensch konzentrieren«, fährt sie mich schließlich an. Ich habe gar nicht gemerkt, dass ich mit meinem Stift auf dem Block herumklopfe.

»Sorry.«

Sich still verhalten macht es nicht besser.

»Ihr seid jetzt nicht zusammen?«, quengle ich weiter.

»Woher soll ich das wissen?«, pampt Dana zurück.

Vor dieser Frage stand ich noch nie. Mein Beziehungsstatus war immer schnellstens geklärt, was eventuell daran liegt, dass ich keinen Mann sich verabschieden lasse, ohne klarzustellen, wie es zwischen uns in Zukunft läuft.

»Man kann das fragen«, antworte ich.

Nun schaut Dana mich doch an.

»Ist das dein Ernst? Ich hätte fragen sollen, ob wir jetzt zusammen sind?«

»Wieso denn nicht?« Ich werfe einen hilflosen Blick auf Sarah, die apathisch neben mir sitzt und nicht einmal vorgibt, dem Dozenten zuzuhören. Dana und mir hört sie genauso wenig zu.

»Das ist peinlich, Melissa. Das klingt so verzweifelt, so, als ob ich unbedingt einen Freund haben möchte.«

»Möchtest du?« Ich grinse ein wenig. Denn das ist durchaus der Eindruck, den ich von Dana habe.

Eine Antwort bekomme ich nicht.

»Dann stellst du das beim nächsten Treffen klar.« Ich stoße sie grob in die Seite. Irgendwann müssen die beiden doch mal allein zu einem Ergebnis kommen, ich kann ja unmöglich alles übernehmen.

Dana brummt abweisend.

»Wann trefft ihr euch wieder?«

»Weiß nicht.«

Fassungslos schaue ich sie an. Danas Gesicht ist erneut hinter den Haaren verschwunden, sie schreibt so übereifrig mit, dass es sogar für eine Streberin unglaubwürdig wirkt.

»Dann schreib ihm jetzt eine Nachricht und schlag ein neues Date vor«, beschließe ich, aber sie schüttelt nur den Kopf. »Doch, das kannst du fragen, ohne das es verzweifelt klingt.«

»Das kann ich nicht.« Ich wusste echt nicht, dass Dana so zaghaft ist. Beim ersten Treffen ist sie doch auf Sam zugegangen.

»Dana, du bist eine emanzipierte Frau. Natürlich kannst du das machen.«

»Ich habe seine Nummer nicht«, fährt sie mich an.

Vollkommen verwirrt lasse ich mich zurücksinken und fange mir einen genervten Blick vom Dozenten ein. Langsam wird es sogar für meine Verhältnisse offensichtlich, wie unkonzentriert ich bin.

»Ich gebe sie dir.« Möglichst unauffällig hole ich das Handy aus der Tasche, mit dem Teil in der Hand sollte ich mich nicht erwischen lassen.

»Ich will sie nicht haben«, faucht Dana mich an. Ziemlich perplex stecke ich das Handy zurück in die Tasche. Kann es sein, dass Sam so unterirdisch schlecht küsst, dass Dana nichts mehr mit ihm zutun haben will? »Was ist mit meinem Bruder? Hast du ihn direkt flachgelegt?«

»Pfui, Dana, was für eine ordinäre Wortwahl«, schimpfe ich reflexartig. Sie zieht eine Grimasse und rollt so auffällig mit den Augen, dass ich es sogar hinter ihrem Haarvorhang bemerke.

»Also, was ist mit euch? Du hast dich ganz schön an ihn rangeschmissen.« Kurz schnappe ich nach Luft. Er hat sich an mich rangeschmissen. Und er war echt angepisst, als ich ihn an der Haltestelle stehengelassen habe.

»Erzähle ich dir, wenn du mir sagst, was an dem Kuss mit Sam so schlecht war«, versuche ich mein Glück. Verdammt, das interessiert mich brennend.

»Vergiss es. Ich frage Calvin.«

»Ich habe übrigens Calvins Nummer ebenfalls nicht«, kichere ich zu ihr rüber. »Und weißt du warum? Weil ich sie nicht haben wollte. Ich habe keine Hemmungen, mir Kontaktdaten zu organisieren, an die ich kommen möchte. Aus welchem Grund also willst du Samuels Nummer nicht?«

»Er soll sie mir selbst geben.«

Okay, da ist was dran. Es macht nur das weitere Vorgehen kompliziert. Denn das ist der Zeitpunkt, an dem ich mich dringend aus der Nummer zurückziehen sollte.

»Wie lange kann man an Dana und Samuel herumkuppeln, ehe es peinlich für alle wird?«, frage ich leise Sarah.

»Hättest du von Anfang an bleiben lassen sollen. Die passen nicht zusammen«, murmelt sie zurück.

»Wieso?«

»Samuel steht auf dich.«

Ich habe Sarah erzählt, was in der Nacht zwischen uns geschehen ist. Nichts, das absolute Nichts. Sie redet so einen Müll und ich wende mich lieber wieder Dana zu.

»Willst du denn mit Samuel zusammen sein?«

Sie zuckt die Schultern.

»Mann, Dana, wenigstens darauf solltest du mir antworten. Wenn ihr noch nicht mal Nummern getauscht habt, muss ich entweder weiterkuppeln oder eben nicht. Dem Zufall kann man es nicht überlassen.«

»Ich glaube nicht, dass er an mir interessiert ist.«

»Er hat dich geküsst.«

»Ja, schon, aber dann hat er mich nur nach Hause gebracht. Zum Abschied haben wir uns nicht geküsst.« Aha, langsam rückt sie doch mit der Sprache raus.

»Wärst du denn an ihm interessiert?«

»Woher soll ich das nach so kurzer Zeit wissen?« Verstehe ich nicht. Ich wusste immer schon nach zwei Minuten, ob ich an einem Mann Interesse habe oder nicht. Entweder es funkt oder es funkt nicht. Samuel ist dafür das beste Beispiel. Da hat es nicht gefunkt. Nicht bei meinem ersten Blick auf ihn und nicht an der Bar. Und das Ergebnis hat sich nachher im Bett gezeigt. In Zukunft werde ich dafür sorgen, dass so etwas nicht noch einmal geschieht. Wenn es nicht beim ersten Blick funkt, lande ich nicht mit einem Mann im Bett, basta. Das Risiko ist einfach zu groß.

Bei Phil dagegen war ich auf der Stelle elektrisiert. Und als ich ihn habe abblitzen lassen, flogen noch mehr Funken. Er hat sich meine Nummer über ein paar Bekannte organisiert und erst danach habe ich akzeptiert, dass er definitiv Interesse an mir hat und mich nicht nur flachlegen wollte. Ich kann durchaus rational handeln.

»Das weiß man halt«, sage ich nur.

Sie schnaubt und wendet sich erneut ihren Notizen zu. Samuel muss wirklich mies küssen und ich befürchte, die Sache zwischen ihm und Dana hat sich erledigt, bevor sie richtig begonnen hat.

Da die BWL-Vorzeigestudentin nicht mehr dazu taugt, mich am Einschlafen zu hindern, nehme ich erneut Sarah ins Visier. Die ist mein nächstes Projekt. Dank Sam und dem Brainstorming haben wir einen Plan. Keine Ahnung, ob Samuel kapiert hat, dass da eine brillante Idee dabei war, er war echt miserabel gelaunt und schläfrig und hat sich nach Kräften bemüht, das Ganze ad absurdum zu führen. Sinnvolle Vorschläge hatte er dann aber doch, denn er kann einfach nicht zwischen Kreativität und Sarkasmus unterscheiden.

»Solltest du nicht wenigstens mitschreiben?«, versuche ich Sarah aus ihrer Erstarrung zu locken. Das ist der erste Tag, an dem ich sie aus dem Haus und bis in eine Vorlesung zerren konnte. Wir sind eindeutig auf dem Weg der Besserung, auch wenn der unendlich lang und steinig wird. Schon allein aus diesem Grund muss der Chris-Sarah-Plan anschlagen.

»Ich übernehme deine Notizen«, murmelt sie abwesend.

Ich schnaube.

»Ich übernehme schon Danas Notizen.« Aus genau diesem Grund sitze ich doch so gerne neben Dana. Die schreibt nicht nur akkurat mit, sie hat auch eine wahre Schönschrift und sie rückt im Normalfall alles raus, ohne zu murren.

»Prima, ich bin dabei.«

Dana liefert uns inzwischen von sämtlichen Vorlesungen komplette Skripte und ich warte auf den Tag, an dem sie in den Streik tritt, weil Sarah und ich so wenig Lerneifer zeigen. Ohne Dana wären wir wahrscheinlich durch jede einzelne Prüfung gefallen.

»Gehen wir gleich einen Kaffee trinken?« Ich brauche noch etwas Schönes, um mich dafür zu belohnen, mich hier hingeschleppt zu haben.

»Ich muss zurück ins Bett, das hier geht über meine Kräfte.« Dabei bewegt sie keinen Finger. Sie sitzt apathisch und in sich zusammengesunken an ihrem üblichen Platz und sieht grau und verloren aus und nicht annähernd wie meine Sarah. Meine Sarah hat zwar auch keinen Wert auf Zuhören und Mitschreiben gelegt, das lag aber daran, dass sie damit beschäftigt war, dem Dozenten zuzuzwinkern oder einem der Studenten ein Lächeln zu schenken. Ich will meine Sarah zurück!

Jetzt hole ich doch das Handy hervor.

›Wir müssen unseren Plan umsetzen. So schnell wie möglich‹, texte ich Sam.

›Wir haben keinen Plan‹, schreibt er auf der Stelle zurück.

›Dein Job scheint ja nicht sonderlich anstrengend zu sein.‹

›Ich kann die Zeit frei einteilen, niemand schaut mir auf die Finger, solange das Ergebnis stimmt.‹ Ich grinse ein wenig.

›Bei dir sieht das anders aus. Soviel ich weiß sitzt du gerade in einer Vorlesung und der Dozent schaut dir auf die Finger‹, kommt Samuels nächste Nachricht, bevor ich antworten kann.

›Der schaut nicht sonderlich aufmerksam.‹ Glücklicherweise, sonst würden Sarah und ich schon seit Semesterbeginn einen Rüffel nach dem anderen kassieren. Aktuell blickt der Dozent doch zu mir her und runzelt die Stirn. Schnell notiere ich etwas auf meinem Block. Er kann ja nicht sehen, dass das ein Strichmännchen ist.

›Morgen kümmern wir uns um unsere Freunde – keine Ausrede‹, schreibe ich Sam, als sich erfreulicherweise das Ende der Vorlesung ankündigt. Am liebsten ja schon heute Abend, aber da muss ich arbeiten.

›Morgen kümmere ich mich erst einmal um dich – keine Ausrede‹, kommt postwendend zurück.

Ach, Scheiße. Morgen ist Quältag und leider hat er es trotz Dana-Ablenkung nicht vergessen.

Missmutig und mit einem lauten Knall schließe ich meinen leeren Block.

kapitel 21

SAMUEL

»Seid ihr jetzt fest zusammen?« Melissa ist indiskret. Aber das wundert mich schon längst nicht mehr.

»Nein.«

»Wieso nicht?«

Leider habe ich das Gefühl, dass sie nicht überrascht ist. Ich schätze, sie hatte schon längst Dana in der Mangel und jetzt bin eben ich dran.

»Das geht dich nichts an.«

»Tut es doch, ich bin nämlich involviert.«

»Vor allem bist du unerklärlicherweise in Sportklamotten.« Ich deute auf ihr Outfit. Leggings, T-Shirt und eine weiche Jacke drüber. Außerdem hat sie ihre Haare zu einem Pferdeschwanz gebunden. Melissa kneift die Augen zusammen.

»Lenk nicht ab. Erst mal klären wir das Problem zwischen Dana und dir.« Okay, ich würde schon gerne wissen, was Dana erzählt hat. Das werde ich Melissa gegenüber auf keinen Fall zugeben. Nur das winzigste Zeichen von Schwäche und sie hat mich mal wieder komplett in der Hand. Und heute bin endlich mal ich dran, sie leiden zu lassen.

»Tun wir nicht, Meli. Erstens gibt es kein Problem und zweitens musst du Ehrenschulden einlösen.« Unzufrieden klopft sie mit den Fingern auf den Küchentisch. Dort sitzen wir nämlich. Ich völlig entspannt, Melissa endlich einmal nervös.

»Ich löse ja schon Ehrenschulden ein. Wie du siehst.« Leicht verwundert nippe ich an meinem Kaffee.

»Das hast du falsch verstanden«, sage ich dann. »Die Ehrenschuld hat ja nichts damit zu tun, mir in komischen Klamotten beim Frühstücken zuzusehen.« Sie hat mich unwillig angeraunzt, als ich ihr ein Brötchen angeboten habe.

»Sehr lustig, Samuel. Ich mache selten Sport, also habe ich keine supermoderne Funktionsbekleidung. Für dieses eine Mal muss es so reichen.« Langsam kapiere ich es. Breit lächelnd nehme ich sie erneut in Augenschein. Die Hose würde ja noch gehen, aber bei dem Wetter dürfte sie nach ein paar Minuten draußen völlig verschwitzt und durchgefroren sein. Es weht ein unbarmherziger Wind, wie ich selbst bereits festgestellt habe. »Warum hast du keine Laufsachen an?«, muffelt sie weiter.

»Weil ich schon laufen war. Und duschen. Und aktuell genieße ich das wohlverdiente Frühstück nach dem Sport.«

»Soll ich mich dann allein zum Affen machen? Fährst du mit dem Rad neben mir her? Oder mit dem Auto?« Melissa wird immer ungehaltener. Sie hat allen Ernstes damit gerechnet, mit mir joggen gehen zu müssen.

»Weder noch. Wir starten mit einer Fragerunde. Danach kann ich den weiteren Tag vernünftig planen.« Ich schiebe ihr die Brötchentüte hin. »Hier, du hast also genug Zeit, etwas zu essen.«

»Zeit vielleicht, aber definitiv keine Lust.« Jetzt lehnt sie sich nach hinten und verschränkt bockig die Arme. »Vergiss nicht, dass du nur zwei Stunden zur Verfügung hast.«

»Zwei Stunden und achtzehn Minuten«, korrigiere ich sie. Ich habe die Zeit und meine Möglichkeiten genau im Blick.

»Also, Melissa, du magst BWL nicht, richtig?«

»Ich verabscheue es«, stimmt sie mir zu. »Es ist langweilig, unsinnig und unnötig kompliziert. Deine Dana steht da übrigens voll drauf.«

Ich ignoriere den Seitenhieb.

»Warum studierst du es dann?«

»Weil ich nach dem Abi schlecht Däumchen drehen und in der Nase popeln konnte. Wenn das hier noch lange dauert, möchte ich doch einen Kaffee trinken.«

Erfreut stehe ich auf und mache Melissa einen Kaffee mit extra viel Milch. Warum ist ihre Antwort so genau das, was ich erwartet habe?

»Und wie ist das bei Sarah?«

Ich stelle die Tasse vor ihre Nase.

»Genauso. Sarah und ich sind Seelenverwandte. Oder eineiige Zwillinge mit verschiedenen Eltern, wie du willst. Wir sind beide von unseren Eltern in die Kind-studier-doch-was-Vernünftiges-Schiene gedrückt worden.« Sie pustet auf ihre Tasse, eine lustige Marotte, denn so heiß ist der Kaffee nicht. »Und deshalb haben wir uns gedacht, wenn es eh eine Verlegenheitslösung ist, dann doch wenigstens eine gemeinsame.«

Ich habe schon gesehen, wie Meli auf Cola oder Bier pustet. Ich finde es absolut bezaubernd.

»Aber so langsam hast du doch kapiert, dass du das nicht zu Ende bringen willst, oder?« Ich habe nie zuvor einen so unwilligen Studenten wie Melissa gesehen. Im Kino war sie viel präsenter als an ihrem Schreibtisch vor den Uniunterlagen, obwohl sie da nur Popcorntüten gefüllt hat.

»Klar, das habe ich am ersten Tag kapiert. Aber eine Alternative habe ich eben nicht.« Jetzt deutet sie mit dem Finger auf mich. »Wie ist das bei dir? Wusstest du schon immer, dass du so IT-Kram machen möchtest?«

»Ich wusste, dass ich verdammt gut mit Computern bin«, erkläre ich. »Und ich bin gut mit Menschen und daher war diese Sache als Berater naheliegend.«

»Du hast es gut.«

»Jeder hat etwas, was er wirklich kann und mit dem er glücklich wird.«

»Ach ja, klar, so einfach ist das«, zickt sie beleidigt rum.

»Warum stelle ich mich also bloß so dämlich an?«

»Das weiß ich auch nicht«, erwidere ich und halte mühelos ihrem erbosten Blick stand. Eine Weile sehen wir uns nur an. Dann fahre ich mit meinem Verhör fort.

»Was mochtest du denn in der Schule?«

»Kunst.«

Mit Schaudern erinnere ich mich an meinen Kunstunterricht. Keine Ahnung, was schlimmer war. Unsere gruselige Lehrerin, die ununterbrochen um Chris herumschlenderte, der leider neben mir saß, oder meine Unfähigkeit, Farben und Formen ansehnlich aufs Papier zu bringen.

»Und was mochtest du nicht?«

»Alles andere.« Ihre Körperhaltung hat sich kein Stück entspannt.

»Und wie hast du auf diese Art dein Abi geschafft?« Und die Zulassung für den Studiengang? Soviel ich weiß, gibt es durchaus einen NC auf BWL und der ist anspruchsvoll.

Melissa schnaubt abfällig.

»Das nennt man Selbstdisziplin. Ich kann Dinge tun, die ich nicht mag. Das kann ich übrigens verdammt erfolgreich, ich bin bisher durch keine Klausur gerasselt und die Noten können sich sehen lassen. Meine Eltern sind stolz ohne Ende und der festen Überzeugung, mich auf den richtigen Weg gebracht zu haben.«

»Okay, ich habe es kapiert«, sage ich beeindruckt.

»Was hast du kapiert?«

»Dass du verdammt clever bist. Und ich sah dich schon für immer im Kino die Getränke und Nachos servieren.« Melissa versteckt gerne, wie intelligent sie ist und macht einen auf Mädchen, das sich nur für Äußerlichkeiten interessiert. Aber es ist jede Menge mehr dahinter.

»Ich würde lieber für immer Getränke und Nachos servieren, als in einem Büro zu landen und den lahmen BWL-Scheiß für immer zu machen. Ich fürchte nur, dass man davon nicht leben kann.« Inzwischen hat sich ihre Abwehrhaltung entspannt. Sie legt die Füße auf einen Stuhl und blickt mich fragend an. »Aber wieso verschwendest du deine kostbare Quälzeit mit der Fragerunde? Denn die hat um Punkt zehn Uhr begonnen und ich werde sie exakt nach zwei Stunden und achtzehn Minuten beenden.«

Ich deute auf ihre Schuhe.

»Damit hättest du keine hundert Meter joggen können. Das geht ja noch nicht mal als Sportschuh durch.«

Melissa schaut schmollend auf ihre Schuhe.

»Das sind die sportlichsten Schuhe, die ich habe. Auf Highheels wäre es noch schwieriger geworden. Bin ich jetzt also aus der Laufnummer raus?«

Ich lache laut.

»Du warst nie in der Laufnummer drin. Ich jogge nämlich sehr gerne allein. Und weit.«

»In welcher Nummer bin ich stattdessen drin?« Neue Sorge macht sich auf ihrem Gesicht breit. Bisher hatte sie ja eine Theorie, was ihr heute blüht, jetzt nicht mehr. Jetzt steht sie vollkommen auf dem Schlauch. Zugegeben, ich habe durchaus mit dem Gedanken gespielt, mich angemessen für letzten Samstag zu rächen. Die Nummer, mich in der Fußgängerzone singen zu lassen, war ganz schön mies. Und die Punkte, die im Anschluss auf ihrem Plan standen, ebenso. Auf der anderen Seite fehlt mir die Fantasie für wirklich peinliche und gleichzeitig amüsante Racheakte. Und Chris ist nach wie vor nicht willens, mir bei dem Namen Melissa unter die Arme zu greifen. Ich habe mich also schlicht und einfach dazu entschieden, die Zeit zu nutzen, um Melissa besser kennenzulernen. Ihr Stärken und Schwächen, ihre Sehnsüchte und Pläne für das Leben. Nicht, dass sie gewöhnlich schweigsam und zurückhaltend ist, im Gegenteil, aber es gibt bestimmt so einige Fragen, die sie freiwillig nicht beantworten würde. Ich deute in einem Kreis durch den Raum.

»Du bist doch längst in etwas drin, in einer netten Unterhaltung nämlich.« Nicht zu übersehen, dass sie mir nicht traut. Den Gefallen, ihr zu verraten, dass da wahrhaftig nichts mehr kommt, tue ich ihr nicht. Ein wenig zittern soll sie schon. »Kann ich dir also endlich ein Frühstück unterjubeln?«

Zögernd nickt sie.

»Ich hatte nur Angst, mich nach dem Essen gar nicht mehr bewegen zu können. Oder dir schon nach zwei Schritten auf die Füße zu kotzen.«

Ich hole grinsend den Käse aus dem Kühlschrank und wir machen uns endlich gemeinsam über die Brötchen her. Ich habe mir ein Jahr lang Evas kritische Blicke auf mein Frühstück am Wochenende angesehen, umso mehr genieße ich es, dass Melissa eine Frau ist, die isst, wenn sie Hunger hat.

»Wir können unseren Chris-und-Sarah-Plan umsetzen«, schlägt sie zwischen zwei Bissen vor.

»Du willst nur meine Zeit verschwenden.« Ich durchschaue ihre Taktik.

»Deine Zeit verschwendest du schon prima selbst, da brauchst du meine Hilfe nicht.« Bei ihrem frechen Grinsen befürchte ich, dass sie inzwischen doch kapiert hat, dass meine Rache erbärmlich ist.

»Abgesehen davon existiert kein Plan. Ich halte es für ungünstig, die beiden zufällig im Puff aufeinandertreffen zu lassen.«

Melissa wirft mir einen Brotkrümel an den Kopf.

»Bestehst du darauf, offiziell alle Ideen zu bewerten? Oder machen wir es uns einfacher und setzen das einzig Sinnvolle um, das rausgekommen ist?«

»Da ist nichts Sinnvolles rausgekommen«, beharre ich.

»Doch, Sammi. Ist es.« Melissa springt auf und stürmt ins Wohnzimmer. Nach kurzer Zeit kommt sie mit einem Block und Stift zurück. »Dein Computer ist übrigens an.«

»Ich muss nachher noch arbeiten.« Die Woche hatte es in sich. Ein Haufen ungeduldiger Kunden und eine Melissa, die mich an mehreren Abenden in Beschlag genommen hat.

»Ach so.« Aus dem Gedächtnis notiert sie jeden einzelnen Vorschlag, den wir entwickelt haben. »Im ersten Schritt ist Kritik nicht erlaubt, jetzt schon. Beginnen wir mit dem zufälligen Treffen.«

»Das war alles Unsinn. Wie soll ich Chris um diese Jahreszeit ins Freibad bekommen?«

»Und wie soll ich Sarah, egal zu welcher Jahreszeit, in den Puff bekommen?«

»Siehst du.«

»Dieser Teil war schwachsinnig. Aber danach wurde es interessant.«

Ich werfe einen Blick auf ihre Liste.

»Chris soll einen Song für Sarah schreiben? Das ist realistisch?«, wundere ich mich.

»Doch nicht den Song. Einen Liebesbrief. Den soll er schreiben.«

»Melissa.« Ich benutze meine erwachsenste Stimme. »Das wird er nicht tun. Er ist stinksauer auf Sarah, denn er sieht das Problem mit Angelina nicht. Meiner Meinung nach zu Recht.«

»Er muss ja nicht selbst schreiben. Du machst es.« Sie lächelt mich triumphierend an.

»Ich werde keinen Liebesbrief an Sarah schreiben. Ich bin nicht in sie verliebt.«

Melissa seufzt tief auf.

»Stell dich nicht so dumm an, Sam. Du schreibst ihn in Chris' Namen. Kennst du nicht diesen Film …« Während sie nachdenkt, dreht sie eine ihrer Haarsträhnen, die sich aus dem Zopf gelöst haben. »Oder ist es ein Buch? Auf jeden Fall schreibt dort ein Mann für seinen Freund Liebesbriefe an eine Frau. In dessen Namen. Und die Frau verliebt sich dann auch und erst am Ende stellt sich heraus, dass der Briefschreiber ein anderer ist. So machen wir es.«

Fällt ihr der Denkfehler nicht auf?

»Was nützt es, wenn sich am Ende Sarah unsterblich in mich verliebt? Das würde das Drama für Chris noch viel schlimmer machen.« Der Mann, der die Briefe nicht geschrieben hat, war am Ende nicht glücklich. Und Chris' Seelenheil liegt mir am Herzen.

»Es soll doch nur bewirken, dass die beiden überhaupt wieder miteinander reden. So ein Brief entscheidet nicht über Liebe.« Nachdrücklich schiebt sie mir Stift und Block näher. »In Schönschrift bitte.«

Beim Thema Liebesbriefe bin ich echt eine Niete. Ich komme ja schon ins Schleudern, wenn es darum geht, flirty Textnachrichten zu schreiben. Eva hat mich mehr als einmal dafür zur Schnecke gemacht. Ich werfe einen verzweifelten Blick auf die Uhr, aber ich habe Glück. Die zwei Stunden und achtzehn Minuten sind noch nicht abgelaufen und ich bin heilfroh, meine Quälzeit nicht mit Joggen verschwendet zu haben. Grinsend schiebe ich den Block zurück und deute auf die Küchenuhr.

»Dein Job, Meli. In Schönschrift bitte.«

»Jetzt soll ich vorgeben ein Mann zu sein?« Sie deutet einmal auf ihren Körper. »Wie denn das bitteschön?«

Ich verdrehe die Augen und tippe mir gegen die Brust.

»Und wie soll ich vorgeben, Chris zu sein. Ein Mann, dem jedes Wochenende unbekannte Frauen hinterherhecheln. Wie das bitteschön?«

Sie schnaubt auf. Dann schiebt sie den Block wieder zu mir.

»Sarah kennt meine Schrift. Wir machen es gemeinsam, aber du schreibst.« Okay, das könnte klappen. Meine Handschrift ist eh leserlicher als die von meinem Kumpel.

»Meinetwegen, die Eingangsfloskel bekomme ich auch noch hin.« Sorgfältig notiere ich das Datum und beginne mit ›Liebe Sarah‹. Melissa rutscht neben mich und schaut auf den Block. Dann reißt sie das Blatt ab.

»Das geht auf keinen Fall. Wer schreibt denn ein Datum auf einen Liebesbrief?«

»Ich«, murmle ich. Ich würde das machen, sollte ich jemals in die Verlegenheit kommen, so etwas schreiben zu müssen. Denn mit Datum und Anrede hat man zumindest einen Anfang.

»Schreib: Sarah, Liebste«, diktiert Melissa. So verbringen wir die nächste halbe Stunde. Ich finde das Ergebnis irritierend und weiß hundertpro, dass Chris, so was nie geschrieben hätte. Aber Meli ist zufrieden. Dann schnappt sie sich den Block.

»Jetzt fehlt noch ein Brief von Sarah an Chris. Der muss nicht ganz so schnulzig sein, er sollte nur andeuten, dass sie ihm eventuell verzeihen kann.« Während Melissa auch diesen Brief raushaut, als wäre es nichts, beschränke ich mich darauf, sie dabei zu beobachten. Wenn sie konzentriert nachdenkt, nagt sie immer wieder an ihrer Unterlippe und zwirbelt abwechselnd an einer Haarsträhne. »So, und der Schlusssatz, damit wir sie zum Treffpunkt locken.«

Das ist nämlich der Clou an der Sache. Beide Briefe enthalten die Aufforderung, den anderen zwei Tage später am Dom zu treffen. Wenn die Liebe noch eine letzte Chance haben soll. Ganz schön kitschig, aber ich gebe zu, es könnte klappen.

Bedenken habe ich trotzdem. »Das ist verdammt viel Lüge«, teile ich Meli meine Sorgen mit. »Ich bin gegen Lügen.«

»Wir haben keine Alternative.«

Wir haben in der Tat keine Alternative. Außer uns rauszuhalten und unsere Freunde weiterhin leiden zu lassen. Widerwillig akzeptiere ich den Plan. »Du hast da ein echtes Talent«, stelle ich fest und deute auf die Machwerke.

»Klar, ich lasse den BWL-Kram sausen und schreibe hauptberuflich Liebesbriefe. Super Idee, Sammi.«

»Es müssen ja keine Liebesbriefe sein. Aber dieser kreative Kram liegt dir.«

»Ja, ja, ich weiß.« Melissa faltet die Briefe sorgfältig. »Meine Eltern haben mir nachdrücklich klargemacht, dass das brotlose Kunst ist und keine finanziell sichere Zukunft bietet. Und ich kann mir nicht vorstellen, arm aber kreativ durchs Leben zu gehen.«

Apropos finanziell. Ich habe da eine Website, die dringend implementiert werden muss. »Bist du sauer, wenn ich mich eine Stunde an den Rechner setze?« Eva hat wahre Wutanfälle bekommen, sobald ich am Wochenende gearbeitet habe.

»Wieso sollte ich? Soll ich gehen oder darf ich mich solange vor deine Glotze setzen?« Es ist unlogisch, Melissa mit Eva zu vergleichen, denn die beiden sind wie Tag und Nacht. Und Melissa ist dabei der Tag.

»Bedien dich, Meli.« Ich deute großzügig durch den Raum. »Es ist alles dein.«

Eine Weile arbeite ich still und konzentriert. Das Wissen, gleich nicht allein zu sein, macht mich zufrieden, denn meine Wohnung ist am Wochenende doch unangenehm einsam.

»Was genau machst du da?« Melissa ist leise hinter mich getreten und schaut sich an, was ich bisher produziert habe.

»Das ist für einen Kunden. Die sind neu auf dem Markt und brauchen einen überzeugenden Internetauftritt.«

»Ist es ein Bestatter?«

»Wie kommst du denn da drauf?« Jetzt hängt sie sich über mich.

»Es wirkt deprimierend.«

»Es wirkt seriös«, korrigiere ich. Zugegeben, Websites zu erschaffen ist nicht meine Lieblingsbeschäftigung. Es gehört aber zum Job.

»Nein, du verwechselst seriös mit selbstmordgefährdet. Für einen Bestatter, der Suizidgefährdeten vor ihrem Selbstmord die passende Beerdigung aufschwatzen will, ist es angemessen.«

Zähneknirschend erkläre ich ihr, was der Kunde macht und was er haben will.

»Das machen wir origineller«, beschließt sie. »Ich schaue mir oft und gerne Internetseiten an und würde die meisten ändern.« Mit dem typischen Melissa-Elan holt sie einen Stuhl aus der Küche und setzt sich neben mich.

Eine Stunde später schwirrt mir der Kopf. Worte wie Branding und Wiedererkennbarkeit habe ich nie zuvor gehört. Kopfschüttelnd schaue ich mir das Ergebnis an. Es ist anders als alles, was ich je produziert habe. Und anders als das, was ich dem Kunden vorgeschlagen habe. Ich werde es ihm trotzdem so präsentieren. Denn es hat was.

Melissa sitzt längst zufrieden auf dem Sofa.

»Das war mega. Ich habe das Gefühl, unglaublich produktiv gewesen zu sein. Und das an einem Samstag«, freut sie sich. »Du hast einen Hammer Beruf, Sammi.«

Ich lasse mich neben sie sinken. Produktiv war es definitiv und für heute reicht es mir.

»Warum machst du so was nicht beruflich, Melissa? Ich übernehme es nur, wenn es sein muss. Der kreative Aspekt ist nicht so meins.«

»Das habe ich gemerkt.« Sie lacht laut und stößt mich in die Seite. »Aber ich kann den Computerkram nicht. Du hast in Sekundenschnelle tausend Tasten gedrückt und ich habe nichts davon kapiert, wie du das umgesetzt hast, was ich von dir wollte.«

»Das kann ich dir beibringen. Es ist nicht so kompliziert, wie es aussieht.«

»Ich bin echt kein Computernerd. Da ist bei mir Hopfen und Malz verloren.«

»Okay, das gehen wir nächstes Wochenende an. Ich zeige dir, was du wissen musst, und danach kannst du beurteilen, ob es zu kompliziert ist oder nicht.«

Mit ungläubigem Blick wendet sie sich zu mir.

»Das würdest du für mich machen, Sam?«

»Wieso denn nicht?« Ich deutete zum Computer, den ich erfreulicherweise ausschalten konnte. »Du hast mir auch geholfen. Sind Freunde nicht für genau so etwas da?« Nickend schaut sie mich an. »Der Champagner ist damit abgegolten«, informiere ich sie dann.

»Wieso denn das?«

»Hast du eine Ahnung, was man für das Design einer Website bezahlt bekommt?«

»Nö.«

»So viel, dass der Champagner locker drin ist. Wir sind quitt.«

Langsam schiebt sich ein Lächeln in ihr Gesicht.

»Ich weiß übrigens, warum zwischen dir und Dana nichts lief.«

Irritiert kneife ich die Augen zusammen. Das war mal wieder ein abrupter Themenwechsel. Typisch Melissa also.

»Dann weißt du mehr als ich«, behaupte ich. Ich weiß haargenau, warum es bei einem Kuss geblieben ist. Verraten werde ich es ihr auf keinen Fall.

»Ich sage es dir ungern, aber du küsst mies. Dadurch hast du sie vergrault.« Damit habe ich nicht gerechnet. Hat Dana das behauptet? Ich hätte sie nicht so eingeschätzt. »Keine Sorge, das kriegen wir hin. Wenn du mir den Website-Kram erklärst, hast du etwas gut bei mir. Und ich revanchiere mich, indem ich dir beibringe, wie man vernünftig küsst.«

kapitel 22

MELISSA

»Du willst mich küssen?«, fragt Sam ungläubig.

»Von wollen ist keine Rede. Ich werde dich jetzt küssen«, antworte ich augenrollend und klettere auf seinen Schoß. Ich setze mich quer, ein Bein rechts von ihm, ein Bein links, denn so kann er nicht mehr weg. »Zuerst schaue ich mir an, wie du es machst, was du alles falsch machst, und dann bringe ich dir bei, wie man richtig gut küsst.«

Von hier kann ich herrlich auf Sams skeptische Miene hinuntergucken. Sie schwankt zwischen angepisst und erwartungsvoll und ich kann mir nur mit Mühe ein lautes Lachen verkneifen. Sanft lege ich meine Hände an sein Gesicht und drehe es hin und her. Noch wehrt er sich nicht. Ich habe sein Gesicht nie so genau in Augenschein genommen. Erstaunt stelle ich fest, wie sehr er sich verändert hat. Wie sehr er sich für mich verändert hat, denn selbstverständlich sieht er so aus wie bei unserer ersten Begegnung. Und trotzdem hat sein Anblick inzwischen etwas so Vertrautes, dass er wirklich nicht mehr unscheinbar aussieht. Kein Stück. Sondern wie Sam. Wie ein absolut toller Mann.

Und obwohl ich befürchte, gleich den schrecklichsten

Kuss meines Lebens zu bekommen, freue ich mich. Ich will unbedingt wissen, wie er küsst. Und wie er schmeckt. Und es macht mich glücklich, ihm auf diese Art helfen zu können. Denn das hat er verdient. Sanft fahre ich an seinem Gesicht entlang, genieße, wie sich winzige Bartstoppeln an meinen Fingerkuppen reiben und wie markant die Kontur seines Kinns ist. Dann rutsche ich näher an ihn heran. Leicht lege ich meine Lippen auf seine und atme tief den Geruch ein. Dann fahre ich vorsichtig mit der Zungenspitze an seinem Mund entlang, der sich sogleich öffnet. Scheiße, Sam riecht nicht nur berauschend gut, er schmeckt genauso. Er schmeckt eindeutig nach mehr, nach viel mehr und schnell löse ich mich von ihm. Wenn ich nicht aufpasse, dann übernehme ich diesen Kuss. Das ist ja nicht Sinn der Aktion. Mein Kussopfer hat die Augen geschlossen und bewegt sich nicht.

»Du sollst mich küssen, Samuel«, schimpfe ich. »Dass ich gut küsse, weiß ich. Aber wir müssen herausfinden, wo bei dir das Problem liegt, ehe wir es verbessern können.« Dabei fällt mir etwas ein. »Oder ist das der Punkt? Du küsst gar nicht? Du bist immer so passiv wie ein Toter und lässt die Frau machen?«

Samuel öffnet die Augen und knurrt. In mir zieht sich alles zusammen. Diese Stimme, dieser Geruch, dieser Geschmack. Er sieht mich so herrlich wütend an und ich grinse herausfordernd.

Nicht lange. Denn Sam greift mit einer Hand nach meinem Hinterkopf und zieht mich ohne Zögern zu sich hinunter. Seine Lippen sind auf meinen, nicht mehr sanft und tastend, sondern fordernd und leidenschaftlich. Dann spüre ich seine Zunge. Laut aufstöhnend vergrabe ich beide Hände in seinen Haaren und gebe mich dem Kuss hin. Die Augen geschlossen schmiege ich mich an seinen Körper und fühle wie er seine Hände in meinem Nacken bewegt, an meinem Rücken entlang und mich fest im Griff hat, während seine Lippen und seine Zunge mich regelrecht in Besitz nehmen. Da ist nichts

Zögerliches mehr, und ich werde immer atemloser, je wilder der Kuss wird.

Als er mich freigibt, schaue ich perplex in sein Gesicht. Er hat die Aktion nicht unbeschadet überstanden. Seine Frisur ist zerwühlt, seine Lippen sind rot und sein Blick leicht benebelt. Ich biete wohl kaum einen anderen Anblick. Außerdem bin ich so nah an ihn herangerutscht, dass ich mit weit geöffneten Beinen nahtlos an ihm klebe. Ich rutsche ein Stück zurück und hole einmal tief Luft.

»Also, Sam«, sage ich dann und höre selbst, dass meine Stimme leicht belegt ist. »Was auch immer das Problem zwischen dir und Dana ist, am Kuss kann es nicht gelegen haben.«

»Wie schön zu hören«, erwidert er und auch Sammis Stimme ist noch geiler als sonst. Ich kämpfe mühsam gegen den Drang an, diesen Kuss zu wiederholen, und löse langsam die Augen von seinen Lippen. Diesen Kuss, der mich und meinen verräterischen Körper ganz schön gegen die Wand gefahren hat. Dass ich mir mit einem Mal dringend wünsche, Sex mit Samuel zu haben, hätte ich mir nicht träumen lassen. Er war doch an diesem einen Abend nur ein Notbehelf, ein Ersatzmann, ein Trostpflaster.

Und vor allem – der Mann, der bei meinem nackten Anblick keine Erektion hatte. Ich schließe die Augen und stelle mir vor, wie das mit uns beiden weitergehen würde, wenn ich mich jetzt an ihn ranschmeiße. Denn die Demütigung, dass das erneut geschieht, die werde ich mir um keinen Preis antun, egal, wie geil ich gerade bin. Sam ist es nicht, nicht bei mir. Schluss, aus, Ende. Er ist ein Freund, ein platonischer Freund, mein bester Freund, und das soll er auch bleiben.

»Nein, ernsthaft«, sage ich und rutsche von seinem Schoß runter. Dann setze ich mich neben ihn und starre an die gegenüberliegende Wand. »Du küsst verdammt gut. Damit kriegst du jede Frau rum. Eventuell ist Dana ja lesbisch und hält mit ihrem Outing hinterm Berg.«

»Eventuell stimmt zwischen Dana und mir die Chemie einfach nicht. Bist du schon mal auf die Idee gekommen?«

»Eventuell«, stimme ich ihm zu. »Tja, nachdem ich dir also kusstechnisch nichts beibringen kann, wie bedanke ich mich denn dann?«

»Du bedankst dich gar nicht. Freunde helfen sich gegenseitig und rechnen nicht ununterbrochen alles gegeneinander auf.« Inzwischen kann ich ihn wieder ansehen, ohne zu befürchten, mich erneut auf seinen Mund zu stürzen. »Vergiss nicht, dass du ein Naturtalent bist, wenn es um Design geht. Die Website ist ziemlich geil geworden.«

Wenn nur die Website geil geworden wäre. Samuel ist auch bei so Einigem ein Naturtalent. »Außerdem …« Er fährt sich verlegen durch die Haare und bemerkt, wie unordentlich sie in alle Richtungen abstehen. Seine Versuche, sie zu plätten, bewirken gar nichts. »Ich meine, es ist ja eine positive Bestätigung, dass du mit dem Kuss zufrieden warst. Nach der Eva-Erfahrung habe ich doch an mir gezweifelt.«

»Sie hat komplett gelogen, Sammi.« Jetzt drehe ich mich wieder vollständig zu ihm um. Seine Frisur sitzt nach wie vor nicht und grinsend ordne ich die Haarsträhnen neu. »Wer so küsst, ist der Hammer im Bett. Da gibt es nichts zu diskutieren. Die Szene im Restaurant war reines Kalkül. Versprich mir, dass du nie wieder an deinen Qualitäten als Liebhaber zweifelst.«

Scheiße, liebend gern würde ich in dieser Situation anbieten, auch das zu testen. Mein Lächeln verrutscht.

»Okay, versprochen.« Samuels Blick auf mir ist nicht zu deuten und macht mich verlegen.

»Was machen wir jetzt?«, frage ich schnell. »Sollen wir die Briefe abgeben oder einen chilligen Nachmittag vor der Glotze verbringen?«

»Chillig finde ich super. Die Briefe können wir später an den Mann bringen. Und an die Frau.«

Leider kommen wir nicht dazu, es uns auf dem Sofa gemütlich zu machen. Denn ehe Sam die Fernbedienung in der Hand hat, klingelt es. Entschuldigend zuckt er mit den Schultern. »Es könnte Chris sein. Der hat zwar einen Schlüssel, aber er klingelt trotzdem immer. Angeblich will er mich nicht mit einem Mädchen im Bett erwischen.«

Typisch Chris. Beziehungsweise typisch Chris, bevor Sarah aus ihm ein Wrack gemacht hat.

»Säuft er noch immer?«, rufe ich hinter Sam her.

»Nee, denke nicht. Oder er versteckt es inzwischen besser.«

Ich höre, wie die Wohnungstür geöffnet wird und dann leises Stimmengemurmel, das näher kommt.

»Was soll das heißen, du kannst Eva nicht mitbringen?«

Das ist nicht Chris. Der ist erstens über Sammis Beziehungsstatus im Bilde und zweitens hat er keine Frauenstimme. Schnell setze ich mich aufrecht auf das Sofa und fahre mir mit den Fingern durch die Haare.

»Eva und ich haben uns getrennt.«

»Samuel, das geht nicht. Du musst das mit Eva wieder in Ordnung bringen. Oma verkraftet das nicht. Nicht an so einem Tag.«

»Dann sag es ihr halt früher«, brummt Sam ungehalten.

»Ich kann mein Liebesleben nicht von meiner Großmutter abhängig machen.«

»Dann bring sie halt nur an dem einen Tag mit. Was du an allen anderen Tagen treibst, ist mir egal.« Die Stimmen haben genau vor der Tür zum Wohnzimmer angehalten.

»Sie wird nicht kommen, Mutter, wir haben uns nicht im Guten getrennt.« Genau, was ich befürchtet habe. Ausgerechnet jetzt und hier unangekündigt auf Sams Mutter zu treffen, die der Exfreundin hinterher trauert, ist nicht allzu prickelnd. Mir ist durchaus klar, dass ich zerwühlt aussehe und meine Haare sind nicht leicht zu bändigen. Schnell fische ich ein Haargummi aus der Hosentasche und binde mir einen Zopf.

»Dann rutsch auf Knien zu ihr. Oma wird einen Herzinfarkt bekommen, wenn ihr einziger Enkel ohne Frau ankommt. Mit Mitte zwanzig. Du weißt, wie ihre Freundinnen drauf sind. Da haben die Enkel alle schon Kinder und du bist noch nicht mal verheiratet.«

Mühsam verkneife ich mir das Kichern. Sam hat nie erzählt, wie seine Familie so drauf ist. Wenn die hoffnungsvoll auf Kinder warten, sind sie über Sams aktuelle Lage unglücklich. Hätte er sich bei Dana doch mehr Mühe gegeben, die wäre ein perfekter Eva-Ersatz.

»Die Enkel von Omas Freundinnen sind mindestens dreißig. Ich kann nichts dafür, dass Papa und du mich erst so spät bekommen haben.«

»Werde ich heute eigentlich im Flur abgefertigt?«, beschwert sich die Frauenstimme. »Mach mir einen Kaffee und dann besprechen wir das Problem. Du kannst auf keinen Fall ohne Frau antanzen. Und wenn ich dir eine professionelle Begleitung suchen muss.« Jetzt fällt mir die Kinnlade herab. Sams Mutter ist echt schräg drauf. Dann schwingt die Tür auf und artig erhebe ich mich.

»Ach!«

»Das ist Melissa«, stellt Sam mich vor und zieht hinter dem Rücken seiner Mutter entschuldigende Grimassen. »Melissa, meine Mutter.«

Samuels Mutter ist wie aus dem Ei gepellt und das an einem Samstag. Das erklärt, wieso Sams Frisur immer so akkurat sitzt. Außer heute. Ich muss mir ein Kichern verkneifen und reiche ihr eilig meine Hand.

»Freut mich Sie kennenzulernen, Frau Hofmeister.« Sam macht ein fragendes Gesicht, dabei steht sein Nachname an der Türklingel.

»Das erklärt ja einiges.« Samuels Mutter ergreift meine Hand und schüttelt sie nachdrücklich. »Sag doch bitte Gudrun, Melissa, mit dem Siezen halten wir uns lieber gar nicht erst auf. Durch den Geburtstag meiner Mutter wirst du ja jetzt Knall auf Fall in die Familie eingeführt.«

»Melissa ist nicht...«, sagt Sam, aber ich unterbreche ihn.

»Liebend gern, Gudrun.«

»Melissa wird nicht ...«, fährt Samuel verzweifelt fort.

»Was wird Melissa nicht?« Ich stemme die Hände in die Seite und funkle ihn an. Ich habe nämlich soeben die perfekte Gelegenheit gefunden, mich bei Sam zu bedanken, egal, ob er es als notwendig erachtet oder nicht. »Ich freue mich unglaublich, endlich Sams Familie kennenzulernen. Er versteckt mich schon viel zu lange.«

»Na, das ist ja typisch. Mein Sohn war immer ein Geheimniskrämer.«

»Sam, wolltest du nicht Kaffee machen? Dann plaudere ich solange mit deiner Mutter. Ich bin so gespannt, wie der Geburtstag geplant ist.« Ich lächle Sam an und er dackelt wohl oder übel in die Küche. Nicht ohne mir noch einen letzten verwirrten Blick zuzuwerfen. Verwirrt und misstrauisch.

»Ehrlich Gudrun, ich liebe Familienfeste. Bei uns werden die ebenfalls ausgiebig gefeiert.«

Wir setzen uns. Ich erfahre, dass Sammis Oma neunzig Jahre alt wird, als einzige ihrer noch lebenden Freundinnen keine Uroma ist und unglaublich schwerhörig.

»Sie ist nicht nur schwerhörig, sie ist auch zu eitel, ein Hörgerät zu benutzen«, ruft Sam aus der Küche und beweist, dass er lauscht. »Man muss sie also ununterbrochen anbrüllen und sie versteht trotzdem das meiste falsch.«

»Ich bin mir nicht so sicher, ob das stimmt oder ob sie das nur vortäuscht«, überlegt Gudrun laut. »Mir ist aufgefallen, dass sie prinzipiell Worte, die ihr nicht gefallen, überhört. Die Information, dass es Kuchen gibt, die bekommt sie jedes Mal mit.«

Ich lache und beschließe, Sams Lauschen dazu zu nutzen, ihn ein wenig zu ärgern. »Ich habe schon gemerkt, dass Samuel sich mit Frauen schwertut«, sage ich laut. »Er hatte ja bisher kein glückliches Händchen. Für jemanden, der sich auf Urenkelkinder freut, ist das bestimmt schwer.«

Samuel erscheint postwendend im Türrahmen und blickt mich unheilvoll an. Gudrun bemerkt ihn natürlich nicht. »Wem sagst du das. Diese Eva war ein wahrer Eisbrocken und ich bin froh, dass er sie los ist.« Verschwörerisch rückt sie näher an mich heran. »Vor allem, da er nun dich hat. In dem Alter sollte ein Mann nicht mehr Single sein. Das hätte mir wirklich Kopfzerbrechen bereitet.«

Sam verdreht die Augen und verschwindet wieder in der Küche. Ich kann nicht umhin, Gudrun mit meiner Mutter zu vergleichen. Die beiden würden sich hervorragend verstehen, denn sie haben keine Hemmungen, über ihre Kinder aus dem Nähkästchen zu plaudern. Und Sam und ich bekommen volle Kanne alle Erwartungen ab. Ich in beruflicher Hinsicht, Sammi in familiärer.

»Melissa, wie habt ihr euch kennengelernt, mein Samuel und du?«

Sam kommt und serviert uns den Kaffee.

»Oh«, sage ich langsam und beobachte, wie Sam mich misstrauisch mustert. »Das war in einem Restaurant. Vor ungefähr drei Wochen.«

»Vor genau drei Wochen, Schatz«, säuselt er und wirft mir drohende Blicke zu. Denkt er, ich berichte wahrheitsgemäß, wie wir uns kennengelernt haben? Seine Mutter wird wohl kaum hören wollen, wie Eva sich aufgeführt hat. Keine Mutter möchte über sexuelle Defizite ihrer Kinder informiert werden.

Ich greife nach Sams Hand und schmachte ihn auffällig an. »Da hast du recht.«

»Drei Wochen? Und du hast sie uns noch nicht vorgestellt? Und noch nicht einmal von ihr erzählt? Samuel, ich dachte die ganze Zeit, du bist nach wie vor mit dieser Eva liiert, weil du nichts erzählst«, schimpft seine Mutter und ich grinse. Jetzt ist Sams Ex schon ›diese Eva‹. So schnell kann das gehen. »Wie kannst du uns so ein tolles Mädchen wie Melissa vorenthalten?«

»Mutter, ich musste ja erst einmal sehen, wie sich das mit Melissa und mir entwickelt«, rechtfertigt er sich. »Ich kann meiner Familie wohl kaum jede Woche eine neue Frau präsentieren.«

Jetzt ziehe ich eine beleidigte Schmolllippe. Dafür, dass ich erst seit zehn Minuten mit Sam in einer Beziehung bin, kann ich das schon erstaunlich gut.

»Wie hat es sich denn jetzt mit uns entwickelt?«, frage ich mit großen Augen. »Hast du etwa noch andere Frauen am Start?«

»Natürlich nicht.« Sam funkelt mich an. Ich finde diese Unterhaltung echt amüsant. »Es läuft doch hervorragend mit uns, oder, Meli?«

»Finde ich auch.« Ich ziehe seine Hand an meine Lippen und hauche einen Kuss auf seinen Handrücken. Wenn jemand das bei mir macht, bekomme ich jedes Mal eine Gänsehaut.

»Ja, ja, ich sehe schon. Ich lasse euch zwei Turteltäubchen mal besser allein. Außerdem muss ich zu Tante Trudi und für Oma eine neue Haftcreme besorgen, bevor die Geschäfte zumachen.« Gudrun erhebt sich. »Melissa, wir sehen uns dann spätestens auf der Feier.«

Samuel und ich stehen ebenfalls auf und gehen hinter Gudrun her. Ich halte nach wie vor Sams Hand. An der Tür bekomme ich zum Abschied eine Umarmung von Samuels Mutter.

»Sie mag mich«, sage ich triumphierend, als die Tür hinter ihr ins Schloss gefallen ist.

»Mochten dich die Mütter deiner Exfreunde nicht?« Samuel schaut auf unsere Hände, die ineinander verschlungen sind. Da es sich so erschreckend natürlich anfühlt, mit meinem Fakefreund Händchen zu halten, lasse ich schnell los.

»Doch, mich mögen alle Mütter.« Im Wohnzimmer übernehme ich wieder das Sofa. Mittlerweile habe ich hier einen Stammplatz. »Ich bin eine wahre Traumschwiegertochter.«

»Warum hast du das gemacht?« Samuel nimmt neben mir Platz und schaut finster auf die leeren Kaffeetassen.

»Ich sah dich nicht auf Knien vor Eva rutschen und um ihre Begleitung betteln.« Sam schnaubt und ich lache laut. »Und die Vorstellung, dass du mit einer Nutte auf den neunzigsten Geburtstag deiner Großmutter gehst, war auch abwegig.«

»Meine Mutter meinte keine Nutte.«

»Sei nicht so naiv, Samuel. Eine Escort-Dame ist auch eine Prostituierte. Das wäre doch aufgeflogen.«

»Und jetzt tauche ich mit einer Fakefreundin auf. Ist das besser?«

»Besser als eine Nutte? Fragst du das allen Ernstes?«, empöre ich mich. Samuel verdreht die Augen.

»Du weißt, wie ich das meine. Es ist so oder so eine Lüge.«

»Aber bei mir ist es weniger Lüge. Denn immerhin bin ich eine Freundin und mag dich. Das ist doch das Wichtigste.«

»Okay.« Samuel fährt sich erneut durch die Haare, die dadurch wieder unordentlicher werden. Mir gefällt das. Er sieht cooler aus, wenn er nicht so akkurat gestylt ist. »Meinetwegen, dann bist du auf dem Geburtstag halt meine Fakefreundin. Müssen wir vorher Geschichten aufeinander abstimmen?«

»Du hast zu viele Filme gesehen. Wir wollen ja keine Green Card ergaunern.«

»Melissa, du kennst diese Familie nicht. Wenn meine Oma dich in der Mangel hat, musst du für alles Rede und Antwort stehen. Da ist eine Green Card Kinderkram gegen.«

»Deine Oma ist taub.« Ich halte lachend eine Hand vor die Ohrmuschel und täusche eine alte Dame vor. »Häh, Sam, was hast du gesagt? Du nuschelst so. Aber wenigstens stellst du uns deine bezaubernde Freundin endlich vor. Ich liebe sie nämlich.«

Samuels Mundwinkel zuckt. »Warte ab, Meli. Und sag nachher nicht, ich hätte dich nicht gewarnt.«

kapitel 23

SAMUEL

Den Fakebrief von Sarah werfen wir am Abend bei Chris ein. »Ist es taktisch nicht klüger, dass du dabei bist, wenn er ihn öffnet?«, fragt Melissa und starrt auf den Briefkasten. »Ich werde mir Sarahs Reaktion ganz genau ansehen und verhindern, dass sie vor dem Treffen Kontakt zu ihm aufnimmt.«

»Wenn du meinst.« In meinem Leben ist verdammt viel Fake, seit Melissa darin herumschwirrt. Es ist nicht nur der Brief, dessen wahre Herkunft nicht auffliegen sollte. Der Geburtstag von meiner Oma kann nur in einem Fiasko enden. Entweder wird Melissa im Anschluss nie wieder ein Wort mit mir wechseln oder meine Familie wird mich verstoßen.

Während sie mir zum Abschied zuwinkt, bleibe ich an Chris' Tür stehen und schaue ihr nach, wie sie sich mit wippendem Pferdeschwanz entfernt. Der heutige Tag hat mich extrem durcheinandergewirbelt. Geplant war er anders. Geplant war, dass ich etwas in Melissas Zukunftsplänen stochere und herausfinde, was sie sich vom Leben verspricht. Denn bisher manövriert sie sich planlos in Richtung Zukunft. Jemanden wie mich, der schon immer wusste, was er sich vom Leben erhofft, macht das nervös.

Als sie um die Ecke biegt, klingle ich.

»Was ist los, Mann?« Chris' Kopf schiebt sich über das Treppengeländer und er schaut unwillig hinab. »Warum lässt du mich rennen?«

»Hab den Schlüssel vergessen.« Mein Kumpel sieht mal wieder aus, als habe er den Tag im Gammellook vor der Glotze verbracht. Unrasiert, ungewaschen und mit Chips statt einer nahrhaften Mahlzeit. Glücklicherweise habe ich zu Hause eine Tiefkühlpizza gefunden, die ich ihm jetzt aufbacken werde. Mies gelaunt wie gehabt kommt er die Treppe hinuntergeschlurft und öffnet den Briefkasten. Wenigstens das läuft nach Plan.

Neben unserem Brief finden sich einige Werbeprospekte und eine Sendung, die an den Nachbarn adressiert ist. Kommentarlos wirft Chris es beim Briefkasten nebenan rein.

»Die machen es sich auch immer einfacher.« Schätze, er meint den Postboten, der bei mir im Haus ebenfalls nicht allzu penibel darauf achtet, was er in welchen Kasten stopft.

In der Küche schmeiße ich wortlos den Backofen an.

»Ist dein Ofen kaputt?« Bei Chris Gemotze könnte ich mich glatt unwillkommen fühlen. Wir kennen uns lange genug, dass das an mir abprallt.

»Die Pizza ist für dich.« Er hat die Post achtlos auf den Tisch gelegt, der Fakebrief ist ganz unten. Ich deute auf den Stapel. »Hat meine Oma dir auch eine Einladung zu ihrem Geburtstag geschickt?« Meine Großmutter liebt Chris heiß und innig. Bei ihm legt sie keinen Wert darauf, dass er möglichst bald unter die Haube kommt und sich als Vater qualifiziert. Träge durchsucht Chris seine Post.

»Schätze schon«, sagt er, als er den weißen Umschlag in der Hand hält, der nur mit seinem Namen beschriftet ist. »Ich bin aktuell nicht in Stimmung für so was. Kannst du ihr das schonend beibringen?«

»Ich habe nichts schriftlich bekommen«, sage ich schnell, denn Chris legt den Brief achtlos weg. »Bei mir wird erwartet, dass ich auf der Matte stehe, obwohl ich nur telefonisch informiert werde.«

Endlich öffnet er den Umschlag und ich gebe mich uninteressiert.

»Und? Hat Omi gebastelt?«, frage ich grinsend, denn Chris zeigt keine Reaktion. Wortlos geht er ins Wohnzimmer und lässt sich auf das Sofa fallen.

»Das ist von Sarah«, sagt er tonlos.

»Oh?« Ich hasse die Nummer, die ich hier abziehe. Außerdem bin ich echt eine Katastrophe, wenn ich lügen muss. Wäre Chris aktuell nicht im Zombiemodus, hätte er das längst gemerkt. »Ist das gut?«

»Es ist verwirrend.« Melissa hat mich da in eine echt unangenehme Situation manövriert. Leider hatte ich keinen besseren Vorschlag und weiter in ihrem elenden Sumpf können wir die beiden nicht lassen. »Ich habe die echt geliebt.«

Ja, das hatte ich auch schon festgestellt.

»Dann solltest du es nicht einfach aufgeben.«

Unentschlossen dreht Chris den Brief in seinen Händen.

»Hast du schon mal so für eine Frau empfunden? Das Gefühl, dass das Leben ohne sie keinen Sinn mehr macht, meine ich. Dass du ohne sie nie wieder lachen wirst. Und auch nicht mehr lachen möchtest.«

»Ich weiß nicht.« Still denke ich nach. »Nein, schätzungsweise nicht.« Nein, definitiv nicht. Bestimmt nicht für Eva. Nicht für eine meiner Freundinnen davor. Und bei Melissa verbiete ich mir konsequent, mich auf etwas einzulassen, was mich nur ins Unglück stürzen kann. Man kann Gefühle bis zu einem gewissen Grad kontrollieren. Man muss es, wenn man sich nicht kaputtmachen lassen will. »Dann ist doch von deiner Seite aus alles klar. Dann gehst du zu dem Treffen, oder?«

Oh, verdammt. Chris hat bisher mit keinem Wort erwähnt, was in dem Brief steht. Jetzt habe ich ihn mit der Nase drauf gestoßen, dass hier etwas nicht stimmt. Er schaut mich an.

Betrunken ist er nicht mehr. Viel besser sieht er jedoch nach wie vor nicht aus. Die blutunterlaufenen Augen zeigen, dass er seit Tagen weder vernünftig schläft, noch an die frische Luft kommt. Seine Gesichtszüge sind schlaff und alles in allem wirkt er grau.

»Klar ist hier gar nichts«, sagt er dann, ohne auf meinen Patzer einzugehen. Chris ist ganz schön neben der Spur. »Sarahs Reaktion war unlogisch und schwachsinnig. Selbst wenn sie mir verzeiht, obwohl es nichts zu verzeihen gibt, noch einmal halte ich so ein Theater nicht aus. Ich meine, kann ja durchaus sein, dass da noch andere Frauen sind, die ….«

Er wedelt unbestimmt durch die Luft.

»Die du flachgelegt hast und die Sarah nicht ausstehen kann«, beende ich seinen Satz. Tja, wenn man sich durch die halbe Stadt gevögelt hat, ist das sogar wahrscheinlich.

Schweigend sitzen wir nebeneinander und hängen unseren Gedanken nach. Aktuell läuft es bei uns beiden nicht rund. Im Gegensatz zu Chris lasse ich mir das nicht anmerken. Aber nach dem Kuss zwischen Melissa und mir ist das die erste Gelegenheit für meine Gefühle, sich zu Wort zu melden. Scheiße, dieser Kuss. Besser wäre es, wenn ich die Erinnerung daran komplett verdrängen könnte. Die Erinnerung daran, wie sich ihre Lippen auf meinen angefühlt haben. Wie sich ihr Körper an meinen schmiegte. Melissa küsst hemmungslos und mit vollem Körpereinsatz. Und leider passen ihre Lippen perfekt auf meine.

»Gehst du trotzdem hin?«, wende ich mich wieder dem aktuellen Auftrag zu.

Chris zuckt die Schultern.

»Mann, Kumpel, wenigstens bist du glücklich. Melissa ist ein Volltreffer.«

»Mag sein«, stimme ich ihm deprimiert zu. »Sie ist aber nicht mein Volltreffer.«

Langsam holt das Geständnis Chris aus seiner Lethargie.

»Was meinst du damit?«

»Ich meine, dass wir nicht zusammen sind. Ich weiß, dass wir so getan haben, als Sarah und du das unerträglich glückliche Pärchen wart, aber es war da schon nur Fake.«

»Wieso denn das? Die ist scharf, die ist nett, die ist witzig und cool. Die ist eine echte Traumfrau.« Chris legt den Brief zur Seite und betrachtet mich fassungslos.

Leider hat er es genau auf den Punkt gebracht. Melissa hat eine Mischung aus Attraktivität, Selbstbewusstsein und Humor, die jeden Mann fasziniert. Kein Wunder, dass sie bei den Männern landen kann, auf die sie steht. Und bei den Männern landen könnte, auf die sie nicht steht.

»Aber ich bin es nicht.« Es so laut auszusprechen schmerzt noch mehr, als es mir nur immer wieder leise im Kopf zu sagen.

»Eh, doch. Klar bist du das.« Chris stößt mich unsanft in die Seite. »Traummann, aber so was von.«

»Frag Melissa.«

»Wieso? Was würde sie antworten?«

»Dass ich abgrundtief hässlich bin.« Na gut, das war nur ihre Aussage, mit der sie auf meine miese Sexnummer reagiert hat. »Nein, einfach, dass ich nicht ihr Typ bin«, revidiere ich. »Sie steht auf gut aussehende Männer.«

»Versteh ich nicht? Du siehst doch gut aus.«

»Mann, Chris.« Ein spöttisches Grinsen schiebt sich in mein Gesicht. »Wie willst du das denn beurteilen? Stehst du jetzt auf Männer und machst mich an? Oder was gibt das?«

»Ich kann doch beurteilen, ob mein Kumpel gut aussieht, ohne ihn gleich vögeln zu wollen«, schmollt Chris. Ich betrachte ihn kopfschüttelnd. Nein, mit einem Mann hatte Chris noch nie was, das hätte ich mitbekommen.

»Das beurteilt ja nun einmal jeder anders. Und Melissa gefällt mein Aussehen eben nicht.«

»Was für eine blöde Kuh.«

»Eine scharfe, nette, witzige und coole blöde Kuh«, korrigiere ich und grinse müde.

»Und das ist jetzt Grund genug, nicht auf dich zu stehen?«
Chris klingt noch immer fassungslos. Ausgerechnet Chris, der
sich bis dato nie für die inneren Werte einer Frau interessiert
hat.
»Was weiß denn ich? Ich weiß nur, dass ich für sie nicht in
Frage komme. Wir haben nur Zeit wegen dir und Sarah miteinander verbracht. Es war eine Verlegenheitslösung.«
Eine Verlegenheitslösung, die mittlerweile einen absolut
heißen Kuss beinhaltet. Berührungsängste hat dieses Mädchen nicht, denn ich würde nie so weit gehen, einer Frau, auf
die ich nicht stehe, so nahezukommen. Ich bin heilfroh,
diesen Kuss nicht verbockt zu haben. Sich von der Traumfrau
sagen lassen zu müssen, man küsse schlecht, wäre der Horror.
Jetzt muss ich nur wieder mein Herz in geregelte Bahnen bringen und es davon überzeugen, dass weder der Kuss noch das
›wow‹ etwas zu bedeuten hat.
»Das hat sich ja inzwischen erledigt«, muffelt Chris.
»Dann hast du Sarah komplett abgeschrieben? Trotz
Brief?«
Still starrt Chris vor sich hin und denkt nach.
»Was meinst du?«, fragt er.
»Geh hin«, antworte ich entschlossen. Abgesehen davon,
dass ich hier sitze, um ihm genau diesen Rat zu geben, ist es
meine ehrliche Meinung. Chris und Sarah sind perfekt füreinander. Und so etwas sollte man nicht beim ersten Problem in
den Wind schießen. »Gib euch eine zweite Chance. Ich habe
dich bei einer Frau noch nie so gesehen, wie bei Sarah. Wer
weiß, ob es dir im Leben noch einmal passiert.«
Chris greift erneut nach dem Brief.
»Montagabend 19 Uhr auf der Rheintreppe«, murmelt er.
Lange haben wir über den perfekten Ort gegrübelt, denn er
sollte schon etwas Romantisches haben. Und diese Stelle
bietet den Blick auf den beleuchteten Dom und den Rhein
gleichzeitig und ist einer meiner Lieblingsorte. »Kommst du
mit, Sam?«

Das ist perfekt. Dann kann ich das Ganze aus dem Hintergrund überwachen.

»Klar.«

In dem Moment bemerke ich den Geruch von verkohlter Pizza. Es sieht weiterhin bescheiden aus mit Chris' Ernährung.

»Sie wird nicht kommen«, stellt Chris aus heiterem Himmel fest.

»Wieso denn das, Mann?« Er klingt, als warten wir schon seit Stunden vergeblich, dabei passieren wir gerade den Dom und sind nicht mal am Ziel angekommen. »Es war doch Sarahs Vorschlag.«

Es war Melissas Vorschlag, aber ich weiß eh, dass die beiden auf dem Weg zum Treffpunkt sind.

»Weil ich es mir so sehr wünsche«, murmelt er. »Ich habe viel nachgedacht, seit ich diesen Brief bekommen habe.« Ist das Chris? Mein bester Freund Chris, der das Leben nimmt, wie es kommt, und vor allem die Frauen. »Wenn man nach all den Jahren endlich eine Frau findet, die wirklich das Herz berührt, dann darf man es nicht einfach so enden lassen. Ich werde nie wieder einen Menschen wie Sarah finden.«

In diesem Augenblick bin ich Melissa so dankbar, dass sie drauf bestanden hat, die Briefe zu schreiben. Sanft klopfe ich Chris auf die Schulter. »Sie wird schon kommen. Ich habe doch gesehen, dass Sarah dasselbe für dich empfunden hat.«

Der Platz über der Philharmonie ist gesperrt. Ich schätze, die Kölner Philharmonie ist der einzige Konzertsaal, über den man laufen kann, ohne es zu bemerken. Nur leider hören die Besucher die Schritte, so dass bei einem Konzert oder einer Probe der Platz nicht betreten werden darf. Wir gehen am Rand vorbei und stehen dann oberhalb der Treppe, die zum Rhein hinunterführt.

»Ja, empfunden hat.«

»Und empfindet. Gefühle ändern sich nicht so schnell.«

Wir schauen auf den Rhein hinab, auf dem so einige Schiffe in voller Beleuchtung unterwegs sind. Die Ausflugsboote sind eindeutig schon in Weihnachtsstimmung. Melissa hat mir aufgetragen, Chris nach unten zu bringen, damit sie und Sarah von oben kommen. Dafür dass sie nur Thriller liest, hat sie romantische Inszenierungen durchaus drauf.

»Komm, Chris«, locke ich meinen Kumpel weiter und gehe ein paar Stufen hinab.

»Von hier oben hat man den besseren Blick.« Unentspannt verschränkt er die Arme und bleibt stehen.

»Es ist taktisch klüger, wenn Sarah dich zuerst sieht. Dann muss die Initiative von ihr ausgehen.« Chris schaut mich verwundert an. Er hat keine Probleme damit, Initiative zu zeigen, im Gegenteil. »Glaub mir, Chris, heute muss Sarah auf dich zugehen.«

So ist der Plan. Melissa schwört drauf, dass Sarah weich wird, sobald sie Chris sieht. Wenn sie vor Augen hat, wie attraktiv er ist, wenn ihr wieder einfällt, wie irre er im Bett ist und wie glücklich er sie gemacht hat. Und wenn sie bemerkt, wie sehr er seit der Trennung gelitten hat, denn das ist ihm unverkennbar anzusehen.

Zögernd folgt Chris mir.

Es sind viele Leute unterwegs, auf dem Weg in die Altstadt, zu einem Kneipenbummel oder um essen zu gehen. Die üblichen Touristen verteilen sich rund um Dom, Rhein und Altstadt und in alle Richtungen werden Kameras gezückt. Eine Gruppe kichernder Mädchen geht an uns vorbei. Zum ersten Mal, seit wir fünfzehn sind, erntet Chris weder versteckte Blicke noch leise Pfiffe. Er bemerkt es nicht mal.

Frierend stecke ich meine Hände in die Hosentasche. Heute weht ein eisiger Wind. Nicht das richtige Wetter, um an dieser exponierten Stelle zu stehen und reglos zu warten. Ungeduldig werfe ich erst einen Blick auf meine Uhr, dann die Treppe hinauf. Melissa hat mir versprochen, pünktlich zu sein.

Im Hintergrund leuchtet der Dom. Und endlich erscheinen zwei Frauensilhouetten am oberen Ende der Treppe, bleiben stehen und schauen hinab. Und mit einem Mal klopft mein Herz vor Aufregung, denn unerklärlicherweise fühle ich mich, als wäre Melissa hier mit mir verabredet. Als wären wir die Personen, um die es sich jetzt dreht. Dabei sind wir unwichtige Nebendarsteller. Und werden es für immer bleiben.

»Sarah ist da«, sage ich leise.

Chris starrt reglos auf den Rhein und sieht ein wenig bockig aus. Ich drehe ihn sanft in die richtige Richtung und ziehe mich dann zurück. Melissa hält es genauso, sie weicht ans andere Ende der breiten Treppe und sucht meinen Blick. Es ist eh unwichtig, was wir machen, denn Chris und Sarah starren sich an und nehmen nichts anderes mehr wahr. Es läuft so, wie Meli es vorausgesagt hat.

Erleichtert stürme ich mit langen Schritten die Treppe hinauf.

»Du hast recht«, lobe ich sie leise und deute auf unsere Freunde, die sich mit den Augen verschlingen.

»Ich habe immer recht.« Zur Antwort schnaube ich.

»Gehen wir ein Bier trinken?«, frage ich. »Mir ist kalt.« Melissa hat im Gegensatz zu mir Mütze und Schal an. Ich habe nur meine Hosentaschen, die kaum Schutz für die Hände bieten.

»Können wir machen. Lass uns nur noch kurz warten, bis die beiden sich in den Armen liegen.« Fröstelnd ziehe ich die Schultern hoch und Melissa lacht mich aus. »Warum hast du dir nichts Wärmeres angezogen?«

»Ich hatte nicht mit dem Wind gerechnet. Darf ich Sarah die Treppe hinunter schubsen, damit es schneller geht?«

Melissa kichert.

»Damit Chris sie auffängt. Gar keine schlechte Idee.«

Endlich geht Sarah auf meinen Freund zu. Sehr langsam. Wenn es um große Auftritte geht, ist Sarah irre talentiert. Chris liebt so was. Sie passen perfekt zueinander.

»Gleich knutschen sie«, stelle ich fest. »Können wir gehen?«

Wenn ich mir mit Melissa an meiner Seite anschauen muss, wie die beiden aneinanderkleben, habe ich nur wieder ihre Lippen vor Augen. Ihren Geschmack im Mund. Das Gefühl ihres Körpers auf meinem. Und das ist nicht gut für mein Seelenheil.

»Wir gehen, wenn sie knutschen.«

Demonstrativ gelangweilt drehe ich mich weg, schaue über die Rheinterrassen Richtung Altstadt. So habe ich den Wind im Rücken, was deutlich angenehmer ist.

»Jetzt hat Sarah Chris erreicht«, informiert Melissa mich.

»Knutschen sie?«

»Nein, sie reden.«

»Kann nicht sein. Chris hält sich nicht mit reden auf.«

Ungläubig drehe ich mich wieder in den Wind. Diesmal macht er es. Und zwar wild gestikulierend. Das hatten wir uns anders vorgestellt, denn eine leidenschaftliche Versöhnung bedeutet mehr Körperkontakt.

»War so unser Plan?«, frage ich.

»Nein«, erwidert Melissa skeptisch. »Reden war bei unserem Plan nicht vorgesehen, denn das birgt nur wieder Raum für Missverständnisse.«

»Und es könnte rauskommen, dass keiner einen Brief geschrieben hat.« Beide schauen sie in unsere Richtung.

»Oh Mist«, murmelt die Briefeschreiberin. Jetzt geht die wilde Diskussion wieder los. Und Sarah wird unübersehbar wütend. So wütend, dass sie Chris grob schubst, sich umdreht und davonrauscht.

»Scheiße, Scheiße, Scheiße«, brüllt Meli und läuft hinterher.

Ehe ich Chris erreicht habe, macht er sich in die andere Richtung davon, obwohl sie völlig verkehrt ist. Er geht so schnell, dass ich rennen muss, um ihn einzuholen.

kapitel 24

SAMUEL

Melissa ist blendender Laune. Ich habe mit dem Gegenteil gerechnet, denn zum einen ist unser Chris-Sarah-Plan voll nach hinten losgegangen und zum andern ist ein neunzigster Geburtstag nichts, was eine unambitionierte BWL-Studentin im dritten Semester erfreulich finden kann.

»Und wie heißt der Freund von deiner Cousine Leonie? Du weißt, von dem sie jetzt eventuell schwanger ist. Deine Mutter ist auf jeden Fall der festen Überzeugung und rechnet heute Abend mit der offiziellen Bestätigung. Und ebenfalls mit der Einladung zur Hochzeit.« Seit einer halben Stunde beantworte ich diese Art von Fragen. Dass Leonie schwanger sein könnte, höre ich jedoch zum ersten Mal.

»Leonie ist jünger als ich, die wird ja wohl kaum schwanger sein.« Ich gebe mehr Gas. Die Autobahn ist einigermaßen frei und die Aussicht heute Abend noch schärfer unter die Lupe genommen zu werden, sollte Leonie tatsächlich schwanger sein, ist nicht positiv. Ich sollte nicht schneller fahren, sondern stattdessen wenden.

»Und deshalb rückst du jetzt nicht mit dem Namen des Freundes raus?«

»Ich weiß ihn nicht.«

»Nicht im Ernst. Leonie und du, ihr wart früher wie Geschwister. Ihr habt zusammen Urlaub gemacht, in der Badewanne gesessen, euch die Süßigkeiten geteilt. Und jetzt weißt du nicht, wie der Vater ihres Kindes heißt?«

»Unsere Mütter haben gemeinsam Urlaub gemacht und uns in die Wanne gesteckt. Und sie haben uns auch nur gleichzeitig Süßigkeiten gegeben, wir mussten also teilen.« Stur halte ich den Blick auf der Fahrbahn. »Und die Schwangerschaft ist bisher nur ein Gerücht. Meine Mutter hat eine lebhafte Fantasie.« Mir ist eh schleierhaft, wann genau die beiden sich über all diese Details unterhalten haben. So lange war ich nicht in der Küche. So lange war meine Mutter gar nicht im Haus.

»Deine Mutter kann das sehen.« Ich spüre Melissas Blick auf mir. »Die hat ganz feine Antennen für Zwischenmenschliches.«

»Dann hoffen wir mal, dass meine Mutter nicht diese Fakesache zwischen uns sieht.«

»Niemals.« Melissa klingt extrem zuversichtlich. »So viel Fake ist da gar nicht.«

Mein Herz beginnt zu klopfen. Das sagt sie ja nicht zum ersten Mal. Aus Freundschaft kann sich durchaus Liebe entwickeln. Dann beruhigt sich mein Herz wieder. Wenn man den Freund absolut unattraktiv findet, ist das nämlich ausgeschlossen.

»Sie wird sehen wollen, wie du mich küsst«, provoziere ich sie.

»Kann sie haben.«

Das wird ein harter Abend. Nicht nur, dass ich ununterbrochen auf der Hut sein muss, mich und diese Fakebeziehung nicht zu verraten, ich werde Melissa möglicherweise erneut küssen. Und ich muss dabei ansatzweise cool bleiben. Cool genug, um sie nicht, benebelt von ihren Lippen, um eine Chance anzuflehen. Der letzte Kuss hat mich schon all meine Selbstbeherrschung gekostet.

»Chris redet kein Wort mehr mit mir«, wechsle ich schnell das Thema.

»Sarah hat sich wieder in ihrem Zimmer verbarrikadiert«, antwortet Melissa und die Leichtigkeit aus ihrer Stimme ist verschwunden. »Es ist schlimmer als vorher.«

»Was ist schiefgelaufen?« Ich bin wie ein Irrer hinter Chris hergerannt und habe ihn angebettelt, zu sagen, was los ist. Er hat mich konsequent ignoriert, mir die Tür vor der Nase zugeschlagen und sie dann so gesichert, dass mein Schlüssel sie nicht mehr öffnet.

»Sie haben schon bei den ersten Sätzen festgestellt, dass keiner von ihnen einen Brief geschrieben hat.«

»Na, immerhin redet Sarah noch mit dir.«

»Nein, eigentlich nicht. Sie hat mich eine Weile angebrüllt, ich habe zurückgebrüllt und seitdem herrscht Funkstille.« Und das in einer gemeinsamen Wohnung, das ist noch übler als meine Situation.

»Diese Brainstorming-Sache ist der letzte Scheiß«, stelle ich fest. Den Zusatz, wie sonnenklar das war, verkneife ich mir.

»Das Brainstorming war nicht das Problem. Die Voraussetzungen stimmten nicht. Ich habe geglaubt, die Beziehung ist so extrem körperlich, dass sie gar nicht erst zum Reden kommen, sondern übereinander herfallen. Ich meine, echt, das sind Sarah und Chris. Die sind drei Tage nicht aus dem Bett gekommen. Die legen im Normalfall jede Woche mehrere Leute flach. Und bei so was reden sie.« Melissa neben mir fuchtelt wild mit den Armen in der Luft. Jetzt muss ich mich zwingen, nicht sie zu beobachten, sondern mich auf den Verkehr zu konzentrieren. »Wir brauchen einen neuen Plan. Einen, bei dem sie sich aussprechen können, wenn sie das unbedingt haben wollen. Wir müssen es anders angehen.«

»Nein, Meli, wir müssen uns raushalten.«

»Kann ich nicht.« Im Radio läuft ein rockiger Gute-Laune-Song und Melissa schaltet es aus. »Sarah ist meine Freundin, ich liebe sie und ich ertrage es nicht, wenn sie unglücklich ist.«

»Sie ist nicht unglücklich, sie ist sauer auf dich. Übrigens zu recht, du hast sie nämlich angelogen und verarscht.«

»Ach was. Wenn sie sich abgeregt hat, verzeiht sie mir.« Melissa stößt mir leicht gegen den Arm. »Sie ist schnell auf hundertachtzig und regt sich lauthals auf, aber nachtragend ist sie nicht.«

»Chris ist nachtragend«, stelle ich fest. »Schätze, er hat in der Zwischenzeit sein Türschloss austauschen lassen, damit ich nie mehr reinkomme.«

»Das kriegen wir schon wieder hin.« Jetzt legt sie tröstend ihre Hand auf meinen Oberschenkel. »Echt, Sam, wenn wir die Sache zwischen Sarah und Chris einrenken, ist das mit dir und ihm automatisch in Ordnung. Nachdem er es erst einmal kapiert hat, wird er dir dankbar sein.«

»Er ist mein bester Freund. Ich kann ihn nicht verlieren.« Genau genommen ist er mein einziger Freund. Ich habe zwar so einige Kumpel, vor allem beim Fußball, aber mit echten Freunden, denen ich vertraue, bin ich vorsichtig.

»Du wirst ihn nicht verlieren. Und so lange bin ich dein Freund. Also, ich bin ja eh schon dein Freund, aber solange Chris schmollt, bin ich deine Vertraute. Ich übernehme alles, was Chris mit dir gemacht hat«, erklärt sie großspurig. Weil mich ihre Worte so berühren, muss ich sie schnellstens aufziehen.

»Schon mal im Puff gewesen, Meli?«, frage ich. »So wie männliche Kumpel das zusammen machen.« Ein schneller Blick zur Seite zeigt mir, dass sie mich fest anvisiert hat.

»Darauf falle ich nicht rein. Ich kenne Chris gut genug, um zu wissen, dass er das nicht nötig hat.« Okay, das war ein Schlag in den Magen, denn nun schweigt sie. Nach ein paar Sekunden höre ich jedoch ihr Kichern. »Du müsstest mal dein Gesicht sehen, Sammi. Keine Sorge, mir ist klar, dass du auch nie im Puff warst.« Ich wage einen längeren Blick, weg von der leeren Autobahn zum Beifahrersitz. »Weil du es nicht nötig hast.« Sie zwinkert mir zu.

242

»Okay, danke, gerade noch die Kurve bekommen, Melissa«, knurre ich.

Sie lacht laut heraus.

»Und du musst solange meine beste Freundin sein. Ich habe zwar noch andere Mädels, aber keine kommt an Sarah ran.«

»Was muss ich dabei machen? Bei Schminktipps bin ich echt mies.«

»Bei Schminktipps bin ich selbst mies. Du musst dir nur all meine wirren Gedankengänge anhören, denn da zeigt Sarah eine Engelsgeduld.«

»Ich höre mir schon eine Weile deine wirren Gedankengänge an.« Und ich mache es gerne. Sie redet ohne Punkt und Komma und trotzdem hat alles, was sie sagt, Gehalt. Hirnloses Geplapper war nie dabei.

»Tja, aber das Hin und Her, sobald ein Mann ins Spiel kommt, blieb dir bisher erspart.« Na, glücklicherweise. Wenn sie mir damit kommt, weiß ich nicht, wie lange ich cool bleiben kann. Melissa fährt unerbittlich fort. »Ich mache mir dann nämlich ununterbrochen Gedanken, wie er was gemeint haben kann. Und wann er anruft. Oder ob ich mich selbst melde. Und so weiter.«

»Na, an der Stelle bin ich eh der Experte. Tausend Mal besser geeignet als Sarah. Ich bin nämlich ein Mann.« Und ich bin ein Mann, der an ihr interessiert ist. Das macht mich zum Experten Nummer Eins.

»Das stimmt.«

Eine Weile warte ich auf die Spitze, die unweigerlich erfolgen wird. Ein Schlag unter die Gürtellinie, dass ich doch ungeeignet bin, da ich nicht gut aussehe. So etwas in der Art. Aber es kommt nichts. Melissa lässt ihre Krallen eingefahren und schweigt.

»So, so.«

Meine Oma fasst Melissa unerbittlich ins Auge, sobald wir

den Raum betreten, und ich bereue die ganze Farce auf der Stelle. Meine Familie ist nämlich nicht ohne. Auf den ersten Blick wirken sie harmlos und freundlich, aber hinter den Kulissen sieht es anders aus. Eva kam gar nicht mit ihnen klar und die Abneigung beruhte auf Gegenseitigkeit.

Melissa macht nach wie vor dieses gruselig zufriedene Gesicht und streckt meiner Großmutter enthusiastisch die Hand entgegen.

»Frau Weiler, tausend Dank für die Einladung und alles, alles Gute zum Geburtstag.« Meli schüttelt Omas Hand und hört gar nicht mehr auf. »Es ist so toll, dass ich dabei sein darf und endlich alle kennenlerne. Sammi hat schon so viel erzählt.« Ja, gezwungenermaßen. Freiwillig habe ich den Familientratsch nicht rausgehauen.

Langsam macht sich ein Lächeln im Gesicht meiner Oma breit.

»Melissa, also. Da hat Gudrun ja recht gehabt.« Wieso beschwert sich Oma nicht darüber, Melissa nicht verstanden zu haben? Okay, sie hat laut und deutlich geredet, aber das hat Eva genauso gemacht. Trotzdem hat meine Großmutter kein Wort von dem mitbekommen, was sie zu ihr sagte. Angeblich.

Jetzt bin ich an der Reihe.

»Wurde aber auch Zeit, Junge.« Was meint sie bloß damit? Ist ja nicht das erste Mädchen, das ich anschleppe.

»Oma, ich weiß echt nicht …«

»Nach dieser klapperdürren, arroganten Ziege mit dem Stock im Arsch, hast du es endlich kapiert. Deine Melissa ist genau die Richtige und wenn du die wieder von der Angel lässt, mache ich dir die Hölle heiß.« Ach, Scheiße, da habe ich mir was eingebrockt. Mein Lächeln gerät in Schieflage und ich werfe Melissa einen verzweifelten Blick zu. Sie kann unmöglich für immer Fakefreundin spielen. »Hast du diese Exfreundin erlebt, Kindchen?«

»Ja, habe ich. Zweimal.« Meli strahlt nach wie vor über das ganze Gesicht. Dann nimmt sie wie selbstverständlich neben meiner Oma Platz und schaut mich triumphierend an. »Und Ihre Beschreibung trifft es auf den Kopf.«

Seufzend setze ich mich gegenüber und schaue mir die Runde an. Noch ist es überschaubar, aber das wird sich ändern. Meine Mutter diskutiert lebhaft mit Tante Trudi und am Nachbartisch haben sich die Damen im Alter meiner Oma zusammengerottet und warten ungeduldig auf Kaffee, Kuchen und Schnaps. Die Freundinnen meiner Oma saufen nämlich mehr als jeder in meinem Alter und nennen das Ganze Absacker.

»Erzähl mir davon. Normalerweise trifft die neue Liebschaft ja nicht auf die alte.« Melissa lacht und ich mache mir Sorgen. Immer wenn Meli sich so amüsiert, geht es auf meine Kosten. Und hier hat sie die herrlichsten Möglichkeiten, mich zu blamieren.

»Ach, das war schon recht lustig«, eröffnet sie prompt. Da sie dank Omi laut redet, zieht sie die Aufmerksamkeit aller am Tisch auf sich. »Samuel und Eva waren in einem Restaurant und ich saß am Nebentisch. Das war unsere erste Begegnung.«

Resigniert lasse ich meinen Kopf in die Hände sinken. Wenn Melissa jetzt mit der Geschichte ankommt, dann folgt als Nächstes die Callboy-Episode und ich sehe mich schon inmitten der alten Damen und ihrem Schnaps, während sie mich darüber aushorchen, was denn ein Callboy so macht.

»Das muss ich auch hören.« Meine Mutter schiebt sich neben mich und legt ihre Hand auf meinen Unterarm. »Mit solchen Details hält Samuel sich immer so zurück. Aber ich finde, es gibt nichts Romantischeres als Kennenlern-Geschichten.« In diesem Fall gibt es unendlich romantischere Geschichten.

»Ich habe nur einen einzigen Blick an den Nachbartisch geworfen und da war mir alles klar.« Melissa genießt die Situation. Sie lächelt mich strahlend an. »Sammi leider nicht, er hat mich überhaupt nicht zur Kenntnis genommen.«

»Wie konntest du?«, herrscht meine Oma mich an. »So ein bildhübsches Mädchen wie Melissa. Die muss man doch wahrnehmen.«
»Ich saß mit dem Rücken zu ihr«, verteidige ich mich.
»Saß er«, stimmt Meli mir zu. »Er hat mich erst eine halbe Stunde später wahrgenommen. Da saß ich dann nämlich an der Bar genau neben ihm. Und wir haben uns auf Anhieb blendend verstanden. Wir hatten sofort tausend Gesprächsthemen.«
Wir haben uns auf Anhieb haltlos betrunken. Und das Thema waren unsere Ex-Beziehungen und wie mies sie uns abserviert hatten. Melissa schlängelt sich geschickt an allen Peinlichkeiten vorbei.
»Als ich Eva zum zweiten Mal begegnet bin, habe ich ihr demonstriert, …«
»Ach, sieh mal«, brülle ich laut und deute auf den Eingang zum Saal. »Da ist ja Leonie. Endlich. Ich muss unbedingt in Erfahrung bringen, ob sie nun schwanger ist. Und du auch.«
Ich stoße meine Mutter in die Seite. Leonie und das Gerücht um ihren Nachwuchs ist das Einzige, das mich retten kann. Die Aufmerksamkeit meiner Mutter wendet sich glücklicherweise sofort auf meine Cousine und wir erheben uns gleichzeitig. Melissa platzt fast vor unterdrücktem Gelächter. Ich weiß selbst, wie durchsichtig das Ablenkungsmanöver ist.
Angenehm ist die Aktion ebenso wenig. Denn es stellt sich schon nach Sekunden heraus, dass meine Mutter richtig gelegen hat. Leonie ist schwanger und der angehende Vater keinen Tag älter als ich. Meine Zukunft in dieser Familie erscheint mir immer düsterer, während ich mir anschaue, wie sowohl meine Mutter als auch meine Großmutter abwechselnd Leonies Bauch tätscheln und Melissa und mir bedeutungsvolle Blicke zuwerfen.
»Wie praktisch, dass Schwangerschaften ansteckend sind«, höre ich meine Oma, die nicht nur vorgibt taub zu sein, sondern gleichzeitig ein Organ hat, das für die Taubheit verant-

wortlich sein könnte. »Setz dich doch gleich mal zu Samuel, Leonie. Oder besser direkt neben Melissa.«

Mit Erleichterung sehe ich, dass endlich das Kuchenbüffet aufgebaut und Thermoskannen mit Kaffee an die Tische gebracht werden. Eventuell wäre der Abend weniger Spießrutenlauf, wenn ich als frisch verlassener Single aufgekreuzt wäre. Dann wäre allen klar, dass bei mir Hopfen und Malz verloren ist und ich nicht vermittelbar bin.

»Hat meine Oma sich schon nach deiner Fruchtbarkeit erkundigt?«, frage ich leise, als endlich alle damit beschäftigt sind, sich Schwarzwälder-Kirsch in den Rachen zu schieben.

»Ja«, flüstert Melissa zurück. »Ich habe ihr gesagt, ich habe schon drei uneheliche Kinder im Heim abgegeben, da war sie beruhigt.«

Mein schlecht kaschierter Lachanfall sorgt für missbilligende Blicke von Tante Trudi, die uns gegenüber sitzt.

»Flüstern ist ungezogen«, sagt sie missmutig.

»Ach, Verzeihung. Ich dachte, es wäre ungezogen beim Essen über Darmprobleme zu reden«, antwortet Melissa ungerührt. »Sammi hat da nämlich ...«

»Nein, nein, danke, das wusste ich ja nicht«, stoppt meine Tante sie schnell. »Ich hoffe, er verträgt den Kuchen.«

»Ja, danach habe ich mich erkundigt.« Unter dem Tisch stößt Meli gegen mein Knie, während sie problemlos ihre Unschuldsmiene hält.

»Ach Junge, das wusste ich ja noch gar nicht, das mit den Darmproblemen«, mischt meine Oma sich ein. Von wegen schlechtes Gehör.

»Ist ja auch neu«, sage ich schnell. »Und schon fast ausgestanden.«

»Dann trinken wir beide nach dem Kuchen noch ein Schnäpschen. Das hilft ungemein. Meine Großtante Liesbeth hat nach jedem Essen zwei Kurze gekippt und die ist über hundert geworden.«

»Das ist echt lieb, Omi, aber ich muss zurückfahren.«

Wenn meine Oma mich in ihre Schnäpschenrunde aufnimmt, bin ich innerhalb weniger Minuten betrunken. Denn die Damen vertragen eine Menge und das bleibt bei einer Feier nicht bei zwei nach dem Essen. Und aktuell erscheint mir Alkohol verlockend.

»Ich fahre zurück, Darling«, schnurrt Melissa mich breit grinsend an. »Dann kannst du die Schnapskur mit deiner Oma machen und den Darm auskurieren.«

»Das ist doch nicht nötig, Babe«, versuche ich ihren Ton zu treffen, obwohl ich bei dem Gedanken an die Oma-Schnapsrunde in Panik verfalle. »Der Weg ist so weit und du hasst es, im Dunkeln zu fahren. Ich weiß, dass du eine Brille tragen müsstet, aber zu eitel dazu bist.«

»Nein, Sammi, ich bestehe darauf. Und deine Oma genauso und heute ist ihr Ehrentag. Ich habe eine Brille im Handschuhfach.«

»Sag ich doch«, triumphiert meine Großmutter. »Deine Melissa ist ein Schatz. Ein wahres Goldstück.«

Meine Melissa ist ein Biest und verspricht sich von der Schnapsaktion jede Menge Vergnügen. Auf meine Kosten. Gequält verziehe ich das Gesicht. Dann lege ich den Arm um ihre Schulter und ziehe sie nah heran. Einen Vorteil muss die Situation doch haben. Melissa schmiegt sich an mich, als wäre das normal zwischen uns.

»Ja, ein Goldstück«, murmle ich. »Keine Ahnung, womit ich sie verdient habe.« Meli lächelt mich von unten an und täuscht erschreckend perfekt Verliebtheit vor. Sie ist eine tadellose Schauspielerin und mir wird immer klarer, dass ich niemals eines ihrer Worte für bare Münze nehmen darf.

»Endlich«, wirft meine Mutter erleichtert in die Runde. »Samuel, dein Vater ist da. Ich hatte die Befürchtung, dass er es mal wieder überhaupt nicht schafft.« Meine Mutter hat auch nach all den Jahren nicht kapiert, dass mein Vater die Arbeit nur vortäuscht, sobald es um Termine geht, die er nicht mag. Und da stehen Feste an erster Stelle.

»Er ist ein Workaholic«, wirft Oma ein und spricht den englischen Begriff vorsichtig aus. »Das habe ich schon immer gesagt, aber endlich habe ich ein Wort dafür. Leider ein neumodisches, trotzdem besser, als ständig zu sagen: Der Ernst arbeitet zu viel.«

»Der Ernst hat ja auch eine Familie zu ernähren«, sagt mein Vater, der sich in diesem Moment über Oma beugt und ihr ein Küsschen gibt. »Alles Gute, liebste Schwiegermutter.«

Obwohl meine Oma gerne jammert, wie viel der Ernst arbeitet, liebt sie ihn abgöttisch. Ihr Mann ist früh gestorben und mein Vater hat ein wenig seinen Platz eingenommen. »So groß ist die Familie ja nicht mehr«, schimpft sie weiter. »Samuel ist aus dem Haus und steht längst auf eigenen Beinen. Er ist sogar kurz davor, eine Familie zu gründen.«

Ich verschlucke mich fast an dem Kaffee, den ich mir gerade zu Gemüte führe. Die zweite Hand liegt nach wie vor auf Melissa und ich spüre, wie ihre Schultern vor unterdrücktem Gelächter zucken. Ich persönlich finde das alles andere als lustig. Während mein Vater brav die Runde macht und jeden begrüßt, beuge ich mich zu der Frau, die mich in diese missliche Lage gebracht hat.

»Beim nächsten Familientreffen bin ich fällig. Meine Großmutter macht keine leeren Drohungen. Du musst sie davon überzeugen, dass wir nicht zusammenpassen. Kannst du dich bitte, bitte daneben benehmen?«

»Was würde sie denn vor den Kopf stoßen?«, fragt Melissa lächelnd.

»Puh, jetzt nachdem du dich in ihr Herz geschlichen hast, wird es schwierig.« Ich höre mich vorwurfsvoll an. »Du wärst besser von Beginn an distanzierter gewesen.«

»So wie Eva?«

»So wie Eva«, bestätige ich. Die war ja nicht mit Absicht unfreundlich zu meiner Familie, sie waren nur nicht auf einer Wellenlänge. »Du könntest …«, überlege ich laut.

»Ich würde es eh nicht machen. Ich mag sie.«

»Melissa, wenn ich beim nächsten Mal ohne dich ankomme, bringt sie mich um. Höchstwahrscheinlich rammt sie mir eine Kuchengabel in den Hals. Ich werde qualvoll sterben und dabei Schwarzwälder-Kirsch-Torte in der Luftröhre haben.«

Meli verdreht die Augen.

»Dann komme ich eben mit.«

»Willst du für immer mitkommen? Meine Oma erfreut sich bester Gesundheit, neunzigster Geburtstag hin oder her. Sie macht noch locker die Hundert voll, falls du darauf spekulierst.«

Melissa lacht mich aus.

»Was ist denn so schlimm daran, wenn ich mitkomme? Ich bin gerne hier.« Ja, das ist nicht zu übersehen.

Mein Vater erreicht uns, nachdem er seine Runde beendet hat.

»So, jetzt darf sich der Workaholic persönlich vorstellen.« Er reicht Meli die Hand.

»Das schreckt Melissa nicht ab, Samuel ist kein Stück besser«, lässt sich meine Mutter von gegenüber vernehmen. »Keines meiner Gene ist auf meinen Sohn übergegangen, da hat Ernst die Vererbung irgendwie ausgetrickst.«

Meine Fakefreundin strahlt meinen Vater an.

»Das sieht man, die Familienähnlichkeit ist unverkennbar.«

Glücklicherweise bin ich der Einzige, der Melis Worte interpretieren kann. Jeder andere muss das für etwas Nettes halten. Wie zu erwarten freut sich mein Erzeuger.

»Danke, Melissa. Lass dich von den Workaholic-Gerüchten nicht verunsichern, so schlimm sind weder Samuel noch ich. Ist denn noch Kuchen da?« Mein Vater liebt Kuchen, schätzungsweise der einzige Grund, der ihn überhaupt hierhin gelockt hat. Und selbstverständlich findet er reichlich davon vor.

»Du hast meinen Vater beleidigt«, sage ich leise zu Meli. »Ich werde mich dafür rächen.«

»Wieso denn das?« Sie schafft es, mich mit großen Augen anzuschauen und erstaunt auszusehen. Wüsste ich nicht schon lange, wie raffiniert sie lügen kann, würde ich drauf reinfallen.

»Er sieht mir also ähnlich? Ich weiß, was du damit sagen willst.« Drohend schaue ich auf sie hinab.

»Ach, sieh nur. Die zwei Turteltäubchen«, brüllt meine Oma von der gegenüberliegenden Tischseite und denkt wohl, wir könnten sie nicht hören. »Sind sie nicht ein reizendes Paar?«

Melissa grinst unerträglich zufrieden und provoziert mich. Ich sollte ihr demonstrieren, auf was für ein Spiel sie sich hier eingelassen hat. Entschlossen rücke ich mit dem Stuhl näher an ihren und lege erneut den Arm besitzergreifend um sie. Sie lächelt nach wie vor und ich beuge mich über sie.

»Meine Oma findet uns reizend zusammen«, flüstere ich in ihr Ohr und hauche ihr im Anschluss einen Kuss auf die Lippen. Sie schmeckt nach wie vor unwiderstehlich. Und sie riecht genauso. Verdammt.

»Das war alles?«

Das ist nicht die Reaktion, die ich erwartet habe. Auf etwas Empörung hätte ich schon spekuliert.

»Meine Oma guckt zu.«

»Wenn deine Oma deine Oma ist, dann ist sie keine Jungfrau mehr.« Ehe ich die Herausforderung annehmen kann und sie richtig küsse, steht Omi persönlich neben uns.

»Samuel, du hast mir versprochen, mich zu meinen Freundinnen zu begleiten. Wir trinken dort den Absacker.«

»Aber …« Ich will keinen Absacker trinken. Ich will Melissa küssen. Und jetzt und hier bietet sich die einzige Gelegenheit dazu.

»Kein aber. Ich weiß, dass ihr ununterbrochen knutscht, sobald ihr unter euch seid, denn das habe ich in meiner Jugend genauso getan.«

Resigniert lasse ich Meli los und erhebe mich. Die Alternative ist, dass meine Großmutter mich am Ohr hinter sich her schleift und das muss ich jetzt nicht haben. Ich höre Melissa leise hinter mir kichern, als ich Oma zu dem Tisch mit ihren Freundinnen folge.

»Der Samuel hat Darmprobleme«, werde ich lauthals vorgestellt. »Und da er endlich ein wundervolles Mädchen an seiner Seite hat, werde ich wohl schon sehr bald Urgroßmutter.«

Jetzt brauche ich mehr als einen Kurzen. Mit einem gequälten Lächeln in die Runde lasse ich mich nieder.

kapitel 25

MELISSA

Das Bild, wie Samuel zwischen seiner Oma und ihren betagten Freundinnen sitzt und einen Schnaps nach dem anderen kippt, ist zum Schreien komisch. Ich beglückwünsche mich zu der Idee, Sammi begleitet zu haben.

»Seit wann seid ihr zusammen?« Leonie übernimmt den freigewordenen Stuhl. Leider kann ich bei ihr nicht einschätzen, ob ich ihr die Wahrheit erzählen kann. Sie könnte durchaus der Typ Mädchen sein, der mit Begeisterung so eine Feier crasht, indem sie die neue Erkenntnis herausposaunt.

»Noch nicht so lange. Ungefähr drei Wochen.« So lange kennen wir uns. Das muss reichen.

»Und da seid ihr schon verlobt?«, staunt Leonie.

»Sind wir nicht. Wie kommst du darauf?« Ich schlage die Hände über dem Kopf zusammen. Wie angekündigt habe ich bemerkt, dass Sams Familie, allen voran die Oma, erpicht darauf ist, Samuel in festen Händen zu sehen. Eine Verlobung ist dann aber doch eine andere Hausnummer.

Leonie lacht.

»Ach, hätte ich mir auch denken können. Diese Familie ist echt irre.« Sie rutscht nah an mich heran. »Wenn sie herausbekommen, dass dieses Baby gar nicht geplant ist und ich noch nicht einmal weiß, ob Pascal überhaupt der Richtige für mich ist, flippen sie aus.« Okay, das beantwortet die Frage, inwieweit Leonie vertrauenswürdig ist.

»Sam und ich sind gar nicht zusammen«, flüstere ich zurück. »Er ist frisch getrennt von Eva und wollte seine Oma nicht enttäuschen.«

Leonie lacht laut. Und erleichtert.

»Jetzt ist mir klar, warum er da sitzt und sich betrinkt. Das würde ich auch liebend gerne.« Sie tätschelt sich versonnen den Bauch. »Mach ich nach der Geburt als Allererstes.«

»Okay, dann bin ich dabei.« Ich halte ihr die Hand hin und sie schlägt ein.

»Wir können uns aber gerne schon früher treffen. Ich mag Samuel, obwohl er immer ein wenig zugeknöpft ist, und dich mag ich jetzt schon.« Da muss ich ihr zustimmen, wir sind genau auf einer Wellenlänge. Eine Weile lästern wir über Eva und ich erzähle von unserer Callboy-Rettungsaktion, die Sam nach wie vor peinlich ist.

»Mann, Melissa, wer Freunde wie dich hat, braucht keine Feinde mehr.«

»Der Zweck heiligt die Mittel«, verteidige ich mich. »Wie hättest du es gemacht?«

»Ich bin echt nicht kreativ. Wahrscheinlich hätte ich sie schlicht und einfach beschimpft.« Wir betrachten beide Sam, der mit dem nächsten Schnaps zu uns herüber prostet und ihn dann kippt.

»Warum seid ihr kein Paar?« Leonie schaut zwischen Sam und mir hin uns her. »Also, wenn ich das fragen darf.«

»Klar, darfst du fragen. Sam und ich ...« Dann verstumme ich und denke nach. Noch vor kurzem war das sonnenklar und einleuchtend. Sam war nicht mein Typ und ich nicht seiner. Ganz einfach. »Wir sind wirklich gute Freunde. Das sollte man nicht kaputtmachen.«

Leonie runzelt die Stirn. Trotzdem schweigt sie.

»Ach, hier verstecken sich meine zwei Frauen.« Leonies Freund steht mit einem Mal neben uns. »Ich dachte, es ist Zeit, euch nach Hause zu bringen. Du musst dich schonen, Leonie.«

»Ihr wisst schon, dass es ein Mädchen wird?«, staune ich.

»Wissen wir nicht, er hätte es nur gerne«, sagt Leonie augenrollend. Glückliche werdende Eltern sehen anders aus. »Das ist übrigens Melissa, Samuels neue Flamme.«

Aha, Pascal ist nicht in der Position, in Geheimnisse eingeweiht zu werden. Ich sehe schwarz für die Zukunft der kleinen Familie. Die beiden verabschieden sich und ich beschließe, dass es an der Zeit ist, Sammi zu erlösen.

Besitzergreifend setze ich mich auf seinen Schoß und bewundere die Sammlung an leeren Flaschen auf dem Tisch.

»Hier wird so bald niemand mehr Darmprobleme haben«, stelle ich fest. »Und andere Probleme ebenso wenig«

Samuels Oma kichert. So will ich mit neunzig auch sein. Ein bisschen verrückt, ein bisschen eigensinnig und sternhagelvoll, wenn ich Lust darauf habe. Ich nehme Sam ins Visier. Er müsste inzwischen ebenfalls sternhagelvoll sein. Ich habe die Gläser zwar nicht mitgezählt, die er getrunken hat, aber jedes Mal, wenn ich zu ihm geschaut habe, hatte er ein neues in der Hand. Wie erwartet ist ihm nichts davon anzusehen.

»Weniger Probleme als heute habe ich noch nie gehabt«, stimmt Sam mir zu und lässt dann doch erkennen, dass er alles andere als nüchtern ist. Ich lege die Hand in seinen Nacken und fahre über die Haare. So als ob er tatsächlich mein Freund wäre. Seid wann habe ich bloß das Bedürfnis, ihn zu berühren?

»Ich habe noch nie eine so herzergreifende Liebesgeschichte gehört, wie die von euch beiden«, lässt sich die Omi von gegenüber vernehmen. »Da hat es sich für Samuel definitiv gelohnt, so lange auf dich zu warten.«

Aha? Ich verstehe nur Bahnhof. Trotzdem nicke ich bekräftigend.

»Das hat sich auf jeden Fall für Sammi gelohnt.« Was hat der bloß erzählt? Wahrscheinlich war er zu dem Zeitpunkt schon nicht mehr nüchtern. Ich schmiege mich eng an ihn. Zum einen, um zu demonstrieren, wie sehr es sich für ihn gelohnt hat, zum anderen, weil ich Lust dazu habe. Sacht lege ich den Kopf an seinen und genieße, wie er sich anfühlt. Seine Körperwärme. Sein Geruch. Die Art, wie er seine Arme um meine Taille legt, sanft und fest zugleich.

»Hast du dich gut mit Leonie unterhalten?«, fragt er leise und beweist, wie genau er mich im Auge hatte. »Ihr habt ganz schön getuschelt.«

»Sie hat mir sehr interessante Dinge erzählt«, necke ich ihn.

»Über was?«

»Was gäbe es denn zu erzählen? Über dich zum Beispiel?« Ich habe große Mühe, das Kichern zu unterdrücken. Auf keinen Fall darf ich verraten, dass das hier eine Falle ist.

»Ich fasse es nicht. Wie kann sie meiner nagelneuen Freundin davon erzählen? Das ist hochgradig peinlich.« Oh Mist, jetzt hat er mich. Ich platze vor Neugierde und habe keine Ahnung, wovon er redet. Leider habe ich mich selbst reingelegt.

»Ich habe zuerst mit den peinlichen Geschichten angefangen, da hatte sie dann keine Hemmungen mehr.« Jetzt wird Sam blass und ich habe wieder Oberwasser.

»Mann, Melissa, du kannst doch nicht jedem auf die Nase binden, was Eva mit mir gemacht hat«, sagt er fassungslos. »Ich muss nicht zum Gespött der ganzen Familie werden.«

»Ach, mach dir nichts draus. Pascal hat seit der Schwangerschaft auch Erektionsprobleme.«

Möglicherweise rede ich nicht leise genug, denn die Omirunde ist recht schweigsam geworden und versucht, uns zu belauschen. Kann sein, dass die mit den blauen Haaren, die genau neben Sam sitzt, etwas gehört hat, denn sie beginnt, mit ihrer Nachbarin zu tuscheln. »Soll ich dich mal nach Hause bringen?«, frage ich. Sam betrachtet mich verstört.

»Besser ist das«, antwortet er. »Im anderen Fall trinke ich nämlich weiter.«

»Wie betrunken bist du?« Ich muss unbedingt herausfinden, was Sammi denkt, dass ich erfahren habe. Wenn ich eine Schwäche habe, dann ist es Neugierde. Damit komme ich gar nicht klar. Eventuell ist es taktisch klüger, ihn noch betrunkener zu machen.

»Eine Runde mehr und ich kotze ins Auto.« Ich werde definitiv nicht testen, ob er das wirklich so genau einschätzen kann.

»Wir machen uns auf den Heimweg«, entscheide ich schnell. »Kannst du noch stehen oder muss ich dich tragen?«

»Ha ha.«

Entweder Sam lügt, was seinen Alkoholpegel angeht, oder er hat eine phantastische Körperbeherrschung, denn wir verabschieden uns, ohne negativ aufzufallen.

»Deine Oma liebt mich«, frohlocke ich, als wir uns zum Auto bewegen. Da Samuel schwankt, schlüpfe ich unter seinen Arm, um ihn zu stützen. »Und ich liebe sie. Schon allein, weil sie dich unter den Tisch gesoffen hat.«

»Das ist unfair. Meine Oma ist in Übung.«

»Du etwa nicht? Ich erlebe dich nicht zum ersten Mal sternhagelvoll.« Wir gehen die Straße entlang, das Auto wartet ein paar hundert Meter entfernt auf uns. Es ist dunkel, nieselt und ein kalter Wind weht uns um die Nase. Dankbar für Samuels Wärme und Schutz kuschle ich mich näher an ihn.

»Ich mache gerade eine schwere Zeit durch.« Er verstärkt den Griff um meine Schulter.

»Ich dachte, Eva wäre Geschichte.«

»Wer spricht denn von Eva?« Verwirrt schaue ich zu ihm hoch. Andere Schicksalsschläge hat Samuel aktuell nicht erlebt. Dann kapiere ich es.

»Ach so. Es geht um eure Männerliebe. Echt, Sammi, ich schwöre, ich verkuppel dich schon wieder mit Chris. Vertrau mir.« Sam grunzt unwillig. »Es wird eh Zeit, neue Pläne zu schmieden. Wir haben uns vom ersten Schock erholt, anderen Ideen steht nichts im Weg.«

Wir haben das Auto erreicht.

»Wo hast du den Schlüssel?« Mein betrunkener Autobesitzer lehnt sich gegen den Wagen und macht keine Anstalten aufzuschließen. Stattdessen reibt er sich mit beiden Händen über das Gesicht und stöhnt laut. Ungeschickt versucht er dann, den Schlüssel aus der Hosentasche zu holen, und eine Weile sehe ich mir das an.

»Mir ist kalt«, sage ich schließlich. »Und ich werde immer nasser.«

»Ich mach ja schon.«

Doch, Samuel ist sturzbetrunken und wenn ich nicht erfrieren will, muss ich da jetzt selbst ran. Was gar nicht so leicht ist, denn der Schlüssel hat sich im Stoff der Hose verfangen.

»Habt ihr kein Zuhause?«, ertönt eine vorwurfsvolle Stimme und ich wende mich um. Es ist eine der Tanten.

»Schon, aber Sam steht auf Sex in der Öffentlichkeit. Wollen Sie zusehen?« Okay, ich weiß, dass ich eine große Klappe habe. Und ich vermute, dass Sam da verklemmter ist.

»Oh ja, Baby, mach es mir, während Tante Trudi zusieht«, sagt er. Das ist der ultimative Beweis für seine absolute Fahruntüchtigkeit. Und für die Tatsache, dass Alkohol enthemmt. Tante Trudi zieht ein angewidertes Gesicht und geht schnell weiter.

»Wenn ich das der guten Maria erzähle. Was für ein verdorbenes Luder …«

»Sie hat dich verdorbenes Luder genannt.« Sam kommt aus dem Lachen nicht mehr raus.

»Sie hat dich verdorbenes Luder genannt«, korrigiere ich ihn. »Schließlich wolltest du deinen Schwanz hier unter der Straßenlaterne herausholen.«

»Das wollte ich nicht.«

»Das hast du aber gesagt.« Endlich habe ich den Schlüssel gelöst und schließe das Auto auf. Erleichtert schiebe ich

Samuel auf den Beifahrersitz und rette mich ebenfalls ins trockene Innere.

»Findest du den Weg?«

»Klar, ich habe eine perfekte Orientierung. Du kannst einschlafen, falls du müde bist.« Wenn ich viel getrunken habe, schlafe ich immer auf dem Rückweg ein. Ich drehe das Radio ein wenig auf und stelle den Sitz passend für mich ein.

»Brauchst du eine Kotztüte?«

»Ich muss nie kotzen.«

»Eben hast du etwas Anderes gesagt.«

»Eben wollte ich dringend weg. Ehrlich, die Freundinnen meiner Oma sind indiskret, schon wenn sie nüchtern sind. Mit ihren Absackern intus ist es tausend Mal schlimmer.« Jetzt habe ich noch immer nicht in Erfahrung gebracht, was es Peinliches über Samuel zu wissen gibt. Und wenn ich es heute Abend nicht herausbekomme, ist meine Chance vertan.

»Diese Sache, du weißt schon, was Leonie mir da erzählt hat …«, taste ich mich vorsichtig vor. Wenn ich Glück habe, hat der Alkohol ihm die Zunge gelockert. Bei mir ist das eigentlich immer der Fall.

»Ja?«

»Ich würde es gerne aus deiner Sicht hören.«

»Warum?«

Während ich vorsichtig aus der Parklücke heraus manövriere, wage ich einen unauffälligen Blick zu Samuel. Er hat die Augen schon halb geschlossen und sieht entspannt aus. Und kein Stück misstrauisch.

»Weil die Wahrnehmung immer unterschiedlich ist. Und ich denke, für dich war es doch ganz anders als für Leonie.«

»Da kannst du recht haben«, sagt er leise und schweigt erneut. Oh Mann, ich platze vor Neugierde.

»Also?«

»Also was?«

»Erzähl die Story aus deiner Sicht«, knurre ich ihn unwillig an.

»Ich weiß nicht, Melissa. Es geht ja mal wieder nur um Sex und ich will dich nicht mit den alten Kamellen langweilen. Leonie wird das schon korrekt erzählt haben.« Mit diesen Worten schließt er die Augen und schläft ein. Und ich bin unendlich frustriert.

»Was kann ich machen, um attraktiver zu werden?«

»Wie bitte?« Ich habe eingeparkt, den Motor ausgestellt und bin mir sicher, mich verhört zu haben.

»Ich meine, ist Hopfen und Malz bei mir verloren oder kann ich mit einem neuen Haarschnitt besser aussehen? Mich cooler anziehen? Mehr Sport machen? Oder anderen?«

Samuel ist mit dem Ersterben des Motors aufgewacht und erscheint mir kein Stück nüchterner.

»Warum fragst du mich das, Sammi?«

Anstatt zu antworten, schnallt er sich ab und öffnet die Tür. Glücklicherweise hat uns der Regen nicht die komplette Heimfahrt über begleitet. Inzwischen ist es trocken, wenn auch nicht wärmer oder gemütlicher. Verwundert steige ich ebenfalls aus und gehe um das Fahrzeug herum. Samuel sitzt nach wie vor schräg auf dem Sitz, die Füße auf dem Bordstein und bewegt sich nicht. Ich reiche ihm meine Hände, um ihn hochzuziehen.

»Ach, vergiss es, Meli«, murmelt er.

»Zu spät.« Jetzt habe ich diese verwirrende Frage gehört und bekomme sie nicht mehr aus dem Kopf. »Wie kommst du darauf? Aus welchem Grund willst du attraktiver werden?«

»Ich habe in letzter Zeit kein Glück bei Frauen, wie du gemerkt hast. Da kam mir der Gedanke, dass da ja etwas dran sein könnte. Was du mir gesagt hast. Und da du inzwischen mein bester Kumpel bist, frage ich dich. Chris steht ja aktuell nicht zur Verfügung.« Samuel klingt nicht betrunken. Trotzdem ist offenkundig, dass er nüchtern niemals so reden würde. Es ist nicht leicht, ihn aus dem Auto zu hieven.

»Um das Erste schon mal klarzustellen. Du kannst durchaus Glück bei Frauen haben, denn Dana ist definitiv an dir interessiert.« An Dana liegt es nicht, dass die beiden sich nicht mehr getroffen haben. »Und sie hat nie ein Wort darüber verloren, du würdest nicht gut aussehen. Mir gegenüber zumindest nicht.« Kopfschüttelnd schließe ich das Auto ab und ziehe Samuel hinter mit her. »Jetzt im Ernst? Wenn du nicht mit Chris verkracht wärst, würdest du ihn fragen, was du an deinem Aussehen ändern solltest?«

Samuel stolpert hinter mir her.

»Schätze schon. Der würde mich zwar nur auslachen, aber fragen würde ich.« Abrupt bleibe ich stehen und er rennt fast in mich hinein.

»Okay, Deal. Du erzählst mir die Leonie-Geschichte und ich sage dir, was du ändern solltest.« Die Heimfahrt hat nicht gereicht, mich von meiner Neugierde abzulenken.

»Es gibt keine Leonie Geschichte«, wehrt Samuel ab.

»Doch, ich meine die Story, die Leonie auf Lager hatte, und von der du sagtest, sie wäre unerträglich peinlich.« Er weiß ja nicht, dass Leonie mir gar nichts erzählt hat.

»Ich habe dich verarscht, Melissa.« Er grinst ein wenig. »Ich weiß, wie neugierig du bist. Und da du mich ärgern wolltest, habe ich den Spieß umgedreht.« Fassungslos kneife ich die Augen zusammen. Samuel hat mich stockbetrunken reingelegt? Das kann ich kaum glauben. »Leonie hat dir keine peinliche Geschichte über mich erzählt. Kann sie gar nicht. Ich habe niemals im Leben etwas Peinliches mit ihr erlebt.«

Nur halb überzeugt wende ich mich zurück und gehe weiter.

»Leonie und ich haben Nummern ausgetauscht, ich werde herausfinden, wenn du lügst«, drohe ich dann.

»Meinetwegen. Jetzt bist du dran. Wie verbessern wir meine Optik? Mach einen Mann aus mir, nach dem sich jede Frau verzehrt.«

Sam hat sich da in eine schwachsinnige Idee verrannt. Und er ist nach wie vor verdammt betrunken.

»Darf ich bei dir schlafen?« Ich gähne laut, denn die Rückfahrt war lang und ich bin echt kaputt. Samuels Bett ist momentan überaus verlockend.

»Klar.«

Wir betreten gemeinsam seine Wohnung und legen Schuhe und Jacken ab. Ausnahmsweise bin ich dabei ordentlich. Dann schiebe ich ihn im Schlafzimmer auf das Bett und hocke mich vor ihn. Ich betrachte sein Gesicht, das mir inzwischen so unglaublich vertraut ist. Die Frisur, die ich lange als zu brav empfunden habe und die ich liebend gerne zerwühlen würde.

»Du änderst gar nichts, Sam. Du bist richtig, genau so, wie du bist. Und jede Frau, die das nicht sieht, ist einfach nur dämlich und hat dich nicht verdient.« Das ist keine leere Floskel. Und keine Höflichkeit, weil Hopfen und Malz verloren und eh nichts zu retten ist. Es ist die Wahrheit.

kapitel 26

SAMUEL

Nur mit Schaudern erinnere ich mich an den letzten Abend, an dem ich Melissa um Stylingtipps gebeten habe. Dabei weiß ich eines ganz genau: Wenn ich mich verändern muss, um einer Frau zu gefallen, dann kann es nicht die Richtige sein. Egal, wie verknallt ich bin.

Netterweise hat Meli das auch so gesehen.

Eine Weile grüble ich darüber nach, ob der gestrige Abend nun eine Katastrophe war oder das Gegenteil.

Der Plan, mit neuer Freundin von alter Freundin abzulenken, hat hervorragend funktioniert. Ein bisschen zu hervorragend, denn meine Großmutter hat sich haltlos in Meli verliebt. Das hat sie mir zwischen zwei Schnäpschen verraten, dabei wäre das gar nicht notwendig gewesen. Meine Oma ist niemand, der sich nicht anmerken lässt, ob sie eine Person mag oder nicht. Früher schon nicht und jetzt im Alter noch viel weniger. So ist also der Stand der Dinge. Aktuell bin ich ihr Liebling, sollte sie jemals die Wahrheit erfahren, bin ich ein toter Mann.

»Musst du nicht zur Arbeit?«

Mein momentan bester Kumpel hat bemerkt, dass ich

wach bin. Ich drehe mich zu ihr und stelle fest, dass es mich irritiert, wenn ein Kumpel Brüste hat.

»Ich habe mir vorsorglich frei genommen.«

»Ah, du wusstest, dass du dich haltlos betrinkst«, kichert Melissa in das Kissen.

»Ich habe noch einen Haufen Überstunden«, korrigiere ich sie. »Der Plan war, dass du dich betrinkst, weil meine Verwandtschaft nicht anders zu ertragen ist.«

»Deine Verwandtschaft ist nett. Und amüsant. Und abgesehen davon bin ich für die nächsten Familienfeiern fest eingeplant.«

»Du hast dich in meine Familie eingeschummelt. Was passiert, wenn sie erfahren, dass du ihnen nur eine Nummer vorspielst? Hast du jemals daran gedacht?«

»Wieso sollten sie es erfahren?«

»Die Wahrheit kommt früher oder später immer ans Licht«, maule ich.

»Ach, darüber machen wir uns Gedanken, wenn es so weit ist. Wir haben momentan andere Probleme.« Bevor ich Melissa kennengelernt habe, hatte ich gar keine Probleme. Höchstens mal ein mieses Fußballspiel oder eine sich andeutende Erkältung. »Es sei denn, du möchtest mich als besten Kumpel behalten.«

»Alles nur das nicht, Melissa.«

Sie zieht eine Schmolllippe.

»Was mache ich falsch?«

Ich hatte bei Chris noch nie das Bedürfnis, ihn zu küssen. Und das wäre das Letzte, was ich Melissa gegenüber zugeben darf.

»Du spielst kein Fußball.«

Langsam schält sie sich aus der Bettdecke heraus. Da ich für die Nacht weder einen ultrawarmen Schlafanzug noch diese Megabettdecke hatte, die sie gewohnt ist, trägt sie einen meiner Pullover und hat zwei Decken übereinander.

»Ich habe andere Qualitäten.«

Oh Mist, einer zerzausten Melissa, die sich aufreizend im Bett bewegt und von ihren Qualitäten spricht, bin ich nicht gewachsen. Es schieben sich auf der Stelle Bilder in meinen Kopf, die da nicht hingehören. Nicht bei einem besten Kumpel.

»Ich hatte ja die Hoffnung, du begleitest mich heute Abend zum Training.«

»Begleiten kann ich dich durchaus. Ich werde jedoch nur zugucken. Chris ist doch auch da, oder?«

»Sollte er.« Melis Gesichtsausdruck nach zu urteilen, schmiedet sie erneut Pläne. Nach dem, was ihre letzte Idee bewirkt hat, könnte die neue dazu führen, dass Chris mich eigenhändig erwürgt. Ich kann mir einen schöneren Tod wünschen.

»Willst du mein Leben ruinieren?«, frage ich, obwohl mir klar ist, dass sie so oder so nicht zu stoppen ist. Sie wirft mir ein Kissen an den Kopf.

»Mach mir ein Frühstück. Ohne Essen habe ich nicht genug Energie, um Leben zu ruinieren.«

»Ich habe keinen Käse, schließlich konnte ich nicht damit rechnen, dass du dich hier einnistest.« Marmelade mag sie nicht, das habe ich schon festgestellt.

»Das ist nicht schlimm, irgendwas Essbares werden wir finden. Aber du musst vor dem Frühstück joggen.« Sie schüttelt den Kopf. »Wie konnte ich das vergessen. Geh erst laufen, ich will nicht schuld an deinem körperlichen Verfall sein. Ich schlafe einfach noch ein Ründchen.«

Während Melissa sich wieder unter all den Decken vergräbt, stehe ich auf und werfe einen Blick nach draußen. Der Himmel ist grau, die Wolken hängen tief und nichts außerhalb des Hauses sieht verlockend aus.

»Ich laufe beim Training genug, da kann ich es mir jetzt sparen.«

»Nee, Sammi, wir fangen erst gar nicht mit den Ausreden an. Du hast gestern deinem Körper all den Alkohol zugemutet, nun musst du es ausbaden. Hast du wirklich keinen Kater?«

Kater würde ich das nicht nennen. Kleines Unwohlsein mit leichten Kopfschmerzen und einem flauen Gefühl im Magen. Nichts, was eine Tablette und ein Kaffee nicht wieder hinbiegen können.

»Mir geht es blendend«, antworte ich. »Ich mache Frühstück.«

Melissa kichert unter ihrer Decke. Ich fürchte, sie hat mich durchschaut. Die Erfahrung der letzten Besäufnisse sagt, dass sie mit meinem sportlichen Einsatz ebenfalls recht hat. Nichts kuriert einen Kater effektiver aus. Widerwillig greife ich nach den Laufklamotten.

»Selbst schuld. Wenn du mich aus dem Haus jagst, musst du noch ein Weilchen auf dein Frühstück warten.« Der Deckenhaufen brummt nur.

Die ersten Minuten fallen mir schwer. Der Kopf ist schlechter dran als gedacht, meine Glieder sind steif und ich laufe unrund. Mehr als ein Glas Wasser habe ich nicht im Magen. Dann wird es besser und ich halte mich an die übliche Strecke bis in den Stadtwald und zwei Runden hindurch. Als ich nach über einer Stunde wieder zurückkomme, steht die Wohnungstür auf und Melissa befindet sich vollständig angezogen im Flur.

»Wo warst du?«, fährt sie mich an. »Ich dachte, du bist mit einem Herzinfarkt zusammengebrochen und wollte schon den Notruf wählen. Ich hätte denen nicht einmal sagen können, wo sie dich suchen sollen.«

Verwirrt reibe ich mir über das schweißüberströmte Gesicht. Der Lauf hat mir echt gutgetan, ich fühle mich wie neugeboren.

»Ich war im Stadtwald«, antworte ich. »Ich laufe immer im Stadtwald.«

»Bist du verrückt, das ist doch kilometerweit bis dahin.«

Jetzt lache ich sie aus.

»Ich mache mich gar nicht auf den Weg, wenn es nicht kilometerweit wird. Bei weniger als zehn Kilometern lohnt sich doch das Umziehen gar nicht.«

Mit großen Augen starrt sie mich an.

»Du bist jetzt nicht ernsthaft zehn Kilometer gerannt?«

Mir geht es mittlerweile ausgezeichnet. Zum einen hat der Sport meinen Kopf freigepustet und den restlichen Alkohol neutralisiert, zum anderen amüsiere ich mich aktuell extrem. Melissa ist so witzig, umso mehr, da sie jedes ihrer Worte todernst meint.

»Ich bin ziemlich genau vierzehn einhalb Kilometer gelaufen. Bitte beachte, ich bin gelaufen und nicht gerannt.«

Ungläubig schaut sie auf ihre Uhr.

»Das sind dann ungefähr zwölf Stundenkilometer. Du bist ja irre, das schaffe ich nicht mal mit dem Rad.«

»Du bist ganz gut in Mathe«, necke ich sie.

»Das ist nicht Mathe, das ist bloß Kopfrechnen.«

»Wenn du allerdings so lahm mit dem Rad bist, dann bist du extrem untrainiert.«

»Ich bin eine Sportniete«, gibt sie zu. »Sportunterricht war eine Qual. Ich finde dich gruselig.« Wieso auch immer, es kommt als Kompliment an. Das muss an Melissas Gesichtsausdruck liegen, der fast ehrfürchtig ist. Ich kann mir das zufriedene Grinsen nicht verkneifen. »Außerdem tropfst du. Geh duschen, dann kümmere ich mich in der Zeit um das Frühstück«, scheucht sie mich ins Bad.

Während sie sich umdreht und in die Küche geht, höre ich sie murmeln. »Der Typ ist verrückt, wer rennt denn freiwillig, als wäre er auf der Flucht und das mit dem Mörderkater, den er haben muss. Ich habe es ja geahnt, Sammi ist nicht ganz bei Trost.«

Laut pfeifend gehe ich unter die Dusche.

»Ich habe mir etwas Neues ausgedacht.«

Melissa muss meine komplette Wohnung durchwühlt

haben, denn sie hat Lebensmittel zutage gefördert, von denen ich gar nicht wusste, dass ich sie habe. Erfreut lasse ich mich am Tisch nieder und greife nach einem Brötchen.

»Ich verhungere.« Was sich Meli ausgedacht hat, will ich gar nicht wissen. Es kann nichts Gutes sein, die Erfahrung habe ich schon zur Genüge gemacht. »Das sieht göttlich aus, Melissa.«

»Ich komme heute Abend mit zum Training. Mir ist zwar unbegreiflich, wie du dich dann wieder bewegen kannst, aber egal. Hast du keine Angst vor Verschleißerscheinungen?«

»Hast du keine Angst, unbeweglich zu werden und Rückenschmerzen zu bekommen, wenn du nie Sport machst?«, kontere ich. »Der Mensch ist für Bewegung gemacht und nicht zum Sitzen.«

»Ich bewege mich ja. Ich gehe echt gern und viel zu Fuß, aber ich muss das nicht so machen, als wolle ein Löwe mich fressen und ich müsse um mein Leben rennen. Das kann auf Dauer nicht gesund sein, denn gerannt ist der Mensch immer nur, wenn er in Gefahr war.«

»Und warum fühle ich mich nach dem Laufen dann so gut?«

»Weil dein Neandertalergehirn dir signalisiert, dass du so gerade eben überlebt hast. Das hat nichts mit Gesundheit zu tun, sondern nur mit Erleichterung, dass es vorbei ist und du lebst. Aber zurück zu meinem Plan.«

Bloß nicht.

»Du tanzt doch gerne. Warst du nie in einer Tanzschule? Oder beim Ballett?«, frage ich das Erstbeste, das mir in den Sinn kommt.

Melissa verzieht das Gesicht.

»Kannst du dir vorstellen, welche Figur ich beim Ballett abgebe? Ich war auch als Kind nicht schlank.«

»Ich habe dich im Club tanzen sehen und bin mir sicher, dass du talentiert wärst«, antworte ich ungehalten. Ich hasse diese Gewichtsdebatte, denn Melissa hat die Rundungen genau da, wo ein Mann sie haben will. »Du hast Rhythmusgefühl und bewegst dich anmutig und elegant.«

»Jetzt wirst du schnulzig, Samuel«, schimpft Melissa. »Und du bist leicht zu durchschauen. Du willst nicht mit mir über Chris reden.«

»Natürlich nicht«, gebe ich zu. »Chris und ich spielen in einer Mannschaft und wenn unser Streit bis ins Team kommt, wäre das echt scheiße.«

»Wird es nicht, im Gegenteil. Ihr müsst euch ja schon deswegen vertragen.«

»Melissa, ich flehe dich an. Halt einfach mal ein paar Tage die Füße still.« Ich schiebe meinen Teller zur Seite und ziehe es in Erwägung, vor ihr auf die Knie zu gehen. Ehrlich, für Chris und unsere Freundschaft würde ich fast alles tun.

»Wer hat denn die Füße nicht stillgehalten und musste schon im Morgengrauen um die halbe Welt joggen«, mault sie.

»Das war symbolisch gemeint. Wenn du dich bewegen möchtest, werde ich dich nicht daran hindern.« Ich werfe einen Blick aus dem Fenster. Vor dem Lauf war es schon nicht verlockend, inzwischen prasselt Regen gegen die Scheibe und führt meinen Vorschlag ad absurdum. »Wir können aber den Tag heute auch für eine Einführung ins Webdesign nutzen.«

»Das stellst du dir also unter einem Urlaubstag vor?« Meli zieht eine Augenbraue hoch und betrachtet mich skeptisch. »Du bist definitiv ein Workaholic.«

»Du hast recht«, sage ich und ahme die Mimik mit der Augenbraue nach. »Zieh dir was über, wir gehen spazieren.«

»Vergiss es, Arbeitssüchtiger. Wir machen diese Sache mit deinem Computer. Auf jeden Fall solange, bis die Sonne scheint.«

»Prima Idee, wir machen es einfach ein paar Monate lang. Irgendwann wird es Frühling.«

Melissa schnaubt und wir begeben uns an die Arbeit.

Leider lässt sie sich nicht abschütteln. Ich habe es nicht sonderlich nachdrücklich versucht, da wir einen absolut harmonischen Tag zusammen hatten, aber jetzt am Abend und mit der Ungewissheit, was die Kombination aus Meli und Chris ergeben könnte, wird mir mulmig. Das Wetter ist auf meiner Seite, es hat nicht aufgehört zu regnen, trotzdem steht Melissa warm angezogen neben mir, als ich mich auf den Weg mache.

»Wo hast du die her?« Ich deute auf die Regenjacke, in die sie sich gehüllt hat. Sie kommt mir vage bekannt vor.

»Aus deinem Schrank.«

»Die muss da schon ewig liegen. Was hast du noch gefunden?«

»Alles, was ich brauche, um warm zu bleiben, während ich mir anschaue, wie ein paar Bekloppte durch Pfützen schliddern und sich um einen Ball kloppen.« Sie grinst gut gelaunt. So wie der Tag regentechnisch verlaufen ist, dürfte an ihrer Schilderung was dran sein.

»Du wirst die einzige Bekloppte sein, die zusieht«, starte ich einen letzten Versuch.

»Umso besser.«

Wir klingeln an Chris' Wohnungstür. Sein Auto ist nicht in Sichtweite und geöffnet wird uns auch nicht.

»Er wird schon gefahren sein«, stelle ich resigniert fest.

»Wir sind noch nie getrennt beim Training erschienen.«

Meli hakt sich bei mir ein und zieht mich Richtung Auto.

»Umso besser, dass du mich dabei hast. Ich gebe dir jetzt den Chris.«

»Wie willst du das machen?«, frage ich amüsiert.

»Über was redet Chris am liebsten?«

Wir steigen ins Auto. Die Regentropfen fallen gleichmäßig auf die Windschutzscheibe. Ich habe schon oft bei so einem Wetter trainiert, aber währenddessen reglos am Rand zu stehen, kann keine Freude bereiten.

»Chris redet am liebsten über Frauen«, antworte ich. »Ich bringe dich nach Hause. Du bist zwar angezogen wie das

Michelin-Männchen persönlich, aber das nützt nichts, wenn du dich gleich nicht bewegst.«

»Ich komme mit, Sam. Und ich habe echt keine Lust, das alle drei Minuten zu diskutieren. Wir reden jetzt über Frauen, okay. Das krieg ich hin, ich kenne eine Menge Frauen. Lass uns doch mal bei Dana beginnen …«

»Oh nein, das hast du falsch verstanden, es geht nie über meine Frauengeschichten.«

»Wie auch«, mault Melissa. »Es gab bei dir bis vor kurzem keine Frauengeschichten. Immer nur Eva ist ja langweilig.«

»Danke, ich bin gerne langweilig.« Das klingt zwar traurig, entspricht aber den Tatsachen. Ich möchte einfach nur ein gewöhnliches, biederes Leben führen. Mit einem Job, der mich ausfüllt, und vor allem einer festen Frau an der Seite, mit der ich gedenke, meine Zukunft zu verbringen. Ich bin ein Spießer, aber das ist nichts Neues. »Chris redet gerne darüber, wie sein Wochenende frauentechnisch so lief«, lenke ich von mir ab.

»Hörst du dir dann jedes Mal Sexgeschichten an?«

»Nur manchmal.« Das klingt jetzt schlimmer, als es ist. »Eher Aufreißgeschichten. Und im Anschluss Trennungsgeschichten.«

»Dann sollte man ja denken, dass du dabei was gelernt hast.«

»Habe ich ja. Ich habe gelernt, dass ich sowas nicht will. Aber wenn du mir jetzt deine Sexgeschichten erzählen möchtest, um mich über Chris hinwegzutrösten, dann werde ich dich nicht hindern.«

»Das hättest du wohl gerne.« Da bin ich mir nicht so sicher. Ich habe prompt das Bild von ihr und Phil im Kino vor Augen. Und fühle mich auf der Stelle noch biederer. Wir biegen auf den Parkplatz ein, der zum Sportplatz gehört. Chris Auto steht mittendrin.

Melissa klopft mir auf die Schulter.

»Schade, Kumpel, ich hätte mich so gerne über deine Sexgeschichten unterhalten. Aber aufgeschoben ist nicht aufgehoben.«

Sie steigt aus und marschiert los. Ohne auf mich zu warten. Ohne auch nur einen Blick zurückzuwerfen. Besorgt greife ich nach meiner Tasche, schließe ab und eile mit langen Schritten hinterher. Zu Recht, denn sie visiert eindeutig Chris an. Entweder ich renne los und mache mich lächerlich oder ich hole sie nicht mehr rechtzeitig ein.

»Chris, ich muss mit dir reden.« Das habe ich jetzt davon, ich bin nämlich nicht losgerannt. »Und eh du dich wieder wie ein kleines schmollendes Kind verkriechst, bleibst du stehen wie ein Mann und hörst dir an, was ich zu sagen habe.«

Okay, in diesem Augenblick hat sie ihn sprichwörtlich an den Eiern. Er steht nämlich zusammen mit Jonas, Kevin und Niklas und wird sich wohl oder übel als Mann präsentieren. Die drei haben jetzt schon ihren Spaß.

»Ui, diesmal hast du aber eine temperamentvolle Exfreundin.« Kevin grinst breit. »Die servierst du nicht einfach so ab.«

Mit finsterem Blick dreht Chris sich um.

»Was willst du, Melissa?«

»Mich entschuldigen, verdammt noch mal.« Diese Art einer Entschuldigung ist so typisch Melissa, dass ich mich abwenden muss, um nicht in lautes Gelächter auszubrechen.

»Wenn du sauer bist, dann bist du bitteschön sauer auf mich, denn die ganze Aktion ist auf meinem Mist gewachsen. Sammi hat nichts damit zu tun, rein gar nichts und er heult sich die Augen nach dir aus.«

Ja, danke auch. Genau diese Wortwahl ist äußerst hilfreich, um meinen angeschlagenen Ruf im Team wieder aufzupäppeln. Erst Callboy, jetzt homosexuelle Heulsuse. Bei Chris kommt es jedoch an.

»Stimmt das, Mann?«, wendet er sich zögernd an mich.

»Ich heule nicht«, stelle ich richtig. »Das hätte Melissa nur gerne.«

»Die Scheißbriefe sind nicht von dir?«

»Logisch sind sie nicht von Sam«, fällt Melissa mir ins Wort, ehe ich nur einen Ton sagen kann. »Das sollte dir auch klar sein. Als ob Sam sich so gut ausdrücken könnte, wie diese Briefe geschrieben sind. Es war alles mein Plan und ich bin stinksauer, dass es nicht geklappt hat. Ich habe Sammi gezwungen, nichts zu verraten, er war von Anfang an dagegen.«

»Melissa ist wie ein D-Zug«, verteidige ich mich. »Wenn die Fahrt aufgenommen hat, stoppt sie nichts mehr.«

Chris kann sich ein winziges Grinsen nicht verkneifen.

»Auch wahr. Komm, wir machen uns warm.«

Wir setzen uns gemeinsam in Bewegung und ungläubig realisiere ich, dass Meli es geschafft hat. Ich habe meinen Kumpel wieder. Meinen echten Kumpel. Den ohne Brüste, der nicht den Wunsch in mir auslöst, ihn zu küssen.

»Klingt nicht so, als ob du mit Chris im Bett warst«, höre ich in meinem Rücken, wie Melissa von Jonas ausgequetscht wird.

»Ihr seid echt indiskret.«

»Du bist doch das Mädchen, das Sam als Callboy bucht«, stellt Niklas fest. »Meine Lisa liegt mir damit noch immer in den Ohren. Kannst du mir verraten, was er da für geheime Qualitäten hat.«

Ich bleibe stehen und binde mir den Schuh neu. Das muss ich unbedingt genau hören, denn ich traue Melissa zu, meinen Ruf endgültig zu zerstören. Chris grinst zu mir hinunter, ihm ist klar, was ich hier antäusche.

»Sag deiner Lisa, das war ein Scherz. Sammi ist mein Freund und kein Callboy, es ging nur darum, Eva zu verarschen.« Melissa kichert zufrieden. »Wir waren wohl extrem glaubwürdig.«

Erleichtert stehe ich wieder auf. Ausnahmsweise hat meine Fakefreundin ein Einsehen.

kapitel 27

MELISSA

Chris wollte von mir das Versprechen, mich nicht mehr einzumischen. Das hat er nicht bekommen, deshalb ist er nach wie vor sauer auf mich. Damit komme ich prima klar, denn Samuel hat er verziehen und die beiden sind wieder ein Herz und eine Seele. Während ich mir am Samstag die Mittagsschicht im Kino um die Ohren schlage und Familien mit heulenden und quengelnden Kindern bediene, die alles auf einmal haben wollen und nicht bekommen, ist mein Hirn im Leerlauf und grübelt über die nächsten Schritte. Ein besserer Plan ist so was von fällig, denn Sarah hat mir am Tag zuvor die Wohnung verwüstet.

»Du machst ein Gesicht wie sieben Tage Regenwetter«, stellt Timo fest und lächelt dann enthusiastisch den nächsten Kunden an. »Was kann ich für Sie tun?«

»Hast du mal aus dem Fenster geschaut. Wir haben seit sieben Tagen Regenwetter«, zische ich ihm zu.

»Das meine ich aber nicht, ich meine deine Laune, die nichts mit dem Wetter zu tun hat.«

Ich seufze übertrieben laut und mache Käsesauce warm. Hätte ich die Popcorn-Uniform nicht zu Hause deponiert, wäre ich ausgeruhter. Leider musste ich am Morgen deswegen in meiner und Sarahs Wohnung vorbeigehen.

Eine Dreijährige bekommt einen Tobsuchtsanfall genau vor der Kasse, weil die Eltern ihr nicht den mega-super Riesenbecher mit Popcorn kaufen wollen. Man benötigt mindestens sechs verfressene Erwachsene um den leerzufuttern, aber Klein-Saskia bekommt ihn trotzdem nach zwei Minuten Dauergeschrei. Der Vater ringt sich ein verlegenes Lächeln und ein Schulterzucken ab, während er das Portemonnaie zückt.

»Benötigen Sie auch ein Getränk dazu?«, frage ich zuckersüß und deute auf die Softgetränke in Übergröße. Der Vater könnte ein Bier brauchen, oder sogar mehrere, aber den Hinweis spare ich mir taktvoll.

»Besser schon, sonst legt sie gleich wieder los.«

»Wir haben Slush Eis extra für Kinder in einem Palmenbecher mit Deckel.«

Jetzt habe ich übertrieben und fange mir einen bitterbösen Blick ein. Genau so wie die kleine Göre werden spätere Terroristen erzogen. Schulterzuckend suche ich das Wechselgeld raus. Dann zeige ich Timo ein paar Bilder auf meinem Handy.

»Himmel, ich wusste nicht, dass du mit einem Messie zusammen wohnst.«

»Aktuell wohne ich mit einer erbosten Furie zusammen, die ihre Wut auf mich kreativ auslebt.«

Sarah muss gegessen haben, denn die Küche zeigt, dass sie sowohl mehrfach gekocht, als auch gebacken hat. Und Sarah ist die Königin im Teig durch die Gegend schleudern, mit Tomatensauce spritzen und bis auf den Boden kleckern. Im Wohnzimmer hat sie dann gegessen, alles stehen lassen und diverse Getränke konsumiert. Ich zeige Timo die Nachher-Bilder.

»Warum hast du hinter ihr hergeputzt?«

»Weil sie recht hat, wütend auf mich zu sein. Das ist Sarahs unbewusste Art, mir ihre Gefühle mitzuteilen, und meine durchaus bewusste Art, ihr zu zeigen, dass ich ihre Wut verstehe und akzeptiere.« So eine Art Wiedergutmachung.

Timo schüttelt den Kopf.

»Frauen sind manchmal wirklich unbegreiflich. Sie könnte dich auch einfach anbrüllen. Dann kannst du zurückbrüllen oder dich entschuldigen oder ein bisschen heulen, um die Situation zu klären.«

»Das haben wir doch schon gemacht.«

»Wird man hier auch bedient?«, werden wir unsanft unterbrochen. Ich verdrehe die Augen und widme mich erneut der Popcornausgabe. Was mich nicht daran hindert, Timo einen aktuellen Stand über das Sarah-Chris-Dilemma zu geben.

»Samuel weigert sich, mir bei der weiteren Planung zu helfen. Er will die Sache auf sich beruhen lassen«, beschwere ich mich.

»Samuel hat recht.« Timo widmet sich hingebungsvoll dem Auffüllen von Nachos. Ich greife nach einem Popcorn und bewerfe ihn damit. So ein Glück, dass aktuell kaum Kunden im Vorraum sind.

»Das würdest du nicht mehr sagen, wenn du das Häufchen Elend gesehen hättest, zu dem Sarah mutiert ist.«

»Ich habe gesehen, was dein Häufchen Elend mit einer Wohnung anrichten kann. Die hat sich spätestens in zwei Tagen erholt.« Timo seufzt ergeben. »Kino eins ist durch, Melissa, komm mit zum Aufräumen.«

Timo ist derjenige, der dafür zuständig ist, die Arbeit einzuteilen, wenn er Schicht hat. Ich rechne ihm hoch an, dass er sich genauso in die dreckigen Kinosäle schickt, wie die Anderen. Daher folge ich ihm, ohne zu murren.

»Nein, Timo, glaub mir. Ich kenne Sarah seit fünfzehn Jahren. Sie braucht meine Hilfe.«

»Sie kann ja deine Hilfe haben, solange die darin besteht, Trost zu spenden. Aber Pläne, die ihr falsche Tatsachen vor-spielen, sind nicht hilfreich. Ich dachte, das hättest du inzwischen begriffen.« Wir betreten den erleuchteten Kinosaal, der heute übel aussieht. Familien verbreiten mehr Chaos als die Jugendlichen, die am Abend herkommen. Ich habe schon in meiner ersten Schicht erkannt, dass diejenigen, die zu Hause den Dreck wegräumen, bei uns die Schlimmsten sind.

»Solche Pläne werde ich nicht noch einmal schmieden, ich bin ja lernfähig. Leider ist sie aktuell so sauer auf mich, dass sie meinen Trost auch nicht mehr haben will.«

»Wessen Trost will sie stattdessen?« Timo beugt sich über einen Sitz. »Ach Scheiße, hier ist ein kompletter Popcornbecher umgekippt und hat sich zwischen den Sitzreihen verteilt. Wir brauchen den Staubsauger, da kommt so keiner dran.«

Ich reagiere nicht mehr, erst als Timo mir mit der Hand vor dem Gesicht herum wedelt. »Erde an Melissa, hörst du mich?«

Zufrieden tippe ich mir gegen die Stirn.

»Danke, Timo, du bist mein Held. Die Lösung ist so naheliegend.«

»Hallo Carmen«, flöte ich in den Telefonhörer und lasse mich gleichzeitig auf mein Bett fallen. Liebend gerne würde ich eine dramatische Geschichte erfinden, die sogar in Carmen den Mutterinstinkt weckt, denn die ist nicht einfach so mit Liebeskummer zu ködern. Ideen habe ich tausende, von einer ungeplanten Schwangerschaft bis zu einer lebensbedrohlichen Erkrankung ist alles dabei. Nachdem ich mit dem letzten Lügengespinst so übel auf die Nase gefallen bin, entscheide ich, mich an die Wahrheit zu halten, auch wenn sie in Carmens Ohren mega lahm klingen wird.

»Melissa, Liebes, das ist schön, dass du dich meldest.« Ja, schön und selten. »Wie geht es dir?«

»Nicht so gut«, rücke ich auf der Stelle mit der schlechten Nachricht raus. Carmen ist kein großer Fan von Smalltalk und um den Brei reden. »Sarah und ich haben gestritten.«

Carmen lacht und klingt dabei verdammt amüsiert.

»Melissa, ich habe gerade ein Déjà-vu. Das hast du zwar noch nie am Telefon zu mir gesagt, aber sowohl Wortwahl als auch Tonfall sind haargenau wie vor zehn Jahren.« Da mag was dran sein. Sarah und ich haben seit der Grundschule aneinandergeklebt und uns daher gezankt wie Geschwister. Ich habe mich dann bei Carmen ausgeheult und Sarah bei meiner Mutter.

»Diesmal ist es schlimmer.« Carmen lacht noch lauter und ich erinnere mich, dass ich das als Kind genauso behauptet habe. »Nein, ehrlich. Sarah redet seit fünf Tagen nicht mehr mit mir.«

»Fünf Tage schon?« Jetzt ist sie beeindruckt. Wir wissen beide, dass Sarah nie lange wütend ist. »Was hast du verbrochen?«

»Das kann man am Telefon echt nicht erzählen, Carmen. Es ist eine lange und komplizierte Geschichte.« Früher ging es oft um eine Süßigkeit, die wir beide haben wollten, denn das letzte Schokobon war zu klein zum Teilen. Oder wir waren uns nicht einig, welche Barbie mit Ken ausgehen durfte. Seit wir alt genug für echte Kens sind, haben wir uns immer mit einem einzigen Blick oder einem Satz darüber geeinigt, wer ran darf. Ich schätze, diese Kompetenz haben wir den Kinderstreitigkeiten zu verdanken.

»Mit kompliziert kenne ich mich aus. So ist seit zwanzig Jahren mein Beziehungsstatus.« Über Carmen und ihre Männergeschichten könnte ich ganze Bücher füllen. Und offenbar sind Sarah und ich nur über einen Bruchteil informiert.

»Kannst du herkommen?«, bettle ich. »Ehrlich, ich bin verzweifelt. Ich weiß nicht mehr weiter. Und Sarah ist nicht gut dran.«

»Früher habe ich euch Kuchen oder Plätzchen backen lassen, dann habt ihr euren Streit auf der Stelle vergessen«, schlägt sie vor. Sarahs Mutter war schon immer für praktische

Lösungen, denn den Kuchen hat sie im Anschluss selbst gegessen. »Hast du das versucht?«

»Es ist mehr als nur ein Streit.« Wenn ich jetzt mit Liebeskummer ankomme, lässt sie sich nicht blicken. Liebeskummer ist ein Zeichen von Schwäche, nichts, was man nicht mit einem Abend voll Alkohol und einem neuen Mann heilen könnte. So hat Sarah ihr Leben bis dato auch geführt. Bis Chris kam. »Ich könnte eine Konditorei aufmachen und es würde nicht reichen.«

»Meli, jetzt machst du mich doch langsam nervös.«

»Kommst du also?«

Carmen ist für mich wie eine Mischung aus Mutter und Freundin. Während ich bei meinen eigenen Eltern nie eine Schwäche zugeben würde, mache ich das bei Sarahs Mutter hemmungslos. Hier musste ich schließlich nie um meine Freiheit kämpfen, darum bloß für voll genommen zu werden. Eventuell liegt es daran, dass sie keine Verantwortung für mich hat, eventuell ist sie aber einfach cooler als meine eigenen Eltern, die eindeutig zu Überfürsorglichkeit neigen. »Carmen ich brauche dich, diesmal wirklich.«

Am anderen Ende der Leitung wird laut geseufzt.

»Wenn du diese Nummer abziehst, kann ich wohl nicht nein sagen. Da ist doch mehr im Busch.« Mein Schweigen wird korrekt gedeutet. »Geht es um einen Mann?«

»Möglich«, ziere ich mich.

»Ist es dieser Phil?«

»Quatsch, Phil ist längst Geschichte. Alte, abgelutschte Geschichte.« Erst jetzt geht mir auf, dass das wahrhaftig so ist. Ich habe schon ewig nicht mehr an ihn gedacht. Zurzeit könnte er mir mit einer Armada Mädchen im Arm begegnen und es würde mich kaltlassen.

»Wie heißt er also?«

Chris sollte ich echt nicht erwähnen. Ich greife zum zweiten Männernamen, der sich in dem Zusammenhang anbietet.

»Samuel.«

»Und mit dem läuft es nicht rund? Wie lange seid ihr zusammen?«

»Wir sind gar nicht zusammen«, sage ich schnell. »Sam und ich sind Freunde.«

»Aha.« Wenn man bei diesem Wort die zweite Silbe betont, dann wirkt das wie Ironie pur. Carmen beherrscht das perfekt.

»Nein, wirklich, da läuft gar nichts zwischen uns. Er ist echt nicht attraktiv und er will nichts von mir. Es ist so platonisch wie zwischen Harry und Hermine, wie zwischen Ernie und Bert.«

»Ernie und Bert sind schwul.« Das verschlägt mir kurz die Sprache.

»Das ist nicht wahr. Du zerstörst meine Kindheit«, krächze ich.

»Wieso denn das? Gönnst du ihnen keine Beziehung?«

»Ja, meinetwegen schon, aber die Sesamstraße war asexuell. Dachte ich. In meiner Kindheit war alles asexuell.«

Carmen lacht mich aus.

»Waren deine Eltern auch asexuell?«

»Für mich schon. Sind sie selbstverständlich noch immer. Meine Eltern, die … nein, das will ich mir echt nicht vorstellen.«

Ich höre Carmens Belustigung durch den Telefonhörer.

»Von mir aus. Stell dir weiter vor, dass du ein Retortenbaby bist. Was ist also das Problem mit dir und dem hässlichen Samuel?«

»Moment, hässlich ist er nicht. Wirklich nicht. Er hat tolle Augen. Und ein tolles Lächeln. Und wenn er wütend wird …«

Ich unterbreche mich. Sam vorzuwerfen, er wäre nicht attraktiv, ist inzwischen reine Gewohnheit. Und Selbstschutz, wenn ich ehrlich bin, denn ich darf mich auf keinen Fall in meinen platonischen Freund verlieben. Auf gar keinen Fall. »Er ist schon okay, es dreht sich nur keine Frau auf der Straße nach ihm um.«

»Ein klares K.o.-Kriterium.« Der Nachteil an einem Telefonat ist, dass man sein Gegenüber nicht sieht. Und aktuell bin ich mir nicht sicher, ob ich Spott in Carmens Stimme erkenne oder nicht.

»Du warst doch auch immer mit gut aussehenden Männern aus«, rechtfertige ich mich.

»Nicht immer. Manche Männer punkten erst auf den zweiten Blick.« Ich drehe mich auf den Rücken und starre an die Decke, während ich die Worte sacken lasse. »Melissa, ist jetzt dein Problem, dass du dich in einen nicht gut aussehenden Mann verliebt hast?«, fragt Carmen.

Wäre es meine eigene Mutter, kein Wort käme über meine Lippen. Aber ehe ich mich versehe, erzähle ich Carmen, wie Sam und ich uns kennengelernt haben. Wie wir uns gemeinsam betrunken haben. Wie wir im Bett gelandet sind. Mit jedem kleinen peinlichen Detail. »Ist dir das schon mal passiert?«

»Es ist ja nicht dir passiert, sondern ihm«, stellt sie richtig. »Das ist der Worst Case für einen Mann. Ich kann nicht glauben, dass er es zugegeben hat.«

»Ja, Sam hat echt Eier.«

»Und du magst ihn.« Das ist keine Frage und ich antworte auch nicht. »Okay, ich komme vorbei und schaue ihn mir an.«

Das war jetzt nicht Sinn des Anrufs. Aber sie kommt und damit habe ich mein Primärziel erreicht. Das Weitere wird sich ergeben.

»Das reicht nicht. Ich bin nach wie vor sauer auf dich«, begrüßt Chris mich, als er mir die Tür öffnet. »Mit einem läppischen Kuchen machst du nichts wieder gut.«

»Der Kuchen ist für Sam«, stelle ich klar. »Ich bin mir bei dir keiner Schuld bewusst, außerdem ist das hier Sammis Wohnung und niemand zwingt dich hierzusein.«

Ich hatte ihn eh nicht eingeplant. Nachdrücklich schiebe ich mich an ihm vorbei, denn Platz, um den Flur zu betreten, lässt er mir nicht. Vorbildlich streife ich meine Schuhe ab und hänge sogar die Jacke auf. Nachdem ich über eine Stunde an diesem Kuchen herumgebacken habe, muss ich den positiven Eindruck nicht auf der Stelle durch Unordentlichkeit zerstören. Sams Küche sieht aus wie geleckt und ich mache mich mit Feuereifer daran, Chaos zu verbreiten, denn es ist nicht möglich, den Kuchen zu schneiden, ohne zu krümeln.

»Der sieht verdammt lecker aus«, ertönt Sams Stimme. »Warum läuten bei mir alle Alarmglocken, wenn du unangekündigt mit einem Kuchen aufkreuzt?«

»Keine Ahnung. Das musst du dich schon selbst fragen. Wo sind deine Kuchenteller?«

»Ich habe keine.« Samuel steht mit verschränkten Armen in der Küchentür und beobachtet mich misstrauisch. Könnte daran liegen, dass weder ich noch der Kuchen angekündigt waren.

»Was führst du für ein erbärmliches Leben?« Gespielt schockiert schüttle ich den Kopf. »Kuchen von großen Tellern mit großen Gabeln schmeckt einfach nicht.«

»Deswegen esse ich hier nie Kuchen.«

»Dann schaff dir das Zeug an und iss Kuchen. Ich denke, du liebst Selbstgebackenes.«

»Tue ich. Aber ich kann nicht backen.« Nach wie vor beobachtet er reglos meine Schnittversuche. Schließlich lege ich das Messer weg.

»Die Hälfte muss erst einmal reichen, sonst sieht er ja komplett massakriert aus. Da du an der Kaffeemaschine eine bessere Figur abgibst als beim Backen, könntest du ja das übernehmen.« Ich kenne mich in Sammis Küche inzwischen aus und hole mit einem Griff Teller und Gabeln raus.

»Könnte ich.«

»Aber?«, frage ich, da er sich nach wie vor nicht rührt.

»Was führst du im Schilde, Melissa?«

»Ich wollte dir nur eine Freude bereiten.« Die perfekte Gelegenheit für eine beleidigte Schnute. »Du wirst feststellen, dass ich eine hervorragende Bäckerin bin.«

»Und was werde ich außerdem feststellen?«

Ich verdrehe die Augen und demonstriere Betroffenheit. Es klingelt an der Tür. Leider ist das der Moment, in dem meine Komödie enttarnt wird.

»Du bekommst Besuch«, sage ich unbekümmert.

»Ich habe jetzt schon die Bude voll«, knurrt Sam und blickt mich finster an, während wir hören, wie Chris sich auf den Weg zur Wohnungstür macht. »Und das obwohl ich absolut niemanden eingeladen habe.«

Von der geöffneten Tür her ertönt ein Pfiff.

»Hallo!«, höre ich Carmens Stimme. »Entweder ist Melissa blind oder du bist nicht Samuel.«

Autsch. So war das nicht geplant.

»Das ist jetzt aber nicht deine Mutter?«, zischt Sam mich geschockt an.

»Natürlich nicht, was denkst du von mir. Ich würde dir doch nicht unangekündigt meine Mutter vorstellen.« Ich winke entspannt ab. »Das ist Sarahs Mutter.«

Samuels Gesichtszüge entgleisen.

»Das hast du nicht ernsthaft gemacht«, flüstert er. »Du kannst doch nicht Sarahs Mutter auf Chris hetzen.«

Empört schnaube ich auf.

»Denk doch mal logisch. Ich wusste nicht, dass Chris hier ist, also ist sie nicht wegen ihm hier.« Manchmal frage ich mich, wie Samuel einen so gut bezahlten Job ergattern konnte, denn er stellt sich gerne begriffsstutzig an.

»Und wegen was ist sie dann hier?«

Die Antwort bleibt mir erspart, denn Carmen erscheint im Türrahmen. Sie lächelt uns erwartungsvoll an und nimmt Samuel ausgiebig ins Visier. Leider alles andere als unauffällig. Die Musterung und der unangebrachte Kommentar an der Tür, das fällt sogar Samuel auf. Er wirft mir einen bitterbösen Blick zu.

»Das ist Carmen«, sage ich schnell. »Und hier steht Samuel, unser Gastgeber.« Ich deute auf Sam, der sich glücklicherweise seiner guten Manieren entsinnt, auf Carmen zugeht und ihr die Hand schüttelt.

»Ich bin dann mal weg.« Chris erscheint in der Küche und winkt. »Viel Vergnügen bei der Familienzusammenführung.«

»Bis dann, Chris«, sage ich erfreut, dass wir ihn so leicht losgeworden sind, und werfe Sam einen Hab-ich-dir-doch-gesagt-Blick zu.

»Familienzusammenführung würde ich das jetzt nicht nennen.« Carmen lächelt. »Da wären Melissas Eltern wahrscheinlich eingeschnappt. Da Sarah und Melissa aber wie eineiige Zwillinge sind, ist es auch nicht ganz so verkehrt.« Chris stockt mitten im Schritt und dreht sich langsam wieder um.

»Sarah?«, fragt er dann tonlos.

»Ja, meine Tochter.« Carmen merkt nicht, dass ihre Worte wie eine Bombe einschlagen. »Die wohl mein zweiter Problemfall für den heutigen Tag sein wird, wenn ich Meli richtig verstanden habe. Mir hat nur noch immer niemand gesagt, was überhaupt das Problem ist.«

»Dabei steht das Problem genau vor Ihnen.« Samuel versaut es jetzt endgültig. Das kann er im Anschluss aber nicht mir in die Schuhe schieben.

»Wie bitte?« Chris steht nun mitten im Raum. »Ich soll das Problem sein?«

»Ja, genau.« Samuel ist aktuell nicht gut drauf. So wie ich ihn kenne, ist ihm das hier einfach zu ungeplant, zu chaotisch, zu viel auf einmal. Wenn er etwas nicht berechnen kann, wird er pampig. »Du bist Sarahs Problem und Sarah ist dein Problem und ihr beide gemeinsam seid unser Problem. Dabei haben Melissa und ich genug eigene Sorgen.«

»Wie wäre es denn mit einem schönen Stück Kuchen. Ich freue mich auf diese Schokoladentorte, seit Meli angekündigt hat, dass sie Samuel einen Kuchen backen wird. Und Kaffee hätte ich ebenfalls gerne. Dabei höre ich mir dann auch geduldig all eure Probleme an.«

Na, wenigstens Carmen hat Spaß. Sie liebt Drama, sie liebt

Beziehungsgeschichten und sie liebt Sarah und mich.

Ich frage mich nur ein wenig, welche eigenen Sorgen Sam und ich so haben. Er kümmert sich um den Kaffee, während ich grübelnd seinen Rücken betrachte.

Chris setzt sich auf einen Stuhl und verschränkt die Arme. Verstohlen mustert er Carmen, aber optisch haben sie und Sarah kaum Ähnlichkeit.

»Habe ich jetzt richtig verstanden, dass du meine Tochter kennst?« Da ihre Kaffee-und-Kuchen-Versorgung sicherge-stellt ist, konzentriert Carmen sich entspannt auf Chris. Sie setzt sich ihm gegenüber, schlägt die Beine übereinander und legt den Kopf leicht schräg. Wenn sie sich so bewegt, ist sie eine Kopie von Sarah, die auf genau dieselbe Art Männer mustert, bevor sie sie zum Frühstück verspeist. Die Ähnlich-keit entgeht auch Chris nicht, der einmal tief ein- und wieder ausatmet.

»Leider«, knurrt er dann.

Carmen zieht die Augenbrauen hoch. Und schweigt. Eine geniale Taktik, die ich mir dringend aneignen möchte. Ärger-licherweise plappert mein Mund in jeder Situation immer weiter, egal, wie taktisch unklug das ist.

»Sarah hat mir das Herz gebrochen«, fühlt Chris sich dann genötigt, eine Erklärung zu liefern. »Ich habe noch nie eine Frau so geliebt wie Sarah, aber sie hat mich aus heiterem Him-mel grundlos abserviert.«

»Das wundert mich nicht«, erklärt Carmen unbekümmert und gibt sich, als wäre nicht Liebeskummer das Thema, son-dern erfreuliches Frühlingswetter.

»Mich wundert es schon«, wirft Sam von hinten ein. »Noch nie hat ein Mädchen Chris abserviert.«

»Das glaube ich dir, er ist ja eine wahre Augenweide. Den schubst keine Frau von der Bettkante.« Mühsam unterdrücke ich mir ein hysterisches Lachen. Meine Mutter würde so etwas nie sagen, erst recht nicht zu einem Mann, der vom Alter her ihr Sohn sein könnte. Carmen ist da echt aus einem anderen

Holz geschnitten. »Aber Sarah ist genetisch nicht in der Lage, eine ernsthafte Beziehung zu führen, also schmink sie dir ganz schnell wieder ab.«

»Ach Carmen, nur weil dir nicht der Mann fürs Leben begegnet ist, muss das bei Sarah doch nicht genauso schwierig sein«, protestiere ich. Ich habe Sarah und Chris schon fast vor dem Traualtar gesehen. Und ich wünsche ihr von Herzen ein Leben, das nicht so einsam ist, wie das ihrer Mutter. Denn obwohl Carmen es hervorragend versteckt, bin ich mir sicher, dass sie heimlich meine Eltern beneidet. Ich habe sie doch nur zu uns gelockt, damit sie Sarah tröstet und ihr im Anschluss klarmacht, dass ihre Vorwürfe Chris gegenüber schwachsinnig sind. Leider bin ich bisher noch nicht dazu gekommen, ihr meinen Plan zu erklären.

»Doch, Meli, glaub mir. Sarah hat da doppeltes Pech. Sie hat die freiheitsliebenden, schnell gelangweilten Gene von mir und dazu die absolute Beziehungsunfähigkeit ihres Vaters.«

Fassungslos sperre ich den Mund auf. Von Sarahs Vater habe ich nie zuvor gehört. Ich hatte ja immer die Theorie, dass Carmen gar nichts so recht wüsste, wer er ist. Mehrere Männer parallel war keine Seltenheit in ihrem Leben. Und drei bis vier potentielle Väter ausfindig machen, bei denen man nur den Vornamen und den Penis kennt, ist nicht leicht.

»Wer ist ihr Vater?«, krächze ich. Chris sagt gar nichts mehr, er sieht misstrauisch zwischen Carmen und mir hin und her. Und Samuel hat das Kaffeekochen eingestellt und sich dem Tisch genähert.

»Ach, so ein kleiner Italiener, in den ich absolut vernarrt war. Muss am Wetter gelegen haben, im Urlaub wird man ja so leichtsinnig. Meer, Sonne, Strand und dazu Amore vierundzwanzig Stunden am Tag. Der Guiseppe hatte eine Ausdauer, Melissa, da konnte seitdem kein Mann mithalten.«

»Weiß er von Sarah?« Sarah hat den Namen Giuseppe nie gehört, definitiv.

»Ja, schon. Wir haben es ja miteinander versucht.« Carmen

schaut ein wenig wehmütig aus dem Fenster. Dann strafft sie sich und setzt sich aufrecht hin. »Ganze zwei Wochen haben wir uns bemüht, ein Paar zu sein. Chancenlos, trotz Schwangerschaft. Und deshalb gebe ich dir einen Rat« Sie visiert erneut ernst und nachdrücklich Chris an. »Vergiss Sarah auf der Stelle, renn davon und bring dich in Sicherheit. Ihr habt keine Chance.«

Chris schluckt und setzt mehrmals zu einer Erwiderung an. Dann steht er auf und geht, wortlos.

Laut seufzend lege ich mein Gesicht in die Hände. Jetzt ist es ganz aus. Wenn noch irgendein Funke Hoffnung bestanden hat, Sarah und Chris wieder miteinander zu versöhnen, dann hat Carmen ihn nun endgültig zerstört. Ich werde mir das nie verzeihen.

Während sich langsam der Duft von frischem Kaffee in der Küche breitmacht, rutscht Carmen nah an mich heran.

»Deinen Samuel, Schätzchen, den finde ich übrigens toll. Wenn du diesen Mann nicht klarmachst, dann verzeihe ich dir das nie.«

»Wieso findest du ihn toll?«, flüstere ich zurück.

»Er hat eine irre Ausstrahlung. Männer wie der sind rar, und glaub mir, mit Männern habe ich Erfahrung.«

»Willst du Sam nicht auch raten, die Flucht zu ergreifen? Ich bin genauso beziehungsgestört. Du kennst doch meinen Verschleiß an Freunden.«

Carmen schüttelt mild lächelnd den Kopf. Dann greift sie nach der Kuchenplatte und verteilt die Stücke.

»Ich kenne vor allem deine Eltern. Egal, was kommt, die beiden halten zusammen. So etwas ist selten.« Sie spielt auf die Krebserkrankung meiner Mutter an. Das hat meine Eltern definitiv noch enger zusammengeschweißt. »Und wenn du bisher schnell den Freund gewechselt hast, dann liegt das nur an deiner mangelhaften Wahl. Mit diesem jungen Mann dort kann es etwas Echtes werden, da sind ganz viele Gefühle zwischen euch.«

Ich schnaube spöttisch auf, was mir einen wütenden Blick von Samuel einbringt, der unsere leise Unterhaltung unwirsch beobachtet.

»Ich habe dir erzählt, was dagegen spricht.«

»Das glaube ich dir nicht. Er steht auf dich. Und wenn ich nicht ganz schnell eine heiße Tasse Kaffee bekomme, dann führen wir dieses Gespräch nicht mehr geflüstert, sondern sehr, sehr laut.«

Erschrocken springe ich auf und helfe Sam mit den Kaffeetassen.

kapitel 28

SAMUEL

Ein paar Tage später kommt Melissa wutschnaubend in meine Wohnung gestürmt. Da sie sich eh bei mir eingenistet hat, habe ich ihr einen Wohnungsschlüssel überlassen.

»Jetzt hat sie es ganz und gar verpatzt«, faucht sie und lässt sich mit Wucht neben mich auf das Sofa fallen.

»Hallo liebster Samuel. Hattest du einen schönen Tag?«, sage ich vorwurfsvoll zu ihr.

»Wenn du dich das selbst fragen musst, mache ich mir langsam Sorgen um deinen Geisteszustand. Könntest du mir eine Vollmacht unterschreiben, so dass ich es einfacher habe, dich in die Psychiatrie einweisen zu lassen, sobald es endgültig nötig ist.«

»Ich versuche nur, deine gute Kinderstube wieder zu aktivieren«, antworte ich kopfschüttelnd.

»Was noch nie da war, kann man auch nicht reaktivieren. Wenn es dir nicht passt, dann beschwer dich bei meinen Eltern.«

»Okay, vergiss alles an Höflichkeit. Wer hat also was verpatzt?« Mit Melissa kann man eh nicht diskutieren, denn es ist hoffnungslos, bei ihr das letzte Wort haben zu wollen.

»Carmen.« Übertrieben reißt sie die Hände hoch und sieht mich verzweifelt an. »Sie sollte doch Sarah ins Gebet nehmen und ihr klarmachen, dass jeder eine zweite Chance verdient.« »Ach?«, frage ich erstaunt. »Ich dachte, sie sollte hier bei mir Kuchen essen.« Mir ist absolut schleierhaft, aus welchem Grund, Sarahs Mutter in meiner Wohnung aufgekreuzt ist, und Melissa schweigt zu allen Fragen beharrlich.

»Ha, ha, sie ist extra aus Berlin angereist, weil Sarah untröstlich ist und nicht mehr mit mir redet. Der Kuchen und deine Küche waren nur Goodies.«

»Goodies?« Manchmal spricht sie eine Sprache, die ich nicht verstehe und ich fühle mich, wie aus einer anderen Generation.

»Weißt du, was sie stattdessen gemacht hat?« Resigniert schüttle ich den Kopf. Ich werde es eh erfahren, ob ich es hören will oder nicht. »Sie hat Sarah diesen Gen-Scheiß genauso erzählt wie Chris. Damit ist doch die letzte Hoffnung begraben, dass Sarah und Chris wieder zueinanderfinden.«

»Warum müssen sie denn so unbedingt zueinanderfinden?« Chris ist seit einigen Tagen fast der Alte. Er ist nicht so weit, dass er in Clubs und auf Partys geht und ich habe ihn auch noch nicht wieder mit einer Frau gesehen, aber er ist den Anonymen Alkoholikern in letzter Sekunde von der Schippe gesprungen und sieht nicht mehr aus wie ein Zombie. Gestern hat er sogar in meiner Gegenwart gelächelt.

»Weil sie perfekt zusammen waren. Weil Carmen unrecht hat. Weil ich Sarah nie so glücklich gesehen habe wie mit Chris.«

Okay, da ist was dran.

»Oder weil du nach wie vor ein schlechtes Gewissen hast?«, frage ich trotzdem.

»Ich habe kein schlechtes Gewissen. Ich habe jedoch einen neuen Plan und da kommst du ins Spiel.«

Hoffnungsvoll richtet sie sich auf und rückt näher. Wenn Melissa etwas von mir will, macht sie große, unschuldige

Kulleraugen, die leider nicht ihre Wirkung auf mich verfehlen, obwohl ich genau weiß, dass es pure Berechnung ist.

»Vergiss es«, knurre ich abweisend.

»Oh, bitte, Sammi.« Melissa hat mich absolut in der Hand, wenn sie es drauf anlegt. Mein Herz wird jetzt schon weich, denn mit diesem Gesichtsausdruck ist sie mal wieder zum Anbeißen. Wie konnte ich mich bloß in ein Mädchen verlieben, das in mir nur einen Freund sieht. »Es ist nur eine klitzekleine Computersache. Das hast du in Windeseile erledigt, ist kaum Arbeit. Und Spaß macht es dir bestimmt auch noch.«

Wenn sie so viele Argumente aufbringt, muss es übel sein. Sie lächelt mich strahlend an. Ich sollte unsere Freundschaft auf der Stelle kündigen.

»Du bringst nur kurz in Erfahrung, wer Sarahs Vater ist und wo er wohnt. Den ganzen Rest übernehme dann ich.«

Das laute und erleichterte Lachen kann ich mir nicht verkneifen. Melissa ist verrückt geworden.

»Wie soll ich denn das machen?«

»Carmen hat uns doch so einiges verraten, den Rest kannst du googeln oder wie auch immer das geht.«

»Du kannst selbst googeln, Melissa. Italien und Guiseppe, mehr wissen wir nicht. Was glaubst du, was du da findest?« Ein irritierender Gedanke beschleicht mich. »Oder denkst du, du kannst einfach ›Sarahs unbekannter Vater‹ googeln?«

Melissa verdreht die Augen und gibt ihre Betteltaktik auf.

»Mir ist schon klar, dass das nicht reicht. Deshalb bitte ich ja dich, es zu tun.«

»Was genau soll ich tun?«

»Es halt herausfinden. Mit einem geheimen Programm oder so was. Du bist doch der Computer-Spezialist.«

»Ich bin doch kein Hacker.«

»Ja, Sam, schon klar. Hacken ist illegal, das weiß ich. Und du musst es nicht laut herausposaunen, ich schwöre, dass ich kein Wort darüber verraten werden.« Sie legt die rechte Hand auf ihr Herz und hebt die linke. »Sag mir bloß, wie ich diesen Guiseppe aus Italien finde.«

Eine Weile liebäugle ich mit der Möglichkeit, ihr einen beliebigen Guiseppe aus Italien zu präsentieren. Die Vorstellung, wie eine zu allem entschlossene Melissa einem wildfremden Italiener eine inexistente Vaterschaft andichtet, ist verlockend. Dann gewinnt die Moral.

»Ich würde dir auch nicht helfen, wenn ich es könnte, denn wir haben uns schon genug geleistet. Aber ich kann es eh nicht. Ich bin weder ein Hacker noch kenne ich einen.«

Melissa zieht einen Schmollmund und scheint über weitere Argumente nachzudenken. Mich rettet die Türklingel.

»Ja, ja, lauf nur weg«, muffelt sie, als ich mich zur Tür aufmache. »Du stiehlst dich aus deiner Verantwortung.«

Vor der Tür steht Chris.

»Hi«, begrüßt er mich und schlendert ins Wohnzimmer. »Oh«, sagt er motzig, als er Melissa auf dem Sofa erblickt. »Welch unwillkommener Anblick.«

»Selber«, erwidert Meli ungerührt.

»Hast du neue intrigante, verlogene Spielchen in Planung? Oder aus welchem Grund quälst du Sam mit deiner Anwesenheit?« Chris ist nach wie vor stinksauer. Ich habe nie zuvor erlebt, dass er eine Frau, noch dazu eine hübsche, so angegangen ist.

»Spielchen, um dein Glück zu retten, meinst du?« Melissa legt die Arme breit über die Sofalehne und demonstriert mit jeder Geste Selbstvertrauen und Überlegenheit. »Keine Sorge, Chris, wenn es hier um dich gehen würde, keinen Finger würde ich rühren. Aber es geht nun mal um Sarah, obwohl mir echt schleierhaft ist, was sie so phänomenal an dir findet.«

»Das rechtfertigt nicht, was du getan hast.« Chris bewegt sich weiter in den Raum und lehnt sich betont lässig an den Tisch, weit weg von Melissa, aber genau in ihrer Blickrichtung. Er funkelt sie wütend an.

»Was habe ich denn getan?«

»Diese Fakebriefe nennt man Lüge. Auch in deiner moralischen Welt sollten Lügen und mit den Gefühlen der Leute spielen inakzeptabel sein.«

Melissa schnaubt abfällig.

»Es kommt ja darauf an, aus welchem Grund man lügt. Wenn es dazu dient, Leben zu retten, ist eine Lüge durchaus gerechtfertigt.«

»Spar dir das theatralische Getue mit Leben und Tod.«

»Wer wollte sich zu Tode saufen?« Meli deutet mit dem Finger auf mich. »Du bist mein Zeuge, Sam. Chris war eine Schnapsleiche und kurz vor einer Alkoholvergiftung.«

Ich zucke die Schultern, unrecht hat sie nicht. Diese dämlichen Briefe waren ein Fehler, aber die Absicht dahinter war es nicht. Und Chris war verdammt übel dran und ich längst am Ende meiner Weisheit.

»Ich bin ein erwachsener Mann, Melissa, und wenn ich Alkohol trinken will, dann trinke ich Alkohol«, faucht Chris. »Ich lasse mir da von keinem reinreden, ganz bestimmt nicht von einer Person, die ich grade mal ein paar Tage kenne.«

»Klar, und wenn du von der Brücke springen willst, dann schaue ich dir dabei zu und sage: Er ist ja so erwachsen und vernünftig und wird schon wissen, was er da macht. Gib doch zu, dass dein Gehirn ausgesetzt hat und du ohne Sarah ein Zombie bist.«

Jetzt geht es richtig ab. Melissa und Chris haben beide verdammt viel Temperament und ich frage mich, wer zuerst handgreiflich wird. Melissas Blick schweift durch das Zimmer und ich schätze, sie sucht nach einer geeigneten Waffe.

»Mir reicht es«, beende ich entschlossen das Gezanke. »Wenn ihr euch prügeln wollt, geht ihr bitte vor die Tür. Hier drinnen ist das Thema ab heute erledigt. Melissa hat es gut gemeint und wir haben dabei zu Mitteln gegriffen, die nicht angemessen waren. Wir werden es nicht noch einmal machen und ihr könnt euch jetzt vertragen.« Bin ich hier eigentlich im Kindergarten?

»Der Zweck heiligt die Mittel, oder was?« Chris hat weiterhin die Arme vor dem Körper verschränkt und sieht aus wie ein bockiges Kleinkind.

Ich bin im Kindergarten.

»Ja, so in der Art«, stimme ich zu. Obwohl Meli die ganze Schuld auf sich genommen hat, hänge ich trotzdem mit drin. Ich habe sie weder an der Aktion gehindert, noch Chris eingeweiht. Sie hat sich nur als Sündenbock angeboten, damit mein Freund mir verzeiht, und muss jetzt seine Laune ausbaden. Es ist nicht fair, dass ich das zulasse. »Echt, Chris, es ist nicht allein Melis schuld. Ich hätte auch alles dafür getan, dich und Sarah wieder aufzumuntern. Die Briefe erschienen uns eine gute Idee.«

»Ich habe keine Lust mehr. Chris ist unvernünftig und uneinsichtig und ich finde, er könnte sich bei mir bedanken. Und jetzt habe ich Besseres zu tun, als mir das Gejammer anzuhören.« Melissa springt auf. »Ich schaue nach Sarah und kümmere mich um meinen eigenen Kram.« Mit einem letzten Blick auf Chris rauscht sie ab und ich übernehme ihren Platz.

Während die Wohnungstür laut ins Schloss fällt, lässt Chris sich neben mich fallen.

»Oh Mann, sei froh, dass du nicht mit ihr zusammen bist. Die denkt, sie kann sich alles erlauben.«

»Sie hat nicht ganz unrecht. Wir waren verzweifelt.«

»Das sagst du nur, weil du trotz allem verknallt in sie bist.« Ich schweige und presse die Lippen zusammen. Das ist kein angenehmes Thema für mich. »Sam, eine Frau, die nur nach der Optik geht, ist dumm. Du kannst doch nicht dein Herz an eine dumme Frau verschwenden.«

»Sie ist alles andere als dumm«, widerspreche ich.

»Meinetwegen, dann eben oberflächlich.« Chris springt auf, verschwindet in der Küche und kommt mit zwei Flaschen Bier zurück. »Und mit oberflächlich kenne ich mich aus, ich habe Frauen lange genug nach ihrem Aussehen beurteilt.«

»Und mit dir bin ich auch befreundet.« Widerwillig schiebt

sich ein Grinsen in mein Gesicht. Chris hat manchmal Probleme mit der Logik.

Wir stoßen an, während Chris den Hinweis ignoriert.

»Dann meinst du, es reicht dir, weiterhin nur mit ihr befreundet zu sein?«

Ich nehme einen tiefen Schluck und lasse Chris' Worte auf mich wirken.

»Natürlich reicht es mir nicht«, antworte ich dann langsam. »Aber ich habe ja nicht viele Alternativen. Entweder ich schreibe sie komplett ab und treffe sie gar nicht mehr oder wir sind eben nur befreundet. Dann ziehe ich die Freundschaft vor.«

»Das könnte ich nicht.« Chris sieht mich mit einem verwirrten Gesichtsausdruck an. »Wenn ich eine Frau bumsen will und nicht ran darf, dann quäle ich mich doch nicht Tag für Tag, in dem ich mich platonisch mit ihr treffe.«

»Ist dir das schon mal passiert, Chris?«, stelle ich die rhetorische Frage. Er zuckt nur die Achseln.

»Nee, echt, Sam, streich sie aus deinem Leben, dann vergisst du sie auch wieder.«

»Habe ich drüber nachgedacht«, gebe ich zu. Das habe ich wirklich. Mehr als einmal. »Und mich dagegen entschieden. Meine Oma liebt sie übrigens auch.«

Ich erzähle von der Geburtstagsfeier. Wie Melissa mich an dem Abend gerettet hat. Wie sie innerhalb von Sekunden meine Familie um den Finger gewickelt hat, um mich im Anschluss mit einem breiten Grinsen an den Club der Greisinnen zu verfüttern. Wider Willen muss Chris lachen.

»Ich kann es mir vorstellen. Deine Oma ist schon eine Nummer für sich.« Dann schwankt seine Miene zu besorgt. »Da hast du dir allerdings ein Ei gelegt. Wenn du deiner Oma irgendwann die Wahrheit erzählen musst, kastriert sie dich.«

Ich verdrehe die Augen über Chris' Ankündigung. Für ihn ist das schlimmer als der Tod.

»Es ist nicht nur meine Oma. Meine Eltern mögen sie

genauso und mit meiner Cousine Leonie hat sie sich verabredet.«

»Deine Cousine kenne ich gar nicht.«

»Melissa kennt sie mittlerweile besser als ich«, gebe ich zu. »Sie hat sich wie eine Bazille in meiner Familie breitgemacht und wird da für immer bleiben.«

Chris summt den Song ›Bazille‹ von *Brings* an und leise singen wir den Refrain.

»Ja, so ungefähr ist das mit Melissa«, stelle ich fest. Ich weiß nicht so recht, ob es mich glücklich oder traurig macht.

kapitel 29

SAMUEL

Auch heute bleibt mir die Rolle als frischer verlassener Single erspart. Ich lasse es mir zwar nicht anmerken, aber es gibt Situationen, in denen ich es aufrichtig hasse, allein aufzukreuzen und mir geheucheltes Mitleid anzuhören. Die Party wäre eine davon und Melissa hat mit ihrem untrüglichen Instinkt für meine Schwachstellen beschlossen mitzukommen, bevor ich sie fragen konnte. Oder anbetteln, denn das hatte ich durchaus schon in Erwägung gezogen. Daher kann ich es mir leisten, mich weiter cool und gleichmütig zu geben.

»Hast du ein Glück, dass du mich hast«, stellt sie zufrieden fest, als wir das Haus, in dem die Party stattfindet, betreten.

»Wieso denn das?«, frage ich und täusche Ahnungslosigkeit vor, während ich beeindruckt die Eingangshalle des *Gürzenich* mustere. Das historische Gemäuer, das die Außenfassade stellt, ist trotz Umbau zu erkennen und ergibt mit der modernen Sanierung im Inneren ein imposantes Gesamtwerk. Mit einer der Gründe, aus denen ich die Einladung angenommen hatte.

Der ehemalige Studienkollege, der heute seinen fünfundzwanzigsten Geburtstag feiert, hat nicht nur äußerst wohlhabende Eltern, er zeigt es auch gerne. Obwohl ich mich für meine Verhältnisse in Schale geworfen habe, komme ich mir nicht schick genug vor. An Melissa liegt das nicht. Die sieht absolut umwerfend aus, mit einem Kleid in Taubenblau, hochhackigen Schuhen und einer niedlichen Hochsteckfrisur. Mit den Augen hat sie ebenfalls etwas gemacht, denn die wirken noch eindringlicher als im Normalfall, und ihre Lippen zeigen Farbe. Ich sehe Melissa definitiv zum ersten Mal mit Schminke oder Make-up oder was auch immer das ist.

»Weil man auf so ein Event in Begleitung kommt«, sagt sie und schaut sich mit einem Lächeln um.

»Wenn man eine Begleitung hat.« Ich zucke möglichst lässig die Schultern und lüge weiter. »Einige meiner ehemaligen Kommilitonen werden ohne kommen. Das wäre kein Problem gewesen.«

»Wäre es doch. Du warst nämlich ausdrücklich mit Eva eingeladen.« Sie durchschaut mich mühelos.

»Okay, du hast recht«, lenke ich endlich ein. »Danke für die Begleitung. Ich stehe immer mehr in deiner Schuld. Du hast mich nicht nur beim Geburtstag gerettet, du hast mir auch meinen Kumpel zurückgebracht.«

Sie lächelt strahlend. »Wir stehen uns gegenseitig in der Schuld, das passt schon. Ist ja nicht so, dass Chris dein einziger Freund ist, nicht wenn man nach der Einladung heute geht.«

»Ich kenne den Typen kaum.« Das stimmt. Wir haben zwar gemeinsam studiert und hin und wieder in derselben Lerngruppe gesessen, aber privaten Kontakt hatten wir nie. Seit ich arbeite, schon mal gar nicht. »Er ist alles andere als ein Freund und ich bin nur eingeladen, damit er angeben kann, wie gut besucht und teuer die Party ist.«

»Dann machen wir beide uns heute einen schönen Abend mit gutem Essen in toller Kulisse. Was will man mehr.« Melissa zieht mich entschlossen zur breiten Treppe, die hinab in den angegebenen Saal führt.

»Wow«, sagt sie dann beeindruckt.

Ja, das ist definitiv ein wow wert. Wir stehen auf einer Galerie, die halb um den Raum reicht, und schauen hinab. Glücklicherweise ist es keine steife Feierlichkeit, bei der man an festlich eingedeckten Tischen sitzt, der Tischordnung, die sich der Gastgeber ausgedacht hat, ausgeliefert. Der Raum ist mit Stehtischen und Sitzecken ausgestattet, definitiv elegant, aber eher gemütlich als steif.

»Ist schon echt viel los«, stelle ich fest.

An mir liegt es nicht, dass wir spät sind. Ich war schnell zurechtgemacht, obwohl ich mich erneut rasiert und Melissas Lieblings-Rasierwasser benutzt habe.

»Willst du mir schon wieder vorhalten, dass ich nicht pünktlich war?« Ich kassiere einen genervtem Blick von der Seite. »Ich hatte nicht damit gerechnet, dass die Frisur so kompliziert ist. Früher hat Sarah mir die gemacht, aber abgesehen davon, dass sie nach wie vor nicht mit mir redet, war sie nicht da.«

»Aber das ist doch ein gutes Zeichen. Wenn Sarah am Wochenende abends ausgeht, dann verarbeitet sie langsam ihren Liebeskummer.« Ich deute auf ihre Haare. »Du siehst übrigens toll aus. Die komplizierte Frisur hat sich also gelohnt. Und der Rest auch.«

Langsam schiebt sich ein Lächeln in Melis Gesicht.

»Na endlich.« Sie stößt mich kichernd an. »Ich habe schon bemerkt, dass mein Outfit dir gefällt, aber ich habe nicht damit gerechnet, es auch zu hören zu bekommen.«

»Warum denn das nicht?« Aus der Phase, uns gegenseitig bloß nichts Nettes zu sagen, sind wir längst raus. Ein Kompliment ist ja locker drin, ohne ihr meine wahren Gefühle zu offenbaren.

»Ach, nur so.«

Erneut lasse ich die Augen durch den Saal wandern und entdecke Steven. Er steht im Smoking mitten im Raum und gestikuliert großspurig in alle Richtungen.

Ja, genau so habe ich ihn in Erinnerung.

»Da ist unser Gastgeber«, weise ich Meli auf ihn hin.

»Nicht schlecht.«

Mühsam verkneife ich mir ein angepisstes Knurren. Ja, Steven ist attraktiv. Als ob es nicht reicht, dass seine Eltern ihm jeden Wunsch von den Augen ablesen, noch dazu ist er rein optisch ein Mann, der die Frauen anmacht. Das in Kombination mit dem Geld ist für die meisten unwiderstehlich.

»Soll ich dich vorstellen?« Das ist eh eine rhetorische Frage, wir können kaum den Gastgeber ignorieren.

»Wir sollten uns für die Einladung bedanken, bevor wir uns den ersten Cocktail genehmigen«, stimmt Melissa mir zu. »Ein bisschen gute Kinderstube habe ich dann doch abbekommen.« Sie hakt sich bei mir unter und zieht mich entschlossen die Treppe hinab.

»Samuel«, begrüßt Steven mich überschwänglich und checkt auf der Stelle meine Begleitung ab. »Was hast du für eine bezaubernde Frau dabei?« Er lächelt Melissa an und hat nur noch Augen für sie, während er weiter mit mir spricht. »Ich habe von der Sache mit Eva gehört.«

»Klatsch verbreitet sich schneller als die Pest«, antworte ich und unterdrücke nur mühsam den Impuls, Melissa hinter meinem Rücken zu verstecken. Steven ist unter Garantie Single, denn er hatte kein gesteigertes Interesse daran, sich längerfristig zu binden. Und ich glaube nicht, dass er sich im letzten Jahr allzu sehr verändert hat. Alles in allem ist er genau der Typ Mann, auf den Melissa steht, auf den sie immer wieder hineinfällt. Und ich habe sie angeschleppt.

»Ich bin Melissa«, übernimmt sie die Vorstellung, da ich schweige. »Vielen Dank für die Einladung und vor allem herzlichen Glückwunsch zum Geburtstag. Ich hoffe, deine Party ist so, wie du sie dir vorgestellt hast.«

»Seit ein paar Sekunden ist sie perfekt«, antwortet er und grinst. Liebend gerne würde ich mitten in sein schmieriges Grinsen hineinschlagen.

»Wir überlassen dich mal den andern Gästen«, sage ich schnell, denn wir sind nicht die Einzigen, die aktuell ankommen.

»Nur eine Weile, Samuel«, sagt Steven und in meinen Ohren klingt es wie eine Drohung.

»Ich glaube, er mag mich.« Melissa hat dieses kleine zufriedene Mona-Lisa-Lächeln aufgesetzt, das sie gerne zeigt, wenn sie einen Treffer gelandet hat. Dieses Lächeln, das ich unwiderstehlich finde, obwohl es oft auf meine Kosten geht.

»Ja, eindeutig. Er sieht dich als sein Geburtstagsgeschenk.«

»Huch.« Melissa schlägt sich erschrocken die Hand vor den Mund. »Es fällt mir erst jetzt auf. Wir hatten kein Geschenk.«

»Doch, hatten wir. Er hat sich im Vorfeld eine Spende an *Ärzte ohne Grenzen* gewünscht.«

»Oh, wow.« Melissas Mund öffnet sich andächtig. »Das nenne ich mal selbstlos.«

Es ist leicht, selbstlos zu sein, wenn man sich alles kaufen kann und keine Wünsche mehr hat. Ich halte trotzdem die Klappe, denn jeder Einwand klingt neidisch. Auf Stevens Geld bin ich nicht neidisch, nur wenn er Melissa klarmacht, flippe ich aus.

»Seine Eltern sind beide Ärzte und engagieren sich da schon seit Jahren«, erkläre ich. Ja, ich finde es ebenfalls bemerkenswert. Und trotzdem kann ich Steven nicht leiden, heute noch weniger als je zuvor.

»Dein Kumpel kann mich nicht als Geschenk sehen, er denkt doch, dass wir zusammen sind«, stellt Melissa fest, während wir uns an der Bar der Getränkekarte widmen. »Schau mal, am liebsten würde ich mich durch die komplette Cocktailkarte trinken. Da klingt einer besser als der andere.«

»Mach doch, wir sind aus diesem Grund mit der Bahn hier.« Ich wollte mir nicht zumuten, diesen Abend ohne Alkohol zu überstehen.

»Dann tanze ich auf dem Tisch.« Melissa kichert und ich mustere die Tische.

»Kannst du machen, die Tische sind keine klapprigen Bierzeltgarnituren. Und Steven kümmert sich einen Scheiß darum, ob eine Frau vergeben ist oder nicht. Wenn sie sein Interesse weckt, dann macht er sie an.«

»Dann bist du in der Tat nicht sein Freund.« Sie deutet auf die Karte. »Ich fange mit einem klassischen Caipirinha an. Den mag ich gerne.«

Wir bestellen, ich ziehe ein Kölsch vor. Dann schauen wir dem Barkeeper zu, wie er gekonnt und mit viel Tamtam den Cocktail zubereitet.

»Steven hat keine Freunde. Er hat Menschen, mit denen er Zeit verbringt, weil es sonst zu langweilig ist.«

»Das klingt traurig.«

Das klingt nach Arschloch. Ist meine Meinung. Aber die Frauen fahren drauf ab und denken, er hätte nur auf sie gewartet. Melissa ist da auch nicht aus anderem Holz geschnitzt. Wäre Steven ein netter Kerl, der die Finger von den Mädchen seiner Kumpel lässt, würde ich sie als meine feste Freundin kennzeichnen. Aber bei Steven geht so was nach hinten los. Ich verzichte darauf, besitzergreifend den Arm um sie zu legen. Dann stoßen wir an und wenden uns der Menschenmenge zu.

»Magst du dich mit ein paar der Jungs unterhalten, mit denen ich studiert habe?« Ich deute auf eine Gruppe, die einen der Stehtische in Beschlag genommen hat. Mit keinem von denen hatte ich engen Kontakt.

»Klar.«

»He, Samuel«, werde ich begrüßt und mache die Runde, in dem ich Melissa vorstelle. Eva ist hier kein Thema. Das aktuelle Thema ist jedoch nicht besser, denn es geht um die Karriere, die meine Kommilitonen hingelegt haben oder noch hinlegen werden.

»Das ist der moderne Schwanzvergleich«, flüstert Melissa mir nach ein paar Minuten ins Ohr.

»Ich weiß, tut mir leid.«

»Was tut dir leid? Dass du nicht mitmachst?«

»Sollte ich?«

»Das hast du nicht nötig.« Melissa steht so nah an mir, dass mir ihr Duft in die Nase steigt. Ich muss mich echt zusammenreißen, nicht die Hand um ihre Hüfte oder auf ihren Hintern zu legen. Verdammt, sie ist nicht meine Freundin, sondern einfach nur eine Freundin. Und auch wenn der Unterschied nur aus einem einzigen Buchstaben besteht, liegen in der Realität Welten zwischen den beiden Dingen.

Kellner laufen umher und liefern Getränkenachschub. Melissa kaut selbstvergessen auf einer Limette aus ihrem Drink und ich wundere mich über ihre Geschmacksknospen.

»Noch maximal ein Jahr und ich bin Projektmanager«, prahlt Noah, der neben mir steht. Noah war schon immer überehrgeizig und hat versucht, Steven in den Arsch zu kriechen.

»Glückwunsch«, sage ich mechanisch.

»Sam ist das jetzt schon.« Melissa lächelt Noah an und nur, weil ich sie so gut kenne, kann ich erahnen, dass sie mühsam ihr Augenverdrehen unterdrückt. Ich wundere mich. Dafür, dass sie sich nicht sonderlich für meine Arbeit interessiert, ist sie erstaunlich gut informiert. »Der Chef hat nicht lange gebraucht, um zu merken, dass Sam für ihn unverzichtbar ist.«

Noah sieht mich angepisst an, dann wendet er sich zu seinem Gesprächspartner auf der anderen Seite. Melissa grinst.

»Woher weißt du das?«, frage ich sie. Wenn ich eines von Eva gelernt habe, dann bloß nicht über meinen Job zu sprechen.

»Ich habe Augen. Und Ohren. Und habe in den letzten Tagen sehr viel Zeit bei dir verbracht.«

Und ich arbeite gerne zu Hause, obwohl ich schon Feierabend habe. Und ich telefoniere dort. Und Melissa ist scheinbar nicht immer ganz so in ihr Buch oder ihre Uniunterlagen vertieft, wie sie vorgibt.

»Vielleicht solltest du einfach Geheimagentin werden. Oder Privatdetektivin«, murmle ich irritiert. »Du kannst mich auch einfach fragen, anstatt herumzuschnüffeln.«

»Ich habe nicht geschnüffelt. Jedes Mal, wenn ich deine Wohnung durchwühlt habe, warst du dabei.« Melissa zieht an ihrem Strohhalm, bis der Cocktail leer ist. »Fragen ist langweilig. Und ich langweile mich schnell.«

»Soll ich dir einen neuen Caipirinha holen?«, biete ich an.

»Das mache ich selbst. Da mir so schnell langweilig wird, brauche ich nämlich einen anderen Drink.«

Sie zwinkert und schlendert an die Bar, während ich ihr hinterherschaue.

Peer beugt sich zu mir.

»Wenn ich gewusst hätte, dass du mit neuer Freundin kommst, hätte ich Paula mitgebracht. Aber sie wollte nicht, weil sie sagt, es ist zu lahm als einziges Mädchen in dieser Runde.« Paula und Eva sind sich ein einziges Mal begegnet und nicht miteinander warm geworden.

»Ist der Rest noch immer überzeugter Single?« Peer und Paula sind schon seit der Schulzeit zusammen. Die beiden sind okay, nur gemeinsam sind sie anstrengend, da sie demonstrativ das verliebte Pärchen geben.

»Glaubst du, das ist Überzeugung? Die kriegen einfach keine Frau ab.« Mag sein. Ein paar der Typen, die mit mir studiert haben, sind schon recht eigen. Und obwohl auf der Party Mädchen en masse sind, versucht keiner, Kontakt zu knüpfen.

Mein Blick wandert zur Bar. Melissa ist nach wie vor mit der Getränkekarte beschäftigt. Jetzt beugt sie sich über die Theke und beginnt ein Gespräch mit dem Barkeeper, der ein paar Mal nickt.

»Seit wann bist du mit Melissa zusammen?«, fragt Peer.

»Wir kennen uns erst ein paar Wochen«, antworte ich ausweichend. Peer muss nicht alles wissen.

»Pass auf sie auf.« Er klopft mir auf die Schulter und

wendet sich dann ab. Genau wie ich hat er bemerkt, dass Steven sich Meli nähert. Aber da ist nichts zum Aufpassen, nicht für mich. Mein Blick fällt auf die Hand, die das Bierglas viel zu fest umklammert. Ehe ein Unglück geschieht, stelle ich das Glas ab. Wenn ich klug wäre, würde ich mich jetzt abwenden und mir den kommenden Flirt nicht anschauen. Und ich bin klug. Normalerweise.

Leider kann ich nicht hören, über was die beiden sprechen. Ich kann jedoch sehen, wie Steven dem Barkeeper Anweisungen gibt, den Drink zu ändern. Und ich kann Melis Lächeln erkennen. Scheiße.

»Ich habe gehört, dass Steven sich in Daddys Laden gut macht«, lenkt Noah mich von dem unerwünschten Anblick ab. Demonstrativ drehe ich mich zu ihm.

»Warum sollte er auch nicht. Er war schon immer clever.«

»Und sein Alter will sich bald zurückziehen.« Noah ist gut informiert. Ich habe nie verstanden, ob er Steven bewundert oder hasst, vermutlich ist es eine Mischung aus beidem.

»Ich dachte, du wolltest auch bei ihnen einsteigen.« Ich leere mein Bier mit einem Schluck, obwohl das Glas noch halb voll ist. Aber Nachschub steht schon bereit.

»Habe ich auch. Aber nach einem halben Jahr habe ich gemerkt, dass der Laden nichts für mich ist.« Der Freund vom Chef oder vom Sohn des Chefs zu sein, ist keine angenehme Position. Auf die Art hat man nie eine Chance, zu den Kollegen zu gehören. Ich kann Noahs Problem nachvollziehen.

Als mein Blick diesmal zur Bar wandert, ist von Melissa nichts mehr zu sehen. Von Steven genauso wenig. Ich greife nach dem nächsten Glas.

»Spielst du noch Fußball?«, wende ich mich schnell an Noah. Der einzige Pluspunkt an ihm war sein sportliches Interesse, bei der wir auf einer Wellenlänge liegen.

»Nee, der Job frisst mich auf. Abends sinke ich nur noch auf die Couch, mich da noch zum Training zu schleppen, ist einfach nicht drin.« Ich habe glücklicherweise Chris, der mir den Arsch aufreißen würde, wenn ich zur Couchpotato würde.

In dem Moment entdecke ich Steven und Melissa in einer abgelegenen Ecke. Sie sitzen auf einem der weißen Sofas und unterhalten sich angeregt. Meli lacht laut auf und ich wende mich ab. Ich sollte mir ein Beispiel an ihr nehmen und mein Glück bei einer der zahlreichen weiblichen Gäste versuchen. Das wäre die klügste Ablenkung, egal, wie wenig Lust ich darauf habe und egal, wie untypisch so etwas für mich ist.

Missmutig nicke ich Noah zu und mache mich auf den Weg zur Toilette. Alles, was mir erspart, Melissa und Steven zusammen zu sehen, ist von Vorteil. Ich gehe quer durch das Foyer und am Treppenhaus vorbei, das aktuell wie ausgestorben daliegt.

Die Pissoirs lasse ich links liegen und verziehe mich in eine der Kabinen. Gewöhnlich benutze ich ein Pissoir, da man dort nichts anfassen muss, aber jetzt bevorzuge ich Ruhe und Abgeschiedenheit und Zeit, die vergeht. Ein Typ kommt rein, pinkelt laut pfeifend, wäscht sich die Hände und verschwindet wieder. Männer ziehen sich nicht den Lippenstift nach und verkrümeln sich nicht, um die neuesten Geheimnisse auszutauschen. Daher ist hier tote Hose. Ganz nach meinem Geschmack und ich vertrödel noch mehr Zeit beim ausgiebigen Händewaschen. Widerwillig gehe ich wieder zurück, den Partygeräuschen nach.

Im Treppenaufgang auf dem ersten Absatz steht eng umschlungen ein Pärchen. Er lehnt an der Wand und hat die Hände auf dem Hintern der Frau platziert, um sie nah an sich heranzuziehen. Es dauert einige Sekunden, bis ich das taubenblaue Kleid als das von Melissa identifiziere und die Hände als die von Steven. Mein Schritt stockt und bittere Galle schiebt sich mir vom Magen aus in den Mund. Ich habe es ja kommen sehen, aber den aktuellen Anblick, den wollte ich niemals haben. Die beiden bemerken mich nicht. Sie sind hingebungsvoll damit beschäftigt, sich gegenseitig die Zunge in den

Mund zu stecken und mit aller Gewalt zwinge ich meine Augen nach vorne und meine Schritte schnell zurück in den Partyraum. Die Musik, die bisher dezent im Hintergrund lief, ist nun lauter. Die Stimmung ist ausgelassener, die Gäste haben ausreichend Alkohol konsumiert und im Blut, denn das Buffet ist noch nicht eröffnet.

Ich habe zwei Möglichkeiten. Mich auf der Stelle davonmachen oder mich vor Ort volllaufen zu lassen. Die Vorstellung, wie Melissa mich in die Mangel nimmt, wenn ich einfach verschwinde, hält mich hier. Auf keinen Fall werde ich zugeben, aus welchem Grund es mir mies geht. Ich hole mir einen Kurzen und ein Bier und setze mich auf das verwaiste Sofa, auf dem Melissa und Steven ihre Unterhaltung geführt haben.

Was für eine Scheiß-Party.

Der Kurze ist sofort weg, das Bier ebenfalls viel zu schnell. Und ich fühle mich so nüchtern wie nach einem zweistündigen Dauerlauf. Ich hebe beide Gläser und winke einem der aufmerksamen Kellner, der in meine Richtung schaut, und kurz darauf bin ich erneut eingedeckt. Es reicht für drei Minuten.

Ein Mädchen lässt sich neben mich auf das Sofa fallen. Es dauert einige Sekunden, bis ich kapiere, dass es Melissa ist.

»Was?«, frage ich fassungslos. Dann schlucke ich, um die angestaute Panik herunterzuschlucken, die aus einem mir nicht verständlichen Grund nicht mehr nötig ist. »Was ist schiefgelaufen?«

»Meinst du mit Steven? Hast du uns gesehen?«

»Ja.«

»Ach, keine Ahnung«, murmelt Melissa.

»Wenn er sich daneben benommen hat, knöpfe ich ihn mir vor«, biete ich ihr an. Dabei lehne ich mich ganz schön weit aus dem Fenster, denn ich habe mir noch nie einen Typen vorgeknöpft. Und ich bin mir sicher, eher selbst Prügel zu kassieren, als auszuteilen.

Melissa grinst nur müde.

»Nee, alles gut. Er hat sich einwandfrei benommen. Aber danke.«

»Was ist es dann? Steven ist doch mindestens so attraktiv wie dein Ex Phil. Er muss haargenau dein Typ sein.«

»Stimmt.«

»Außerdem haben seine Eltern Geld und er wird bald die Firma seines Vaters übernehmen.«

»Hat er mir auch erzählt.«

Melissa in der wortkargen Version habe ich noch nie erlebt und es verunsichert mich extrem. Irgendwas ist vorgefallen und sie will nicht mit der Sprache herausrücken.

»Er hat dich nicht bedrängt?«

»Ne.«

»Ist das das Problem? Er ist dir nicht nahe genug gekommen?« Das Bild, wie er eben noch seine Hände auf ihrem Hintern hatte und seine Zunge in ihrem Mund, ist wie auf meiner Netzhaut eingebrannt. Ich habe es viel zu genau gesehen.

»Er ist mir ausreichend nahegekommen. Und wenn ich gewollt hätte, wäre es auch noch näher gewesen. Alles in Ordnung, Sam.«

»Es ist eindeutig nicht alles in Ordnung, Melissa«, widerspreche ich. »Er wollte dich nur ins Bett bekommen und du willst mehr?«

»Ich habe seine Telefonnummer.«

»Du klingst nicht begeistert.«

Langsam zieht sie einen Zettel aus der Hosentasche und zeigt ihn mir. Eindeutig eine Telefonnummer. ›Ich muss dich unbedingt wiedersehen‹ steht daneben.

»Dann hatte er Mundgeruch«, rate ich weiter.

»Nein, er hatte keinen Mundgeruch, er hat nicht schlecht geküsst, er war alles in allem verdammt sexy und scheint sogar aufrichtig an mir interessiert.«

Melissa starrt noch immer missmutig vor sich hin, während

sich um uns herum die Leute amüsieren. Der Kellner bringt mir ungefragt Nachschub.

»Und die Dame?« Die Dame winkt ab. Verwirrt lasse ich meinen Blick durch den Raum wandern. Von Steven ist nichts zu sehen.

»Ich höre nicht auf, heute nicht. Ich muss dir auch immer Rede und Antwort stehen, egal, wie peinlich es wird. Und heute bist du dran. Was ist falsch gelaufen.«

»Ich war nicht interessiert.«

»Warum, verdammt noch mal?«

Eine Weile zögert sie.

»Es gibt da jemand anderen«, sagt sie dann leise. »Ich habe mich längst in jemanden verliebt, deswegen ist es aktuell schwer, sich auf einen neuen Mann einzulassen.«

Ich verstehe nur Bahnhof. Wieso habe ich davon nichts mitbekommen, rein gar nichts. Wir haben so viel Zeit miteinander verbracht.

»Wer?«, krächze ich.

»Ach, Sam, stell dich nicht dümmer, als du bist.«

Wieder vergehen Minuten, in denen ich sie verständnislos anstarre und sie meinem Blick ausweicht.

»Wer, Melissa?« Mein Herz klopft mit einem Mal wie irre.

»Ein Typ, der eben nicht auf mich steht.«

»Woher weißt du das?«

»Ein Typ, der keinen hoch bekommt, wenn er mit mir im Bett ist. Noch Fragen?«

Nee, keine Fragen. Endlich habe ich kapiert, was ich schon seit ein paar Sekunden leise hoffe. Sie meint mich.

Ohne zu zögern, beuge ich mich über sie, umgreife ihren Kopf und presse meine Lippen hart und gierig auf ihre. Den Gedanken, dass sie nur Minuten zuvor einen anderen geküsst hat, schiebe ich rigoros zur Seite. Die ungläubige Gewissheit, dass ich nicht ihr Typ bin und nie sein werde, ebenfalls.

»He, ihr seid hier nicht allein«, höre ich eine empörte Stimme.

»Lass sie doch«, kichert jemand anderes. »Du bist ja nur neidisch.« Die Leute gehen weiter, aber es interessiert mich nicht, ob wir beobachtet werden. Mich interessieren nur noch die Lippen, die mich genauso gierig zurückküssen.

kapitel 30

MELISSA

Eine klitzekleine Stimme in meinem Kopf meldet sich irritiert und meint, es sei nicht normal, innerhalb von fünf Minuten zwei verschiedene Männer zu küssen. Da hat sie wohl recht, aber der Fehler ist nicht dieser Kuss, sondern der davor. Und den kann ich nicht ungeschehen machen.

Sam hat sich eng an mich gepresst. Ich vergesse Zeit und Raum und schlinge meine Arme um seinen Körper.

Der Unterschied ist irre. Mit Steven war es ganz nett, er küsst passabel und ich habe Sam keinen Quatsch erzählt, denn es war alles okay. Aber das hier mit Samuel ist vollkommen anders. Das ist der Mann, den ich schon ewig toll finde, egal, wie lange ich gebraucht habe, um es mir einzugestehen. Der Mann, bei dessen Geruch ich mich geborgen fühle, der mir von Tag zu Tag mehr das Gefühl vermittelt zu ihm zu gehören. Der sich ganz langsam und unbemerkt in mein Herz geschlichen hat.

Unser Kuss ist gierig und hungrig und als Sam sich von mir löst, bemerke ich, dass ich mal wieder seine Frisur zerstört habe.

»Wie kann man sich in einen Mann verlieben, den man

überhaupt nicht attraktiv findet?«, fragt er dann ungläubig.

»Kann man nicht«, antworte ich und Sams Stirn umwölkt sich. Das muss ich genauer erklären, nicht nur Sam, sondern mir selbst genauso. »Ich weiß schon, was ich zu dir gesagt habe. Und ich weiß, dass ich dich zu Beginn beschimpft habe und das war wirklich fies von mir.«

Samuel hebt eine Hand, um mich zu unterbrechen.

»Es warst nicht nur du, Melissa. Wir waren beide unausstehlich zueinander und wir haben uns längst dafür entschuldigt und das geklärt. Aber ich bin trotz allem nicht dein Typ.« Die Hand wandert zu meinem Kopf und schiebt eine der Haarsträhnen, die sich aus meiner Frisur gelöst haben liebevoll hinter das Ohr. »Ich kann nicht mit einer Frau zusammen sein, die mich unattraktiv findet.«

»Sollst du auch nicht.« Ich merke, dass ich mir auf die Unterlippe beiße, während ich die wirren Gedanken in meinem Kopf ordne. »Ich habe dir schon gesagt, dass ich deine Stimme liebe und du absolut schöne Augen hast. Hat ja gar nicht so lange gedauert, bis ich das bemerkt habe. Na ja, und dann habe ich realisiert, dass ich es liebe, wie du dich bewegst. Zum Beispiel auf dem Fußballplatz, denn da bist du echt sexy. Übrigens auch, wenn du mit einer einzigen Geste Getränke bestellst. Lässig und cool. Deine Art zu sprechen, was du sagst, wie du es sagst, dass du mich ernst nimmst und mir trotzdem widersprichst. Mit jedem Tag, den wir uns getroffen haben, bist du attraktiver geworden, bist du sexyer geworden, und hast mein Herz erobert.« Ich habe einem Mann noch nie so ausführlich erklärt, wie attraktiv ich ihn finde. Im Gegenteil, ich habe mir das über mich angehört und es genossen. Das hier ist ein wenig schräg, aber nach all dem Scheiß, den ich Sam ins Gesicht gesagt habe, auf jeden Fall nötig. »Dich zu küssen ist perfekt, dein Geruch ist perfekt, alles an dir ist mittlerweile perfekt.«

»Das hast du nie gesagt.« Er mustert mich nach wie vor verwirrt. »Und mir auch nie gezeigt.«

»Du weißt warum. Ich habe ja auch meinen Stolz.«

»Es geht noch immer um diese eine Nacht?« Er beißt sich auf die Lippe und ja, auch das sieht heiß aus. »Lass uns gehen. Ich muss da was richtigstellen.«

Nachdrücklich zieht er mich vom Sofa, hält meine Hand fest und marschiert entschlossen los. Normalerweise lasse ich mich ja nicht herumkommandieren, aber Sams Stimme, mit der er diese Worte gesagt hat, klang nach Sex. Und das verfehlt seine Wirkung nicht. Ich will auf der Stelle genau da ansetzen, wo wir in der Nacht, an die ich mich nicht erinnere, scheinbar aufgehört haben.

»Das Büffet wird gleich eröffnet«, sagt Steven, an dem wir vorbeigehen und ich bemerke den angepissten Blick, mit dem er mich bedenkt. Was ihm recht geschieht, denn er hat sich kein Stück dafür interessiert, wie ich zu Samuel stehe.

»Hast du Hunger?«, fragt Sam mich.

»Ja«, antworte ich. Samuel bleibt stehen und dreht sich zu mir. Ich mache einen Schritt auf ihn zu, so dass ich dicht vor ihm bin. »Auf dich«, flüstere ich in sein Ohr.

Ohne uns zu verabschieden, laufen wir die Treppe hinauf und in Richtung Eingang. Kein Mensch ist unterwegs, denn alle haben sich auf das Essen gestürzt. Am Treppenhaus drückt Sam mich an die Wand und küsst mich erneut. Mit seinen Händen an meinen Hüften und seinem Körper so nah an meinem, wie es geht. Er schiebt ein Bein zwischen meine und presst sich hart an mich.

»Der Typ, der keinen hoch bekommt, wenn er mit dir im Bett ist?«, fragt er zwischen zwei Küssen mit dieser knurrenden, provozierend rauen Stimme. Dass das aktuell definitiv kein Thema ist, spüre ich und kann mir ein Grinsen nicht verkneifen.

»Das ist kein Bett.«

»Sei nicht so frech, sonst nehme ich dich gleich hier.«

Ein leises Stöhnen kommt über meine Lippen und Sam zieht die Augenbrauen hoch.

313

»Macht dich das an?«, fragt er ungläubig. »Sex in der Öffentlichkeit? Ich hatte nicht den Eindruck.« Das ist es definitiv nicht. Die Möglichkeit, erwischt zu werden, ist echt nicht meins.

»Es macht mich an, wenn du so bist. Wenn du mir Contra gibst und mir sagst, wo es langgeht«, gebe ich zu. »Das ist einfach sexy.«

»Gut zu wissen«, knurrt er mit seiner Sex-Stimme, steckt wieder seine Zunge in meinen Mund und lässt eine Hand an meinem Bein langsam unter das Kleid wandern. Ja, Scheiße, das macht mich an.

Stimmen nähern sich uns und Sam rückt von mir ab.

»Okay, Melissa, du hast die Wahl. Kommst du mit zu mir oder soll ich es dir dort oben im Treppenhaus besorgen?« Er hat mich mit Steven auf der Treppe gesehen. Und wenn er so für mich empfindet, wie ich für ihn, war das ein Schlag ins Gesicht. Oder unter die Gürtellinie, wie man es nimmt.

»Ich komme mit zu dir und du besorgst es mir in deinem Treppenhaus. Oder in deinem Flur, genau so, wie du es behauptet hast. Das bist du mir schuldig.«

»An der Wand? Im Stehen?«, fragt er. Ich nicke und frage mich, ob ihn die Vorstellung genauso erregt wie mich.

»Genau so wie in deiner Fantasie, die du mir so detailliert geschildert hast. Du musst mal dringend aus deiner Komfortzone raus«, necke ich ihn.

»Ich bin mit dir in noch keiner einzigen Komfortzone drin.« Er reibt sein Becken und damit seinen Penis an mir. »Ich bin noch nicht ein einziges Mal in dir gewesen und du erzählst mir was von Komfortzone?«

Es macht mich unglaublich an, mit Sam über Sex zu sprechen. Vor allem hier, an einer Stelle, an der wir keinen Sex haben werden, weil jeden Moment andere Gäste auftauchen können. Langsam lasse ich trotzdem meine Hände an seinem Rücken hinunterfahren und ziehe sein Hemd aus der Hose. Zwei Finger schieben sich unter den Stoff und wandern an seiner Haut entlang. Gleiten unter den Hosenbund und dann vom Rücken langsam nach vorne. Sam beobachtet mein Gesicht, und als ich mit den Händen am Reißverschluss seiner Hose ankomme, atmet er hörbar ein.

»Keine Ahnung, wie ich es so bis zu mir schaffen soll, Melissa. Ich bin seit Wochen scharf auf dich.«

»Das hast du mir nie gesagt. Und nie gezeigt«, wiederhole ich seine Worte.

»Du weißt, warum.«

Ich nicke. Wir haben uns mit diesem einen Abend und dem unmäßigen Alkohol so einiges versaut. Und verdammt lange gebraucht, um es zu bemerken. Denn diese Lass-uns-Freunde-sein-Aktion war von beiden Seiten aus nur eine Notlösung. Entschlossen ziehe ich Sam hinter mir her, zur Garderobe und dann zur U-Bahn-Station.

In der Bahn knutschen wir wieder.

»Ziehst du mich wirklich gerade Steven, dem gut aussehenden Millionenerbe, vor?«, fragt Sam zwischen zwei Küssen.

»Von Millionen hast du nie was gesagt«, antworte ich mit großen Augen und lache dann über seinen Gesichtsausdruck.

»Mann, Samuel, mache ich auf dich den Eindruck einer Frau, die einen Versorger sucht? Nur weil ich noch nicht den perfekten Beruf für mich gefunden habe, heißt das nicht, dass ich später keinen super Job haben will. Ich werde dir nie die Hausfrau machen.«

Er zieht mich auf seinen Schoß. Die Bahn ist so leer, dass sich niemand an unserer Fummelei stört.

»Dabei sehe ich dich schon in meiner Küche stehen, nackt bis auf eine Kochschürze, und mir einen Kuchen backen.«

»Oh, du weißt, wie ich den Kuchen gebacken habe.« Ich reiße gespielt die Augen auf und Sam grinst.

»Aus welchem Grund war Sarahs Mutter bei mir?«, knurrt er mich dann an und ich kichere. »Du hast mir nie die Wahrheit gesagt.«

»Um dich abzuchecken. Ich hatte ihr mein Herz

ausgeschüttet«, gebe ich dann zu. »Sie ist wie eine zweite Mutter für mich. Sarah und ich sind wie Schwestern.« Im Moment wie verdammt verkrachte Schwestern, was es noch realistischer macht.

»Bin ich durchgefallen?« Samuel lässt seine Hand erneut an meinem Bein unter das Kleid wandern und ich schließe die Augen. Sams Hände sind groß und er bewegt sie provozierend langsam an den Innenschenkeln entlang. »Ich wusste nicht, dass es ein Test ist, sonst hätte ich mir mehr Mühe gegeben.«

»Im Gegenteil. Du hast die extremste Beziehungskritikerin, die es gibt, auf voller Linie überzeugt.« Ich könnte ihm noch detaillierter erklären, was sie über ihn gesagt hat oder wie Carmen so drauf ist, damit ihm umso deutlicher wird, wie anspruchsvoll sie ist. Aber Sams Finger erreicht in diesem Moment den Rand meines Slips und mir fehlen die Worte. Ich hätte Samuel nicht als so forsch eingeschätzt, denn auch wenn es leer ist, allein im Abteil sind wir nicht. Ich presse meine Lippen auf seine, um nicht auch noch laut aufzustöhnen.

Die Bahn hält.

»Wir müssen raus«, stellt Sam fest. »Schade, ich hätte so gerne getestet, wie weit du in der Bahn gehen würdest.«

Nicht weiter als wir sind. Ich gebe es aber nicht zu, sondern grinse nur herausfordernd, denn mir ist es wichtig, dass Sam mich für tabuloser hält als sich selbst. Dann laufen wir Hand in Hand die Straße entlang zu Sams Wohnung und langsam werde ich nervös. Wenn diesmal wieder etwas schief läuft, kann er mir das nicht schönreden. Heute ist kaum Alkohol in unserem Blut, heute sind wir keine Fremden mehr, die sich nie wiedersehen werden. Heute ist mir unglaublich wichtig, dass der Sex erstens stattfindet und zweitens gut wird.

Ich bin still, als Samuel seine Wohnungstür aufschließt.

»Was ist los, Melissa?«, fragt er prompt. Er ist ein Mann, der mich immer genau beobachtet und auf meine Stimmung achtet. Viele andere hätten einfach losgelegt, jetzt wo wir endlich allein sind. »Ich bin verrückt nach dir, aber ich bin niemand, der in der ersten Nacht Sex haben muss. Bleib in meinen Armen und lass mich dich halten. Das ist schon mehr, als ich mir je erhofft habe.«

Gott, ist das süß. Sam ist verdammt süß. Ich fasse nicht, wie lange ich gebraucht habe, um das zu bemerken. Leise lege ich Schuhe und Jacke ab und werfe mich dann in seine Arme. Ich bin nicht immer nur selbstbewusst und draufgängerisch, ich habe ebenso meine zaghaften Momente und bei Sam bin ich mir sicher, die zeigen zu können. So wie jetzt. Ich küsse ihn, aber diesmal ist es weniger leidenschaftlich. Diesmal ist es mit verdammt viel Gefühl, so viel Gefühl, dass mir Tränen in die Augen steigen.

Samuel bemerkt es und wischt eine Träne weg.

»Du verunsicherst mich gerade ganz schön. Tut es dir schon leid?«

»Mir tut es leid, dass ich so lange gebraucht habe«, sage ich leise. »Dass ich so viele miese Dates haben musste, bevor ich dich getroffen habe und vor allem, dass ich so lange gebraucht habe, um dich so zu sehen, wie du bist. Du bist unglaublich toll.«

Sam schluckt.

Dann schlingt er seine Arme noch fester um mich.

»Du bist toll und ich bin der glücklichste Mann der Welt«, murmelt er. »Und ich entschuldige mich sicherheitshalber schon mal im Vorhinein. Ich bin nämlich echt mies in Liebeserklärungen. Und du hättest die schönste verdient, die man machen kann.«

Jetzt fließen mehr Tränen aus meinen Augen. Das passiert mir immer, wenn ich gefühlsduselig werde und normalerweise ziehe ich es vor, dass nicht zuzulassen. Aber mit Sam ist alles anders. Sam kann mich in all meinen Facetten kennenlernen, die ich nun einmal habe, und ich weiß, dass er mich auch dann noch mag.

Langsam schiebe ich ihn ins Schlafzimmer, während ich ihn küsse und küsse und die Küsse wieder leidenschaftlicher und gieriger werden. Er sinkt rücklings auf das Bett und ich setze mich auf ihn. Meine Tränen versiegen, als ich beginne, sein Hemd aufzuknöpfen. Ich mag es, wenn Männer möglichst lässig angezogen sind, aber ein Hemd langsam Knopf für Knopf zu öffnen, das hat was. Samuel lässt mein Gesicht nicht mehr aus den Augen.

»Bist du sicher?«, fragt er schließlich. Dass er sich sicher ist und dass es ihm gefällt von mir ausgezogen zu werden, das höre ich an seiner Stimme. Sexuell erregt ist sie noch geiler als angepisst und jagt mir einen Schauer durch den Körper.

»Sehr sicher«, antworte ich, schiebe den Stoff zur Seite und küsse seinen Bauch. Er ist wirklich sexy. Mag sein, dass ich schon mit durchtrainierteren Männern im Bett war, denn Samuel ist niemand, der für Posermuskeln trainiert. Aber er macht regelmäßig Sport und das sieht man. Langsam küsse ich mich an seinem Oberkörper entlang bis zu seinem Hals und genieße den Sam-Duft vermischt mit dem Rasierwasser. Als er sich aufrichten will, schiebe ich ihn zurück.

»Bleib liegen.«

Er zieht die Augenbrauen hoch.

»Gibst du die Domina im Bett?«

Darüber muss ich laut lachen.

»Das nennst du Domina? Sam, du bist ja niedlich.«

»Nein.« Er schüttelt den Kopf. »Ich weiß schon, dass … ach, ist ja auch egal.« Sonnenklar, was ihn daran gehindert hat, den Satz zu beenden, denn ich bin in der Zwischenzeit aus meinem Slip gestiegen. Da das Kleid wieder an Ort und Stelle sitzt, ist davon nichts zu sehen. Nur Sam schluckt und ich kann mir vorstellen, was in seinem Kopf vor sich geht. Fantasie ist manchmal mehr, als nackte Tatsachen.

Langsam öffne ich seinen Gürtel und den Knopf der Hose. Wenn heute etwas mit uns nicht klappt, dann liegt es definitiv nicht an Samuel oder an Erektionsproblemen. Denn so eine

Stoffhose versteckt nicht viel. Ich öffne den Reißverschluss und ziehe die Hose ein Stück hinunter, so weit, wie es nötig ist, um ihn freizulegen. Nein, Evas miese kleine Nummer im Restaurant war pure Lüge, denn Samuel ist nicht schlecht ausgestattet. Dank meiner Schnüffeltouren im Schlafzimmer, weiß ich, wo er Kondome aufbewahrt. Ich lasse ihn halb nackt liegen, gehe zum Nachttisch und hole eines der eingeschweißten Päckchen, das ich ihm zuwerfe. Noch bevor ich wieder am Bett bin, hat er es wortlos geöffnet und sich das Kondom übergestreift.

In aller Seelenruhe setze ich mich zurück auf ihn, ein Bein rechts, eines links, und achte darauf, dass das Kleid uns bedeckt. Niemand von uns sagt ein Wort, Sam beobachtet mich nur nach wie vor gebannt. Leise lächelnd schiebe ich mich über seinen Penis. Ich stütze mich mit beiden Händen auf Sams Oberkörper ab.

Ich habe das große Bedürfnis unser erstes Mal, zu etwas Besonderem zu machen. Nichts gegen Schmusen und Kuschelsex, im Gegenteil, da stehe ich definitiv drauf, aber genau jetzt muss es anders sein. Etwas, das Sam nie vergisst. Wir haben uns nicht mehr geküsst, seit wir auf dem Bett liegen, wir haben uns nicht liebkost oder auf andere Art erregt. Trotzdem bin ich mehr als bereit, ihn in mich aufzunehmen, denn die Spannung, die zwischen uns herrscht, ist inzwischen unerträglich.

Nach wie vor lässt er mich nicht aus den Augen, nur seine Lider sind mittlerweile halb geschlossen, seine Lippen sind leicht geöffnet und er atmet hörbar und schnell. Ich spüre, wie er sanft seine Hände auf meine Beine legt und an ihnen emporfährt. Und ich spüre, wie seine Penisspitze sich an meine Mitte drückt und sie langsam öffnet. Scheiße, das ist so verdammt sexy. Das ist jetzt schon der beste Sex, den ich je hatte, und dabei haben wir noch gar keinen Sex.

Sams Hände erreichen meinen Hintern, er stöhnt nun

doch auf und dann drückt er mich gegen sich, schiebt mir sein Becken entgegen, so dass er in mich gleitet.

Ja, verdammt, hier fühlt sich alles richtig an. Nicht fremd, so wie es mit anderen Männern beim ersten Mal immer war. Das ist eine absolut betörende Mischung aus unbekannt und elektrisierend und sicher und genau so, wie es sein soll.

Mit einem lauten Stöhnen schließe ich die Augen und gebe mich dem Rhythmus hin, den wir intuitiv finden, mit Sams Händen auf meinem Hintern, Sams Penis in mir und meinen Händen auf seiner Brust.

kapitel 31

MELISSA

Ich bin ja der Meinung das Lächeln unter Kontrolle zu haben. Das Funkeln in den Augen ebenso. Das Glück, das mir aus jeder Pore quillt, ist ebenfalls mein Geheimnis. »Na, da ist aber jemand gut durchgevögelt«, werde ich trotzdem von Timo mit einem breiten Grinsen begrüßt. »Pah«, erwidere ich nur und mache mich ohne weitere Auskünfte am Popcorn zu schaffen.

»Wer ist denn der Glückliche?« Timo steht mit verschränkten Armen neben mir und damit mitten im Weg. Noch ist nicht viel los, leider, keine Kunden, die Timo zum Arbeiten zwingen.

»Sind die Nachos schon abgefüllt? Caro und Alina waren vor uns dran, die kümmern sich nie um Nachschub.«

Timo lacht laut los. »Warum machst du so ein Geheimnis drum?« Er weicht keinen Millimeter zur Seite. »Ist es der Dunkelhaarige mit den Erektionsproblemen?«

»Nein, es ist der Dunkelhaarige ohne Erektionsprobleme«, antworte ich und grinse schon wieder. Nicht nur, dass Samuel ohne Weiteres seinen Mann gestanden hat, das hat er auch mehr als einmal.

»Aha.«

Eine Weile versuche ich, Timo, seinen fragenden Blicken und sein ständiges Im-Weg-Stehen zu ignorieren, aber das ist verdammt mühsam.

»Was also willst du wissen?«, frage ich entnervt.

»Hast du es jetzt eingesehen?«

»Was habe ich eingesehen?«

Kann der nicht in ganzen und verständlichen Sätzen sprechen? Ich hasse es, wenn ich raten muss, um welches Thema es eigentlich geht.

»Dass es nicht auf die Attraktivität eines Menschen ankommt.« Timo verdreht demonstrativ die Augen und ich bin in Versuchung, die Popcorntüte über ihm auszuleeren. Leider müsste ich es im Anschluss selbst wieder zusammenkehren, daher lasse ich es.

»Es kommt sehr wohl auf die Attraktivität an«, antworte ich patzig.

»Ich denke, er ist nicht hübsch?« Timo tippt leicht gegen meine Stirn. »Oder änderst du alle fünf Minuten deine Meinung?«

»Er ist ein Mann, bei dem man einen zweiten Blick braucht. Eventuell einen dritten.«

Ich habe so einige Blicke gebraucht, um Sams Attraktivität zu erkennen. Er ist nicht der Typ Mann, dem Frauen hinterherschauen, weil sie unwiderstehlich durchtrainiert sind. Oder weil sie diese Ich-bin-so-cool-Ausstrahlung haben. Samuel hat eine andere Ausstrahlung, die nicht so offensichtlich ist, aber ganz bestimmt länger anhält, als alles, auf das ich bisher abgefahren bin.

»Ich bin beeindruckt, Melissa.« Timo lacht mich nach wie vor aus, aber es ist mir egal.

»Ich auch, Timo. Diesmal ist es ernst.«

Ja, diesmal ist es verdammt ernst. Mit Sam ist es anders, als mit jedem Mann davor, denn wir sind bereits eine Weile befreundet. Ich kenne ihn verdammt gut. Und er mich genauso.

Mit all meinen Macken und das sind ja schon so einige. Und Samuels Eigenarten, sein überzogener Ordnungssinn, seine Arbeitswut und seine Ernsthaftigkeit sind mir nicht neu.

»Warum hast du mir deine Tanja eigentlich nie vorgestellt?«, lenke ich ab.

Timo hat mir zwar schon ab und an erzählt, Tanja würde ihn nach der Arbeit abholen, gesehen habe ich sie aber nie.

»Ich wusste nicht, dass du Interesse daran hattest.« Timo schaut mich verwirrt an. »Tanja ist nicht wie du. Sie geht nicht gern in Clubs und Kneipen, sondern steht eher auf einen Spieleabend zu Hause.«

»Sam wahrscheinlich auch«, stelle ich fest.

Ich schätze, es liegt an seinem Arbeitspensum, dass er zu jeder Aktivität außer Haus überredet werden muss. Mein Studentenleben ist eine andere Hausnummer.

»Hast du ihn schon deinen Eltern vorgestellt?« Timo zupft sich gedankenverloren unsichtbare Fussel von der Uniform.

»Ich erinnere mich noch mit Schaudern an den Antrittsbesuch bei Tanjas Eltern. Ich war nervös bis zum Umfallen.«

Ich habe keinen meiner Freunde bei meinen Eltern angeschleppt. So weit ist es nie gekommen.

»Natürlich nicht. Ich habe bisher eine einzige Nacht mit ihm verbracht.« Eine tolle Nacht zugegeben. Und eine Nacht, die glück-licherweise vor einem Arbeitstag lag, der erst am Nachmittag begann, denn wir haben nicht viel geschlafen. Nachdem ich ihn bei der ersten Runde zu absoluter Passivität verdammt hatte, hat sich im Verlauf der Nacht gezeigt, dass Samuel alles andere als ein langweiliger Liebhaber ist. Diese Eva ist eine dumme Nuss, ihn nicht wertgeschätzt zu haben, aber darüber beklage ich mich bestimmt nicht. »Ich habe seine Familie schon kennengelernt, inklusive Oma und sämtlichen Tanten. Nervös war ich da allerdings nicht.«

»Weil du noch nicht mit ihm zusammen warst. Beim nächsten Besuch wird das anders.«

Nach einem Blick auf den Kassenbereich, an dem die

ersten Kinogäste eintrudeln, macht Timo sich widerwillig daran, ebenfalls Nachos vorzubereiten.

»Das kann nicht sein. Es dachten ja schon alle, wir wären ein Paar. Habe ich dir noch nicht von dem Geburtstag bei Samuels Großmutter erzählt?«

»Ach, das meinst du. Ich erinnere mich.« Ich erzähle Timo alles Mögliche. Im Anschluss erwarte ich einen Rat aus Männersicht. Den ich zwar prompt erhalte, der mir aber noch nie gefallen hat.

Mit meinem Ich-arbeite-so-gern-im-Kino-Lächeln drehe ich mich zu den ersten Kunden um und versinke auf der Stelle hinter dem Tresen.

»Was ist denn mir dir los?« Timo betrachtet irritiert meine Schuhe und versucht zu ergründen, was jetzt am Boden so wichtig ist.

»Ich nehme mir die nächsten Minuten frei.« Vorsichtig schiebe ich mich eng an den Tresen, so dass ich von der anderen Seite nicht zu sehen bin. »Ich habe Urlaub, meinet-wegen bin ich auch krank. Was auch immer, ich bin nicht da.«

»Faszinierend.« Timo hat endlich kapiert, dass ich mich verstecke, und sucht die Leute nach einem Grund dafür ab. »Ist es der tätowierte Kerl mit der hübschen Freundin?«

»Nein.« Ich habe keinen tätowierten Kerl gesehen, da ich aber nie etwas mit einem auffällig Tätowierten hatte, ist das unwichtig.

»Der Blonde, der sich ununterbrochen durch die Haare fährt. Ehrlich, der hat einen wirklich merkwürdigen Tick.«

»Nein.«

»Hm.« So viele Leute sind noch nicht da und Timo zuckt frustriert die Schultern.

»Es ist kein Mann.« Wenn er schon bereit ist, mich in meinem Versteck zu lassen und meine Arbeit mit zu übernehmen, bin ich ihm eine Erklärung schuldig. »Es ist die Blondine mit der Haarmähne. Dürre Bohnenstange mit mega Oberweite.«

»Okay, ich sehe sie. Hattest du mal was mit ihrer Begleitung?«

»Mann, Timo«, maule ich. »Dann hätte ich doch direkt über den Typen geredet. Nein, die Blonde darf mich hier nicht sehen.«

»Weil?«

»Wenn sie sieht, dass ich im Kino jobbe, ist ihr klar, dass ich mir niemals einen irre teuren Callboy leisten kann.«

Eine Weile bedient Timo Gäste, aber ich kann von hier unten erkennen, dass es in ihm arbeitet.

»Jobbst du hier ernsthaft, um dir einen irre teuren Callboy leisten zu können?«, fragt er nach einer Weile. »Ich habe schon gemerkt, dass es mit dir und den Männern bisher nicht gut lief, aber das finde ich schon schräg.«

»Ach, und wenn ein Mann in den Puff geht, ist das nicht schräg?«

»Wenn ein gut aussehender Mann, der an jeder Hand zehn Frauen hat, in den Puff geht, dann auch.« Eine Weile genieße ich den Vergleich. Dann höre ich Evas Stimme, die eine Cola Zero bestellt.

»Und ein Bier. Und … Popcorn oder Nachos, Süße?«, fragt eine Männerstimme.

»Weder noch.« Ich habe vor meinem Job im Kino sogar hin und wieder beides bestellt. Kein Wunder, dass Eva klapperdürr ist und ich nicht.

»Meinetwegen, ich nehme eine kleine Portion Popcorn und eine mittlere Nachos.« Der Mann ist nach meinem Geschmack und ich bereue, ihn gar nicht gesehen zu haben. Timo grinst zu mir runter, während er die Bestellung bearbeitet.

»Das ist Sams Exfreundin«, zische ich zu ihm hoch.

Er schaut sie sich genauer an.

»Da hat er einen guten Tausch gemacht, dein Sam«, flüstert er zurück und ich lächle geschmeichelt. Kein Wunder, dass ich mich mit Timo so gut verstehe. Und da er mit seiner Tanja so glücklich ist, habe ich nie Bedenken, dass er mich anbaggern könnte, egal, wie großzügig er mit seinen Komplimenten ist.

»Die Luft ist rein«, sagt er schließlich und grinst ein wenig. »Und ich platze vor Neugierde, was diese Exfreundin mit einem Callboy zu tun hat.«

Okay, die Geschichte bin ich ihm schuldig. Mit einem tiefen Seufzer nehme ich meine Arbeit auf.

»Sarah war nicht zu Hause. Die ganze Nacht lang nicht.« Samuel guckt von seinem Bildschirm hoch und mustert mich verwirrt. Könnte daran liegen, dass ich mich nicht angekündigt habe, wie üblich. Könnte daran liegen, dass er immer in einer andern Welt ist, sobald er vor seinem Rechner sitzt. »Ich finde es nicht okay, dass du auch sonntags arbeitest. Nicht wegen religiösen Gründen oder so, aber hin und wieder braucht der Mensch auch Abstand und Erholung.«

Gestern bin ich nach der Arbeit todmüde ins Bett gesunken. Ich kann mir nicht vorstellen, jemals einen Job zu haben, den ich freiwillig auch noch am Wochenende ausübe.

»Ich arbeite nicht«, sagt Sam, nachdem er erkannt hat, dass ich real bin. »Ich zocke.«

»Ach so.« Mit Computerspielen kann ich nichts anfangen. Trotzdem gut zu hören, dass er nicht ununterbrochen arbeitet. Ich gehe zu ihm, schiebe seinen Schreibtischstuhl dank der Rollen mühelos zurück und setze mich auf seinen Schoß. Und dann küsse ich ihn. Aus dem Begrüßungskuss wird auf der Stelle ein inniger Kuss, der nach mehr schmeckt. Samuels Hand wandert unter den Pulli, fährt sanft über die Haut an meinem Rücken und streichelt mich. Da ich es für eine erstklassige Idee halte, Sam auf dem Schreibtisch zu verführen, ziehe ich das Oberteil aus. Jedes Mal, wenn er in Zukunft hier sitzt, sei es um zu arbeiten oder zu zocken, soll er an mich denken. Samuels federleichte Berührung wird fester und seine Finger schieben sich unter den Verschluss des BHs.

»Sam, was ist los?«, reißt mich eine Stimme aus dem Kuss. »Du bist gegen die Wand gefahren und rührst dich nicht mehr. Hast du einen Herzinfarkt? Sag was, oder ich informiere den Rettungsdienst.«

Ich fahre erschrocken auf und sehe mich um. Das klang, als ob jemand direkt hinter mir steht. Sam lacht, denn da ist niemand.

»Ich habe gute Boxen«, sagt er dann entschuldigend. »Aber die Kamera ist aus.« Er schnappt sich das Mikro, das ich bisher nicht bemerkt habe, und spricht hinein. »Ich lebe noch, Mitch. Melissa ist nur gerade gekommen und hat mich abgelenkt.«

»Melissa? Das ist doch die scharfe Braut, die …«

»Ähm, Mitch«, unterbricht Sam ihn. »Melissa kann dich hören.«

»Die scharfe Braut, die was?«, mische ich mich ein. Ich schätze zwar, der Satz geht genauso gut weiter, wie er angefangen hat, aber ich genieße die Verlegenheit, in die Sam der Kommentar seines Kumpels stürzt.

»Ich habe ihm mal von dir erzählt«, erklärt Sam mir, dann schaltet er seinen Freund gnadenlos ab. Auf dem Bildschirm ist nach wie vor zu sehen, wie ein Rennwagen reglos im Staub steht. »Wie war es im Kino?«

Klingt so, als ob ich mit Freundinnen am Vorabend aus war. Dabei war die Schicht alles andere als Spaß, dann nach den ersten zwei Stunden war die Hölle los.

»Ich habe Eva gesehen.« Ich erhalte nur ein desinteressiertes Schulterzucken. »Sie war nicht allein.«

»Schön für sie. Mehr ist nicht passiert?«

Das ist eindeutig. Sam ist so was von über Eva hinweg. Erfreut setze ich mich mitten auf den Schreibtisch und überlege, ob ich Sex auf dem Schreibtisch haben möchte oder mich hier auf Strippen beschränke. Dann fällt mir der Hinweis auf die Kamera ein. Man hört immer wieder, dass so eine Kamera durchaus durch Hacker gestartet werden kann. Das

Risiko ist nichts für mich, schnell hüpfe ich vom Tisch und begebe mich außer Kamerareichweite. Sam betrachtet versonnen meine Brüste, die nur vom BH verdeckt werden.

»Nee, mehr ist nicht passiert. Die Hälfte der Bevölkerung war im Kino und alle mussten Unmengen an Essen und Getränken kaufen und das dann in den Kinosälen verteilen, aber sonst war alles echt langweilig. Bist du sicher, dass dein Kumpel mich nicht gesehen hat? Ich bin nicht scharf drauf, nackt im Internet zu landen.«

»Bist du scharf drauf, nackt von den Nachbarn gesehen zu werden?« Ohne es zu merken, bin ich genau vor dem Wohnzimmerfenster gelandet, und Samuel lacht. »Ich habe nichts dagegen, und der alte Mann von gegenüber, der fast täglich am Fenster hängt, sicher genauso wenig.«

Verärgert ziehe ich in Erwägung den Pulli wieder anzuziehen, denn das würde ihm recht geschehen. Aber Schmollen und Anziehen ist nicht mein Stil, ich räche mich lieber kreativer. Um Zeit zu gewinnen, kontrolliere ich mein Handy, nachdem ich mich vom Fenster entfernt habe.

Es ist eine Nachricht von Dana gekommen. Das ist ungewöhnlich, denn so irre viel Kontakt haben wir nicht und nach dem verpatzten Date zwischen Sam und ihr, hat sie sich gar nicht mehr gemeldet.

›Meli, ich muss dich unbedingt an meiner Freude teilhaben lassen und Danke sagen. Danke, dass du mich mit Samuel bekannt gemacht hast. Endlich hat es gefunkt zwischen uns. So was von gefunkt. Die letzte Nacht war der absolute Knaller. Also nochmal … Danke. Dana‹

Minutenlang starre ich auf die Worte und kapiere sie einfach nicht. Ich lese es noch mal und ein weiteres Mal und es ergibt nach wie vor keinen Sinn. Der Text klingt so, als ob Dana letzte Nacht mit Sam im Bett war. Und das kann nicht sein, denn Sam ist jetzt mein Sam. Mein Sam, der mit mir im Bett war.

Nicht in der letzten Nacht, da war ich zu Hause und habe

geschlafen wie ein Baby. Und auch nicht am Nachmittag und Abend, da habe ich im Kino geschuftet. Erneut kontrolliere ich den Namen, den Dana geschrieben hat, aber er ändert sich nicht. Ich kontrolliere den Zeitpunkt, zu dem Dana die Nachricht geschickt hat, sie ist ohne Zweifel nagelneu.

Sam tritt von hinten an mich und schmiegt sich eng an meinen Körper. Er umfasst zart meine Brüste und küsst mich in den Nacken. Mein Körper fühlt sich an wie Eis, wie erstarrtes Eis, bewegungsunfähig und leblos und tot. Das ändert auch Sams Liebkosung nicht.

Langsam lasse ich meinen Blick nach unten sinken. Auf seine Hände. Auf seine Hände, die noch vor Kurzem dasselbe bei Dana gemacht haben. Die Danas Brüste gestreichelt haben. Die Dana ausgezogen und Danas Körper berührt haben.

Mit einem Ruck schlage ich Samuels Hände weg.

Dann drehe ich mich langsam um.

»Ich weiß Bescheid«, zische ich ihn an.

»Aha.«

Sam sieht mich verwirrt an und gibt nach wie vor den Ahnungslosen.

»Ich weiß von dir und Dana.« Laut gesagt klingen die Worte noch mieser. Laut gesagt klingen sie so wahr, so endgültig.

»Ja, aber …« Sam fährt sich durch die Haare. Diese Geste, die er immer macht, wenn er überlegt, die ich so oft gesehen habe, die ich so liebgewonnen habe. Dann sickert so langsam in mein Hirn, dass er es nicht abstreitet.

Irgendetwas setzt in meinem Kopf aus.

Das, was mich bis gerade gelähmt hat, schlägt in pure Wut um.

»Du bist so ein mieses Schwein. Denkst du, es macht mir nichts aus, dass du eben noch Dana gevögelt hast, nur Stunden nach mir und jetzt schon wieder deine Hände auf mich legst? Denkst du, ich teile, denkst du, ich lasse so was mit mir machen?«

Mit zitternden Fingern verstaue ich mein Handy. Ich muss hier weg. Ich muss sofort aus dieser Wohnung, ehe ich Samuel umbringe. Ehe ich seine Einrichtung zertrümmere. Ehe ich vor seinen Augen beginne zu heulen. Denn der letzte Punkt wäre der schlimmste. Leicht stolpere ich, als ich mich zur Tür wende und rausrenne.

»Melissa, erklär mir das«, höre ich Sam hinter mir rufen. »Was redest du für einen Scheiß?«

Ich habe die Wohnungstür schon aufgerissen, als ich dank des kalten Luftzuges bemerke, dass ich halb nackt bin. Der Scheißpulli liegt im Wohnzimmer. Wahllos greife ich nach einer der Jacken, die an der Garderobe hängen, schlüpfe hinein und laufe los.

»Melissa.« Samuel brüllt jetzt. Der ausgeglichene, beherrschte Samuel, der immer Haltung bewahrt, auch wenn seine Freundin ihn in aller Öffentlichkeit abserviert, brüllt hinter mir her. Und er ist mega angepisst. »Verdammt noch mal. Du kommst jetzt sofort zurück, und sagst, was dein hysterischer Anfall bedeuten soll.«

Ich stolpere die Treppen hinab. Bloß nicht fallen, nicht fallen, und mir die Knochen brechen und dann heulend und hilflos vor ihm sitzen. Aber ich erreiche ohne Unfall die Haustür und renne auf die Straße.

Logischerweise sehe ich nicht, wo ich entlanglaufe. Zum einen behindern die Tränen, die mir mittlerweile ungehemmt und ungehindert über das Gesicht fließen und bis auf den Boden tropfen, meine Sicht. Zum anderen habe ich ein Bild vor Augen, das ich nicht ertrage. Samuel wie er Dana küsst. Es ist kein Bild, das ich mir mühsam vorstellen muss. Im Gegenteil, ich habe es schon gesehen. Live und in Farbe. Ich habe es echt vermasselt. Weil ich so lange gebraucht habe, um es zu kapieren. Dass Sam mein Sam ist. Und ich scheine zu viel Zeit benötigt zu haben, denn inzwischen gibt es Dana und mich in Samuels Leben.

Wie kann er? Wie kann er parallel zwei Frauen haben? So

ist Sam doch nicht. So bin ich nicht. Und so viel ich weiß, Dana genauso wenig. Ich scheine mich in allen Leuten, die ich kenne unendlich getäuscht zu haben.

Sarah, die schon ewig sauer auf mich ist, obwohl ich das nie für möglich gehalten hätte. Samuel, der mich betrügt. Dana, die sich auf eine Dreiecksbeziehung einlässt. Und mittendrin ich, Melissa, die nichts mehr versteht. Außer, dass ich definitiv nicht bereit bin, Sam zu teilen. Und ihm diese ganze Sache nie verzeihen werde.

kapitel 32

SAMUEL

Die Tür knallt so ins Schloss, dass ich minutenlang alles in der Wohnung klappern höre. Eventuell klappert es aber auch nur in meinem Kopf. Ich kapiere überhaupt nicht, was da passiert ist, denn logisch ist da nichts.

Dann hole ich einmal tief Luft, schiebe die aufgewühlten Emotionen beiseite und rekapituliere. Melissa kam herein, unangekündigt wie eh und je und mit der ihr eigenen Selbstverständlichkeit, als gehöre sie seit Ewigkeiten in mein Leben. Was durchaus der Fall ist, für mich, definitiv. Sie hat mich geküsst, begonnen sich auszuziehen. So weit so gut.

Langsam fällt Stein um Stein auf seinen Platz und ich erinnere mich, dass sie auf ihr Handy schaute und dann irgendeinen Scheiß von Dana laberte. Dana, die ich seit diesem befremdlichen Doppel-Date und dem noch befremdlicheren Kuss, nicht mehr gesehen habe.

Aber ihre Nummer habe ich dank Melissa.

Sie geht nach dem dritten Klingeln dran.

»Ja?«

»Hi Dana, Samuel hier.«

»Hallo.«

Ihre Stimme ist neutral distanziert. Nicht sauer, weil wir uns nach dem Kuss nicht mehr verabredet haben, denn das ging genauso von ihr aus wie von mir. Aber ebenso wenig erfreut oder erwartungsvoll. Also alles bestens.

»Hast du Melissa eine Nachricht geschickt? Heute?«

»Nein.«

»Okay. Äh …« Verwirrt reibe ich mir über die Augen. Jetzt bin ich doch am Ende meiner Weisheit. Die eh schon jämmerlich ist, seit Melissa wutentbrannt aus der Wohnung gestürmt ist. Ohne ihren Pulli, der wie ein stiller Vorwurf auf dem Schreibtisch liegt. Ich weiß nur nicht, was mir überhaupt vorgeworfen wird. »Ich dachte nur, weil … ja, ich … ach, keine Ahnung. Wann hattet ihr denn zuletzt Kontakt?«

»Vorgestern in der Vorlesung. Warum fragst du?«

»Nur so.«

Im Hintergrund erkenne ich Stimmen und nach und nach wird mir bewusst, dass ich diese Stimmen kenne. Zumindest bei der Männerstimme bin ich mir hundertprozentig sicher, denn die höre ich normalerweise Tag für Tag.

»Ist das Chris? Woher kennst du Chris?«

»Chris?« Sie seufzt leise ins Telefon und entfernt sich von den Stimmen. »Den habe ich gerade kennengelernt und erst dachte ich, das könnte was mit uns geben. Der ist ja sowas von hübsch und charmant und witzig.« Aha, mein Kumpel ist aus seiner Krise auferstanden. Wenn er sich den Frauen zuwendet und sie wie üblich um den Finger wickelt, ist alles wieder bestens. Ohne schwachsinnige Pläne von unserer Seite. »Aber nachdem er ein paar Minuten nach Strich und Faden mit mir geflirtet hat, hat sich herausgestellt, dass er mit Sarah zusammen ist.«

Still stehe ich mitten im Raum und verstehe schon wieder nur Bahnhof. Das ist heute nicht mein Tag. Erst Melissa, die aus heiterem Himmel austickt. Dann die Info, dass Chris und Sarah, die seit Wochen nicht mehr miteinander reden und statt dessen Weltuntergangsstimmung verbreiten, zusammen sind. Erneut zusammen sind. Ich sollte mich zurück ins Bett legen und warten, bis dieser Tag vorbei ist. Kaum vorstellbar, dass er besser wird. Aber alles in allem ist das nicht mein Stil. Mein Stil ist, so zu tun, als ob alles im Lot wäre und weitermachen. Man kann Gefühle zulassen oder kleinhalten. Und ich tendiere zum Kleinhalten, wenn es Gefühle sind, die drohn, mich zu zerreißen. Und die Sache mit Melissa, die muss ich winzig klein halten, denn ich ertrage es nicht, sie zu verlieren, wo ich sie doch gerade erst gewonnen habe. Und wobei mir eh schleierhaft ist, wie ich das gemacht habe.

»Sarah hatte sich mit mir zum Frühstück verabredet und Chris war dabei«, erklärt Dana. »Angeblich ging es um Fragen zur Vorlesung. Die sie mir bisher nicht gestellt hat, ich schätze, es ist ein Vorwand.« Dana ist heute ebenfalls außen vor und langsam habe ich das Gefühl, Statist in einem Theaterstück zu sein.

»Und Sarah hat zugeschaut, wie Chris mit dir geflirtet hat?« Das ist verdammt schräg.

»Ach, die hat sich das Video angeschaut, das wir bei der letzten Meisterschaft aufgenommen haben. Und ein paar von der Konkurrenz. Hat ihr echt gut gefallen, eventuell will sie mal mit zum Training kommen.« Ich kann durch die Leitung hören, wie Dana unzufrieden auf dem Tisch herumtrommelt. »Hätte sie aber auch gleich sagen können, wenn es um das Training geht. Ich fühle mich ein wenig verschaukelt.«

Da ist irgendwas faul. Verdammt faul.

»Wo seid ihr denn?«

»Auf der Venloer Straße. Nettes kleines Café mit tollem Frühstück.« Das kenne ich. Melissa hat mir erzählt, dass es ihr und Sarahs Stammcafé ist. Und es ist nicht weit weg.

»Mach es gut, Dana. Und tu mir einen Gefallen, sag nicht, dass du mit mir gesprochen hast.« So leicht werden die beiden nicht davonkommen, egal, was sie da verbockt haben. Ich werfe mir eine Jacke über und mache mich im Laufschritt auf den Weg.

Am schnellsten geht es mit der Bahn und ich renne zur Haltestelle. Es kann kein Zufall sein, dass Melissa von Dana geredet hat und die aktuell mit Sarah und Chris abhängt. Sarah und Chris, die sich versöhnt haben, ohne jemanden darüber zu informieren. Das Ganze stinkt zum Himmel.

Ich konzentriere mich auf den Umstand, dass da die Lösung des Problems liegt. Liegen muss. Auf keinen Fall darf ich über Melissa nachdenken. Die Tatsache, dass Meli mir gestanden hat, sich in mich verliebt zu haben, ist absolut unwirklich. Damit habe ich nach unserem unglücklichen Start nie im Leben gerechnet. Wenn ich es zulasse, daran zu denken und an die Gefahr, sie schon verloren zu haben, bevor wir als Paar eine echte Chance hatten, steigt mir Panik mitsamt Magensäure die Kehle hoch. Ich konzentriere mich lieber darauf, dass ich herausfinden muss, was da läuft. Denn dann kann ich es in Ordnung bringen. Ich bin gut darin, Lösungen für Probleme zu finden. Nicht gut bin ich darin, mich hilflos und ausgeliefert zu fühlen.

Ich erreiche das Café nach nur fünfzehn Minuten und sehe auf den ersten Blick, dass sich alle drei noch an Ort und Stelle befinden. Die Tür klirrt, als ich sie aufreiße, und die Augen der Gäste richten sich alarmiert auf mich, als ich mit schnellen, wütenden Schritten zu ihrem Tisch stampfe.

»Ich will eine Erklärung.« Anklagend deute ich erst auf Chris und dann auf Sarah, die händchenhaltend und enger als eng nebeneinandersitzen. Dieses Frühstück kann für Dana bisher kein Spaß gewesen sein.

»Hallo Sam, schön dich zu sehen«, sagt Sarah unbekümmert und schiebt sich ein Stück Croissant in den Mund. Ich nehme Chris ins Visier, denn der zeigt zumindest ansatzweise eine reuige Miene.

»He, Sam«, murmelt er und versteckt sich hinter einer Tasse.

Da ein Stuhl unbesetzt ist, schiebe ich ihn ein Stück vom Tisch weg und setze mich, so dass ich freie Sicht auf alle beide habe. Dana scheint sich zu freuen, nicht mehr allein mit den Turteltauben zu sein, und lächelt zufrieden. Dann zwinkert sie mir zu.

Wenn ich im Büro das Gefühl habe, überrannt zu werden - und das hatte ich als Berufsanfänger häufig - fahre ich immer dieselbe Taktik. Einfach mal runterkommen und ganz am Anfang beginnen. Mit der allerersten Aufgabe. Eins nach dem anderen, wie meine Oma es mir immer geraten hat.

»Seit wann seid ihr wieder zusammen?«, starte ich das Kreuzverhör mit der Sache, die sie nicht abstreiten können.

»Och … äh …« Chris sieht fragend zu Sarah, die nur die Augen verdreht.

»Seit einer Woche«, sagt sie.

»Eine Woche?«, japse ich. Fünf Minuten hätte ich ihnen verziehen, keine Sekunde mehr. »Das ist verdammt lange. Schon sehr, sehr, verdammt lange.« Chris schaut überall hin, nur nicht zu mir, und Sarah zuckt die Schultern. »Warum weiß ich nichts davon?«

»Warum solltest du es wissen?«, pampt Sarah zurück.

»Chris?«, wende ich mich an meinen Kumpel, dem die Situation sichtlich unangenehm ist. »Wir haben uns ein paar Mal in der letzten Woche gesehen. Und du hast es nicht für nötig befunden, mir zu sagen, dass mit dir und Sarah alles wieder okay ist. Dass ich mir keine Sorgen mehr machen muss. Dass du nicht mehr suizidgefährdet bist.«

»Du übertreibst«, wendet Sarah ein.

Jetzt kapiere ich, warum Chris wieder gut drauf war. Warum er fast wie der alte schien. Von wegen, er ist über die Trennung hinweg, im Gegenteil, es gibt nur nichts mehr zum Drüber-hinweg-Sein. Ich bin fassungslos, dass er kein Wort darüber verloren hat.

»Tu ich nicht«, erkläre ich Sarah. »Du hättest Chris sehen müssen. Aber das ganze Unglück habe ich allein ausgebadet, ohne an den neuesten Ereignissen teilzuhaben. Danke auch.«

»Du weißt es ja jetzt.«

»Aber warum erst jetzt?« Chris hat mich immer an seinem Leben teilhaben lassen. Und beim Thema Frauen, hat er mir mehr erzählt, als ich überhaupt wissen wollte.

»Wir sind sauer auf dich.« Sarah antwortet und funkelt mich dabei an.

»Chris ist es nicht.« Fast hätte ich meine Faust auf den Tisch geschlagen, erst im letzten Moment kann ich mich daran hindern.

»Aber auf Melissa«, fügt Chris hinzu. »Auf Melissa bin ich noch immer sauer.«

Dana dreht sich zur Kellnerin und bestellt einen weiteren Kaffee. »Nimmst du auch etwas zu trinken, Samuel?«, fragt sie dann. »Scheint ja noch länger bei euch zu dauern.«

Sie kann von dem Gespräch kein Wort verstehen, denn weder hatte sie etwas mit dem Drama um Sarah und Chris zu tun, noch mit Melissas Aktionen. Trotzdem sitzt sie entspannt mit uns am Tisch und verfolgt interessiert die Unterhaltung.

»Nein danke.« Ich merke selbst, wie ungehalten ich sie anfahre, dabei hat Dana an meiner Laune keine Schuld. »Entschuldige, Dana.«

»Hör mal, Sam.« Chris schaut mich jetzt endlich an. »Nachdem Sarahs Mutter mir letzten Sonntag so nachdrücklich erklärt hat, dass Sarah kein Mensch für eine feste Beziehung ist, habe ich mir so meine Gedanken gemacht.«

»Ich auch«, stimmt Sarah ihm zu. »Sie war im Anschluss bei mir und hat mir einen Vortrag gehalten. Dieser Schwachsinn mit den Genen und dass ich niemals eine lange, glückliche Beziehung haben kann, hat mich echt aufgeregt. Und dann habe ich mir eingestanden, dass Chris etwas Besonderes ist und dass man in einer Beziehung Kompromisse schließen und sich gegenseitig verzeihen muss.« Chris will ihr ins Wort fallen, aber sie stoppt ihn. »Ich habe ihm also verziehen, dass er mit dieser Schlampe Angelina im Bett war. Und er hat mir verziehen, dass ich darüber wütend war. Ich lasse mich bestimmt nicht von Genen manipulieren. Und genauso wenig von meiner Mutter. Sie würde es zwar nie zugeben, aber glücklich ist sie nicht mit ihrem Lebensstil.«

»Wir haben uns also getroffen, ausgesprochen und versöhnt.« Chris grinst Sarah an wie ein Honigkuchenpferd und ich bewundere Dana für ihre Ausdauer, die beiden so lange gemeinsam ertragen zu haben. Ich schaue sie an und verdrehe demonstrativ die Augen. Dana lacht.

»Okay. Ich finde es scheiße«, wende ich mich dann zurück zu meinem Freund und der Frau, die ihn mit einem Fingerschnippen vernichten kann. So wie Melissa dazu bei mir in der Lage ist. »Ich finde eure Geheimniskrämerei absolut scheiße. Beim nächsten Mal werde ich Chris nicht daran hindern, sich totzusaufen. Und dich werde ich nicht mehr trösten«, motze ich Sarah an. »Aber jetzt will ich hören, was hier los ist.«

Anklagend deute ich einmal in die Runde und bleibe bei Dana hängen. Die zuckt die Schultern und sie ist die Einzige, der ich das glaube.

»Na gut«, lenkt Sarah dann ein. »Ich bin gar nicht mehr so sauer. Also, höchstens noch ein bisschen. Inzwischen habe ich durchaus eingesehen, dass Meli mir helfen wollte. Und sie hatte ja recht. Chris und ich gehören zusammen.«

Ja, das wusste jeder. Außer den beiden.

»Komm zum Punkt«, knurre ich.

»Ja, immer mit der Ruhe.« Sarah nimmt in Seelenruhe einen Schluck Kaffee, während Dana ihre Bestellung erhält. »Während es für Außenstehende häufig offensichtlich ist, wenn zwei Menschen füreinander bestimmt sind, sind die Beteiligten oft blind.«

Chris und ich bekommen gleichzeitig einen Hustenanfall.

»Was ist los? Was soll der blöde Husten?«, fragt sie alarmiert.

»Du bist schnulzig«, erkläre ich Sarah. Auf so was haben Chris und ich schon immer allergisch reagiert. »Bei der Wortwahl wird mir schlecht.«

»Dann drück es halt anders aus.« Sie stöhnt laut auf. »Aber

darum geht es ja nicht. Es geht darum, dass ich gemerkt habe, dass man manchmal der Liebe auf die Sprünge helfen muss.«

»Da hat sie recht. Wenn niemand sich bei Sarah und mir eingemischt hätte, wären wir uns nie entgegengekommen. Wir wären für immer unglücklich geblieben.« Chris legt seinen Arm um Sarah und schmachtet sie an. Das ist noch schlimmer als die schnulzige Wortwahl. »Auch wenn diese Briefsache mies war und Sarahs Mutter auf uns zu hetzen ebenfalls, ein wenig dankbar sind wir Melissa durchaus.«

»Welcher Liebe wollt ihr jetzt auf die Sprünge helfen?« So langsam erreicht mich der Kern dieser gefühlsduseligen Aussagen. Und er macht mich hellhörig und verdammt misstrauisch. Ich kann nur hoffen, nichts damit zu tun zu haben.

Leider deutet Sarah doch auf mich. »Also, wenn du nicht dringend Hilfe brauchst, dann weiß ich es auch nicht.«

Chris grinst und ich lege kurz meinen Kopf in die Hände. Warum denken alle Leute, ich bin ein hoffnungsvoller Fall?

»Was hat Dana damit zu tun?«, frage ich dann doch, denn mich beschleicht ein schrecklicher Gedanke. Und der würde Melissas Anfall erklären. »Meli hat schon versucht, uns beide zu verkuppeln. Es hat nicht geklappt und wenn ihr in den letzten Wochen mal einen einzigen Blick von eurem eigenen Unglück weg und auf Andere gerichtet hättet, hättet ihr das mitbekommen.« Ich schaue Dana an und erwarte ihre Bestätigung. »Du siehst das doch genauso, oder? Zwischen uns hat es einfach nicht gefunkt.«

»Sehe ich genauso«, pflichtet Dana mir bei. »Und ich finde dich echt nett, Sam, daran liegt es nicht.« Sie zuckt entschuldigend die Schultern und ich atme erleichtert auf.

»Ich finde dich ebenfalls nett, Dana.« Jetzt nehme ich mir wieder Chris und Sarah vor. »Was für einen Scheiß habt ihr also gemacht?«

»Das hast du falsch verstanden, Sam.« Sarah betrachtet mich, dann Dana, dann wieder mich. »Niemand an diesem Tisch hat versucht, dich mit Dana zu verkuppeln. Chris kennt dich besser als jeden anderen Menschen und ich kenne Melissa schon mein Leben lang. Und wir ertragen es einfach nicht mehr, wie ihr umeinander herumschleicht und euch immer wieder versichert, nichts füreinander zu empfinden, obwohl jeder sieht, dass ihr perfekt zusammen seid.«

Dana klatscht leise in die Hände.

»Das ist genau das, was ich von Anfang an so empfunden habe. Deshalb konnte ich mich auch nie auf dich einlassen, Samuel. Ich wusste die ganze Zeit, dass du in Wahrheit Melissa liebst.«

»Ich habe nie abgestritten, Melissa zu lieben«, knurre ich. Das miese Gefühl, dass hier was Übles läuft, hat nicht abgenommen.

»Aber Melissa liebt dich auch«, sagt Sarah sanft.

»Ich weiß.« Am liebsten würde ich laut schreien. Am liebsten würde ich aufspringen und durch das Lokal brüllen, dass mit Meli und mir alles perfekt war, bis … Tja, das ist die große Frage.

»Du weißt?« Chris starrt mich ungläubig an.

»Meli und ich sind zusammen«, bestätige ich und bin selbst erstaunt, wie gefasst ich noch immer bin. Zumindest äußerlich.

»Das wussten wir nicht«, kreischt Sarah. »Wieso wussten wir das nicht?«

Bin ich der Einzige, der die Ironie dieser Frage erkennt?

»Weil wir erst seit Freitagnacht zusammen sind«, erkläre ich langsam und leise. »Und seitdem haben weder Meli noch ich einen von euch beiden zu Gesicht bekommen.«

»Das freut mich für euch« Dana strahlt mich an. »Mein Bruder wird zwar angepisst sein, er hatte die Hoffnung, Melissa doch noch rumzukriegen, aber ich finde es super.«

Sarah und Chris sagen gar nichts mehr, sie starren mich nur geschockt an.

»Ach, du Scheiße«, flüstert Chris.

Ich schließe die Augen und zähle bis zehn. Das habe ich

als Kind schon immer gemacht, wenn ich kurz davor war, die Beherrschung zu verlieren. Und so langsam wird mir klar, dass Chris und Sarah mächtige Scheiße gebaut haben. Und ich es gerade ausbade.

»Okay«, flüstere ich fast. »Sagt mir, was ihr getan habt.«

Chris stößt Sarah an.

»Es war deine Idee.«

»Ja, ich weiß. Wir haben … äh …« Sie wirft einen beschämten Blick zu Dana. »Tut mir leid, Dana.«

Dana kneift die Augen zusammen. Dann greift sie nach ihrem Handy.

»Kann es sein, dass du dich überhaupt nicht für unser Training interessierst?«, fragt sie angepisst. »Und das Video von der Meisterschaft nur ein Vorwand war?«

Sarah schaut betreten zu Chris.

»Wie gesagt, es tut mir leid«, murmelt sie dann.

Dana tippt entschlossen auf ihrem Handy herum und schnappt erschrocken nach Luft. »Was für ein … ach du je … das habe ich nicht … das hätte ich nie …«

Ich nehme ihr das Smartphone aus der Hand und lese die Textnachricht an Melissa, die da in Danas Namen abgeschickt wurde. Jetzt ergibt Melissas Reaktion einen Sinn. Sie muss gedacht haben, dass ich nach unserer ersten gemeinsamen Nacht Dana flachgelegt habe. Direkt im Anschluss. Während sie im Kino arbeiten war.

»Das war wohl schlechtes Timing«, stellt Chris fest und schaut betreten zwischen Dana und mir hin und her. Das war nicht nur schlechtes Timing. Das war ein mieser Plan, kein Stück besser als die Fakebriefe, die auf Melis Mist gewachsen waren und mieses Timing oben drauf. Keine Ahnung, wie ich das Melissa jemals erklären soll. Wenn ich sie überhaupt noch mal zu Gesicht bekomme.

»Ich bringe das wieder in Ordnung«, sagt Sarah schnell. »Ich erzähle Meli, wie es wirklich war, und dann ist ja alles in Butter.«

Sarah wählt Melissas Nummer, verzieht aber schon nach drei Sekunden enttäuscht das Gesicht. »Sie hat es ausgeschaltet.«

»Was genau sollte das eigentlich bewirken?« Ich deute auf Danas Handy und gebe es ihr dann frustriert zurück. Eine simple Textnachricht, jetzt hinterhergeschickt, dass alles nur ein Missverständnis war, wird nicht ausreichen. Nicht bei Melissas Temperament.

.»Wir wollten Melissa eifersüchtig machen.« Sarah fuchtelt mit den Händen wild in der Luft herum. »Sie muss denken, dass du mit einer anderen zusammen bist, um zu kapieren, was sie eigentlich für dich empfindet. Das funktioniert bei Frauen hundertprozentig.«

»Danke. Sie hat es auch so kapiert«, sage ich ungehalten. »Ich will keine Tricks, damit sich eine Frau in mich verliebt. Ich will auch nicht verkuppelt werden. Ich will nichts weiter als die Zeit haben, die man braucht, bis sich zwei Menschen auf natürlichem Weg begegnen, kennenlernen und ineinander verlieben. Und wenn es lange dauert, dann dauert es eben lange.«

»Meli ist sicherlich zu Hause.« Sarah zückt ihr Portemonnaie und winkt dem Kellner. »Wir gehen da hin, erklären ihr alles und ...«

Jetzt malt sie Herzchen in die Luft.

»Meli ist nicht bei euch zu Hause«, widerspreche ich. »Du redest seit Wochen nicht mit ihr und sie ist wütend und verletzt, keine günstige Kombination.«

»Stimmt.« Sarah runzelt die Stirn, während sie bezahlt und strafend Dana anfunkelt, die ebenfalls ihr Geld herausgeholt hat. »Du bist nach wie vor eingeladen. Jetzt erst recht. Ich hoffe, du bist nicht übermäßig sauer.«

Mit einem Schulterzucken steckt Dana ihre Geldbörse wieder ein. »Ich hatte schon lange keinen so amüsanten Vormittag«, sagt sie dann und grinst. »Ich finde die Idee zwar verlogen und dämlich und wundere mich nicht, dass es nach hinten losgegangen ist, aber wenn ihr es schleunigst klarstellt, dass da zwischen Samuel und mir nichts lief, bin ich beruhigt.« Dana ist ganz schön cool. Ich nicke ihr beeindruckt zu. Doch, Melissa hat ein Händchen für gute Frauen und durchaus auch für meinen Geschmack. Sie hatte nur übersehen, dass sie selbst schon längst mein Geschmack war.

Ich habe mittlerweile genug von Sarah, Chris, ihrer demonstrativen Verliebtheit und dem Chaos, das sie verbreiten. Ich muss dringend in Ruhe nachdenken. Wortlos stehe ich auf und verlasse das Café.

»Sam?«, ruft Chris hinter mir her. »Warte. Wir biegen das wieder hin.«

Ein letztes Mal drehe ich mich um.

»Chris, bitte nicht.« Ich mag ihn nicht mal anschreien, ich will nur noch weg. In keinem Augenblick war mir so klar, dass man mit Taktikspielchen keine Liebe heraufbeschwört, sondern nur Gefühle kaputtmacht, die bloß Zeit brauchen.

»Haltet euch einfach raus.«

Dann drehe ich mich endgültig um.

Eine Weile renne ich ziellos durch Köln und denke nach. Aber alles in allem gibt es da nicht viel nachzudenken. Ich muss Melissa finden und mit ihr reden. Entweder glaubt sie mir oder nicht. So einfach ist das.

Irgendwann erreiche ich den Rhein. Es ist Mitte November und damit nicht die Jahreszeit, die viele Menschen nach draußen lockt. Auch heute ist es bewölkt, windig und ungemütlich. Da ich in Eile aus dem Haus gestürmt bin, habe ich weder Schal noch Handschuhe oder eine Mütze und ziehe fröstelnd die Schultern hoch. Hier haben wir versucht, Sarahs und Chris' Versöhnung herbeizuzwingen. Haben wir dabei so viel mieses Karma angehäuft, das uns das jetzt verdientermaßen ins Straucheln bringt? Oder haben wir sie schlicht und ergreifend auf eine dämliche Idee gebracht? Ich traue keinem von beiden zu, die Aktion aus Rache gestartet zu haben.

Unglücklich schaue ich die Treppen hoch zum Dom, der sich wie immer majestätisch und von menschlichem Schicksal ungerührt über die Stadt erhebt. Auf den Stufen sitzt eine Gestalt, die meine Jacke trägt. Die sich in der zu großen Kleidung gegen die Kälte regelrecht vergräbt und zusammenkauert. Zögernd und ungläubig mache ich einen Schritt auf sie zu. Dann einen weiteren.

Ich habe nicht geplant herzukommen, eine merkwürdige Logik hat mich hergeführt. Der absurde Gedanke, dass Meli an genau dem Ort sein könnte, an dem unser Friedensplan scheiterte.

Leider habe ich keine echte Idee, was ich sagen soll. Vor allem keine Worte. Muss die Erklärung in so einer verzwickten Situation nicht besonders überzeugend präsentiert werden? Wenn Melissa mich überhaupt ausreden lässt.

Ich bin noch ein Stück entfernt, trotzdem hebt sie mit einem Mal den Kopf und starrt mich an. Unentschlossen gehe ich weiter auf sie zu. Wenigstens den ersten Satz hätte ich mir parat legen müssen. Melissa erhebt sich langsam.

Dann stürzt sie auf mich zu. Mein Hirn ist zu benommen, um sich Gedanken darüber zu machen, was das bedeutet. Bei Melissa kann es alles bedeuten. Dass sie so unberechenbar ist, liebe ich eben auch an ihr. Denn da bin ich das pure Gegenteil.

Aber anstatt mich zu schlagen, stürzt sie sich in meine Arme.

»Es tut mir leid, Sam.«

Eine Weile sage ich gar nichts und halte sie nur fest.

»Was tut dir leid?«, frage ich dann verwirrt. Es scheint alles in Ordnung zwischen uns zu sein, obwohl ich nicht begreife, wie das gekommen ist. Ich habe das Gespräch mit Sarah und Chris geführt, nicht Melissa. Ich kenne die Gründe für die gelogene Nachricht, nicht Melissa. Ich weiß, dass die Nacht mit Dana nie passiert ist, Melissa aber nicht. Was also tut ihr leid?

»Ich habe nicht nachgedacht.« Sie wendet ihr Gesicht zu

344

mir hoch und Tränen glitzern in ihren Augen. Diesmal sind es keine Tränen der Wut. »Ich habe keine Ahnung, woher diese schwachsinnige Nachricht kam und was sie bedeuten soll, aber egal. Ich kenne dich. Ich weiß, dass du nie was mit einer anderen anfangen würdest, solange wir zusammen sind. Ich weiß haargenau, dass Danas Text ein Versehen ist, eine Lüge oder was auch immer. Und trotzdem habe ich dir unterstellt, mir fremdgegangen zu sein. Und das tut mir leid.«

Jetzt legt sie ihren Kopf an meine Schulter und schmiegt sich nah an mich. Sie vergräbt ihr Gesicht am rauen Stoff der Jacke. Dann holt sie noch einmal tief Luft und sieht erneut hoch.

»Verzeihst du mir? Ich war so dumm.«

In mir wird alles weich. Die ganze Verteidigungshaltung bröckelt in sich zusammen. Und ein harter, panischer Knoten im Magen, von dem ich gar nicht wusste, dass er da ist, löst sich auf. Ich schlucke, mein Hals ist trocken und rau und ich spüre Tränen in den Augen brennen. Tränen der Rührung. Tränen der Erleichterung. Mann, Samuel, reiß dich zusammen.

»Es gibt nichts zu verzeihen, Meli.« Ich vergrabe mein Gesicht an ihrem Kopf und atme ihren Duft ein. »Ich habe inzwischen Sarah und Chris aufgespürt. Der Mist kam von ihnen.«

»Sarah und Chris?« Ja, wir haben uns so an das Drama gewöhnt, dass es merkwürdig klingt, die beiden in einen Satz zu packen. Aber da gehören sie ja schon seit einer Woche wieder hin. Zusammen in einen Satz.

»Komm mit. Wir sollten uns aufwärmen.« Ich nehme Melissas Hand und ziehe sie Richtung Innenstadt. Wir brauchen beide ein heißes Getränk und einen warmen Raum. Unterwegs erzähle ich ihr von dem Telefonat mit Dana. Und wie ich unsere Freunde zur Rede gestellt habe.

»Die sind wieder zusammen? Seit einer Woche? Einfach so?«

Melissa schaut mich an, während ich ihr die Tür zu einem leider sehr vollen Café aufhalte, und sieht aus, als wolle sie mir einen Vogel zeigen.

»Ja.«

»Wusstest du das?«

»Machst du Witze?« Hinten durch in einer Ecke findet sich ein kleiner freier Tisch und ich schiebe Meli in die Richtung. »Ich hätte das nie verheimlicht. Chris hat mir nichts erzählt. Sarah hat dir nichts erzählt. So einfach ist das.«

»Sarah redet doch eh nicht mit mir.« Melissa will die Jacke ausziehen, beim Öffnen des Reißverschlusses blitzt nackte Haut hervor. Ich greife schnell nach ihrer Hand.

»Die Jacke musst du anlassen. Die ersetzt aktuell deinen Pulli.«

Melissa lacht los.

»Stimmt. Wäre es dir peinlich, wenn ich hier halb nackt sitze?«

»Ich habe kein großes Verlangen, angestarrt zu werden«, wende ich ein. Habe ich nie. Heute noch weniger, denn wir haben unendlich viel zu bereden.

»Dich würde niemand anstarren, Sammi.« Ein spöttisches Lächeln schiebt sich in Melis Gesicht. Trotzdem setzt sie sich und lässt die Jacke an.

»Ich gebe zu, ich bin spießig«, sage ich. »Das weißt du doch.«

»Ein bisschen spießig vielleicht. Aber verdammt sexy.« Melissa grinst, dann schiebt sie sich quer über den Tisch, der uns trennt, und küsst mich. Nicht kurz und leicht und flüchtig und somit cafétauglich, sondern leidenschaftlich, hitzig und nicht auf die Art, wie man es in der Öffentlichkeit macht. Was soll's. Die Angst, Melissa nach nur einer Nacht schon wieder verloren zu haben, überlagert mein Verständnis von Anstand und ich lege eine Hand in ihren Nacken und küsse sie genauso hingebungsvoll zurück.

»Okay, zieh sofort die Jacke aus«, raune ich ihr zu.

Melissas Lippen an meinem Mund verziehen sich zu einem Lächeln. »Das macht mich an, wenn du so redest, Sam.«

Ich weiß. Deshalb mache ich es ja.

»Was kann ich ihnen bringen?« Die genervte Stimme der Kellnerin reißt uns aus dem Kuss. Meli sieht mich mit diesem Blick an, der Lass-uns-nach-Hause-gehen-und-Sex-Haben bedeutet, trotzdem bestelle ich einen Kaffee. Manche Angelegenheiten sollte man herauszögern. Und Melissa braucht definitiv ein heißes Getränk, denn sie hat eben zugegeben, schon verdammt lange auf der kalten Treppe gesessen zu haben.

»Einen Kakao mit Sahne. Mit viel Sahne«, sagt sie widerwillig. Diese Frau ist kein Fan von Abwarten und Hinauszögern, das habe ich schon gemerkt.

»Meinst du Sarah und Chris wollten es uns heimzahlen?«, kommt sie dann wieder zum Thema zurück. »Oder testen? Ob wir eine Krise überstehen?«

»Sarah und Chris wussten ebenso wenig, dass wir zusammen sind, wie wir es von ihnen wussten.« Oh Mann, und das nennt sich Freundschaft. Wir haben in den letzten Wochen alle vier so einigen Mist gebaut. »Sie wollten dich auf diese Art eifersüchtig machen, weil sie dachten, du erkennst deine Gefühle für mich erst, wenn du mich mit einer anderen siehst.«

Melissa schnaubt. »Und was hatten sie geplant, damit du deine Gefühle für mich erkennst?« Sie reißt erschrocken die Augen auf. »Oder kommt das noch?«

»Meine Gefühle für dich waren von Anfang an unübersehbar. Für mich und für unsere Freunde.«

»Für mich nicht«, protestiert Meli laut.

»Ich habe Chris gesagt, wie es zwischen uns steht.« Die Getränke kommen und Melissa legt auf der Stelle ihre Hände um den warmen Becher. »Er wusste, dass ich hoffnungslos in dich verliebt bin. Und er wusste, dass du mich unattraktiv findest.«

Jetzt fange ich mir einen empörten Blick ein.

»Wir gehen auf der Stelle zu dir und dann demonstriere ich, wie unattraktiv ich dich finde«, knurrt sie mich an.

»Du verwechselst Sex mit wahren Gefühlen«, schimpfe ich lachend. »Mal wieder.«

»Und das sagt der Mann, der vorletzte Nacht nicht genug von mir bekommen konnte.«

»Erst nachdem die wahren Gefühle geklärt waren«, widerspreche ich. »Gib doch zu, dass Sex mit Liebe viel besser ist, als alles andere.«

Melissa nimmt einen großen Schluck Kakao und leckt sich dann die Sahne von den Lippen.

»Sex mit dir ist viel besser als alles andere.« Ihr Blick, den sie mir über die Tasse zuwirft, ist zugleich keck und sehnsüchtig. »Ob es an dir liegt oder an der Liebe, das kann ich noch nicht endgültig feststellen.«

»Wann kannst du das denn feststellen?«, frage ich belustigt. Eins weiß ich ganz sicher: Mit Melissa wird es nie langweilig werden. Anstrengend durchaus. Amüsant immer wieder. Erotisch hoffentlich auch. Aber nie langweilig.

Sie zuckt die Schultern.

»Dazu müsste ich ja mit vielen Männern ins Bett, die ich nicht liebe. So wichtig ist es mir dann doch nicht, das zu überprüfen. Oder legst du da großen Wert drauf?«

Ich gebe vor, angestrengt zu überlegen.

»Ach«, winke ich schließlich großzügig ab. »Wenn du für den Rest deines Lebens nur noch mit mir ins Bett gehst, dann komme ich damit klar. Wenn es das ist, was du unbedingt willst.«

Ein Lächeln breitet sich auf Melissas Gesicht aus und es ist strahlend und wunderschön und macht mich zum glücklichsten Mann der Welt.

»Ja, das will ich unbedingt.«

epilog

SAMUEL

Melissa hält das Baby mit einer Selbstverständlichkeit, als hätte sie genau das schon ihr Leben lang getan. Ich selbst bleibe auf Abstand, damit das Bündel bloß nicht in meinen Armen landet.

»Die geborene Mutter, deine Melissa.« Meine Oma hakt sich bei mir unter und setzt dieses zufriedene, kleine Lächeln auf, bei dem ich immer Bauchschmerzen bekomme. »Das sollte nicht mehr lange dauern, bis ich endlich Uroma werde.«

»Das sollte schon noch lange dauern«, widerspreche ich. »Melissa ist so eine neumodische Frau, weißt du, Omi. Die will doch tatsächlich eine abgeschlossene Berufsausbildung haben, bevor sie Kinder bekommt.«

»Spar dir den Sarkasmus, Junge.« Omi rammt mir den Ellbogen in die Rippen. »Jede vernünftige Frau hütet sich davor, sich von einem Mann abhängig zu machen. Das ist nicht neumodisch, sondern klug. Ich habe das genauso gehandhabt.«

Seit ich denken kann, ist meine Großmutter lebenslustige Witwe und in Pension. Ich habe nie darüber nachgedacht, woher ihre großzügige Rente kommt.

»Und ich dachte, du hast reich geerbt«, scherze ich. Zuzugeben, dass ich keine Ahnung habe, ist peinlich.

»Hier, riech mal am Baby.« Jetzt ist es passiert. Ich habe drei Sekunden nicht aufgepasst und schon hat Melissa mich unbemerkt in die Ecke gedrängt. Zwischen ihr und meiner Oma habe ich keine Chance zu fliehen.

»Muss es gewickelt werden?« Vorsichtshalber rümpfe ich die Nase. Wer riecht denn freiwillig an einem Baby?

»Natürlich nicht. Sie riecht wie … ach je, wie soll man Babygeruch beschreiben? Das muss mal erlebt haben.« Der Babykopf rutscht bedenklich nah an mein Gesicht. Verzweifelt halte ich die Luft an und gebe vor zu riechen.

»Ja, riecht super«, sage ich dann. »Du kannst es wieder wegnehmen.«

»Sammi, darauf falle ich nicht rein.« Melissa fällt auf gar nichts rein, ich hatte mittlerweile Zeit genug, das zu bemerken. Trotzdem versuche ich es in verzweifelten Situationen immer wieder. »Rosalie stinkt nicht, das kannst du mir glauben. Deine Oma hat übrigens ihr Leben lang bei der Sparkasse gearbeitet und sich ihre Rente hart verdient. Von wegen reich geerbt.«

Wieso weiß sie das bloß? Diese Frau verblüfft mich ununterbrochen. Sei es, weil sie nach noch nicht mal einem Jahr Informationen über meine Familie hat, die ich nicht habe, sei es, weil sie nach ihrem Studienfachwechsel zu Grafikdesign immer wieder die genialsten Ideen für meine Websites liefert. Leider vergesse ich, die Luft anzuhalten. Okay, zugegeben, es stinkt nicht, dieses Baby.

»Da hat Leonie ja Glück.« Vorsichtig tätschle ich den kahlen Kopf. »Alleinerziehend mit einem stinkenden Baby wäre echt hart. Aber es riecht nett.«

»Nett ist die kleine Schwester von …«, fällt Leonie mir empört ins Wort. Melissa bekommt einen Lachanfall. Erstaunlicherweise ohne dabei das winzige Bündel fallenzulassen oder auch nur wild zu schaukeln.

»Du musst bedenken, von wem es kommt. Nett ist aus Sams Mund ein riesiges Kompliment«, kichert sie.

»Stimmt auch wieder.« Leonie ist versöhnt. Leider. »Willst du mal halten?«, fragt sie nämlich nun.

»Nein, besser nicht. Es ist ja keine Männer gewohnt, ich will da nichts kaputtmachen.« Leonie hat sich von Pascal, dem Vater des Babys, noch vor der Geburt getrennt. Ich war geschockt. Melissa nicht, sie sagte, das war zu erwarten.

»Du bist ein Feigling«, stellt Leonie unerbittlich und treffsicher fest. Dabei will ich nur verhindern, dass dieses winzige Geschöpf aufwacht und auf meinem Arm in lautes Geschrei ausbricht.

»Sieh mal, der Ernst hat sich von der Arbeit losgerissen und ist endlich da. Dann gibt es ja jeden Moment Kuchen. Wurde auch Zeit.« Oma hat recht. Mein Vater hat den Raum betreten und gratuliert dem Geburtstagskind. Die runden Geburtstage in dieser Familie häufen sich aktuell.

Rosalie macht ein leises, krächzendes Geräusch, beginnt mit den Ärmchen zu wedeln und ich bin doppelt froh, dass sie nicht auf meinem Arm liegt.

»Definitiv, es gibt Kuchen«, stimmt Leonie Oma frustriert zu. »Sobald sie Essen riecht, ist die kleine Dame hier wach und muss sofort gefüttert werden. Keine Ahnung, wieso ich dabei noch nicht verhungert bin.« Brummelnd nimmt sie Meli ihre Tochter ab.

»Setz dich irgendwo hin, ich bringe dir eine ganze Torte. Meinetwegen füttere ich dich auch damit, während du stillst« Melissa gibt das Baby nur ungern ab.

»Oh ja, gerne. Die Schwarzwälder-Kirsch ist hier einfach phänomenal.« Leonie sucht sich einen abgelegenen Platz. Meine Großmutter hat sich schon längst erwartungsvoll am Tisch niedergelassen und winkt meinem Vater, ihr Gesellschaft zu leisten.

»Familien-Overkill, mal wieder«, beschwere ich mich und ziehe Melissa in meinen Arm. Die kichert zwar, schmiegt sich aber bereitwillig an mich. Dieses Mädchen ist einfach perfekt für mich.

»Armer Sammi«, sagt sie lächelnd. »Wie kann ich dir den Tag denn erträglicher machen?« Trotz ihres betont unschuldigen Blicks habe ich auf der Stelle etwas Sexuelles im Kopf. Melissa ist solchen Sachen nicht abgeneigt. Ich darf mich auf keinen Fall auf einer Familienfeier darauf einlassen. Meine Oma würde uns unter Garantie erwischen.

»Sorg dafür, dass ich das Baby nicht halten muss«, flehe ich sie stattdessen an. Melissa lacht.

»Mal sehen«, flüstert sie und küsst mich.

Und wie immer vergesse ich mit Melis Lippen auf meinen, wo ich bin. Wir küssen uns leidenschaftlich, bis eine bissige Stimme mich in die Realität zurückholt.

»Unglaublich«, zischt Tante Trudi, die an uns vorbeigeht. Seit sie uns damals am Auto erwischt hat, hat sie meiner Mutter mehrmals vorgeworfen, mich unsagbar schlecht erzogen zu haben. »Jetzt geht das schon wieder los. Zieht euch wenigstens zurück, die arme Maria bekommt den Schock ihres Lebens.«

»Um die arme Maria mache ich mir keine Sorgen, deine Oma hat so einiges erlebt«, flüstert Melissa kichernd in mein Ohr. »Aber die arme Tante Trudi hatte wahrscheinlich nie in ihrem Leben guten Sex.«

»Rede nicht über Sex im Zusammenhang mit meiner Verwandtschaft«, bremse ich sie. »Die Vorstellung, dass meine Oma ...«

Da Melissa mich schon wieder auslacht, verschließe ich ihren Mund mit einem weiteren Kuss. Tante Trudi kann mich mal.

Hallo!
Ich bin Leslie.

»Fakezone« verzichtet auf Drama und miese Erfahrungen, die von den Protagonisten erst überwunden werden müssen. Es ist eine leise Geschichte, eine sehr authentische, die auf so ähnliche Art wahrscheinlich tagtäglich geschieht. Denn Liebe entsteht im seltensten Fall mit einem Knall. Häufig braucht sie eine Weile, ehe sie sich zu erkennen gibt. Melissa kämpft lange gegen ihre Gefühle und versteckt sie hinter der Freundschaft, die sich zwischen ihr und Sam entwickelt. Dabei schließen sich Liebe und Freundschaft nicht aus. Vor allem benötigt sie die Zeit, um sich einzugestehen, dass ihre äußeren Kriterien an einen tollen Mann nicht sonderlich hilfreich sind. Ich hoffe, ihr verzeiht ihre anfängliche Oberflächlichkeit ...

Wenn ihr »Fakezone« mögt, kann ich euch zwei Bücher von mir ans Herz legen, die bisher veröffentlicht sind ...

Ginger – Fee & Ben
Fawn – Hannah & Jackson

Selbstverständlich sind sie anders als »Fakezone« (mit extrem unterschiedlichen Protagonisten) – wäre ja sonst echt langweilig. Solltet ihr beide lesen wollen, empfehle ich euch, mit »Ginger« zu beginnen. »Fawn« ist zwar eine eigenständige Geschichte, allerdings kommen die Hauptpersonen Fee und Ben aus »Ginger« vor (und auch die irrsinnig spannende Frage, ob die beiden denn zueinanderfinden, ist dort geklärt). Okay, ich spare mir den Sarkasmus, aber wenn es ein Thriller wäre, dann wüsstet ihr in »Fawn« wer in »Ginger« der Mörder ist!

Ein Ausblick ...

Ich wage mich als Nächstes an einen leichten Genrewechsel, denn eine dreiteilige Dystopie liegt in den Startlöchern ...

... allerdings bin ich mit dem Wort Dystopie nicht hundertprozentig zufrieden. Dystopien sind düster, bedrückend und grausam. Das ist hier alles nicht der Fall. Auf den ersten Blick erscheint das Leben in meinem Paralleluniversum sogar perfekt ... sind hier Männer anwesend? Ich schätze mal NEIN ... daher ... liebe Leserinnen ... perfekt. Auf den ersten Blick!
Nennen wir es einfach humorvolle New-Adult Dystopie! Das zeigt doch, dass weder die Romantik zu kurz kommt noch der Witz.

Aber entscheidet selbst ... es dauert nicht mehr lang!

Zum Schluss ...

... wird es dringend Zeit, DANKE zu sagen.

Ich habe die tollsten Testleser der Welt! Tausend Küsse an Aylin, Anna, Ramona, Jasmin, Alisa und Nicole. Ich kann kaum in Worte fassen, wie wichtig und aufbauend ihr für mich und »Fakezone« wart. Ihr habt viel mehr getan, als »nur« testzulesen ...!
Ein Baby in die große, weite Welt zu entlassen, ist viel leichter, wenn es schon wundervolles Feedback bekommen hat. Also noch einmal ganz laut ... DANKE!